JN015861

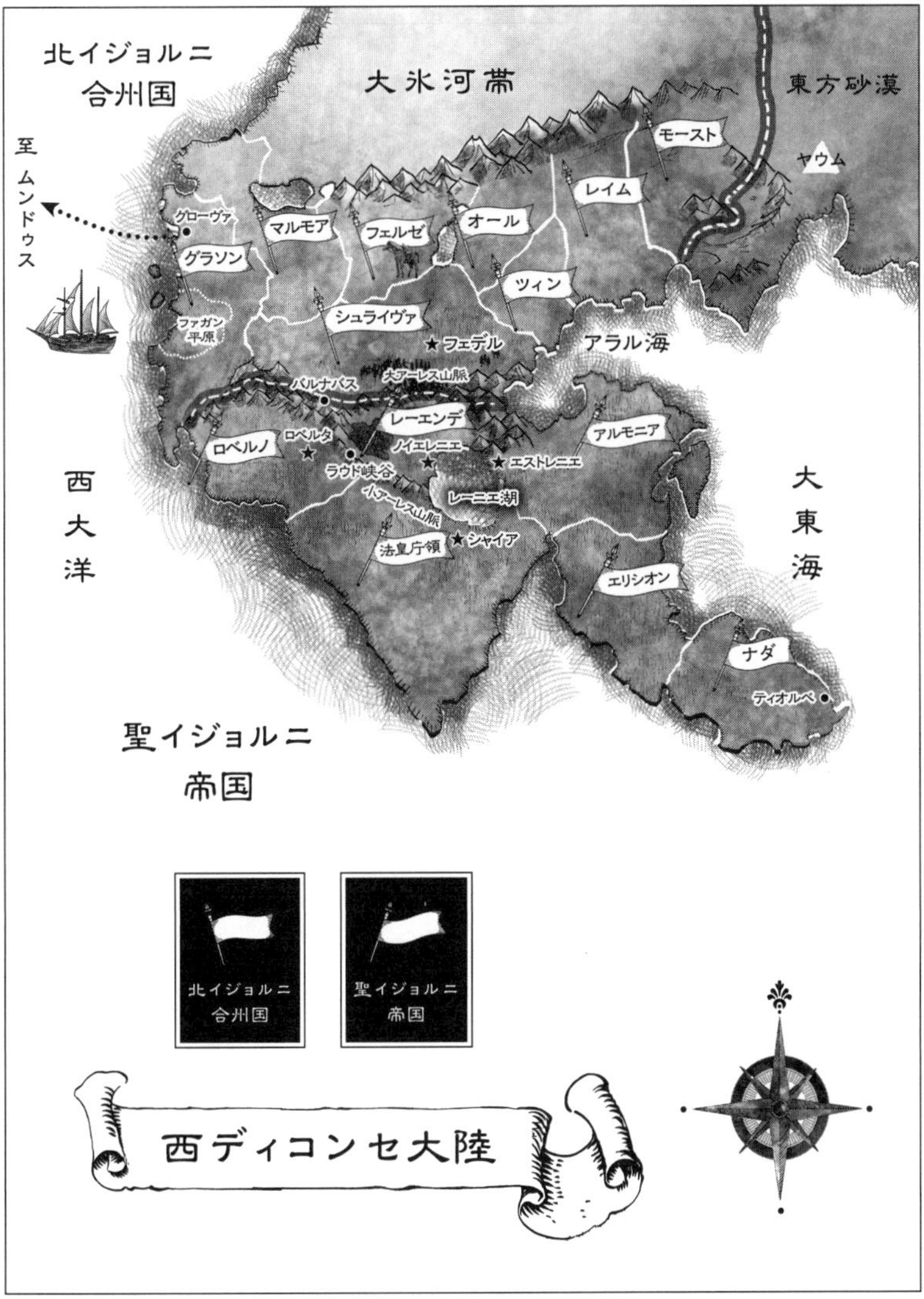

北イジョルニ
合州国
大氷河帯
東方砂漠
至ムンドゥス
モースト
ヤウム
レイム
グローヴァ
マルモア
フェルゼ
オール
グラソン
ツィン
ファガン
平原
シュライヴァ
フェデル
アラル海
バルナバス
大アーレス山脈
レーエンデ
アルモニア
ロベルノ
ロベルタ
ノイエレニエ
ラウド峡谷
エストレニエ
西
大
洋
大
東
海
レーニエ湖
小アーレス山脈
法皇庁領
シャイア
エリシオン
ナダ
ティオルベ
聖イジョルニ
帝国
北イジョルニ
合州国
聖イジョルニ
帝国
西ディコンセ大陸

目次

多崎 礼

Ray Tasaki

レーエンデ国物語

夜明け前

The Chronicles of Leende

講談社

Before Dawn

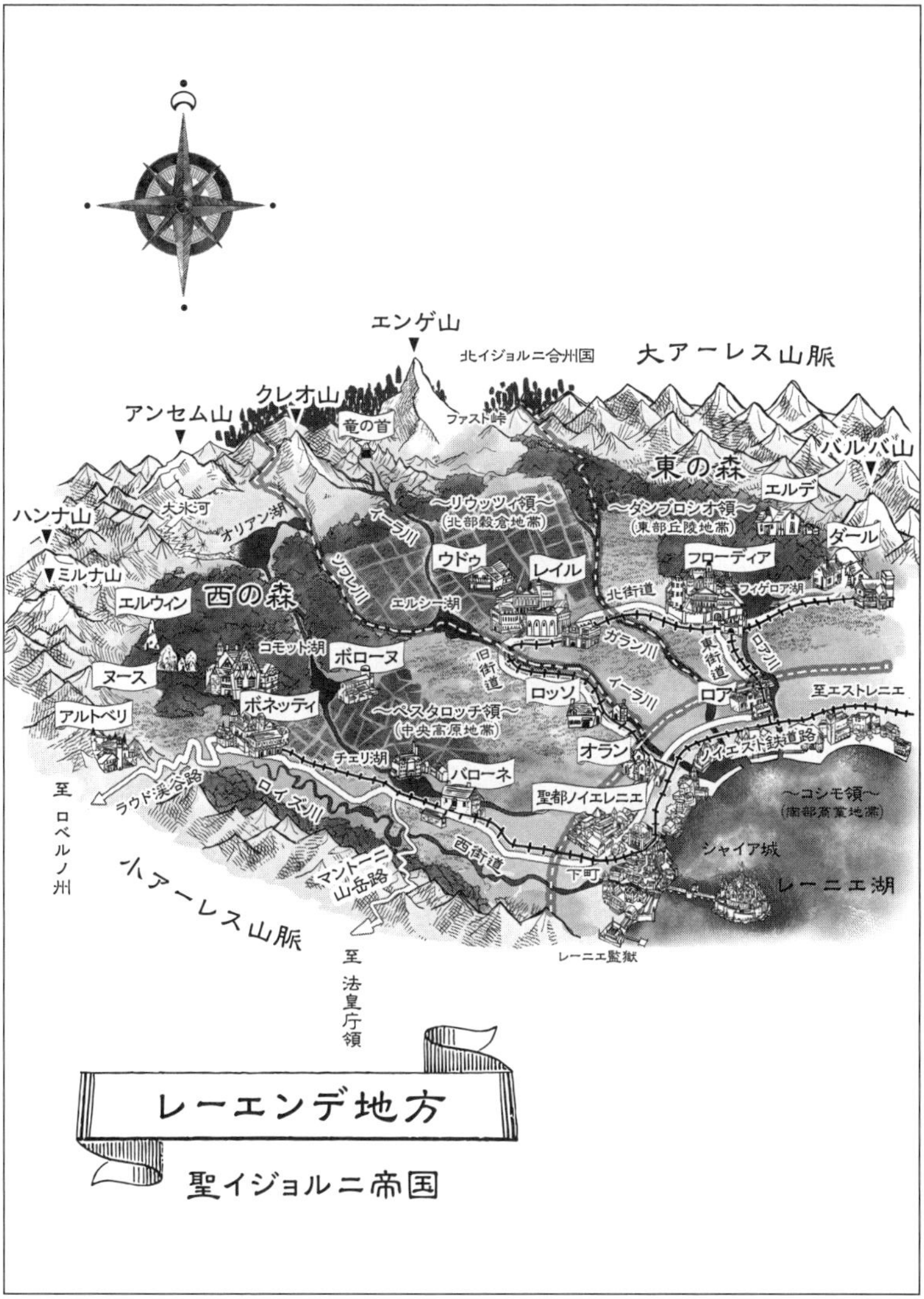
エンゲ山
北イジョルニ合州国
大アーレス山脈
クレオ山
アンセム山
竜の首
ファスト峠
バルバ山
東の森
エルデ
ハンナ山
大氷河
オリアン湖
～リウッツィ領～
(北部穀倉地帯)
～ダンブロシオ領～
(東部丘陵地帯)
ダール
ミルナ山
イーラ川
ウドゥ
レイル
フローディア
シフレ川
エルシー湖
フィゲロア湖
北街道
エルウィン
西の森
ガラン川
コモット湖
ボローヌ
旧街道
東街道
ロア川
ヌース
ロッソ
イーラ川
ロア
至エストレニエ
アルトベリ
ボネッティ
～ペスタロッチ領～
(中央高原地帯)
ノイエスト鉄道路
オラン
チェリ湖
バローネ
～コシモ領～
(南部高原地帯)
聖都ノイエレニエ
至ロベルノ州
ラウド渓谷路
ロイズ川
シャイア城
西街道
マントーニ山岳路
下町
レーニエ湖
小アーレス山脈
レーニエ監獄
至法皇庁領
レーエンデ地方
聖イジョルニ帝国

登場人物

レオナルド・ペスタロッチ

四大名家ペスタロッチ家の嫡男。
快活な正義漢。

ルクレツィア・ダンブロシオ・
ペスタロッチ

第八代法皇帝ヴァスコの娘。シャイア城で育つ。

ステファノ・ペスタロッチ

レオナルドの従兄弟。母に溺愛される。

レーエンデ国物語　夜明け前

装　幀　鈴木久美
装　画　よー清水
人物画　孳々《じじ》
地図画　芦刈　将

序章

《栄華の二百四十年》
百年戦争終結から再び開戦に至るまでの期間。聖イジョルニ帝国の文化と産業が飛躍的な発展を遂げた時代のこと。

革命の話をしよう。
歴史のうねりの中に生まれ、信念のために戦った者達の
夢を描き、未来を信じて死んでいった者達の
革命の話をしよう。

聖イジョルニ暦五八五年。当時のシュライヴァ州首長ユリア・シュライヴァはレイム州に呼びかけ、領地の東部に緩衝地帯を設けた。東方砂漠から襲来し、略奪行為を繰り返してきた遊牧民グァイ族。その捕虜達に住居を与え、未開の荒地を開墾させたのだ。

それから百三十余年。定住グァイ族は襲来する遊牧グァイ族と戦い、これを撃退し続けた。結果、緩衝地帯は見渡す限りの黒麦畑へと姿を変えた。合州国議会はその功績を評価し、聖イジョルニ暦七二〇年、定住グァイ族を合州国市民と認めるに至る。

市民権を得たグァイ族は合州国の各地を巡り、独自の文化や伝承を広めた。そのうちのひとつ、大海原の果てにある大陸の物語は人々の探究心に火をつけた。未知の大陸を求め、命知らずの冒険家や血気盛《さか》んな船乗りが大海へと漕《こ》ぎ出していった。牙《きば》を剝《む》く荒波、襲いくる大嵐《おおあらし》。自然の猛威

に多くの船舶が消息を絶っても人々は諦《あきら》めなかった。海の藻屑《もくず》と消えた友の遺志を僚友が継ぎ、父の無念を晴らすべく息子が大海原へと挑んだ。

時代が動いたのは聖イジョルニ暦七五三年。大型帆船『ヴェスト号』が三年にわたる航海を経《へ》て、グラソン州のグローヴァ港に帰還したのだ。帆は破れ、船体も半壊状態だったが乗員は全員無事だった。その偉業を讃《たた》える祝賀会で『ヴェスト号』の船長は驚くべき真実を語った。

大東海の彼方《かなた》にはムンドゥスと呼ばれる大陸がある。温暖で緑豊かな大地には数多《あまた》の国が存在している。中でもエスト共和国の長は自分達を歓待してくれた。壊れた船を修繕し、病人を治療してくれた。水や食糧を補給し、多くの手土産《てみやげ》を持たせてくれた。

「これがその一部です」

『ヴェスト号』が持ち帰ったのは色鮮やかな宝玉だった。精緻《せいち》な銀細工だった。滑《なめ》らかな絹織物《きぬおりもの》や芳《かぐわ》しい茶葉や香辛料だった。初めて目にする品々に誰もが心奪われた。豪商や貴族はこぞってそれらを買い求めた。

新大陸発見の知らせは聖イジョルニ帝国にも届いた。だが法皇庁《ほうおうちょう》は『汝《なんじ》、ディコンセを離れるべからず』というクラリエ教の教えに則《のっと》り、外洋への航海を禁じた。

これに異を唱えたのが南方三州、アルモニア、エリシオン、ナダの首長達だ。

「交易による利潤を無視すれば帝国は弱体化する。財力や技術力に差が生じれば合州国は黙っていない。いずれは休戦協定を破棄し、帝国領内に攻め込んでくるに違いない」

首長達の厳しい突き上げに、法皇庁は渋々《しぶしぶ》ながら帆船の建造を許可した。『ヴェスト号』の新大陸発見から遅れること五十年あまり。法皇帝の親書を携えた帆船団がナダ州ティオルベを出港した。

ムンドゥス大陸の発見、西海航路の開拓、エスト共和国との交易。変化の波はレーエンデにも押し寄せた。レーニエ湖畔には製鉄工場が建ち並び、高原には新大陸由来のエストイモの畑が広がった。鉄道路はさらに距離を延ばし、レーエンデの主要都市を結んだ。

産業の発展は外地から参入してきた資産家達に莫大《ばくだい》な富をもたらした。一方、格差社会の底辺に生きるレーエンデ人は安価な労働力として朝から晩まで働かされた。病人や老人、臨月の妊婦、五歳に満たない幼子《おさなご》までも働き手として駆り出された。

長時間にわたる過酷な労働はレーエンデ人の心を荒廃させた。不信と不満が蔓延《まんえん》し、諍《いさか》いや犯罪が頻発した。誰もが今日を生き抜くのに精一杯で、未来を考える余裕などどこにもなかった。

革命の話をしよう。

第四の物語の始まりは聖イジョルニ暦八八八年八月八日。

帝国支配下のレーエンデ、西部の大都市ボネッティで男児が生まれた。西の司祭長ヴァスコ・ペスタロッチとロベルノ州首長の娘イザベルの第一子。始祖の血を引く四大名家の嫡男でありながら、レーエンデ独立のために尽力した高潔の士。絶望と諦観《ていかん》の暗黒時代を撃ち抜いた英傑。

生前、彼は言っていた。

「妹を愛していた」と。「心から信頼していた」と。「彼女も俺を理解し、信頼してくれた。自分がどう行動すれば、俺が何を選択するのか、彼女にはすべてわかっていた」と。

愛《いと》おしげに、誇らしげに、血を吐《は》くように独白した。

「だから殺すしかなかった」と。


彼の名はレオナルド・ペスタロッチ――

またの名をレオン・ペレッティという。

第一章　レオナルドという少年

《王様スープ》
ヒゴネとツチイモに香草や屑肉などを加えて煮込んだレーエンデの家庭料理。近年はツチイモの代わりにエストイモが使われる。

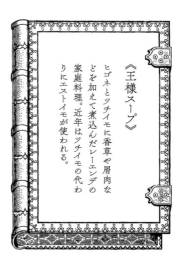

1

穏《おだ》やかな昼下がり。ペスタロッチ家の学習室に一頭の蝶《ちょう》が舞い込んできた。

真夏の日差しを浴び、銀の翅《はね》が煌《きら》めいている。細い胴も繊細な触角も銀一色に染まっている。銀の生物は創造神《クラリエ》の使者。いと尊き『銀天使』だ。

《いつまでそうしているの？》

蝶の銀天使は、ひらひらとレオナルドの周囲を飛び回った。

《早く出ておいでよ》

うるさいな、と心の中でレオナルドは呟《つぶや》く。言い返したくなるのをぐっと堪《こら》える。

なぜ銀天使の声が聞こえるのか、彼自身にもわからない。でも銀天使の声が聞こえるなんて、誰にも知られたくない。しかも今は授業中だ。ちょっと余所見《よそみ》をしただけでも叱《しか》られる。サンヴァン先生にシロヤナギの鞭《むち》で手の甲を叩《たた》かれる。学習室を抜け出すなんて、絶対に無理だ。

レオナルドは黙々と書き取りを続けた。

《先に行ってるよ》

銀色の蝶がからかうように彼の鼻先をかすめていく。そのまま外へと戻っていく。

俺だって、行けるものなら行きたいさ。

レオナルドは小さく息を吐いた。目だけを動かしてサンヴァン先生を盗み見る。

窓辺の椅子《いす》に厳《いか》つい顔をした初老の男性が腰掛けている。シド・サンヴァンはペスタロッチ家に出入りする教師の中でもっとも厳格で一番怖い先生だ。そんなサンヴァン先生も午後の睡魔には勝てないようで、白髪頭がこくり、こくりと船を漕いでいる。

レオナルドは書き取りの手を止めて、窓の外へと目を向けた。

なだらかな丘陵地帯、目路の限りにカラヴィス畑が広がっている。青々と繁《しげ》ったカラヴィスの葉に、麦わら帽子を被《かぶ》った農夫達が水を撒《ま》いている。飛び散る水滴が陽光を反射し、きらきらと輝いている。豊作を願う仕事歌がのんびりと響いてくる。

聖都ノイエレニエでは異例の酷暑《こくしょ》が続いているというが、ここボネッティの夏は爽《さわ》やかだ。森林に囲まれているため、不快な蒸し暑《むあつ》さを感じることはほとんどない。開け放たれた窓から吹き込んでくる涼風。清々《すがすが》しい夏草の香り。素晴らしい天気だ。こんな日に屋敷《やしき》の中にいるなんてもったいない。今すぐ学習室を飛び出して、森の中を駆け回りたい。夏の森は遊びの宝庫だ。虫採り、木登り、基地作り。長い昼を遊び尽くしてもまだ足りない。レオナルドはペスタロッチ家の嫡男だ。家督を継げばもう子供ではいられなくなる。馬に乗って草原を走り回ることも、西の森を探検することも出来なくなる。それでなくても九歳の夏は一度きり。二度と巡ってこないのだ。

「おい、レオン」

小さな声が彼を呼んだ。右隣の席に座るブルーノだ。ひとつ年上のブルーノはペスタロッチ家の忠臣ジュード・ホーツェルの一人息子だ。物心ついた時から隣にいて、ともに遊び、ともに学んできた親友だ。

「いい知らせがある」

口の横に右手を当て、ブルーノはささやいた。

「昨日、旧市街に行ってきた」

レオナルドは目を剝いた。

「ズルいぞ、ブルーノ！　俺を置いていくなんて――」

「しーッ」ブルーノは人差し指を唇《くちびる》に当てた。「大声を出すな。先生が起きちまう」

レオナルドは口を押さえた。おそるおそるサンヴァン先生を振り返る。

ゆらりゆらりと上体が揺れている。夏風が白髪頭を撫《な》でていく。

大丈夫、まだ寝ている。

「どうして誘ってくれなかったんだ」

「そう怒るな。ユノの孫のふりをして一緒に買い物に行っただけだ」

ユノはホーツェル家の使用人だ。留守がちな父親の代わりにブルーノを育てたのがユノとティム、クラム夫妻だ。ノイエ系レーエンデ人である彼らとなら、旧市街に行くことも可能だろう。

しかし、レオナルドは釈然としない。

彼らはブルーノを実の孫以上に大切にしているが、決して甘やかしはしない。ブルーノがどんなにねだったとしても、イジョルニ人である彼を旧市街に伴うとは思えない。

「ユノとティムが同行を許したというのか？」

「先日、ティムが腰を痛めたんだ。動くのも大変そうだったから、彼の代わりに俺が荷物持ちをすると言い張った」

ブルーノはニヤリと笑い、意味ありげに右目を閉じた。

「孫のふりをするために古着を用意して貰《もら》った。お前の分も確保してある」

「さすがブルーノ！」

つい、声が大きくなった。

「む……？」

サンヴァン先生が顔を上げた。皺《しわ》に埋もれた目をしばしばと瞬《まばた》く。

ブルーノは教科書で顔を隠した。レオナルドは慌てて書き取りを再開した。サンヴァン先生はずり落ちた眼鏡《めがね》を押し上げた。腕を組み、背もたれに頭を預ける。

数秒後、すーか、すーかと安らかな寝息が聞こえてきた。

「夏祭りは五日後だ」

ブルーノは横目でレオナルドを見る。

「決意は変わらないか？」

「変わるもんか」レオナルドは拳《こぶし》で胸を叩いた。「今年こそ旧市街に潜入する」

かつてレーエンデと外地を結ぶ道はラウド渓谷路しかなかった。ボネッティは交易の要衝として大いに栄えた。しかしノイエスト鉄道路が完成すると、人々は危険な山路を避け、鉄道を利用するようになった。ラウド渓谷路を行き来する商隊は激減し、ボネッティもすっかり寂《さび》れてしまった。

だが近年、西部高原の開拓が進み、大規模農場が出来ると、ボネッティにも多くのイジョルニ人がやってきた。彼らは駅舎周辺に新しい町、新市街を造った。レーエンデ人が住む居住区を旧市街と呼んで区別した。新市街と旧市街。ふたつの町は独自の自治体を持っており、互いに干渉することも交流することもない。

唯一の例外は八月十日。この日、旧市街では夏祭りが開催される。祭りには新市街や近隣の町村からも人が集まる。見慣れない子供が旧市街を闊歩《かっぽ》しても怪しまれることはない。

「二人とも、本気なの？」

レオナルドの左隣に座った少年が不安げな声で問いかける。彼はステファノ・ペスタロッチ、ふたつ年下の従兄弟《いとこ》だ。ペスタロッチ家の男はおしなべて背が高く、体格もいいのだが、ステファノは母親に似て小柄《こがら》で華奢《きゃしゃ》だ。金色の髪にくすんだ緑の瞳《ひとみ》、白磁の肌に薔薇色《ばらいろ》の頬《ほお》、教会堂の天井絵に描かれた天使さながらの美少年だ。

「旧市街は危ないんだよ。ペスタロッチ家の者だとわかったら殺されちゃうよ。レーエンデ人は恩知らずで、ペスタロッチ家を恨んでるんだって、母さまが言ってたもん」

「もしそれが本当なら、俺はその恩知らず達と話がしたい」

「なんで？」

「民の声を聞き、改善すべきところは改善する。それも為政者の務めだからだ」

「意味わかんない」

ステファノは眉根《まゆね》を寄せた。

「教科書に書いてあったじゃない。帝国市民には与えられた役目をまっとうする義務があるって。僕らペスタロッチ家の人間は為政者として責任ある行動が求められるし、下級市民であるレーエンデ人は労働者としての勤労が求められる。ペスタロッチ家のために尽くすことは彼らの義務だもの。話を聞いてやる必要はなくない？」

「それでも、話がしたいんだ」

レオナルドは外へと目を向けた。真夏の日差しの中、広大なカラヴィス畑で農夫達が働いている。彼らは出稼ぎ労働者で、そのほとんどがレーエンデ人だ。

「俺は祖父のような強くて正しい人間に、レーエンデ人の善き隣人になりたいんだ」

彼の祖父エットーレ・ペスタロッチは西部の荒野を開拓し、現在の大農場を造りあげた伝説的偉人だった。

聖イジョルニ帝国が北イジョルニ合州国との戦に明け暮れていた時代、軍事力こそが権力だった。しかし停戦協定締結以後は軍事力よりも経済力がものをいうようになった。選帝権を持つ十二人の最高司祭達に多額の賄賂《わいろ》を渡せる家が、法皇帝の座を専有するようになった。武闘派であったペスタロッチ家は戦のない時代に馴染《なじ》むことが出来ず、停戦以後は一人の法皇帝も輩出することなく零落の一途を辿《たど》っていた。

さらに追い打ちをかけたのが、教区分割統治の決定だった。今から九十年ほど前、始祖ライヒ・イジョルニの血を引く五大名家のうち、没落したフェルミ家を除く四家がレーエンデを分割、東西南北の教区をそれぞれ自治領として治めることになった。ダンブロシオ家は石炭や鉄鉱石などの資源に恵まれた東教区を、リウッツィ家は大麦畑を有する実り豊かな北教区を、コンティ家は鉄道路の敷設により栄えた南教区を支配することになった。だが立場の弱いペスタロッチ家は、収入源もなく開発からも取り残された西教区を押しつけられた。

それを逆手《さかて》に取ったのがエットーレだ。彼は安い人件費を売りにして外地企業を誘致した。その努力は実を結び、未開の西部は大規模農場へと姿を変えた。不可能といわれてきたカラヴィスの栽培を成功させたのもエットーレだ。鎮静剤の原料となるカラヴィス葉は飛ぶように売れ、これによりペスタロッチ家は四大名家の中でも一、二を争う勢力へとのし上がったのだ。

エットーレの死後、その権勢をさらに大きなものとしたのが長男のヴァスコ——レオナルドの父だった。彼は遺産を元手に人員を集め、私設軍隊『ペスタロッチ兵団』を設立。これを外地ロベルノ州に派遣し、北イジョルニ合州国との国境を突破し、旧ゴーシュ州南部一帯を制圧した。

合州国との開戦を避けるため、法皇庁はヴァスコを呼び出し、ペスタロッチ兵団を引き揚げるよう命じた。しかしヴァスコは従わなかった。逆にロベルノ州首長の娘イザベルを伴侶《はんりょ》とすることで、ロベルノ州との結びつきをさらに強めた。

「今の帝国は牙を失っている。法皇庁だけが旨《うま》い汁をすすり、ぶくぶくと肥え太っている。しかしヴァスコ・ペスタロッチは合州国を恐れず、法皇庁にも媚《こ》びない。彼ならば強い帝国を復活させてくれる」

そんな世論の後押しを受け、ヴァスコは次期法皇帝候補へのし上がった。現法皇帝はかなりの高齢だ。そう遠くない未来、ヴァスコは野望を達成するだろう。

だからこそ、レオナルドは焦っている。

「父上が法皇帝になれば、俺はペスタロッチ家の当主となる。そうなったらもう誰も俺に本音を言ってくれなくなる」

「まだ君が当主になるって決まったわけじゃないよ」

呑気《のんき》な口調でステファノは言う。

「それにヴァスコ様は、レーエンデ人の善き隣人になるよりも強い支配者になれって言うと思うな」

「う……」

痛いところを突かれ、レオナルドは唇をねじ曲げた。

「強くあれ」と父は言った。「強さはすなわち正義だ」と。その言葉を信じ、レオナルドは幼《おさな》い頃から射撃と剣技と格闘技を習ってきた。強くあるため、正しくあるため、立派なペスタロッチ家の当主になるため、大人でさえ音を上げそうな鍛錬を己に課し、日々研鑽《けんさん》を積んできた。

でもヴァスコは滅多《めった》にボネッティに戻らなかった。たまに戻ってきても挨拶《あいさつ》程度の言葉を交《か》わすだけで、親子らしい会話はしたことがない。立派な跡取りだと認められたことも、強い息子だと褒められたこともない。

「父上に褒められたいからじゃない。すべては善き為政者になるためだ」

我ながら言い訳じみていると思った。恥ずかしくなって、レオナルドは小声で続けた。

「俺は祖父のようになりたいんだ。イジョルニ人だけでなくレーエンデ人からも敬愛される、立派な領主になりたいだけだ」

「それは……わからなくもないけど……」

ステファノは、もじもじと指を擦り合わせた。

「旧市街に行って、もし襲われたらどうするの？　誘拐されたらどうするの？」

「だから、そうならないように変装するんだ」

「変装すれば大丈夫なの？　絶対安全だって言えるの？」

「だったらお前は留守番してろ」

ブルーノが手を伸ばし、ステファノの額をピンと弾《はじ》いた。

ステファノは打たれた額を押さえた。大きな目がみるみるうちに潤《うる》んでいく。

「いやだよぅ。僕だけ留守番なんて、ひどいよぅ」

「なら泣くなよ、弱虫ステファノ」

「やめろ、ブルーノ」

レオナルドは友を窘《たしな》めた。ステファノは泣き虫で、顔も性格も女の子みたいだけれど、それを馬《ば》鹿《か》にするのはよくないことだ。弱い者いじめは悪いこと。正しくないことだ。

「安心しろ。俺達は仲間だ。どこに行くのも一緒だ」

「本当に？」ステファノは上目遣いにレオナルドを見た。「本当に置いていかない？　僕のこと仲間はずれにしない？　絶対に？」

「約束する」

彼を安心させるため、レオナルドは大きく頷《うなず》いた。

「たとえ何があろうとも、絶対にお前を見捨てたりしない」


聖イジョルニ暦八九七年八月十日、夏祭りの当日。

その日は朝から落ち着かなかった。授業中も気が気でなくて、サンヴァン先生に叱責《しっせき》された。ようやく午後の歴史学の授業が終わり、ついに自由の身になった。

「遊んできます」と言い残し、三人は屋敷を出た。西の森を目指し、足早に中庭を横切る。主館の北にある別館の前まで来た時だった。突然ステファノが切り出した。

「ごめん。僕、やっぱり一緒に行けないや」

レオナルドは驚いて足を止めた。

「どうした？　気分でも悪いのか？」

ブルーノは胡乱《うろん》な目でステファノを眺《なが》めた。

「さてはお前、顔に泥を塗るのが嫌になったな？」

「そんなんじゃないよ」

ステファノはぷくっと頬を膨《ふく》らませる。

「昨日の夜、詩のノートを机の上に置いたまま寝ちゃったんだ。そしたら母さまがそれを読んでね、とっても素敵だわって褒めてくれたの」

ほんのりと頬を染め、嬉《うれ》しそうに笑み崩れる。

「せっかくだからお披露目しましょうって、今日の午後、ナタリアやロゼも誘って詩の朗読会を開きましょうって言われてるの」

ナタリアとロゼはステファノの母アリーチェが連れてきた彼女専属のメイドだ。

流行病《はやりやまい》で夫を亡くした後もアリーチェは贅沢《ぜいたく》暮らしがやめられず、ついには遺産を使い果たし、夫の兄であるヴァスコを頼ってボネッティにやってきた。以来ステファノ親子は二人のメイドとともに別館で暮らしている。

「んなの、別の日にして貰えよ」

呆《あき》れたと言わんばかりにブルーノはぐるりと目玉を回した。

「先約があるって言えば、それですむことだろ？」

「でも母さまに嘘《うそ》はつけないし、理由が言えないんじゃ断れないよ。それとも『今日の午後は旧市街の夏祭りに行くから無理です』って言えばよかったの？」

「やめてくれ」レオナルドは即答した。「それだけはやめてくれ」

「だから夏祭りには二人で行ってよ」

悪びれることもなく、ステファノは天使のように微笑《ほほえ》んだ。

「僕のことは気にしなくていいからさ」

レオナルドは憮然《ぶぜん》とした。この前は「留守番はいやだ」と泣いていたくせに、いざ行かれなくなってても嬉しそうに笑っている。やっぱり怖いんじゃないのか？　顔に泥を塗るのが嫌になったんじゃないのか？

「仕方がねぇな」

ブルーノがこれ見よがしに嘆息した。

「行こうぜ、レオン」

彼の背を押して歩き出す。

「行ってらっしゃーい」

ステファノの声を背にして、二人は別館の裏手から『西の森』に入った。

レーエンデ西部に広がる西の森は、木々が生い茂って道もなく野生の獣が跋扈《ばっこ》する。長銃を携えた猟師でさえ単身で踏み入ることはないという危険極まりない森だ。執事のグラントはしかつめらしい顔をして「危険ですから西の森には入ってはいけません」と言う。しかし四季様々に姿を変える森は少年達にとって魅力的すぎた。屋敷周辺の森は、いまや彼らの格好の遊び場になっている。

下草を踏み分け、森の奥へ進むと、前方に岩山が見えてきた。大きな岩と岩の間に板が渡してある。レオナルド達の秘密基地だ。奥に隠した壺《つぼ》の中からブルーノが古着を取り出した。レオナルドはシャツと半ズボンを脱ぎ捨て、黴臭《かびくさ》い古着に着替えた。ベルトを締め、古ズボンの腰回りを叩き、残念そうに独《ひと》りごちる。

「拳銃《けんじゅう》、持ってきたかったな」

初めて銃を手にしたのは五歳の時だ。得意なのは長銃だ。飛んでいる鳥だって撃ち落とす自信がある。だが長銃も拳銃も執事のグラントが厳重に管理していて、持ち出すことは出来なかった。

「いや、銃は必要ねぇ」

ブルーノは頭を横に振った。

「前にも言ったろ。レーエンデ人に銃の携帯は許されてねぇんだって。拳銃を持ってるってことは『俺達はイジョルニ人です』って宣言するのと同じだ。んなの余計に危ねぇよ」

「けど――」

「反撃するより全力で逃げろ」

ブルーノは湿った土を手に取って、頰にぐいっと塗りつける。

「正直ホッとしたよ。いざって時、お前と俺だけなら逃げられる。けどステファノが一緒じゃ逃げ切れねぇ」

「でも俺達は仲間だ。一緒に来てほしかった」

「お前、ほんとお人好《ひとよ》しだな。あいつ、お前に成り代わろうとしてるんだぜ？」

「成り代わる？」

「嫡男であるお前を蹴落《けお》として、自分がペスタロッチ家の家督を継ぐつもりなんだよ」

ああ、そういうことか。

「ステファノがペスタロッチ家の当主になることは絶対にない」

「どうして？」

「父上はペスタロッチ家の男に強さを求める。ステファノにはそれがない」

「言えてる」

ブルーノはふふんと鼻で笑った。

「あいつと違ってお前は強い。だからって油断はするなよ。やばい状況になったら真っ先に自分を守れ。言っとくが、俺はお前以外のペスタロッチに仕えるつもりはねぇからな」


ボネッティ旧市街は人で溢《あふ》れかえっていた。これなら身分を疑われることもないだろう。レオナルドは臆《おく》することなく人の流れに分け入った。

埃《ほこり》っぽい道の両側に古びた木造家屋が並んでいる。玄関ポーチにはテーブルが並び、住人達が軽食や土産物を売っている。物売りや客引きの声がかまびすしい。すでに酒が入っているらしく陽気な声が飛び交っている。楽しそうに歌い騒ぐ人々を見て、レオナルドは嬉しくなった。

よかった！　ペスタロッチの領民達は皆、幸せそうだ！

やがて二人は円形の広場へと流れ着いた。中央にある教会堂を屋台が取り囲んでいる。揚げたてのエストイモ、チーズを練り込んだ焼き菓子、蜂蜜《はちみつ》がたっぷりかかった黒パン、串焼《くしや》き肉を売る店もある。鼻をくすぐる香ばしい匂《にお》い。たまらず唾液《だえき》が溢れてきた。

「せっかくだ。何か喰《く》おうぜ」

ブルーノが誘惑する。本音を言えば、すぐにでも同意したかった。だがそれでは示しがつかない。レオナルドは唾《つば》を飲み込んで、険《けわ》しい目で友を睨《にら》んだ。

「買い喰いを楽しむために来たわけじゃないぞ」

「けど、祭りに来て何も食べねぇのもおかしいだろ？　何か喰わなきゃ逆に怪しまれるだろ？」

「それは……確かに」

「何にする？　ひとつ選んでくれ」

「わかった。ひとつだな。よし、ひとつだけだな」

さんざん迷ったあげく、揚げイモを選んだ。

ムンドゥス大陸から伝わるやいなや、瞬《また》く間に普及したエストイモは、一昨年《おととし》の飢饉《ききん》の際、多くのレーエンデ人を餓死から救った。そういう食べ物があることは知っていた。けれど実際に目にするのは初めてだ。もちろん食べたこともない。

「落とさないよう気をつけろ」

ブルーノが二人分の揚げイモを買ってきた。丸いエストイモが三つ、串に刺さっている。黄金色の衣からはホカホカと湯気が立っている。ねっとりとした黄色いソースがぽたぽたと滴《したた》っている。

「いただきます」

レオナルドは揚げイモを頬張った。じゅわっと油が溢れてくる。濃厚なチーズの香りが口いっぱいに広がる。やわらかなイモが舌の上でほろほろと崩れる。ほんのりとしたイモの甘味、まろやかなチーズの塩味、サクサクとした衣の香ばしさ。

こんな旨いもの食べたことがない！

我を忘れて夢中で食べた。あっという間に平らげた。名残惜《なごりお》しくて串を舐《な》める。ちょっとだけチーズの味がする。

「なぁ、ブルーノ」

「ん？」

「困ったぞ。俺、ものすごく、楽しくなってきてしまった」

だが今日ここに来たのはレーエンデ人と話をするためだ。遊びに来たわけではない。遊んでいる場合ではないのだが――

「ほらほら、西の広場で大道芸が始まるよ！」

道化師がプカプカとラッパを吹き鳴らす。

「観《み》に来て、観に来て！　ウチの芸人達は凄腕揃《すごうでぞろ》いよ！」

「ねぇ、回転木馬に乗ってかない？」

「射的はどうだい？　豪華景品揃ってるよ！」

「揚げパンはいかが？　美味しいよ！」

ありとあらゆる呼び声がレオナルドを誘惑する。むくむくと好奇心が膨れ上がる。見たい、聞きたい、遊びたい。今にも胸がはち切れそうだ。

駄目だ。もう我慢出来ない。

「よし、夏祭りの現状を視察するぞ」

「そう来なくっちゃ！」

ブルーノはパチンと指を鳴らした。

輪投げや射的、ブランコに回転木馬、歓声を上げる人々を眺めているだけで楽しかった。西の広場には木箱を積み上げた舞台があり、軽業師《かるわざし》達が曲芸を披露していた。支柱の間に張られたロープを小柄な少女がすいすいと渡っていく。派手な衣装を身に着けた男女がくるりくるりと宙を舞う。軽業師達が去った後、舞台に小さな人影が現れた。珍妙な格好をしている。穴の開いた鍋《なべ》で顔を隠し、腰には木製の剣を吊《つ》るしている。

「お集まりの皆々様！　しばしの間、お耳を拝借！」

高らかに響く口上。元気のいい少女の声だ。

「今から披露しますのは、戯曲『月と太陽』からの一曲。レーエンデに誇りと自由を取り戻すため戦った英雄テッサ・ダールに捧《ささ》げる名曲を、とくとご堪能《たんのう》あれ！」

少女は腰の剣を抜いた。木製のそれを頭上に突き上げ、透き通った声で歌い出す。

今こそ歌え　ともに立ち上がれ
我らの主人は我らのみ
隷属には決して戻らぬ
この誇りが胸にある限り

武器を手に取れ　未来のために
団結こそが勝利の証《あか》し

目指すはひとつ　永久なる自由
我らの屍《しかばね》を越えて進め！

ざわりと鳥肌が立った。
心臓が高鳴り、身体《からだ》の芯《しん》が熱くなる。目の奥が痺《しび》れ、じわりと涙が滲《にじ》んだ。
レオナルドはうろたえた。
これはいったい何事だ？　なんで俺は泣いているんだ？

足下には同胞《はらから》の血
先人達が流した涙
憤怒《ふんぬ》と号哭《ごうこく》を踏みしめて
しかし嘆くな　屈するな
立ち止まるな　もう二度と！

周囲の人々が肩を組んだ。少女にあわせて歌い出す。
幾重にも声が重なって、大地を揺るがす大合唱になる。

前へと進め　臆さず進め
踏み出す一歩が我らの希望

ともに築こう　我らの国を
いざや進め　今がその時！

銃声が轟《とどろ》いた。

「そこまでだ！」

無粋《ぶすい》な声が歓喜を蹴散《けち》らす。紺色の制服を着た警邏兵《けいらへい》が広場になだれ込んでくる。胸に金色の飾りをつけた隊長が、拳銃の先を舞台に向ける。

「貴様！　騒乱罪で逮捕する！」

途端、各所から不満の声が噴出した。

隊長は空に向けて発砲した。

「やかましい！　抵抗する者は反逆罪で逮捕する！」

広場は騒然となった。レオナルドは舞台へと走った。少女はまだそこにいる。頭上に剣を突き上げて「次は私達の番だ！」と叫んでいる。

「下層階級のウジ虫が！」

若い警邏兵が舞台に上がった。警棒で強打され、少女の手から剣が飛ぶ。

「くたばれ！」

警邏兵が警棒を振り上げる。少女は両手で頭をかばった。レオナルドは少女が落とした剣を摑《つか》んだ。二人の間に割って入り、木の剣で警棒を受け止める。

「女性に暴力を振るうとは何事か！」

叫びざま、レオナルドは回《まわ》し蹴《げ》りを放った。踵《かかと》が警邏兵の脇腹《わきばら》にめり込む。男は横っ腹を押さえて悶絶《もんぜつ》する。その隙にレオナルドは少女を肩に担ぎあげた。

「逃げるぞ！　しっかり摑まっていろ！」

言い放ち、返事も待たずに舞台から飛び降りた。少女を担いだまま人混《ひとご》みを縫って走る。

「待て！　止まれ！」

警邏兵の喚き声が聞こえる。レオナルドはかまうことなく裏路地に飛び込んだ。迷路のような隘《あい》路《ろ》を抜け、柵《さく》を跳び越え、走る。走る。走る。

「もう大丈夫」肩の上から声がした。「誰も追ってこないよ」

狭い路地にいた。どこをどう走ったのか、ここがどこかもわからない。

レオナルドは足を止め、少女を下ろした。

「あんたすごいね。びっくりしたよ」

屈託なく少女は笑った。鍋の兜《かぶと》が脱げている。収まりの悪い栗色《くりいろ》の髪がピンピンと撥《は》ねている。あどけない瞳、日に焼けた褐色の肌、頰には点々とそばかすが散っている。

「助けてくれてありがとう」

少女は右手を差し出した。

「あたしはリオーネ。あんたは？」

「俺は、レオン」

右手を丹念に服に擦《こす》りつけてから、レオナルドはそっと彼女の手を握った。

「君の歌声、すごかった。あれはなんという歌だ？」

「え？　知らないの？　嘘でしょ？　リーアンのこと知らないの？　信じらんない！　あんたいったいどこの生まれよ？」

ぽんぽんと叱責《しっせき》され、レオナルドは首を縮めた。

「……すまない」

「あの曲を書いたのはリーアン・ランベール。レーエンデ人なら知らない者はいない——って、あんたみたいに知らない奴もたまにいるけどさ。とにかく超有名なめちゃくちゃ格好いい天才劇作家なんだよ！　リーアンが手がけた唯一の長編戯曲が『月と太陽』で、その最後を飾る合唱曲がさっきの歌、『レーエンデに自由を』ってわけ。役者達が舞台上に勢揃いして、あの歌を歌い始めるとさ、感動で身体が震えるよ？　ほんと涙が止まんなくなるよ？　レーエンデ人はね、どんなに辛いことがあっても、あの歌を口ずさめば元気になれちゃうんだ。負けないぞ、戦い抜くぞって、勇気がどんどん湧いてくる。ねぇ、あんたもそう思うでしょ⁉」

興奮してまくし立てる、彼女の声は鳥の囀《さえず》りのようだった。

レオナルドは話の内容よりも、リオーネの声に聴き惚れた。

「詳しいんだな」

「あたしの父さん、劇作家だから」彼女は自慢げに薄い胸を反らした。「テオドール・ハロンって、聞いたことない？」

「ない」

「この田舎者《いなかもの》」

「……面目ない」

「来月の一日から一ヵ月間、ボネッティ座が父さんの作品を上演するんだ。場所は表通りの『春《しゅん》光亭《こうてい》』って劇場、わかる？」

もちろんわからない。でも——

「おそらく、わかると思う」

「じゃあ今度観に来て！」

リオーネはレオナルドの肩に手を置いた。背伸びをして彼の頬にキスをする。

「約束だよ！　絶対に観に来てね！」

待ってるからね！　と手を振ってリオーネは走り去る。ぴょんぴょんと跳ねる巻き毛、踊るような足取りが街角へと消えていく。

レオナルドは頬に手を当てた。まだ柔らかな唇の感触が残っている。

ぼうっとしたまま歩き出した。気づけば西の広場に戻ってきていた。壊れた舞台、踏み荒らされた屋台、レーエンデ人が文句を言いながら、散乱する破片を片づけている。

「レオン！」ブルーノが走ってきた。「大丈夫か？　怪我《けが》はないか？」

「ああ、大丈夫だ。お前は？」

「お前のせいで心臓が止まりそうになったよ」

眉根を寄せ、右手で左胸を押さえる。

「それで、あの子はどうした？」

「無事に逃がした」頬に手を当て、嚙《か》みしめるように呟く。「また会う約束をした」

ブルーノはピュウと口笛を吹き、彼の脇腹を肘《ひじ》で小突いた。

「やるじゃねぇか」

「違う。親しくなりたいとか、そういう下心あってのことじゃない」

いや、それもちょっとはあるけれど、それだけじゃない。

レオナルドは目を閉じた。耳の奥に蘇《よみがえ》る、レーエンデ人の大合唱。思い出すだけで鳥肌が立った。自分も一緒に歌いたかった。歌えないのが悔《くや》しかった。

「俺はレーエンデのことを何も知らない」

レーエンデ人の話を聞くことが、将来の為政者たる自分の務めだと思っていた。

でも、今は違う。

「俺は知りたい。レーエンデのことをもっとよく知りたい。レーエンデ人と友達になりたい。あの歌を俺も一緒に歌いたい」

「ああ、わかるよ。すごくよくわかる」

しみじみとブルーノは頷いた。

「でも今日はここらで引き揚げよう。イザベル様は勘が鋭いからな。あまり遅くなると疑われる」

二人は西の森の秘密基地に戻った。湧き水で顔と手足を洗い、服を着替えて森を出た。

「じゃあな」

「また明日」

ブルーノと別れ、レオナルドは屋敷に入った。玄関扉を開けると同時に振り子時計が七時を告げる。自室に戻って着替えている暇はない。彼は早足に食堂へと向かった。

白いテーブルクロスが掛けられた長テーブル、上座に母イザベルが座っている。彼女は外地ロベルノ州の出身で、レーエンデではあまり見ない黒髪の持ち主だ。切れ長の黒い瞳に滑らかな白い肌、理知的な美人だが感情表現に乏《とぼ》しい。レオナルドは母を愛していたし、尊敬もしていたが、ステファノのように甘えることは出来なかった。

「遅くなりました」

レオナルドはイザベルの向かい側に座った。

イザベルは無言で彼を見つめた。心を見透かすような眼光に、レオナルドはひそかに肝を冷やした。慌てるな。落ち着け。ここで目を逸《そ》らしたら余計に怪しまれる。

「どうしました？」

彼はにっこりと笑ってみせた。

「俺の顔に何かついてますか？」

「爪《つめ》が汚れていますね」

抑揚《よくよう》のない声でイザベルが指摘する。

レオナルドは慌てて両手を引っ込めた。母の言う通り、親指の爪の間に泥が残っている。

「申し訳ありません。言いつけを破って西の森に行っていました。昆虫の幼虫を探して土を掘り返すのが楽しくて、つい時間を忘れてしまいました」

考え抜いた言い訳だ。ブルーノと口裏も合わせてある。疑いの余地はない。

そう思っても、落ち着かない。

「好奇心を抱くのはよいことです」

ややあってから、イザベルが口を開いた。

「ですが、わきまえなさい、レオナルド。深入りしてはいけません」

ぴくりと頬が引きつった。やっぱりバレていると思った。覚悟を決め、背筋を伸ばした。イザベルの説教は恐ろしい。正論という刃《やいば》で弱点を突いてくる。容赦なく心を折りにくる。自分が世界一の愚か者に思えて、数日間は立ち直れなくなる。

「では食事にしましょう」

イザベルはナプキンを膝《ひざ》にのせた。

レオナルドはぽかんと口を開いた。

父ヴァスコは強さを求めるが、母イザベルは常に正しさを求める。嘘をついた息子を叱らないなんて、これまであったためしがない。母の説教は怖いが、怒られないのはもっと怖い。

しずしずと夕食が運ばれてきた。

気まずい沈黙の中で食べたカワガモの香草焼きは、まったく味がしなかった。

2

翌月の一日、レオナルドは再び旧市街へと向かった。今回はステファノも一緒だ。

胡乱な目でステファノを見て、ブルーノは繰り返す。

「ただでさえお前はキンキラで目立つんだ。余計なことして注目されるんじゃねぇぞ」

「もう、わかってるよ！」

唇を尖《とが》らせてステファノも言い返す。

「僕はノイエスト鉄道の職員の息子で、ノイエ系レーエンデ人で、最近ボネッティに越してきましたって、押し通せばいいんでしょ！」

レオナルドとブルーノは日に焼けている。髪色は濃く、瞳の色も暗い。けれどステファノの肌は雪のように白く、髪はさらさらで黄金色だ。ティコ系レーエンデ人で通すには無理がある。でもノイエ系レーエンデ人といえば、なんとかごまかせるだろう。

「正体バレたらボコられるだけじゃすまねぇんだ。必要以上に喋《しゃべ》るんじゃねぇぞ」

「だから、もうわかったって！」

『春光亭』はすぐに見つかった。花と太陽を描いた看板の下、今日の演目が書かれた垂れ幕が見える。平日の昼過ぎだというのに、入場口には列が出来ている。代金と引き換えに木札を手渡しているのはリオーネだ。

「レオン！ 来てくれたんだね！」

「ああ！ お招きありがとう！」

「先に座ってて。あたしも後から行くから」

レオナルドは銅貨を支払い、三人分の木札を買った。

屋内は薄暗かった。窓がないので蒸し暑い。苦いような酸っぱいような、異様な悪臭が鼻につく。正面に舞台がある。その前には木の椅子が並んでいる。椅子の背もたれには数字が刻んである。木札の番号が席番号を表しているのだ。レオナルドは札と同じ番号の椅子に腰掛けた。周囲の客の真似《まね》をして、椅子の下にある袋に木札を投げ込む。

「ねぇ、これ何の臭《にお》い？」

鼻をつまんだステファノが問いかけてくる。来るんじゃなかったと顔に書いてある。誰かに見られたら反感を買う。鼻から手を離せと言おうとした時、リオーネがやってきた。

「今日も満席御礼《おんれい》だよ！」

上機嫌でレオナルドの隣の席に滑《すべ》り込む。片目を閉じて、自慢げに微笑む。

「ね、大人気でしょ？」

「いい席を用意してくれてありがとう。楽しみにしていたよ」

「あたしも」と言い、彼女は前を指さした。「ほら、始まるよ」

今日の演目『すれ違い』は一組の男女が繰り広げる喜劇だった。両想いにもかかわらず、勘違いや思い違いを繰り返す。悲嘆に暮れる女。誤解を解こうと奔走する男。観客は大いに盛り上がった。すべての誤解が解け、無事結ばれた二人を見て、レオナルドはぽかぽかと幸せな気分になった。

役者達が舞台袖《そで》に引っ込むと、観客達は席を立ち、劇場の外へと流れ始めた。

「ちょっと通してくれ」

それに逆行して一人の男がやってくる。右手に分厚い書類入れを抱《かか》えている。わずかに右足を引きずっている。縺《もつ》れた栗色の髪と人の好《よ》さそうな丸顔、三十歳前後のレーエンデ人だ。

「紹介するね」リオーネがぴょんと立ち上がる。「これがあたしの父、劇作家のテオドール・ハロン」

「テッドって呼んでくれ」

人懐《ひとなつ》っこい笑みを浮かべ、彼は左手を肩の高さに掲げた。その掌《てのひら》には直交する二本の線が描かれている。

「レオン君だね？」

「はい、レオン・ペレッティです」

レオナルドはテッドと握手を交わした。

「こちらの二人は俺の親友、ブルーノとステファノです。ステファノはノイエ系レーエンデ人なんです」

「ほほう、ほうほう！」

テッドは奇声を上げ、愉快そうに笑った。

「なるほど、なるほど！　いいねそれは、とてもいい！」

よかった。何とかごまかせたみたいだ。

レオナルドは微笑んだ。

「楽しい舞台でした。いっぱい笑わせて貰いました」

「そうかい？　それはそれは嬉しいな」

「また観に来てもいいですか？」

「もちろん、もちろん」

テッドはせわしげに頷いた。あ、そうだ——と言い、抱えていた書類入れを差し出す。

「これはリオーネを助けて貰ったお礼だ。どうか受け取ってくれ」

書類入れは分厚く、ずしりと重い。中にはみっしりと紙の束《たば》が詰まっている。

「何ですか、これは？」

「脚本だよ。リーアン・ランベール作『月と太陽』の譜面と脚本だ」

テッドはいたずらっぽく片目を閉じた。

「最近は取り締まりが厳しくてね。それ警邏に見つかると不敬罪で捕まるから気をつけてね」

「いいんですか？　そんな貴重なものをいただいてしまって」

「貴重なモノっていうより、危険なシロモノだけどね！」

笑いごとではない。なのにテッドは手を叩いて大笑する。

「読み終わったら、ぜひぜひ感想を聞かせてくれ」

優しい眼差《まなざ》しで、彼は三人の少年を順番に見つめた。

「今後ともリオーネと仲良くしてやってくれ」


その夜、レオナルドは『月と太陽』の脚本を開いた。

ゆっくり大切に読もうと思っていた。なのに気づけば夢中になっていた。貪《むさぼ》るようにページをめくった。時間も忘れて没頭した。休むことなく一気に読み終え、堪え切れずに泣《な》き伏《ふ》した。感嘆の息を吐き、顔を上げ——そこで気づいた。

東の空が明るい。

レオナルドは慌ててベッドに入った。少しでも寝ておこうと目を閉じた。しかし興奮で胸が高鳴って、とても眠れそうになかった。

テッサ、ああ、テッサ。貴方《あなた》の夢見た世界はなんて素敵なんだろう。階級社会の壁を越え、すべての民族が手を取り合う。イジョルニ人とレーエンデ人が仲良く暮らす。そんな世界が実現したら、どんなに素晴らしいだろう！

レオナルドは連日『春光亭』に通った。「お前だけじゃ心配だ」とブルーノもついてきた。「臭い」と文句を言っていたステファノも、すっかり舞台の虜《とりこ》になっていた。

入り浸るだけでは申し訳ないので、三人は劇場の手伝いをするようになった。お客の呼び込み、木札の整理、劇場の掃除や後片づけ。どんな仕事も進んでこなした。「いつもありがとうね」と劇場主のミラから小遣いを貰い、それで果物の砂糖漬けや揚げ菓子を買い、教会広場で食べるのが習慣になった。

九月の公演が無事終了し、一ヵ月の準備期間を挟んで、十一月には次の公演が始まった。その興行が終盤にさしかかった頃、ボネッティに初雪が降った。すっかり日も短くなり、日没までのわずかの間、レオナルド達はリオーネと教会広場で遊んだ。

階段を舞台に見立て、ステファノが歌っている。主演女優になりきって、優雅に軽やかに踊っている。一曲を披露し終え、一礼するステファノに——

「お見事、お見事！」

リオーネが拍手喝采《はくしゅかっさい》を送った。

「ステファノって綺麗《きれい》な声してるよね。顔立ちも整ってるし、舞台に立ったら見栄えすると思うな」

「ほんと？」

ステファノの顔がぱあっと輝く。階段からポンと飛び降りて、拳を空に突き上げる。

「じゃあ、僕は役者になる！　ボネッティで一番人気の役者になる！」

その翌日、彼は授業を欠席した。次の日も、その次の日も姿を見せなかった。風邪でも引いたのだろうか。しかし別館に医者が呼ばれた様子はない。

「三日も授業を休むなんて、ステファノはいったいどうしたんだろう？」

レオナルドの心配を、ブルーノは鼻で笑い飛ばした。

「放っておけよ。きっと母さまと一緒に詩でも読んでるのさ」

二日後、ステファノが久しぶりに学習室にやってきた。

「何をしていたんだ？」

レオナルドが尋《たず》ねても、ステファノは「ないしょ」と言って答えなかった。「そのうちわかるよ」とほくそ笑むだけだった。

その答えは数日後にやってきた。新市街から来た荷馬車が別館の前で止まった。荷台には白い布に包まれた巨大なテーブルのようなものが載せられている。

重そうな荷物だった。男達が数人がかりでそれを館内へと運びこんでいく。その様子をにこにこしながら眺めているステファノに、レオナルドは問いかけた。

「そうっとだ。そうっと降ろせ」

「これは何の騒ぎだ？　あの荷物はいったい何だ？」

「あれはピアノだよ。ピ・ア・ノ！」

歌うようにステファノは答えた。

「芸術の都エストレニエにはね、イジョルニ帝国歌劇場っていう、とっても大きな劇場があるんだ。その舞台では帝国一素晴らしい歌やお芝居が披露される。それを観《み》るために帝国中から紳士淑女が集まってくるんだ」

とても大きな劇場——と言われてもレオナルドにはピンとこない。なにしろ生まれてこの方、ペスタロッチ家の屋敷より大きな建物を見たことがないのだ。

「僕はイジョルニ帝国歌劇場の舞台に立ちたい！　伝説の歌姫パティ・ラダの生まれ変わりと呼ばれたい！」

空を抱くように、ステファノは両腕を開いた。

「僕は声楽家になる！　一生懸命練習して、みんなに愛される声楽家になるんだ！」

「なるほど！　それはいい考えだ！」

ようやく腑《ふ》に落ちて、レオナルドは従兄弟の肩を叩いた。

「でも覚悟しておけよ。父上は歌や踊りが嫌いだからな。簡単には許してくれないぞ」

「なんでヴァスコ様の許しがいるのさ」

ステファノは途端に不機嫌になった。眉を吊り上げ、声を尖らせる。

「僕の父さまはマッツィオ・ペスタロッチだ。僕が何をしようとヴァスコ様には関係ない！」

レオナルドは面喰《めんく》らった。ヴァスコはアリーチェとステファノを別館に迎え入れ、衣食住の世話をしている。いわば彼らの後見人だ。関係ないとは言い切れない。しかしステファノは大真面目《おおまじめ》だ。見栄《みえ》を張っているわけでもなさそうだ。

「すまない。思い違いをしていた」

レオナルドは頭を下げた。

「俺が悪かった。どうか許してくれ」

「いいよ。許してあげる」

ステファノはころりと相好を崩した。

「これから午後の自由時間は歌の練習をする。だからもう君達とは遊べない」

「えっ？」

レオナルドはまじまじとステファノを見つめた。

「そ、それは残念だ」

なんとなく裏切られたような心持ちになった。

「リオーネが、寂しがるだろうな」

「そうかもね。でも仕方ないよね」

ステファノはあっけらかんと応《こた》えた。

「僕が声楽家になったら、彼女に招待状を送るよ。そしたら許してくれるよね」

「ああ、そうだな。きっと喜ぶと思う」

「だよね。世界一の声楽家からの招待状だもん。観られなくたって嬉しいよね」

「観られない？　どうして？」

「ああ、知らない？　やっぱり知らなかったんだ」

ひとしきりクスクスと笑ってから、ステファノはレオナルドの肩を叩き返した。

「君はレーエンデ人の善き友人だもん。知らないままでいいと思うよ」

この時、すでにステファノは知っていたのだ。レーエンデ人は大劇場に入ることが出来ないことを。レーエンデから出ることさえ許されないことも。

だがレオナルドは知らなかった。

彼はまだ、何も知らなかった。


レオナルドとブルーノは二人で旧市街に出かけるようになった。

結果的にそれが功を奏《そう》した。

劇場に集まる常連客が、声をかけてくるようになったのだ。

「おい、あの女の子みたいな顔したノイエ系の坊主《ぼうず》はどうした？」

「彼は他にやりたいことが出来たみたいです」

「そりゃ朗報だ！　人を小馬鹿《こばか》にしたあの態度にゃ、いい加減、ウンザリしてたんだ」

「ノイエの連中は信用ならねぇ。連中は金で同胞を売りやがるからな」

ノイエ系レーエンデ人には裕福なイジョルニ人の使用人として働く者が多い。ゆえにティコ系やウル系のレーエンデ人は、ノイエ系レーエンデ人のことを『裏切り者』と呼んで毛嫌いしている。

そういう話は耳にしていたけれど、まさかこれほどまでとは思わなかった。

「いやいや、大人の考えを子供に押しつけるのはどうかと思うよ」

反論したのはテッドだった。

「この年代の子供達は人種なんて気にしない。一緒に遊んで楽しいかどうか。問題なのはそこだけだよ。たとえ相手がイジョルニ人でも、きっと仲良しになれると思うよ」

「やめろよ、テッド。こいつらが本気にしたらどうするよ」

「お前達、真に受けるんじゃねぇぞ？　イジョルニ人は人の皮を被った悪魔だからな。子供だって容赦はしねぇ。隙《すき》を見せたら頭からバリバリ齧《かじ》られちまうぞ」

「おいおい君達。いくら『春光亭』の中だからって、その言い方はあんまりだよ」

「なに言ってんだ。『春光亭』にいる時だけだろ。思う存分、悪口言えんのは！」

常連達はけらけらと笑う。不敬な発言をしているのに、あたりを憚《はばか》る様子もない。

後片づけを終えた後、教会広場でレオナルドはリオーネに訊《き》いてみた。

「なんで『春光亭』では、イジョルニ人の悪口を言っても許されるんだ？」

「なんでって――」リオーネは怪訝《けげん》そうに首を傾《かし》げた。「『娼館《しょうかん》保護法』があるからに決まってるでしょ」

「娼館保護法？」

「それも知らないの？　あんたって本当に何も知らないんだね？」

「すまない」

素直に謝るレオナルドを見て、リオーネはやれやれというように首をすくめた。

「『娼館保護法』ってのは第二代法皇帝が定めた『娼館に手を出すな』っていう法律のこと。だから『春光亭』の舞台で帝国を批判するような演目を上演したとしても咎《とが》められることはない。警邏兵はもちろん、神騎隊だって娼館には手が出せない――」

「ちょっと待て！」突然ブルーノが叫んだ。「『春光亭』は娼館なのか？」

「そうだけど？」

リオーネはきょとんとした顔をする。

「ボネッティ座の役者達は全員『春光亭』の娼婦《しょうふ》と男娼《だんしょう》なんだよ。もしかして、それも知らなかった？」

「知らねぇよ、そんなこと！」

「そんな慌てることないじゃない。あんた達は女を買いに来てるわけじゃないんだし」

「そういう問題じゃない！」火を噴《ふ》きそうな勢いでブルーノが言い返す。「レオンと娼館に入り浸っていたことがバレたら俺は親父《おやじ》に殺される！」

「頭の固い親父さんだね。目くじら立てるようなことじゃないでしょ。あんたの親父さんだって、やることとやったからあんたが生まれてきたんだし」

「それとこれとは話が別だ！」

「ちょっと待ってくれ」

レオナルドは二人を制した。

「ブルーノ、なにをそんなに怒っているんだ？　リオーネ、娼館とはいったいなんだ？」

ブルーノは両手で頭を抱えた。その場に座り込み、がっくりと肩を落とす。

「言えない。俺の口からは、とても言えない」

「あ、あたしだって言えないよ！」

耳朶を赤く染め、リオーネは両手を振る。

「そういうことは――そうだ、父さんに訊けばいいと思うよ」

「わかった。訊いてみる」

レオナルドは真顔で首肯した。

翌日、彼はテッドに同じ質問をした。テッドは男女の夜の営みについて、娼婦達の仕事についいて、ごまかすことなく答えてくれた。それでようやく理解した。俺達は劇場に通っていたつもりで、実のところ娼館に通っていたのだ。確かにこれは一大事だ。ブルーノが慌てるのも当然だ。

レオナルドは恨めしげにテッドを見た。

「なんで教えてくれなかったんですか？」

「おやおや、劇場通いならともかく、娼館通いは体裁が悪いかい？」

薄ら笑いとともに問い返され、理由もわからず気まずくなる。

するとテッドは片目を閉じ、レオナルドの胸のあたりを指さした。

「理由はそれ。君に偏見を持ってほしくなかったんだ。先入観なくボネッティ座の連中に接し、彼らも君と同じ人間なんだってことをわかってほしかったんだ」

レオナルドは顔をしかめた。テッドの言わんとすることは理解出来る。『春光亭』に入り浸るようになったのは、ボネッティ座の役者達が好きだからだ。彼らの裏の仕事を知ったからといって嫌いにはならない。とはいえ、やはりふしだらだ。金のために身体を売るなんて、それは正しいことじゃない。

「名前も知らない相手と、そういう行為をすることに、皆さん抵抗はないんですか？」

「ないと言ったら嘘になるね。好きでこの仕事をしている者は少ないと思うよ」

「だったら、別の仕事をすればいいのに」

「残念なことに、そう簡単にやめられない理由があるんだよ」

ふと真顔になって、テッドは問いかける。

「考えてみて。ボネッティ座にはティコ系よりも、ウル系のレーエンデ人のほうが多いよね。それはなぜだと思う？」

　なぜだろう？

　レオナルドは黙考した。

「ウル系レーエンデ人には綺麗な人が多いから、ですか？」

「それもある。けど一番大きな要因はウル系レーエンデ人に二倍の人頭税が課せられているからだ。しかも彼らに許されている仕事といえば、低賃金の肉体労働だけ。たとえ身を粉にして働いても日に一切れのパンしか食べられない。働き手が怪我をしたり、病気になったりしたら生活は一気に困窮する。このままじゃ家族全員、餓死するしかないとなったら、彼らはどうすると思う？」

「教会に助けを求める？」

「子供を売るんだよ」

　レオナルドは絶句した。驚きのあまり息をするのも忘れた。

　驚愕《きょうがく》の波が過ぎ去ると、今度はめらめらと怒りの炎が噴きあがってきた。

「なんて親だ！　我が子を売るなんて、人間として許されない！」

「まったくまったく。子供を売るなんて鬼畜の所業だ。許されることじゃない。でも、そうしなければ一家は全滅するしかない」

「だからって、そんなの可哀想《かわいそう》すぎる！　教会は？　役所は？　助けてくれないのか？」

「教会が助けるのは多額の喜捨をする者だけだよ。貧しいレーエンデ人は眼中にない。お役所は、助けてくれるどころか人頭税を滞納した者を逮捕する。猶予期間内に税を納められなかったら、反逆罪で死刑になる」

「……嘘だろう？」

よろよろと、レオナルドは後じさった。

「死刑になるのか？　税を滞納しただけで？」

呻《うめ》くような問いかけに、テッドは小さく首肯する。

「税を滞納して親が死刑になれば、残された子供は飢えて死ぬ。死にたくなければ自分自身を売るしかない。金持ちに買われた子供は奴隷になるし、娼館に買われた子供は娼婦や男娼になる。ボネッティ座の連中が、好きでもないこの仕事を続けているのは、そうすることでしか生きられないから。他に生きる術《すべ》を持たないからだよ」

「そんな……」

レオナルドは愕然《がくぜん》とした。続けるべき言葉が見つからなかった。

サンヴァン先生は言っていた。帝国は呪《のろ》われた地レーエンデに産業をもたらし、レーエンデ人に職を与えたのだと。文化的な生活を送れるようになったレーエンデ人は帝国に感謝し、その返礼として労働と納税の義務を負うことを誓ったのだと。

あれは嘘だったのだ。

全部、嘘だったのだ。

「なんということだ」

怒りと羞恥《しゅうち》で頭がいっぱいになった。

ギリギリと歯を喰いしばる。目の奥がじわりと熱くなる。

「知らなかった！　俺は何も——何もわかっていなかった！」

レオナルドは拳で自分の頭を叩いた。

なぜ気づかなかったのだろう。なぜ疑わなかったのだろう。なぜ自分の頭で考えようとしなかったのだろう。俺は馬鹿だ。大馬鹿者だ。愚鈍な自分が許せない。

ぼろぼろと落涙しながら、力任せに頭を叩く。

その手をテッドが押さえた。

「君を責めているわけじゃない。同情してほしいわけでもない」

それに——と言い、涙に濡《ぬ》れたレオナルドの顔を覗《のぞ》き込《こ》む。

「娼館はレーエンデにおいて唯一、言論の自由が許されている場所だ。よって娼館ではレーエンデの真の歴史が、先人達の遺志が、今なお語り継がれている。『春光亭』の連中は自ら望んで娼婦や男娼になったわけじゃないけれど、真の歴史を語り継ぐという自分達の使命には誇りを持っているんだよ」

わかるね？　と問われ、レオナルドは頷いた。

「どうして？」

かすれた声で問いかける。

「どうしてそんなに強いんだ？　どうしたら、そんなふうに強くなれるんだ？」

「レーエンデを愛しているからさ」

それは戯曲『月と太陽』の主人公テッサ・ダールの台詞《せりふ》だった。

テッサと同じく、ボネッティ座の役者達も信じているのだ。自分達の蒔《ま》いた種は必ず芽吹くと。

それがいつかレーエンデに自由をもたらすと。

その強さに憧《あこが》れる。自分もそうありたいと、心の底からそう思う。

レオナルドは拳で涙を拭《ぬぐ》った。

「俺もレーエンデを愛してる」

「うん、うん、知ってる。君はいい子だ。強くて優しい、英雄の魂を持っている」

テッドは破顔して、レオナルドの赤い髪をわしゃわしゃとかき回した。

「君は優しくてまっとうな人間だ。でも頭の固い大人達は君の正義を許さない。君は強い子だけれども、周囲の大人達に抗《あらが》い続けるのは、決して容易なことじゃない。だから――」

そこで言葉を切り、彼は真剣な目でレオナルドを見つめた。

「君の中にあるレーエンデへの愛は、誰にも知られないように隠しておくんだ。君が大人になって、自分自身を守る力を身につけるまで、大切に胸の奥にしまっておくんだ」

「――わかった」

レオナルドは首肯した。決意を込めて、左胸に手を当てた。

「真問石《しんもんせき》に手を置いて誓う」

俺はレーエンデを愛している。この心臓に手を置いて誓う。これからもレーエンデを愛すると。永遠に変わることなく、レーエンデ人の善き隣人であり続けると。

俺は俺の魂にこの言葉を刻む。

レーエンデに自由を。

いつか必ず、レーエンデに自由を。

3

新鮮な日々は駆け足で過ぎ去る。

新年が来て、春が過ぎ、また夏がやってきた。

八月が近づくにつれ、レオナルドは落ち着かなくなった。去年、夏祭りで見たリオーネの勇姿、地を揺るがす大合唱を思い出す。今ならば俺も歌える。あの輪の中に飛び込んでいける。

我慢しきれなくなって、レオナルドはリオーネに呼びかけた。

「今年の夏祭り、また『月と太陽』をやらないか？」

「やるなら俺達も手伝うぜ？」

珍しくブルーノも乗り気だった。

しかしリオーネは湿ったため息を吐《つ》いた。

「今年はやめとく」

「どうして？」

「いろいろ忙しくてさ。準備してる暇がないんだよ」

以前は毎日のように『春光亭』に来ていたリオーネだが、最近はその頻度が減っていた。元気印のリオーネが、あまり笑わなくなっていた。

「何かあったのか？」眉根を寄せてブルーノが問う。「俺達でよければ力になるぜ？」

「ううん、大丈夫」

少しだけ微笑んで、リオーネはフンと鼻を鳴らした。

「言っとくけど、あんた達だけでやろうだなんて思わないでよね。あたし抜きで何か騒ぎを起こしたら、承知しないいんだからね！」

「んなの、言われなくたってわかってる」

いつになく殊勝《しゅしょう》な顔でブルーノは答える。

「テッサ役はお前でなけりゃ始まらねぇ。俺達だけじゃサマにならねぇよ」

「そっか。うん、そうだよね。それ聞いて安心した！」

リオーネは立ち上がった。白い歯を見せて笑い、ヒラヒラと手を振る。

「じゃ、また明日！」

しかし翌日、リオーネは『春光亭』に来なかった。

三日が経《た》ち、十日が経ち、夏祭りが過ぎて九月に入っても姿を見せなかった。

十月になると季節はすっかり秋めいてきた。カラヴィスの収穫も終わり、出稼ぎ労働者は故郷への帰り支度を始めた。今日こそは会えるだろう、今度こそは話を聞こう。そう思いながら、気づけば十一月になっていた。

「リオーネはどうしたんだろう」

「そういやテッドの姿も見ねぇな」

「何かあったんだろうか」

「家に行ってみるか？」

「俺はリオーネの家を知らない」

「ああ、俺もだ」

リオーネはあまり自分のことを話したがらなかった。幼い頃に母を亡くしたこと、今はテッドと二人で暮らしていること、わかっているのはそれぐらいだ。

「テッドは劇作家だろ？　ペネロペなら家を知ってるんじゃねぇか？」

「それだ！　さすがブルーノ！」

二人は『春光亭』に向かった。年末の興行に向け、大道具が組み直されている。舞台の上に舞台監督のペネロペがいる。天井を見上げては手元の紙に何かを書きつけている。

「すみません、ペネロペさん。ちょっと訊いてもいいですか？」

レオナルドは事情を話した。するとペネロペは紙に簡単な地図を描いた。それをレオナルドに渡し、数枚の銀貨を重ねた。

「テッドは病《やまい》を患っている。何か栄養のあるものを差し入れてやってくれ」

「わかりました」

二人は『春光亭』を出た。途中、食料品店でエストイモとソーセージとチーズを買い、紙袋を抱えてリオーネの家に向かった。

目的の家は旧市街の西の外れにあった。すぐ近くまで森が迫ってきている。屋根の上に枝葉が覆い被さっている。まるで物置小屋のような粗末《そまつ》な家だった。

本当にここなのか？

訝《いぶか》しく思いながらレオナルドは木の扉をノックした。

返事はない。もう一度、今度は少し強めに扉を叩く。

「おーい、リオーネ！　いないのか？」

家の中から物音がした。錠の開く音がして、わずかに扉が開かれる。

レオナルドとブルーノを見て、リオーネは目を瞠《みは》った。

「あんた達、どうしてここがわかったの？」

「ペネロペさんに教えて貰ったんだ」

レオナルドは紙袋を差し出した。

「これ差し入れ。ペネロペさんからテッドにって」

「……ありがと」

リオーネは紙袋を受け取った。その顔を見てドキリとした。彼女が泣いているように見えたのだ。目の下に隈《くま》が出来ている。心なしか窶《やつ》れたようにも見える。まったくリオーネらしくない。ザワザワと胸が騒いだ。

「テッドの調子はどうだ？」

「あんまり、よくない」

「医者には診《み》せたのか？」

リオーネは俯《うつむ》いたまま答えない。それこそが答えだった。テッドは人気の劇作家だが、ボネッティ座の観客はレーエンデ人だ。入場札は安く、多額の収入は見込めない。テッドの取り分も決して多くはないだろう。ボネッティで開業している医者はイジョルニ人ばかりだ。診て貰うには大金がいる。

「金なら俺が何とかする。だから――」

「あんたには関係ない！」

眉を逆立《さかだ》て、リオーネは叫んだ。

「帰って！　もう二度と来ないで！」

目の前でバタンと扉が閉められる。ガチャリと錠をかける音が響く。

レオナルドは呆然《ぼうぜん》とした。助けを求め、ブルーノを振り返る。

「バレたのかもな」

暮れかけた空を睨み、ブルーノはため息を吐いた。

「これ以上は危険だ。旧市街に来るのは、もうやめよう」


短い秋が過ぎ去り、長い冬がやってきた。

『春光亭』に足を運ぶことのないまま、レオナルドは新年を迎えた。

いつになく遅い春の訪れは暗い知らせを伴っていた。聖イジョルニ暦八九九年五月七日、第七代法皇帝ニコラス・ダンブロシオが病に倒れたのだ。法皇帝は七十四歳。かなりの高齢だ。いつ天に召されてもおかしくない。

自室の窓から東の空を仰ぎ、レオナルドは聖都ノイエレニエに思いを馳《は》せた。

父上の御代《みよ》が来る。ついにペスタロッチ家の悲願がかなうのだ。もっと喜ぶべきなのだろう。なのに漠然とした不安が拭えない。父は野望を追うのに夢中で、西教区の領民を見てこなかった。レーエンデ人達の苦難を知ろうともしなかった。そんな男が法皇帝になったら、このレーエンデはどうなるだろう。強さとはすなわち正義だと信じているヴァスコが帝国の頂点に立ったら、今以上に弱者が虐げられる世の中になりはしないだろうか。

北の別館からステファノの歌声が聞こえてくる。声楽家になるという夢のため、彼は必死に頑張っている。

不意に情けなくなった。

レーエンデに自由を、と魂に刻んだはずなのに、もう心が折れかけている。リオーネに正体を知られただけで挫《くじ》けそうになっている。

「なんというていたらくだ」

髪の毛を両手でぐしゃぐしゃとかき回す。

「考えろ。何か策を考えろ。閉じこもっているだけでは何も変えられないぞ」

それに答えるかのように、キューチチ……という鳴き声が聞こえた。窓の外、視界の端《はし》を何かが素早く横切っていく。

「なんだ？」

レオナルドは窓を全開にした。

森の木々には新葉《わかば》が芽吹いている。春の気配はするけれど、種蒔き前のカラヴィス畑は黒々として寒々しい。白く濁《にご》った春空を小さな鳥影が横切っていく。流線形の身体、二叉《また》に分かれた尾羽、ホシツバメだ。頭にある白い星が特徴的な春告げ鳥だが、そのホシツバメに星はなかった。頭も尾羽も銀一色、ツバメの銀天使だった。

《出てこい！　出てこい！》

高く低く飛び回りながら、銀のホシツバメがせわしなく鳴く。

《早く！　早く！》

同じ言葉を二回繰り返す口癖《くちぐせ》——なんとなくテッドを思わせる。

《急いで！　急いで！》

普段なら銀天使など相手にしない。でもテッドに言われているような気がして無視出来なかった。レオナルドは部屋を飛び出した。階段を駆け下り、廊下を抜けて外に出る。

空を見上げ、ツバメの銀天使を探す。

いた。

弾丸のように飛び回るホシツバメを追いかけて、彼は西の森に入った。人の足で飛ぶ鳥についていけるはずがない。だが銀天使は行っては戻り、彼の頭上で旋回しては、また森の奥へと飛んでいく。動きは速いがつかず離れず、見失うことはなかった。

息を切らしてツバメを追うこと十数分。気づけば西の森の外れ、リオーネの家の前に来ていた。

ここだ、ここだ、というように、銀のホシツバメが屋根の上で鳴いている。

銀天使は神の御使《みつか》いだ。その銀天使が自分をここへ導いた。偶然にしては出来すぎている。ならばこれは天啓か。リオーネにすべてを打ち明け、名前と身分を偽《いつわ》ったことを謝罪し、彼女に許しを請《こ》えということか。

レオナルドは逡巡した。そうするべきだと思ったし、それが正しいことだと思った。

なのに足が萎縮《いしゅく》して動かない。

不意に物音がした。咄嗟《とっさ》にレオナルドは草むらに隠れた。扉が開き、リオーネが出てくる。

彼女は泣いていた。泣きじゃくりながら大きな荷物を背負いあげ、森に向かって歩き出した。まだ明るいのに、手にオイルランプを下げている。

ただならぬ雰囲気を感じた。レオナルドは彼女を追いかけた。西の森は薄暗く、落ち葉は湿って滑りやすい。岩や木の根にも足をとられる。ともすると引き離され、見失いそうになる。

必死に小一時間ほど歩いただろうか。

木々の合間に建物らしきものが見えてきた。鬱蒼《うっそう》とした森の中、煉瓦《れんが》の壁が立っている。森の木々に遮《さえぎ》られ、どこまで続いているのかはわからない。高さは三ロコスほどだが、天辺《てっぺん》には鉄条網が張り巡らされている。

その前で足を止め、リオーネはポケットから鍵を取り出した。彼女の姿が壁の中へと消えていく。レオナルドは煉瓦《れんが》の壁に駆け寄った。はたしてそこには扉があった。重そうな木の扉に錆びた取っ手がついている。

不安を胸に押し込め、そっと扉を開いた。

煉瓦の壁に囲まれた三十ロコス四方ほどの土地に、つやつやとしたカラヴィスの葉が生い茂っていた。しかしそれはレオナルドがよく知るカラヴィスではなかった。本来ならば濃い緑色をしているはずの葉や茎が銀一色に染まっている。それは銀呪病《ぎんしゅびょう》に罹《かか》ったカラヴィス——禁制品の『銀夢草《ぎんむそう》』だった。

銀夢草は一般的なカラヴィスよりもはるかに強い鎮痛効果を発揮する。レーエンデにしか自生しないため、外地では高値で取り引きされる。その利益を独占しているのが法皇庁だ。安定的な供給を求め、銀夢草の栽培を試みているが、成功した者はまだいないといわれている。が、どう見てもこれは畑だ。法皇庁の目をかすめ、銀夢草の栽培に成功した者がいるのだ。

「あんた、なんでここにいるの？」

鋭い声に、レオナルドは我に返った。

数歩先、畑の中にリオーネが立っている。険しい眼差しで彼を睨んでいる。右手にランプを持っている。その髪は濡れている。ツンと酒の匂いがする。彼女の足下には酒精の強い酒瓶《さかびん》がいくつも転がっている。

頭から血の気が引いた。

まさか、焼身自殺するつもりか？

「やめろ！」

レオナルドはリオーネに飛びかかった。彼女がランプを叩きつける寸前、その手首を摑んだ。

「放せ！　放せったら！」

振りほどこうとリオーネは暴れた。手荒な真似はしたくなかったが、彼女を死なせるわけにはいかない。レオナルドはリオーネの手からランプを奪い取った。

「なぜだ、リオーネ？　なぜこんなことする？」

「……わかってるくせに」

「わからないよ。わからないから訊いているんだ」

リオーネは彼を見上げた。褐色の瞳が疑念と困惑に揺れている。

「あんたは無知すぎる。ほんと救いようのない馬鹿。正真正銘、本物の馬鹿」

「すまない」

「謝るなんて、ズルい……ズルいよ」

リオーネは顔を覆って泣き崩れた。

レオナルドは彼女の傍《かたわ》らに膝をついた。

「教えてくれ。いったい何があったんだ」

「……し……んだ」

すすり泣きと喘鳴《ぜんめい》、その合間からかすれた声が聞こえてくる。

「父さんが……死んじゃった」

鈍器で殴られたような衝撃を受けた。一瞬、目の前が真っ暗になった。

「テッドが死んだ？　どうして？」

「銀呪病《ぎんしゅびょう》で」

レオナルドは声にならない悲鳴を上げた。

忌まわしき銀呪病。それはレーエンデ特有の風土病だ。罹患《りかん》した者は身体に銀の鱗《うろこ》が現れる。全身を銀に冒され死に至る。特効薬はない。治療法もない。しかし今は予防法が確立している。月に一度の満月の夜、レーニエ湖に現れる幻の海。あの呪われた銀の霧に触れなければ、銀呪病に罹ることはない。

「でもどうして、レーニエ湖から遠く離れたこのボネッティで、どうして銀呪病に——」

「こいつのせいだよ！」

リオーネは銀夢草を引きちぎり、レオナルドの眼前に突きつけた。

「カラヴィスを銀夢草にするためには、銀呪塊《ぎんしゅかい》の粉を畑に撒かなきゃならない。銀呪塊の粉を吸い続けたせいで、父さんは銀呪病に罹ったんだ！」

銀呪塊の粉を……畑に撒く？

弾かれたようにレオナルドは立ち上がった。思わず片足を浮かせた。畑の土は黒い。だがよく見ると、小さな銀の粒が光っている。

「ちょっと触ったくらいじゃ発症しないよ」

馬鹿にするように、リオーネは鼻で笑った。

「夏祭りの夜、ボネッティに住むレーエンデ人はくじを引く。くじ引きで畑当番を決めるんだ。銀夢草の畑当番になった者は、半数以上が銀呪病を発症する。畑当番になるってことは、死刑宣告を受けるのと同じことなんだよ」

「だったらこんなことやめればいい！　生活が困窮して、お金が必要なのはわかるけれど、犠牲者を出すとわかっているものを栽培し続けるなんて――」

「あたし達じゃない！　あんた達だよ！」

悲痛な声でリオーネが叫ぶ。

「銀夢草の栽培に成功したのはエットーレ・ペスタロッチだ！　彼はそれを公表せずに独占した。栽培で得た大量の銀夢草を法皇庁に売りつけて、大金を稼いできたんだ！」

「まさか――」

そんなはずない、と言おうとした。

だが、言えなかった。

ずっと疑問に思っていた。

父ヴァスコがロベルノ州と結んで合州国領に侵攻したことは、二国間の騒乱の種として今も燻《くすぶ》り続けている。だが法皇庁はヴァスコを放逐することも、処罰することもしなかった。今の法皇庁はペスタロッチの権勢に逆らえないのだとサンヴァン先生は言っていた。百年戦争以降、権勢とは財力を意味する。

では他家を圧倒するペスタロッチの財力は、いったいどこからやってきたのか？

祖父エットーレは外地から企業を招致した。大規模農場の経営で大成功をおさめた。しかし企業誘致は多かれ少なかれ他の四大名家も行っている。これほどの差がつくとは思えない。

他家にはなく、ペスタロッチ家にあったもの。それが銀夢草だ。エットーレは銀夢草の栽培に成功した。その栽培方法を独占することで巨万の富を築いた。法皇庁は銀夢草の安定供給を望んでいる。だから法皇庁はヴァスコを止められない、ペスタロッチ家には逆らえないのだ。

「ペスタロッチはレーエンデ人が何人死のうが気にも掛けない。けど銀夢草が燃えてなくなれば、もう笑ってなんかいられない」

リオーネは右手を伸ばし、レオナルドからランプを取り返そうとする。

「こんな畑、焼いてやる！　連中に思い知らせてやる！」

「駄目だ、リオーネ！」

「命令するな！」彼女はレオナルドの胸を拳で叩いた。「クソったれのペスタロッチのくせに、あたしに命令するな！」

一瞬、息が止まった。ぐっと歯を喰いしばった。

「いつから知っていたんだ？」

「父さんは最初っから気づいてた。『それでも仲良くしなさい』って言った。『あの子はいい子だから』って。『ああいう子供達がこの社会を変えていくんだ』って」

レオナルドは目を閉じた。瞼《まぶた》の裏に人懐っこい笑顔が蘇る。

テッド、貴方は何もかもお見通しだったんだな。何もかも承知の上で、俺を守ろうとしてくれたんだな。ペスタロッチである俺のことを、貴方は信じてくれたんだな。

ありがとう、テッド。

けれど――すまない。

俺は貴方との約束を破る。

「この畑は俺が焼く」

リオーネは目を瞬いた。

「嘘、なんで……なんで、あんたがそんなこと……」

「俺がレオナルド・ペスタロッチだからだ」

才気煥発《かんぱつ》な祖父は人殺しだった。不撓《ふとう》不屈の父も人殺しだった。その息子である俺もまた人殺しだ。レーエンデ人の屍を踏みつけ、彼らの命を喰らって生きてきた。知らなかったでは許されない。知ったからには看過出来ない。ペスタロッチ家は裁かれなければならない。しかるべき罰を受けなければならない。

「君が畑に火をつければ死罪は免れない。でも俺はペスタロッチ家の嫡男だから、命までは奪われない」

だが父は怒り狂うだろう。俺がペスタロッチ家を継ぐことはないだろう。それでもやらなければならない。正しいことをしなければならない。でなければ、俺は祖父や父と同じ、人の皮を被った悪魔になってしまう。

「立つんだ、リオーネ。走れ。ここから離れるんだ」

のろのろと彼女は立ち上がった。しかし顔は伏せたまま、レオナルドを見ようとしない。

「信じてくれ。真問石に誓って、俺はもう二度と君に嘘はつかない」

「感謝なんか……しないからね」

「わかってる。さあ、行け！」

よろよろとリオーネが歩き出す。銀色の葉を踏みにじり、扉の向こうへと消えていく。

レオナルドは銀夢草畑の中央に進んだ。足下で銀色の葉が揺れている。さわさわ、さわさわと音がする。まるで笑っているみたいだった。嘲笑《あざわら》っているのだと思った。

レオナルドはオイルランプを振りかぶった。力任せに投擲《とうてき》した。小さな火が弧を描き、銀の海に落ちて砕《くだ》ける。弾けるような勢いで真っ赤な火柱が立つ。

「恥を知れ！」

紅蓮《ぐれん》の炎《ほのお》が広がっていく。熱に炙《あぶ》られ、銀色の葉が黒く黒く焦《こ》げついていく。

「何が『ペスタロッチ家の宿願』だ！　何が『強くあれ』だ！」

祖父を尊敬していた。父を敬愛していた。ペスタロッチ家の男であることが誇らしかった。家名に恥じぬ男になろうと懸命に努力してきた。そのすべてが裏返った。ペスタロッチは人殺しだ。権力を手にするためレーエンデ人を犠牲にしてきた極悪人だ。

許されない。決して許してはならない。

燃えさかる赤い炎に、レオナルドは声の限りに叫んだ。

「ペスタロッチはレーエンデの敵だ！　諸悪の根源だ！　地獄に落ちろ！　業火に焼かれろ！　ペスタロッチ家なんて、滅びてしまえばいいんだ！」

黒煙が目に沁みた。煙に咽《む》せて咳《せ》き込《こ》んだ。

踵《きびす》を返して走り出す。扉を抜け、薄暗い森を走る。足下が滑る。転びそうになる。嘲笑《ちょうしょう》が聞こえる。罪悪感に胸が張り裂けそうになる。

走っても走っても抜け出せなかった。

炎と黒煙がはるか後方に遠ざかっても、涙が止まらなかった。


聖イジョルニ暦八九九年六月二日。

ペスタロッチ家の嫡男レオナルド・ペスタロッチは銀夢草の畑に火を放った。油分をたっぷり含んだ葉はみるみるうちに炎上し、根も葉も残さず全焼した。

当然ヴァスコは激怒した。しかし法皇帝ニコラス・ダンブロシオの容態は重篤で、もう長くはないだろうとささやかれていた。この大切な時期に次期法皇帝の筆頭候補者がノイエレニエを離れるわけにはいかなかった。そこで彼は腹心ジュード・ホーツェルを呼び出した。

同年六月五日。ジュード・ホーツェルは警邏隊を引き連れ、ペスタロッチ家にやってきた。

「レオナルド・ペスタロッチ。ヴァスコ様の命令により貴方を拘束します」

レオナルドは抵抗しなかった。言われるがまま地下牢《ろう》に入った。湿った床、冷たい壁、寝台には藁《わら》が敷かれているだけで毛布はない。天井近くにある採光窓には鉄格子がはめられていた。

レオナルドは父の帰りを待った。しかしヴァスコは戻らなかった。処分が下されないまま一ヵ月が過ぎた。短い夏が過ぎ、また秋がやってきた。

秋晴れの昼下がり。小さな格子窓から一頭の蝶が入ってきた。穏やかな秋の光を銀の翅が反射する。それは銀色の蝶——蝶の銀天使だった。

冷たい寝台に寝転がったまま、レオナルドは銀の蝶を見上げた。

《いつまでそうしているの？》

銀天使はひらひらと彼の眼前を飛び回る。

《早く出ておいでよ》

「出られないんだ」

銀天使の呼びかけに、初めて声に出して答えた。

それほどまでに疲れていた。

銀天使の声が聞こえるという者は少なくない。特にクラリエ教の聖職者には多い。彼らは「銀天使から神の福音を授かった」と自慢げに語る。でもレオナルドにはわかっていた。彼らには何も聞こえていない。あんな連中と一緒にされたくない。

銀天使とは銀呪病に罹った生物だ。あの声は福音などではない。ただの幻聴、気の迷い、自分の弱さの証しだ。強くあらねばと思うほどに、認められないものだった。

けれど、それも、もうどうでもよくなった。

「俺は出られないんだ」

銀の蝶を見上げ、レオナルドは呟いた。

「もう二度と外には出られないんだよ」

《出られるよ》

柔らかな金の光の中を、ひらひらと銀の蝶が舞う。

《先に行っているよ》

鉄格子の間を抜けて、秋の空へと戻っていく。

それと同時に教会堂の鐘が鳴り出した。新市街の鐘も鳴り始めた。次々に鐘の音が重なっていく。ボネッティの鐘という鐘が先を競うように打ち鳴らされる。

「なんだ？」

レオナルドは立ち上がった。鉄格子がはまった小窓を見上げる。灰色の格子の向こうには澄んだ秋空が広がっている。ひんやりとした雁渡《かりわたし》、絶え間なく響く鐘の音。

階段を下る音が聞こえてきた。

息を切らしたブルーノが牢の前に現れる。

「レオン！　恩赦が出るぞ！」

喜んでいるのか、それとも怯《おび》えているのか、唇を震わせて彼は叫んだ。

「第七代法皇帝が死んだ！　ヴァスコ様が第八代法皇帝に選出されたんだ！」

第二章　幽閉された皇女

《孤島城の空中庭園》

漂泊の詩人サレは歌う。『かの空中庭園は孤独で優美で残酷で、心を摑んで放さない。愛と涙と憎悪を抱き、忘れることを許さない』

皇女ルクレツィア・ペスタロッチの一日は謁見から始まる。

踏み台を使って寝台を下りて、柔らかな上履きに足を入れる。トチウサギの冬毛で織られたふかふかなガウンを着て、欠伸《あくび》をしながら寝室を出る。

隣の居間には侍女達が控《ひか》えている。「おはようございます」と挨拶する彼女達の前を素通りし、螺旋《らせん》階段を上って空中庭園へと向かう。

透き通った青空が彼女を迎える。吐息が白く染まった。二月の空気は凍《い》てついている。春はまだ遠く、レーニエ湖を渡る風は身を切るほどに冷たい。

《おはよう、おはよう》

天空から泡虫《あわむし》の群れが降りてくる。くるくると彼女を取り巻き、楽しげに歌う。

《おはよう、おはよう、いい天気》

「おはようございます。いいお天気ですね」

チチチチ……

可憐《かれん》な囀りが聞こえた。ルリスズメの銀天使が飛んできて、彼女の肩に止まった。その小さな身体から、つんとした冷たさが伝わってきて、背筋がゾクゾクする。

《おはようございます、姫さま》

「おはようございます、モアノさま」

もう一方の肩に銀色のカラヒバリがやってくる。

《ごきげんよう、姫さま》

「ごきげんよう、アルエットさま」

シャイア城の北棟に新設された居住区——寝室と居間と勉強部屋、屋上の空中庭園。それがルクレツィアの世界だった。それ以外の世界を彼女は知らなかった。でも不自由だと思ったことはなかった。寂しいと思ったこともなかった。

ルクレツィアは銀天使に囲まれて育った。言葉も作法も銀天使が教えてくれた。ルクレツィアは銀天使が大好きだった。泡虫は儚《はかな》くて、すぐに弾けて消えてしまうけれど、銀天使は傍《そば》にいてくれる。朽ちることも老いることもなく、毎日挨拶に来てくれる。

銀天使を肩に乗せ、ルクレツィアは空中庭園の小道を進んだ。銀色の髪がさらさら揺れる。寝間着の裾《すそ》がひらひら踊る。その背後を泡虫達がふわりふわりとついてくる。やがて空中庭園の縁にある東屋《あずまや》へと到着した。そこに置かれた白い椅子に、ルクレツィアはちょこんと腰掛ける。

眼下にレーニエ湖が広がっている。朝陽《あさひ》を受けて紫紺《しこん》の湖面が輝いている。湖岸には古い城壁と灰色の街並みが見える。はるか遠くの丘の上には新市街の建物群がある。白い煙を噴き上げて蒸気機関車が走っていく。

バサバサバサと羽音を響かせて銀のユリノスリが降りてくる。東屋の手摺《てす》りに止まり、乱れた羽根を嘴《くちばし》で整えてから、頭を上げてルクレツィアを見る。

《おはよう、銀のお姫さま》

「おはようございます、ラパスさま」

その後も次々と鳥達が挨拶に訪れた。小鳥もいれば猛禽《もうきん》もいる。いずれも銀一色の羽を持つ、鳥の銀天使達だ。

「皆さま、本日もお変わりなく、お元気そうで何よりです」

にっこりと微笑むルクレツィアの眼前を大きな影が横切った。向かいの椅子に音もなく、一羽《わ》の鳥が降りてくる。銀の翼、銀の嘴、銀の目をしたウロフクロウだ。青みを帯びた精緻な羽、すらりと優美な佇《たたず》まい、他の銀天使にはない威厳《いげん》と風格が漂《ただよ》っている。

「エドアルドさま」

ルクレツィアは立ち上がり、膝を折ってお辞儀をした。

「ご尊顔を拝し、とても嬉しく思います」

銀のウロフクロウは彼女を見つめた。

天啓のように一声、鳴いた。

《地獄が始まる》

「え……」

《君の地獄が始まる》

ウロフクロウは両翼を広げた。再び空へと舞い上がる。朝の太陽から逃れるように、西の方角へ去っていく。

ルクレツィアは小首を傾げた。

地獄が始まるとはどういう意味かしら。私が死ぬということかしら。

「ルクレツィア様」

人の声が聞こえた。振り返れば、数歩離れたところに侍女の一人が立っている。侍女達に銀天使の声は聞こえない。言葉を交わすことも出来ない。かわいそうにとルクレツィアは思う。きっと寂しいのね。だからみんな、いつも困ったような顔をしているのね。

侍女は両手を揃え、恭しく一礼した。

「どうかお召し替えを」

「なぜ」

「フィリシア様がお見えになります」

聞いたことがある名前だった。でも、どこで聞いたのか思い出せない。

「フィリシアさまは、どんな鳥だったかしら」

「鳥ではありません。フィリシア様は四大名家ダンブロシオ家の末娘、ルクレツィア様のお母さまです」

「ああ――そう」

頷いてはみたものの、本当はよくわかっていなかった。

ルクレツィアは白いガウンの裾をつまんだ。

「このままでは駄目かしら」

「それは寝間着です」

「でも気に入っているの」

寝室のクロゼットにはドレスがいっぱい並んでいる。それを着るのは家庭教師の先生が来る日だけ。あとは一日中寝間着で過ごしても、誰も何も言わなかった。

しかし、今日は違った。

「皇后様を寝間着姿でお迎えするおつもりですか？」

侍女の目が怒っている。有無を言わせぬ声で言う。

「どうかお召し替えを」

仕方がなく、ルクレツィアは寝室に戻った。

侍女達は彼女の顔を洗い、手足を洗った。爪を整え、丹念に髪をくしけずった。薄紅色のドレスを着せ、銀色の髪をきっちりと結い上げ、金の髪飾りをつけた。頬に白粉《おしろい》を叩《はた》かれ、唇に紅まで塗られた。

正午近くになって、ようやく準備が整った。ルクレツィアはすでに疲れ切っていた。居間の長椅子《ながいす》に深く腰掛け、ぐったりと目を閉じる。朝から何も食べていない。お腹《なか》が空《す》いて目が回る。せめて何か飲ませてほしい。そう言いかけた時だった。

重厚な鐘の音が響いた。ビリビリとガラス窓が振動する。時刻を告げる鐘ではない。鐘楼の大鐘の音だ。月に一度の満月の日。荒れ狂う銀の嵐《あらし》を鎮めるため、シャイア城の礼拝堂では夜を徹しての儀式が執り行われる。鐘楼の鐘の音は、その開始を告げるものだった。

「お越しになりました」

侍女の一人が扉を開く。別の侍女に促《うなが》され、ルクレツィアは立ち上がった。

数人の侍女を伴い、一人の女性が入ってくる。飾り気のない薄水色のドレスに白いショールを羽《は》織《お》っている。宝飾品の類《たぐ》いはつけず、髪飾りさえつけていない。

なのに目を奪われた。一瞬で心を奪われた。優雅に波打つ白銀の髪、白磁器のように滑らかな頬、蒼玉《そうぎょく》のごとく煌めく瞳。その美貌《びぼう》は人知を超えていた。神の領域に達していた。彼女はまさに月の化身、天空に輝く望月《もちづき》そのものだった。

「ルクレツィア?」

美しき口唇《くちびる》がわなないた。

「ああ、会いたかったわ、ルクレツィア!」

羽織ったショールが落ちるのもかまわず、女性はルクレツィアに駆け寄った。

気づいた時には抱きすくめられていた。

突然の抱擁《ほうよう》に頭の中が真っ白になった。

初めて感じる他人の体温。密着する身体の柔らかさ。それはとても奇妙な感覚だった。けれど不思議と不快ではなかった。

「長い間、貴方を一人にしてしまいました。さぞかし母を恨んでいることでしょうね」

女性は抱擁を解いた。透き通った青い瞳がルクレツィアを見つめている。水晶のような涙が薔薇色の頬を滑り落ちていく。

「ルクレツィア、どうか許して。無力な母を、どうか許して」

「許すことは出来ません」

ルクレツィアは真顔で答えた。

「貴方のことを恨んだことはありません。恨んでいない人を許すことは出来ません」

そう言ってから、ドレスをつまみ、膝を折って一礼する。

「初めまして、お母さま。ルクレツィア・ダンブロシオ・ペスタロッチと申します」

「この私を、母と呼んでくれるのですか？」

「お嫌でしたら改めます」

「いえ、いいえ――母と呼んでください」

感極まったようにフィリシアは両手で口元を押さえた。

「ありがとう、ルクレツィア。ありがとう……ありがとう」

さめざめと泣く彼女を見ていると胸の奥が痛くなった。もっと名前を呼んでほしい。もっと声を聞かせてほしい。もう一度抱きしめてほしい。切ない願いが次々に浮かび上がってくる。

こんなことは今までなかった。

だんだん怖くなってきた。

銀のウロフクロウの言葉が脳裏を過《よぎ》り、ルクレツィアは身震いした。

何かが大きく変わろうとしている。早く逃げなければ取り返しのつかないことになる。

「ごめんなさいね、泣いてばかりで」

フィリシアは涙を拭った。ルクレツィアの前に跪《ひざまず》き、彼女の両手を握った。

「話してください、ルクレツィア。これまで貴方に何があったのか。貴方がどうやって生きてきたのか。すべてを話して聞かせてください」

望月の美貌が微笑む。その目映《まばゆ》さに目が眩《くら》んだ。逃げたいのに身体が動かない。握られた手から、柔らかな指先から、温かいものが流れ込んでくる。それが心地よくて――抗えなかった。

「喜んで……お話しします」

ルクレツィアとフィリシアは並んで長椅子に腰掛けた。

侍女達がお茶とお菓子を運んでくる。香ばしい焼き菓子、サクサクとした揚げ菓子、糖蜜《とうみつ》をかけたビスケット。どれもルクレツィアのお気に入りだった。けれど彼女は目もくれなかった。喉《のど》の渇きも空腹も忘れ、堰《せき》を切った水のように喋り続けた。泡虫達が子守歌を歌ってくれたこと。銀天使達が内緒の名前を教えてくれたこと。毎朝、彼らに挨拶するのが日課になっていること。銀のウロフクロウと言葉を交わすのが一番の楽しみであること。

「でも私だけなのです。泡虫を見るのも、銀天使の声を聞くのも私だけなのです。本当にいるのだと、本当に聞こえるのだと何度も言いました。でも……誰も信じてくれませんでした」

「私は信じますよ」

ルクレツィアの膝に手を置いて、フィリシアは笑った。

「声なき神の存在を信じるように、形なき愛の存在を信じるように、貴方が見てきたもの、聞いてきたもの、それは確かに存在するのだと、私は信じていますよ」

ルクレツィアは瞬きをした。顔が熱くなって、思わず両手で頬を押さえた。これも初めての感覚だった。でもその正体はすぐにわかった。

「信じて貰えて、私はとても嬉しいです」

「私もです」

フィリシアは真摯《しんし》に頷いた。

「こんな時間が持てるなんて、本当に夢のようです」

その後もルクレツィアは話し続けた。他愛《たわい》のない話にも母は笑顔で耳を傾けてくれた。話せば話すほど、嬉しさが積み重なっていった。楽しくて楽しくて、時が経つのも忘れていた。

「皇后様、そろそろお時間です」

フィリシアの侍女の一人が呼びかけた。

ルクレツィアは我に返った。

窓の外が赤い。夕焼けだ。もう陽が暮れかけている。

「お願い、もう少しだけ」

フィリシアは懇願《こんがん》するように侍女を見上げた。しかし侍女は怖い顔で首を横に振る。

「いけません。じき猊下《げいか》が戻られます。これ以上は危険です」

びくりとフィリシアの身体が震えた。

両手で胸を押さえる。顔から血の気が失《う》せていく。

「大丈夫ですか、お母さま」

「え……ええ、大丈夫です」

フィリシアは強《こわ》ばった笑みを浮かべた。大丈夫そうには見えなかった。何か良くないことが起きたのだ。問いかけようとして口を開く。しかし言葉が出る前に、フィリシアは娘を抱きしめた。

「大丈夫です。心配はいりません。大丈夫です」

耳元で繰り返しささやく。嫋《たお》やかな手が背中を撫でる。

ルクレツィアは母の胸に頬を押しつけた。柔らかかった。いい匂いがした。不安がとろとろ溶けていく。頭の中がほわほわする。ずっとこうしていたかった。このまま眠ってしまいたかった。

「ごめんなさい、ルクレツィア」

彼女の肩に両手を置いて、フィリシアは立ち上がった。

「今日はこれで戻ります」

ルクレツィアはぼんやりと彼女を見上げた。

「また来てくださいますか」

「もちろんです」

フィリシアは微笑んで、ルクレツィアの額にキスをした。

「私の天使、私の可愛《かわい》いルクレツィア。約束します。必ずまた会いに来ます」

名残惜しそうに手を振って、フィリシアは部屋を出ていった。

侍女達は茶器を片づけ、夕餉《ゆうげ》の支度《したく》を始めた。

ルクレツィアは螺旋階段を上り、再び空中庭園に出た。

太陽が沈みかけている。空が真っ赤に染まっている。冷たい風が吹き抜けて、ドレスの裾をはためかせる。

それでも寒さは感じなかった。胸の奥が温かい。まだ頭がふわふわする。

「エドアルドさま。私は知りませんでした」

小さな手を胸に当て、ルクレツィアは呟いた。

「地獄とは、こんなにも素晴らしいものなのですね」

フィリシアは約束を守った。月に一度、満月の日の正午過ぎに、ルクレツィアの部屋にやってきた。日没までの数時間、お茶を飲んだり話をしたり一緒に過ごすようになった。

最初はそれで満足だった。しかし、すぐに足りなくなった。

ルクレツィアは母を引き留めようと策を練ったが、どれも失敗に終わった。

「ごめんなさい。また会いに来ます。また会いに来ますからね」

何度も謝罪し、何度も振り返りながら、フィリシアは去っていった。

これほど愛情深いフィリシアが、なぜ一度も娘に会いに来なかったのか。母がどれほどの決意をもって娘の元を訪れていたのか。ルクレツィアは知るよしもなく、ただ苛立ちだけを募らせた。

聖イジョルニ暦九〇五年十三月十五日。ルクレツィア五歳の誕生日のことだった。

いつになく寒い冬だった。せっかくの誕生日だというのにルクレツィアは熱を出して寝込んでいた。フィリシアは病床の娘に付き添った。乾いた布でルクレツィアの汗を拭い、嫋やかな両手で彼女の手を握った。

「そろそろお時間です」

フィリシアの侍女が呼びかけた。

「皇后様、お部屋にお戻りください」

「もうそんな時間?」

フィリシアは眉根を寄せた。

「熱が下がりますように。早く良くなりますように」

彼女はルクレツィアの額にキスをした。娘の頬を撫で、立ち上がろうとした。

ルクレツィアは咄嗟に母の手を摑んだ。

「……いかないで」

フィリシアは困惑の表情を浮かべた。

「お急ぎください、皇后様。猊下がお戻りになります」

「わかっています」

フィリシアはルクレツィアの手を優しく撫でた。

「また来ます。次は貴方の好きなお菓子を持ってきますよ」

「お菓子は、いりません」

朦朧《もうろう》としながらも、ルクレツィアは母の腕に縋《すが》りついた。

「行かないでください。他には何もいりません。ここにいてください」

フィリシアは答えなかった。長い長い逡巡の後、深く息を吐いた。

「――わかりました」

彼女は椅子に座り直した。両手で娘の手を握り、青ざめた頬で笑う。

「今夜は貴方の傍にいましょう。だから安心してお眠りなさい」

「皇后様！」

「貴方達は先に戻っていなさい」

振り返らずにフィリシアは答えた。

「罰を受けるのは私一人で充分です」

それがどういう意味なのか、ルクレツィアにはわからなかった。

起きているのか眠っているのかもわからない浅い眠り。何かに追われる夢を見た。恐ろしくて目を覚ました。すぐ傍にフィリシアがいた。手を握っていてくれる。ルクレツィアは安堵して、再び眠りに落ちた。そしてまた怖い夢を見て飛び起きる。

それを何度、繰り返しただろうか。

「この忌み子が！」

ルクレツィアは床に転げ落ちた。痛みに呻く間もなく、襟首を摑んで持ち上げられ、再び床に叩きつけられる。

背中を強打し、息が出来なくなった。喘《あえ》ぎながら瞼を開くと、すぐ傍に見知らぬ男が立っていた。逆立った赤い髪、怒りに燃える赤茶色の瞳、眉を逆立てた恐ろしい形相。

「貴様、またしてもフィリシアを奪おうというのか！」

怒声とともに蹴り飛ばされる。ルクレツィアは床を二転三転した。全身が燃えるように熱くて痛い。

「たす、け……て」

必死に訴えた。しかし侍女達は俯いて、彼女を見ようともしなかった。

男の右手がルクレツィアの頭を摑んだ。そのまま吊るし上げられる。両足が床から離れた。痛みと恐怖で身体が痺れる。太股《ふともも》の間が生温かく濡れていく。爪先《つまさき》から床へと小水が滴り落ちていく。

「穢《けが》らわしい！」

男は舌打ちをして、彼女を床に投げ捨てた。

「お前は呪いだ。存在そのものが悪だ。生きていることが罪なのだ！」

「お許しください、ヴァスコ様」

フィリシアが男に縋りつく。床に跪いて懇願する。

「ルクレツィアはまだ子供です。是非もわからない子供なのです。罰ならば私にお与えください。どうかお慈悲を、ルクレツィアの命だけはお助けください！」

「慈悲ならば、すでに与えた」

冷ややかな声で言い、男はフィリシアを振り払った。

「二度目はない」

うつ伏せたルクレツィアの背を踏みつける。骨がきしむ。胸が潰《つぶ》れる。呼吸が出来ない。

「おやめください！」

フィリシアが絶叫した。

「ルクレツィアが死んだら、私も死にます！」

狭窄《きょうさく》していく視野の中、開け放たれた窓が見えた。流れ込んでくる銀の霧、空に浮かんだ満月を背に、母フィリシアが立っている。

「勝手に死ぬなど断じて許さぬ！」

野太い声で男が吠《ほ》えた。大音声に部屋が震えた。雷に打たれたようにフィリシアが身をすくませる。その隙に赤毛の男は窓辺に近づき、彼女の腕を摑んだ。

「お前が誰のものなのか、いま一度、思い知らせてやる」

フィリシアは窓枠から引き離された。腕を引かれ、よろよろと歩き出す。

男の足が眼前を横切る。母のすすり泣きが遠ざかる。

意識を失う直前、ルクレツィアは悟った。

あの男は聖イジョルニ帝国の最高権力者、第八代法皇帝ヴァスコ・ペスタロッチ。

私の……お父さまだ。


診察の結果、肋骨《ろっこつ》が折れていることがわかった。ルクレツィアは寝台の上で一人寂しく年明けを迎えた。いつものように空中庭園に出ることも、泡虫や銀天使達に新年の挨拶をすることも出来なかった。

翌月の満月の日、ルクレツィアは久しぶりにドレスに着替え、長椅子に腰掛けて母を待った。けれど正午に鐘楼の鐘が響いても、フィリシアは現れなかった。

その翌月も、その次の月も、彼女は顔を見せなかった。

もう二度と来てくれないのかもしれない。そう思い始めた矢先のことだった。

聖イジョルニ暦九〇六年の六月、半年ぶりにフィリシアが彼女の部屋を訪ねてきた。

「お母さま！」

ルクレツィアは彼女に駆け寄った。諦めかけていただけに、その喜びはひとしおだった。

でもフィリシアの顔を見た途端、ルクレツィアは急に怖くなった。

「大丈夫なのですか」

声を潜めて尋ねた。

「お父さまに見つかったら、また怒られるのではありませんか」

「私のことなど気にせずともよいのです」

フィリシアは微笑んだ。床に膝をつき、ルクレツィアを引き寄せる。

「ルクレツィア、私の可愛い子。痛かったでしょう？　怖かったでしょう？」

けれど――と言い、彼女は白い両手で娘の頬を包んだ。

「憎んではいけません。ヴァスコ様を、恨んではいけませんよ」

ルクレツィアは耳を疑った。

恨んではいけない？　あんなひどいことをされたのに？

「どうしてですか」

言い返す声が尖った。

フィリシアは目を伏せて、二本の指で祈りの印を切る。

「神様はいつも見ています。いつでも私達を見守っています。悪いことをした者には必ず天罰が下ります。ですから、ルクレツィア、どんな辛い目にあっても、誰かを恨んだり憎んだりしてはいけません」

「それはおかしいです！」憤然とルクレツィアは叫んだ。「ならば、なぜ神さまはヴァスコに罰を与えないのですか！　我が子に暴力を振るい、踏み殺そうとすることは、悪いことではないのですか！」

フィリシアは唇に人差し指を当て、しーっと息を吐き出した。

「神は見ておられる。神の御子《みこ》は見守っておられる。神の奇跡は実在する。神の御名に願いを捧げよ。もっとも信心深い者にこそ、神のご加護は与えられん」

それはクラリエ教の祈りだった。信徒達が朝な夕なに繰り返し詠唱する言葉だった。熱心なクラリエ教徒ではないルクレツィアでも、それぐらいは覚えている。

「ルクレツィア、貴方が生まれたのは聖イジョルニ暦九〇〇年十三月十五日、天満月の夜でした。レーニエ湖には銀の嵐が渦巻いていました。打ち鳴らされる鐘の音と、怒りに満ちた幻魚の啼き声《なごえ》が、産室にも聞こえてきました」

思い出を辿るように、フィリシアは遠く窓の外を見つめた。

「長い長い夜を経て、ようやく生まれた貴方は息をしていませんでした。医師達が手を尽くしてくれましたが、やはり産声《うぶごえ》を上げることはありませんでした。小さな小さな貴方を抱いて、私は神に祈りました。この幼子に罪はありません。どうかこの子を助けてくださいと。その願いは聞き届けられました。貴方は蘇り、私の手の中で動き出したのです」

長く繊細な睫《まつげ》が震える。青い瞳が濡れている。

「もっとも信心深い者にこそ、神のご加護は与えられる。その証拠が貴方です。貴方は神が示した奇跡そのものなのです」

「でもお父さまは、私を忌み子と呼びました」

穢らわしいと吐き捨てた、ヴァスコの声音を思い出す。

「法皇帝は神の代理人、神の代弁者です。ならば彼の言葉こそ、神の言葉ではないのですか」

「いいえ、それは違います」

フィリシアは断言した。

「すべての原因は私の弱さにあります」

懺悔《ざんげ》するように床に座り、白い指を組みあわせる。

「貴方を宿した時、私は十七歳でした。まだまだ愚かで幼くて、神の代弁者たる法皇帝の子を産み、その母になる勇気がありませんでした。ゆえに私はお腹に宿った貴方とともに、神の御許《みもと》に行こうと考えたのです。浅薄でした。私が馬鹿なことをしたばっかりに、ヴァスコ様の怒りは貴方に向かうことになってしまった」

ごめんなさい、ルクレツィア——と震える声で呟く。

「かつて私は一度だけ、神の愛を疑いました。ですが神は私を許してくださいました。貴方という奇跡を私に与えてくださいました」

ルクレツィアと目線を合わせ、フィリシアは彼女の手を握った。

「神の御業《みわざ》には意味があります。貴方を蘇らせたことにも重要な意味があるのです。ルクレツィア、神を疑わず、信じて祈り続けなさい。憎まず恨まず正しい行いをし、神に奇跡を乞いなさい」

フィリシアは娘を抱き寄せた。娘の耳朶に唇を寄せ、侍女達に聞こえないように、音のない声でささやいた。

「私をこの城から連れ出して」

ルクレツィアは目を瞠った。

「奇跡を起こして、私を愛する人の元に帰して」

その言葉を聞いて、すべての疑問が氷解した。

お母さまも私と同じなのだ。自由を奪われ、この城に繋がれた虜囚《りょしゅう》なのだ。彼女にとって私は奇跡そのもの。再び自由を得るための、唯一無二の希望なのだ。

「お約束します」

ルクレツィアは母の身体に両手を回した。震えるほど強く、母を抱きしめた。

「創造神を信じ、奇跡を信じ、天啓を待ちます。神のご意思に忠実な僕《しもべ》になると誓います」

母の肩に額を押しつけ、生まれて初めて神に祈った。

神さま、貴方を信じます。

どうか私に――私達に自由をお与えください。


この日を境に、ルクレツィアは祈りを欠かさなくなった。目覚めた時、食事の前、毎晩寝台に潜り込む前、彼女は床に跪いて神に祈った。

祈りを捧げ、天啓を待つ一方で、それだけでは足りないと感じていた。外の世界で生きていくには知識がいる。奇跡が起きて、城の外に逃れられたとしても、幸せに暮らせなかったら意味はない。お母さまを守るために、知らない土地のことを、知らない世界のことを、私はもっとよく学ばなければならない。

ルクレツィアは勉学に励《はげ》んだ。先人達に学ぼうと、貪るように本を読んだ。勉強部屋にあった本はすぐに読み尽くしてしまった。

教科書には「土地のことを知りたければ歴史に学べ」と書いてあった。しかしルクレツィアに許された世界は寝室と居間と勉強部屋、それに屋上の空中庭園だけだ。街に本を探しに行くなど、夢のまた夢だ。

そこで彼女は侍女達に命じた。

「歴史の本を持ってきてください」

ルクレツィアは期待して待った。

しかし侍女達が買ってきたのは挿絵の多い子供向けの読み物ばかりだった。

「私が求めているのは童話でもお伽噺《とぎばなし》でもありません。実際に起きた歴史的な出来事について、詳しく書かれている本が読みたいのです」

そこまで説明したにもかかわらず、侍女達はまたしても童話集を買ってきた。

ルクレツィアは癇癪《かんしゃく》を起こしそうになった。

駄目よ、怒っちゃ駄目。彼女は自分に言い聞かせた。怒らない、恨まない、誰のことも責めたりしない。今この時も、神はきっと私を見ている。

「ありがとうございます」

まずは侍女達に感謝を述べた。そして微笑んで続けた。

「でも、これは私が望んでいる本ではないのです。私が読みたいのは歴史書なのです」

侍女達は顔を見合わせた。

「申し訳ございません」

一番年嵩《としかさ》の侍女が頭を下げた。

「恥を忍んで申し上げます。私達は字が読めないのです。どれが姫様の望む歴史書なのか、私達にはわからないのです」

ルクレツィアは目眩《めまい》を覚えた。侍女達は間違えたのではない。文字が読めないから、挿絵で内容を確認するしかなかったのだ。皇女付きの侍女でさえ、まともな教育を受けられない。城の外は私が想像している以上に過酷だ。お母さまを愛する人の元に帰すためには、野蛮な暴力を抑制する知恵と技を身につけなければならない。

問題は山積みだ。しかし、なす術がない。

さっそく行き詰まってしまった。

その夜、ルクレツィアは寝台の横に跪き、指を組んで神に祈った。

「慈悲深き神よ。万物の源たる創造神よ。どうか天啓を与えてください。私に道を示してください。神の奇跡を現す術を、どうか私に教えてください」

でも、その前に——

「私に歴史書を与えてください！」

切実な祈りを捧げた、その数日後のことだった。

夜明けとともにルクレツィアは目覚めた。上体を起こし、両手を突き上げてのびをする。寝台から這《は》い出て、踏み台の上に右足を乗せた時、それに気づいた。

サイドテーブルに本が置かれている。革の背表紙には『聖イジョルニ暦六七四年』という焼き印が押されている。

ルクレツィアは床に下りた。上履きを履くのも忘れ、その本を手に取る。ずしりと重い。夢ではない。表紙を開いてみると、変色したページに癖《くせ》のある文字がびっしりと綴《つづ》られている。

本物だ。法皇庁の祐筆《ゆうひつ》が書き記した聖イジョルニ帝国の正史だ。

ぞわりと鳥肌が立った。本を傷《いた》めないよう、そっとページをめくった。

途端、『レーエンデの叛乱《はんらん》』という文字が目に飛び込んでくる。

ルクレツィアは床に座り込んだ。歴史書を抱え、その続きを読んだ。

テッサ・ダール率いる『レーエンデ義勇軍』の叛乱。叛乱軍は帝国軍輸送部隊を奇襲し、アルトベリ城を奪取した。勢いづいたレーエンデの民による一斉蜂起《ほうき》。法皇ユーリ五世の崩御。初代法皇帝エドアルド・ダンブロシオの台頭。叛乱軍の分裂。そしてテッサ・ダールは処刑され、叛乱は鎮静化した。

真実の歴史。それは劇的だった。どんな物語よりも面白かった。瞬きする間も惜しんで読み進めた。没頭し、時が経つのも忘れた。

扉をノックする音が響いた。

「ルクレツィア様、まだお休みですか？」

仰天し、ルクレツィアは本を閉じた。それを寝台の下に押し込む。急いで上履きに足を入れ、居間へと続く扉を開いた。

いつも通りの一日が始まった。朝食後には、空中庭園に出て泡虫に挨拶する。東屋に集まった鳥の銀天使達と言葉を交わす。だがそこに銀のウロフクロウはいない。

「エドアルドさま、どこに行ってしまわれたのかしら」

自分に訪れた劇的な変化を報告したかったのに、《君の地獄が始まる》と告げて以来、ウロフクロウの銀天使は姿を見せていなかった。

午後には家庭教師がやってきた。教科書を音読していても、心は寝台の下に隠した歴史書へと飛んでいた。早く続きが読みたくて、ついつい手元がお留守になった。書き取りの途中、手が止まっていますよと注意された。いつもは難なくこなす計算も、答えをふたつ間違えた。

夕食を終え、湯浴《ゆあ》みをすませ、ようやく一日が終わった。

「おやすみなさいませ、ルクレツィア様」

侍女達が居間から出ていく。廊下に面した扉に鍵がかけられる。

ルクレツィアは寝室に飛び込んだ。寝台の下から歴史書を引っ張り出し、常夜蠟燭《ろうそく》の下でそれを開いた。秘匿された歴史に、誰も知らない真実に、ルクレツィアの心は躍った。真夜中過ぎ、すべてを読み終え、本を閉じて嘆息した。

これだ。これこそ私の求めていたものだ。

「神さま、ありがとうございます」

お母さまの言う通りだ。神さまは私を見ている。私の祈りに応え、奇跡を起こしてくれるのだ。

ルクレツィアは床に跪いた。昨日よりも熱心に、真心を込めて神に祈った。そして最後にこう付け加えた。

「神さま、どうかこの本の続きを読ませてください！」

翌朝、目を覚ましてすぐ、ルクレツィアはサイドテーブルを見た。

そこには一冊の本が置かれていた。古めかしい革の装幀《そうてい》。昨日の本と同じ表紙。しかし背に記された題名は『聖イジョルニ暦六七五年』に変わっていた。

ルクレツィアはそれを手に取った。またもや夢中で読《よ》み耽《ふけ》った。昼の間は寝台の下に本を隠し、侍女達が出ていってから続きを読んだ。

結局、その本も一夜で読み終えてしまった。

ルクレツィアは跪き、さらに熱心に祈った。

「神さま、神さま、お願いです、どうか続きを読ませてください」

胸がドキドキして、なかなか寝付けなかった。それでもいつの間にか寝入っていた。

夜明けとともに目覚めると、サイドテーブルの上には『聖イジョルニ暦六七六年』が置かれていた。

奇跡は続いた。読み終えた本をサイドテーブルに置いておくと、翌朝には別の本が届いた。そのうち歴史書だけでなく、旅行記や地方司祭の手記などが何冊も届くようになった。こうなると時が惜しくなる。本を読む時間がほしくなる。侍女達は文字が読めない。ならば本の区別もつかないだろう。ルクレツィアは奇跡の本を寝室から持ち出すようになった。居間に、勉強部屋に、空中庭園の東屋に本を積み上げ、昼夜を問わず読書に耽るようになった。

それは八月の昼下がりのことだった。

居間の長椅子でルクレツィアが本を読んでいると――

「きゃあ！」

勉強部屋から悲鳴が聞こえた。続いて何かが崩れ落ちる音。ルクレツィアは読んでいた本を閉じ、勉強部屋を覗き込んだ。

「大丈夫ですか？」

「お騒がせして申し訳ございません」

年配の女性が床に膝をつき、散らばった本を拾い集めている。名前は覚えていないが顔は覚えている。今日の午前中、文法を教えてくれた先生だ。

「忘れ物をしてしまって、探していたら本の山を崩してしまって――」

言いながら、本を拾ってはテーブルに積み上げていく。

その手が、止まった。

「あら？」

革の表紙が開いている。最初のページ、題名の下に『Came from the Sea, Return to the Sea.《海より来たりて海に帰す》』の飾り文字が押印されている。それをつくづくと眺め、文法の教師は不可解そうに眉をひそめた。

「ルクレツィア様、これはいったいどういうことですか？」

「どういうこととは、どういうことですか？」

「これは法皇帝の印顆《いんか》です」

険しい顔で彼女は飾り文字の押印を示した。

「この本がシャイア城の図書室の蔵書である証しです」

シャイア城の図書室。それについては以前、フィリシアから聞いていた。

整然と並んだ書架、書架いっぱいに並ぶ本、そのどれもがこの世にふたつとない貴重な本だという。法皇帝にしか閲覧が許されない秘密の本もあるという。一度でいいから見てみたいと思っていたが許可など出るはずもなく、その図書室がどこにあるのかさえ、ルクレツィアは知らなかった。

「お答えください、ルクレツィア様」

怖い顔で文法の教師は詰問する。

「図書室の本がどうしてここにあるのですか？」

「置いてありました」

ルクレツィアは寝室の扉を指さした。

「寝て、起きたら、サイドテーブルの上に置かれていました」

ひいッと息を呑《の》み、教師は本を床に投げ落とした。

「投げないでください。本が傷みます」

ルクレツィアが苦言を呈《てい》する。だが彼女は聞いていなかった。

「……幽霊だわ」

独りごちて周囲を見回す。顔面蒼白《そうはく》、涙目になって、震える自分の肘を抱く。

「やはりいるのね。気配を感じる。この部屋には幽霊がいる」

これは幽霊の仕業なのか。夜ごと本が現れるのは神の御業ではなかったのか。

ルクレツィアはがっかりした。が、すぐに思い直した。

神さまはすべての人を見守っている。お忙しいに決まっている。小さな奇跡を起こすのに、お手伝いするものがいたっておかしくない。幽霊は始原の海に戻ることが出来ず、この世をさまよう哀《あわ》れな霊魂だという。その中には良い幽霊もいて、神さまの仕事を手伝っているのかもしれない。いつか神の御許に行くために、徳を積んでいるのかもしれない。

霊魂なら壁も扉もすり抜けられる。図書室にもこの部屋にも自由に出入り出来る。だが本はどうだろう。革表紙の本が壁や扉をすり抜けられるとは思えない。だとしたら幽霊は、どうやって本を運んでくるのだろう。

わからないことは知りたくなる。確かめてみたくなる。

その夜、ルクレツィアは読了した本をサイドテーブルに置いた。寝台に潜り込み。枕《まくら》に頭をのせ、瞼を閉じて眠ったふりをした。

夜半過ぎ、ふと空気が動いた。ルクレツィアは上体を起こした。サイドテーブルに目を向ける。

はたしてそこには本が置かれている。眠る前に置いた本とは違う。まだ読んだことのない本だった。

ルクレツィアは目を瞬いた。

鍵を開ける音も扉の開閉音も聞こえなかった。足音も息づかいも聞こえなかった。なのに、いつの間にか本は入れ替わっている。

幽霊は、なかなか手強《てごわ》い。

ルクレツィアは策を練った。読了本をサイドテーブルに置き、寝床に入る。しかし横にはならず、枕に背中を預け、サイドテーブルを見守った。一睡もせず一晩中見張り続けた。結果、幽霊は現れず、本が入れ替わることもなかった。次の夜も監視を続けようとして、睡魔に負けて眠りに落ちた。窓から差し込む朝陽に目覚め、慌てて飛び起きると、そこには別の本が用意されていた。

それならば——と、いつも通りサイドテーブルに本を置いた。本には細い糸が巻きつけてあった。その糸を自分の指に結んでから、毛布をかぶって寝たふりをした。

季節は初秋、暖炉《だんろ》に火は入っていない。寝室を照らすのは暖炉の上に置かれた常夜灯の蠟燭だけだ。枕元《まくらもと》は薄暗く、よほど注意しなければ糸は見えない。

真夜中過ぎ、糸に振動が伝わった。

ルクレツィアは飛び起きた。

ベッドサイドに黒い人影が立っている。右手に本を持っている。

次の瞬間、影は足音も衣擦《きぬず》れの音もたてることなく、一気に壁際まで後退した。

「逃げないで」

ルクレツィアは急いで寝台から下りた。

「貴方と話がしたいだけです」

応えはない。人影は微動だにしない。全身黒ずくめだが、体形からいって男性だ。頭に黒い布を巻いて顔を隠している。かろうじて見えるのは目元だけ。切れ長の目で、目尻《めじり》には細かな皺が刻まれている。

「貴方は幽霊なのですか？　それとも人間なのですか？」

影が燭台に駆け寄った。素早く右手を振る。風圧で蠟燭の火が消えた。寝室は真っ暗になった。

「待ってください！」

ルクレツィアは手探りで蠟燭を探り当て、マッチを擦って火をつけた。小さな炎が寝室を照らす。しかし誰もいない。人影は消えていた。

ルクレツィアは暖炉の上に蠟燭を置き、寝台に腰掛けた。

「聞こえますか、幽霊さん」

天井に向かって呼びかける。

「驚かせてごめんなさい。貴方のことは誰にも言いません。だから明日もまた本を届けてください」

シャイア城は寝静まっている。聞こえてくるのは岩壁に打ち寄せる波の音だけ。他には何も聞こえない。

それでもルクレツィアには聞こえた。

どこかで誰かが、そっと笑った。

その後も幽霊は本を運んできてくれた。ルクレツィアは多くの書籍から知恵と知識を吸収した。地理にも歴史にも精通し、エスト語の読み書きまでこなせるようになった。家庭教師は困惑顔で「ルクレツィア様に教えることはもう何もありません」と宣言した。

ルクレツィアは計画を練った。幾通りもの脱出方法を考えた。下働きの女に変装する。凧《たこ》に乗って空中庭園から飛び出す。気球を作るのもいいだろう。湖面からの上昇気流に乗ることが出来れば、小アーレス山脈を越えることだって不可能ではない。お母さまを連れてシャイア城から逃げ出す。このレーエンデから、聖イジョルニ帝国から、法皇帝の支配下から逃れる。そのためには準備がいる。変装用の服や金も要る。急ぐに越したことはないが焦ってはいけない。ヴァスコに見つかったら、今度こそ私は殺される。慎重に計画を練り、準備を整え、天啓を待つ。幸い時間はあるほどある。

だが、それは思い違いだった。ルクレツィアは大人が舌を巻くほど聡明《そうめい》な子供だったが、まだたったの五歳だった。

彼女はわかっていなかった。

冷酷で残酷な人間の悪意を。

ヴァスコ・ペスタロッチの異常なまでの妄執を。

聖イジョルニ暦九〇六年十一月。

ヴァスコはルクレツィア・ペスタロッチの婚約を発表した。相手はナダ州の名家ジョルナ家の子息ハッジス。輿入《こしい》れは今年の十三月十五日、ルクレツィア六歳の誕生日と決まった。ハッジス・ジョルナは三十歳、しかもジョルナ家はナダ家の傍系で聖職者の家系ではなかった。

年齢的にも家柄的にも釣り合わない、異例ずくめの縁組みだった。

だが第八代法皇帝の決定に異議を申し立てる者は誰一人としていなかった。

ルクレツィアは歯噛《はが》みした。ジョルナ家に嫁《とつ》げば、私は聖籍を失う。法皇帝の許可がなければ、シャイア城に入ることさえ出来なくなる。いや、それ以前に、無事ナダ州までたどり着けるかどうかも怪しい。ヴァスコは帝国の最高権力者だ。不慮の事故を装って、娘を殺すことぐらい造作もない。

ルクレツィアは生き残る方法を考えた。侍女達を遠ざけ、空中庭園の東屋に行き、必死に知恵を絞った。小アーレスの山稜《さんりょう》に赤銅色の夕陽《ゆうひ》が沈んでいく。考えて考えて、考え抜いても名案は浮かばなかった。ヴァスコに殺されるくらいなら、いっそここから飛び降りてしまおうか。そんな自暴自棄な考えが頭を過った。

折からの強風が吹きすぎた。髪が煽《あお》られ、一瞬視界が閉ざされた。苛立ちに任せ、眼前を覆った髪を払いのける。

目の前に人影が立っていた。黒い服、黒い覆面、異様に長い手足。

あの幽霊だった。

「どうしたの？　まだ明るいけれど、出てきてもいいの？」

答える代わりに、幽霊は白い封筒を差し出した。表には『誰もいないところで読むこと。読み終えたら燃やすこと』と書いてある。ルクレツィアはそれを受け取った。ひっくり返してみる。署名はない。

「これは——」

言いかけて、口を閉ざした。

幽霊はすでに消えていた。

ルクレツィアは周囲を見回し、誰もいないことを確認してから封を切った。

手紙に書かれていたのはシャイア城を抜け出す方法だった。ルクレツィアが夢想していた荒唐無稽《こうとうむけい》な策ではなく、現実的な段取りが詳しく書き記されていた。文面の最後にフィリシアの署名が記されているのを見て、少しだけ残念な気持ちになった。

あの幽霊さんは神さまのお使いではなく、お母さまのお使いだったのね。

ルクレツィアは繰り返し手紙を読み、それを完全に記憶した。何げない顔で居間に戻ると、侍女達に「陽が落ちると冷えますね」と微笑み、手を温めるふりをして暖炉に手紙を投げ込んだ。

その一月後、聖イジョルニ暦九〇六年十二月十五日。

ルクレツィアは「気分が優れません」と言って夕食を断った。「お医者様を呼びましょうか？」と問う侍女に「必要ありません。ゆっくり休めば治ると思います」と答えた。侍女達は疑う素振りさえ見せず、いつものように窓と鎧戸《よろいど》をきっちりと閉め、「おやすみなさい」と挨拶を残して退出した。

かちゃりと鍵がかけられる。足音が遠ざかり、聞こえなくなるのを待って、ルクレツィアは行動を開始した。素早く寝間着を脱ぎ捨てて、一番動きやすいドレスに着替えた。分厚い靴下と長靴を履き、厚手のコートを羽織り、お金に換えられそうな装飾品をポケットいっぱいに詰め込んだ。

これで準備は整った。後は時が来るのを待つだけだ。

ルクレツィアは寝台に腰掛けた。西の空を彩《いろど》る残照が次第に色褪《いろあ》せていく。北風が強くなってきた。ガタガタと窓が鳴る。小休止していた鐘楼の鐘の音が再び鳴り始めた。満月夜の礼拝が始まったのだ。

その鐘の音を合図に、彼女は寝台の下に潜り込んだ。指先で慎重に床を探る。あった。金属製の小さな取っ手だ。それを捻《ひね》ると床板の一部が外れ、下へと開いた。床に開いた四角い穴を覗き込む。真っ暗で何も見えない。でも慣れ親しんだ匂いがする。黴と埃と古紙の匂いだ。

「お母さま？」

小声でそっと呼びかける。

「いらっしゃいますか、お母さま」

下方で小さな明かりが揺れた。ランプを手にフィリシアが現れる。真っ白な夜着の上にフードのついた白いマントを纏《まと》っている。

「ルクレツィア、書架の上に降りなさい。そこから書架の梯子《はしご》を使って床に降りるの。急がないで、ゆっくりでいいわ。踏み外さないように、慎重にね」

並んだ書架をランプの明かりが照らし出す。壁にも柱にも書架がある。床から天井まで本で埋め尽くされている。驚きと興奮に胸が高鳴った。ここはシャイア城の図書室だ。私の部屋は図書室の上にあったのだ。

書架を見て回りたい。そう思ったが口には出さなかった。そんなことをしている時間はないとわかっていた。

「行きましょう」

フィリシアは彼女の手を握った。もう一方の手でランプを掲げて歩き出す。

シャイア城はレーニエ湖の孤島の上に築かれている。幾度となく増改築が繰り返されてきたけれど、基本の形は変わらない。切り立った岩壁と一体化した城壁、それに内接する主館、回廊に囲まれた中庭、その中央に鐘楼を備えた礼拝堂が建っている。

二階の開放廊下に出た。礼拝堂から祈りの声が響いてくる。吹き抜ける風には潮の香りが混ざっている。幻魚の襲来を恐れてか、廊下に衛兵の姿はない。だが城育ちのルクレツィアは知っている。銀の霧が現れるのは、もっと夜が更けてからだ。幻魚が出現するのは真夜中近くになってからだ。

階段を下りて城塞門《じょうさいもん》に向かうと思いきや、フィリシアは二階廊下の突き当たりにある部屋に入った。紺色に塗られた壁、窓を覆う臙脂色《えんじいろ》のカーテン、暖炉の向こう側には天蓋《てんがい》付きの大きなベッドがしつらえてある。城主の部屋、法皇帝のための主寝室だった。

フィリシアは部屋の奥、壁に掛けられたタペストリーを捲《めく》った。石壁にわずか三十ベイルほどの穴が開いている。そこをすり抜けると隠し階段に出た。小さな窓から差し込む月光が足下を照らしている。母娘《おやこ》は無言で階段を下り、壁と柱の隙間《すきま》をすり抜けた。

一階の回廊に出た。耳を聾《ろう》する勢いで鐘の音が響いてくる。強い風に背を押され、二人はさらに階段を下った。たどり着いたのは樽《たる》や木箱や麻袋が積み上げられた地下倉庫だった。天井を支える柱の後ろ、一人通るのがギリギリの割れ目のような通路がある。

「足下に気をつけて」

フィリシアが言う通り、狭すぎてランプの光も届かない。闇《やみ》の中をルクレツィアは手探りで進んだ。やがて前方から波音が聞こえてきた。隙間を抜け、広い空間に出る。

そこには船着き場があった。波に洗われた石階段が銀色の結晶に覆われている。ひたひたと黒波が押し寄せる水路には一艘《そう》の小舟が舫《もや》われている。

「ここで夜を明かします。朝陽とともに城を出ます」

船着き場の石組みにランプを置き、フィリシアはささやいた。

「夜明け直後は警備も手薄です。監視も甘くなります。見つかることなく湖岸にたどり着けるはずです」

「でも、その後はどうするのですか？」

夜の儀式が始まったら部屋を抜け出す。隠し通路を使い、地下の船着き場に向かう。小舟に乗ってシャイア城を脱出する。手紙に書かれていたのはそこまでだ。脱出した後については何も書かれていなかった。

フィリシアがいなくなったことがわかったら、ヴァスコは怒り狂うだろう。王騎隊を使って彼女を捜させるだろう。王騎隊は優秀だ。どこに隠れたとしてもいずれは見つかる。逃れるには聖イジヨルニ帝国を出るしかない。西ディコンセ大陸を出て、新大陸ムンドゥスに渡るしかない。

「心配は無用です」

フィリシアは石床に膝をつき、ルクレツィアを抱き寄せた。

「影が貴方を安全なところへ連れていってくれます」

「影――？」

「ダンブロシオ家の影、私達を守ってくれる幽霊です」

「あの幽霊さんが一緒に来てくれるのですか！」

嬉しくなってルクレツィアは叫んだ。しーっと言って、フィリシアが唇に指を当てる。ルクレツィアは慌てて口を押さえた。

「いい子ね」

震える声でささやいて、フィリシアは彼女の額にキスをした。

「ルクレツィア、貴方は神に愛されています。神が貴方を救ったことには大きな意味があるのです。どこに行ってもそれを忘れず、神の愛を疑わず、祈り続けなさい。多くの人の役に立つ、立派な人間におなりなさい」

「お母さま？」

不意に息苦しくなった。見えない手で心臓をぎゅっと握られたような気がした。

「どうして、もう二度と会えないみたいなことを言うのですか？」

フィリシアの笑顔が歪《ゆが》んだ。堪えきれず、涙が頬を伝っていく。

「私が行けばヴァスコ様は地の果てまでも追ってきます。決して諦めない。私達は永遠に追われ続けることになります」

「ならば新大陸に渡りましょう。大丈夫です。私はエスト語がしゃべれます。一生懸命働きます。だからお母さま、一緒に逃げると言ってください」

「いいえ……いいえ！」

か細い声でフィリシアは叫んだ。

「私は愛する人と引き裂かれ、ヴァスコ様のものになりました。この苦しみから逃れ、希望を抱き続けるためには信仰が、奇跡が、貴方が必要だったのです。当初ヴァスコ様は、ルクレッツィアを城から遠ざけるよう命じました。でも私は、奇跡を手放したくなくて、貴方をこの城にとどめて貰えるよう彼に懇願したのです」

両手で顔を覆い、彼女は石床の上に泣き崩れた。

「ごめんなさい、ルクレッツィア。もっと早く貴方を自由にするべきでした。私は身勝手な母親です。貴方に愛される資格などないのです」

「いいのです、お母さま」

ルクレッツィアは息を吐いた。

喉の奥につかえていた疑問が氷解していくのを感じた。

ヴァスコが私を殺さなかったのは、お母さまがそれを願ったからだ。

私がシャイア城に幽閉されたのも、お母さまがそれを願ったからだ。

でも、そんなことはもうどうでもいい。

「私は貴方を恨んだことなど一度も――」ありませんと言おうとした。

しかし言えなかった。

荒々しい足音が聞こえた。

誰か来る！

「隠れて」

フィリシアはルクレツィアを石組みの隙間に押し込んだ。

その直後――

「そこで何をしている！」

猛々《たけだけ》しい声が響いた。隠し通路を抜け、祭礼用の法衣《ほうえ》を纏ったヴァスコが現れる。

今夜は満月夜、今は創造神を静める儀式の真っ最中だ。神の代理人である法皇帝が儀式を中座するなど許されざる暴挙だ。ルクレツィアは恐怖に震えながらも憤った。

この男、そこまで神をないがしろにするのか！

「答えろ！　ここで何をしている！」

雷のような怒号。激怒するヴァスコにフィリシアはすくみ上がった。

「お許しください。静謐《せいひつ》を求めて、それでここへ――」

「嘘をつくな！」

ヴァスコがフィリシアの頬を張る。

「俺のいぬ間に逢《あ》い引《び》きか？　それとも逃げるつもりだったのか！」

殴打の音が幾度も響く。

「誰だ！　言え！　相手は誰だ！」

「わ、私一人です」

「嘘をつくな！」

ヴァスコの足下にフィリシアはくずおれた。

「お許しください、ヴァスコ様。もう二度と勝手な真似はいたしません」

「お前の謝罪は聞き飽きた！」

男はフィリシアの髪を摑んだ。彼女が悲鳴を上げても手を離さない。彼女を引きずり、歩き出す。荒々しい足音とフィリシアの嗚咽《おえつ》が壁の向こうへと遠ざかる。

ルクレツィアは石組みの隙間から這い出した。胸の中で心臓が暴《あば》れている。全身に冷や汗をかいている。恐怖で足が震える。ともすると座り込んでしまいそうになる。

「駄目、駄目、休んでいる暇なんてない！」

膝を叩いて叱咤《しった》する。

「お母さまは私を守ってくれた。私を逃がそうとしてくれた。お母さまを見捨てることなんて出来ない。私だけが逃げるわけにはいかない！」

よろよろと歩き出した。来た道を引き返す。倉庫を抜け、階段を上り、回廊を通って隠し通路に入った。足音を忍ばせて隠し階段を上る。そっとタペストリーをずらし、主寝室を覗き込む。

暖炉に炎が燃えている。臙脂色のカーテンの後ろで鎧戸がガタガタと鳴っている。モザイク模様の床の上、煌びやかな法衣が落ちている。そのすぐ傍にフィリシアの白いマントもある。

部屋の奥から呻き声が聞こえた。天幕が開け放たれ、寝台が丸見えになっている。柔らかそうな褥《しとね》の上に黒い獣が乗っている。強いたてがみ、小麦色の肌、背中の筋肉が瘤《こぶ》のように盛り上がっている。

「いけません」

か細い声が聞こえた。フィリシアの声だ。彼女は野獣に押さえつけられていた。その拘束から逃れようと、必死にもがいていた。

「満月の夜に、このようなことをなさっては、創造神のお怒りを買います」

「笑止！」

悦に入ったヴァスコの笑い声。

ルクレツィアは気づいた。あれは獣ではない。人間だ。全裸のヴァスコがフィリシアを組み敷いているのだ。

「神はお前を救ってくれたか？」

嬲《なぶ》るようにヴァスコは問う。嘲笑が闇にくつくつと響く。

「一度でも、お前の願いを聞いてくれたことがあったか？」

「神は人の願いをかなえるために、いらっしゃるのではありません。私達を正しく導くため、私達が道に迷うことのないよう、見守ってくださっているのです」

「異なことを言う」

ヴァスコはフィリシアに顔を近づける。顔を背ける彼女の耳朶を赤黒い舌で舐め回す。

「私に拐《かどわ》かされた夜のことを忘れたか？　純潔を散らされたあの夜、お前は神を呪って泣き叫んだではないか。穢らわしい冒瀆《ぼうとく》の言葉を吐き散らしていたではないか」

「私の心が弱かったからです。まだ神の愛を知らぬ、未熟者だったのです」

「お前は今でも神を憎んでいる。神のことを呪っている」

「いいえ、私は神を愛しております」

「神がアルバン・アルモニアを殺したとしてもか？」

「え？」

フィリシアは瞠目《どうもく》した。花片《はなびら》のような唇がわなないた。

「まさか……アルバン様は――そんな、まさか――」

「知らなかったか？　アルバンは死んだよ。とうの昔にな」

嗜虐《しぎゃく》の愉悦にヴァスコは唇を歪ませる。

「あの愚か者、お前を帰せと城に乗り込んできた。ゆえに捕らえて舌と両手を切り落とし、満月夜にレーニエ湖に解き放ってやった」

咆哮《ほうこう》のような笑い声が暗い天井に殷々《いんいん》と響く。

「どうだ、わかったか。神とは私のことだ。私こそが神なのだ！」

フィリシアの顔から表情が削《そ》げ落ちた。青き双眸《そうぼう》が絶望の色に染まっていく。手足から力が抜ける。大人しくなった彼女から男は夜着を剝ぎ取った。まろやかな乳房に男の汗と涎《よだれ》が滴る。ヴァスコの身体の動きにあわせ、寝台が軋《きし》み、天蓋が揺れる。

「言え、フィリシア。私を見て、もう一度、神を愛していると言ってみろ！」

彼女の目から憤怒と絶望が涙となって流れ落ちる。愛する人を殺した男に蹂躙《じゅうりん》される。そのおぞましさにフィリシアは絶叫する。

「この外道！」

喘ぎ、身悶《みもだ》え、喉元《のどもと》をかきむしる。

「呪われろ！　呪われろ!!」

「そうだ。恨め！　もっと憎め！　私を見ろ！　私だけを見るのだ！」

彼女の堕落を嘲笑い、ヴァスコはさらに責め立てる。

血を吐くような罵声《ばせい》、怨嗟《えんさ》の叫びがこだまする。

「駄目です、お母さま！」

たまらずルクレツィアは飛び出した。

「神さまは見ておられます！　恨んではいけません！　誰も呪ってはいけません！」

ヴァスコの動きが止まった。のろりと顔を上げ、ルクレツィアを見る。炭火のように光る瞳。怒りを滾《たぎ》らせた野獣の目。

ルクレツィアは引かなかった。震える両脚を踏ん張り、正面からヴァスコを睨みつけた。

「お父さま、貴方は悪党です。その報《むく》いを受け、必ず地獄に落ちるでしょう。ですがお母さまは清廉潔白です。憎しみを煽り、冒瀆《ぼうとく》的な言葉を吐かせたとしても、お母さまの魂を穢すことは出来ません」

ギシリと寝台を軋ませ、ヴァスコは立ち上がった。逆立った赤い髪、汗に濡れた肌、雄々しく引き締まった体軀《たいく》を見せつけるようにして、ゆっくりと近づいてくる。

「穢らわしい忌み子の分際で、私に意見などするな」

ヴァスコは右手を振り上げ、ルクレツィアの頰を張り飛ばした。彼女は撥《は》ね飛《と》ばされ、モザイク模様の床を転がった。

「地獄などない。始原の海も創造神も存在しない。あるのはイジョルニ帝国を統《す》べる者だけだ。私こそが神なのだ」

「いいえ……」伏したままルクレツィアは呻いた。「神さまは存在します。このお父さまの悪行を、今も、神は見ておられます」

「ならば祈れ」

ヴァスコはルクレツィアの右足首を摑んだ。抵抗する間もなく逆さまに吊るし上げられる。生木が折れるような音がした。足首に激痛が走り、ルクレツィアは悲鳴を上げた。

「どうした？　助けを求めてみろ。奇跡を起こし、神の存在を証明してみろ」

「奇跡とは私です。私が証拠です。神さまが私を必要とした。だからこそ私は生きているのです。そうでしょう、お母さま！」

ルクレツィアは身を捩《よじ》ってフィリシアを見た。

フィリシアは寝台の上にいた。シーツで胸元を隠し、顔を背けている。乱れた髪、赤く腫《は》れ上がった頰、裸の肩が小刻みに震えている。聞こえていないはずはない。なのに、こちらを見てくれない。以前のように助けようともしてくれない。

「お母さま、そうだと言ってください。私こそが奇跡だと――あぅッ！」

激痛にのけぞった。ヴァスコが彼女の足首を握《にぎ》り潰《つぶ》したのだ。痛みに喘ぐルクレツィアを吊るし上げたまま、ヴァスコは窓と鎧戸を押し開いた。

強風が頰を嬲る。鎧戸が軋み、カーテンがはためく。噎《む》せ返るような潮の匂いが鼻腔《びこう》へと流れ込んでくる。

背筋が凍《こお》った。

ヴァスコは私を湖に投げ落とす気だ。

ルクレツィアは必死に右手を伸ばした。臙脂色のカーテンを摑もうとした。

しかし、次の瞬間――

彼女は空を飛んでいた。

星々の海に浮かぶ真円の月。淡く輝く銀色の霧。固く閉ざされた城の鎧戸。唯一開いた窓が遠ざかる。びょうびょうと風が鳴る。闇の中へと落ちていく。銀呪化した湖面に叩きつけられたら全身の骨が砕ける。まだ銀呪化していなかったとしても今は真冬だ。湖水は凍《こご》えるほど冷たい。ましてや自分は泳ぎ方すら知らない。

死を覚悟して、ルクレツィアは目を閉じた。

ああ、最後にもう一度、エドアルドさまにお会いしたかった。

温かな手が彼女を捕らえた。まるで包み込むように彼女の身体を抱き寄せる。

——誰？

ルクレツィアは薄目を開けた。

彼女を抱きしめているのは黒い人影、ダンブロシオ家の影だった。頭に巻いていた布が吹き飛んで、顔が露《あら》わになっている。皺深い顔、意志の強そうな眉、でも茶褐色の目は優しく、唇には微笑みが浮かんでいた。

貴方のことは私が守る。命に代えても守ってみせる。

そんな声が聞こえた気がした。

後にルクレツィアは、幾度となくこの夜のことを思い出した。

あの夜に私が死んでいたら、喜ぶ者が大勢いただろう。

あの夜に私が死んでいたら、数多の命が救われていただろう。

あの夜に私が死んでいたら、これほど多くの血と涙が流されることはなかっただろう。

でも私は死ななかった。またしても奇跡は起きた。

神は私に『生きろ』と言った。

《起きて、姫さま》

ルクレツィアは瞼を開いた。

見覚えのない天井が目に入る。

起き上がろうとすると背骨が軋んだ。身じろぎしただけで右足が燃えるように痛んだ。

とても動けそうにない。

《おはよう、お姫さま》

囀りに誘われ、顔を右に向けた。窓の外に銀の小鳥が止まっている。その背後には白い街並みが広がっている。

「お目覚めですか」

男の声がした。

銀天使の小鳥が飛び立つ。その姿が空の青に溶け込んでいくのを見送ってから、ルクレツィアは窓とは反対側に目を向けた。

壁際に精悍《せいかん》な顔をした中年の男が佇んでいる。焦《こ》げ茶色《ちゃいろ》の巻き毛に琥珀《こはく》の瞳、彼はジュード・ホーツェル。ヴァスコ・ペスタロッチの右腕と呼ばれている男だ。

「ここは、どこ？」

ルクレツィアの問いかけに、ジュードは渋《しぶ》い声で答えた。

「聖都ノイエレニエにある聖ミラベル病院です。ルクレツィア様の命をお助けするために、やむなくシャイア城から運び出した次第です」

それを聞いて、ようやく思い出した。

私は城の窓から投げ落とされた。なす術もなく落ちていく私を幽霊さんが助けてくれた。いいや、彼は幽霊ではなかった。彼はダンブロシオ家の影、血肉を持つ人間だった。

「あの人はどうなりました？」

ルクレツィアの問いかけに、ジュードは怪訝そうに眉根を寄せた。

「あの人とは？」

「私とともに湖に落ちたダンブロシオ家の影のことです」

「何のことをおっしゃっているのかわかりかねます。私が湖で発見したのはルクレツィア様お一人だけです」

ルクレツィアはジュードを睨んだ。なぜ影の存在を隠すのか、彼の表情からはうかがい知れない。ジュード・ホーツェルはヴァスコの懐刀、駆け引きにかけては百戦錬磨の強者《つわもの》だ。正面から当たっても勝ち目はない。

質問を変えることにした。

「どうして私を助けたのですか？」

「貴方は皇女です。お助けしない理由がありません」

「ヴァスコは殺意をもって私を窓から投げ落としました。貴方はヴァスコの忠実なる部下です。主命に逆らうには、相応の理由が必要です」

「それは――」

ジュードは言いよどんだ。左右に視線が泳ぐ。

言い訳を探しているのだ。

「贖罪《しょくざい》のためですか」

ルクレツィアは切り込んだ。死を覚悟した身だ。もはや怖いものなど何もない。

「ヴァスコはフィリシアを拐かし、シャイア城に監禁した。彼女を奪還しに来たアルバン・アルモニアを捕らえ、彼の両手と舌を切り落とし、満月夜のレーニエ湖に放逐した。法皇帝にあるまじきヴァスコの非道を目にしながら、貴方はそれを黙認してきた。私を救ったぐらいでは、貴方の罪は贖《あがな》えませんよ」

ジュードは彼女を凝視した。表情に大きな変化はないが、その目には驚愕の色がある。

彼は肩を落とし、ゆっくりと息を吐き出した。壁際にあった椅子を引き寄せ、それに座った。

「ルクレツィア様をお助けしたのは贖罪のためではありません。自分が犯した罪の重さは充分理解しています」

膝の上に肘を置き、顔の前で両手を組み合わせる。

「すべての始まりは聖イジョルニ暦八九七年。ダンブロシオ家が主催した新年会の席で、フィリシア様をお見かけして以来、ヴァスコ様のご様子がおかしくなりました」

あの女がほしい。あの女がほしい。そう繰り返すようになったという。

「本気にはしませんでした。また悪い癖が出たと、質《たち》の悪い冗談だと思っていました」

だがヴァスコは本気だった。戴冠式《たいかん》の前夜、参列のためノイエレニエに来ていたフィリシアを拉致《ら ち》し、シャイア城に幽閉した。そして翌日、何食わぬ顔で戴冠式に臨んだ。

「第八代法皇帝となったヴァスコ様は、その壇上で驚くべき宣言をしました。すなわち『フィリシア・ダンブロシオを皇后にする』と」

当然、ダンブロシオ家は激怒した。猛抗議する当主にヴァスコは言った。

『銀夢草の栽培方法を知りたくはないか？』

結果、ダンブロシオ家はヴァスコとフィリシアの婚姻を正式に認めた。

「これに異を唱えたのがフィリシア様の婚約者であったアルバン・アルモニア様です。彼は心根のまっすぐな御仁で、『フィリシアを返せ』と自らシャイア城に乗り込んできて――」

そこで言葉を切り、ジュードは二本の指で祈りの印を切った。俯いた顔には苦悩の影が落ちている。病室は冷え冷えとして肌寒いのに、彼の額には汗が光っている。

「私はヴァスコ様を止められませんでした。その悪事の隠蔽《いんぺい》にも手を貸してきました。この罪は消えません。私は地獄に落ちるでしょう」

ジュードは顔を上げた。苦渋の表情。しかしその眼差しは揺らぐことなく、まっすぐにルクレツィアを見る。

「ですが、私はもう自分の良心を欺《あざむ》きたくないのです。実子を殺すヴァスコ様も、父に殺されるルクレツィア様も、見たくはないのです」

ルクレツィアはジュードを見つめ返した。嘘を言っているようには見えない。とはいえ相手はヴァスコの忠臣だ。そう簡単に信用は出来ない。

「私が生きていることがわかったら、ヴァスコは私を殺すように命じます。貴方は主君に忠実です。逆らえるとは思えません」

「ルクレツィア様が生きていることは、ヴァスコ様にもご報告ずみです」

予期せぬ反論だった。咄嗟にルクレツィアは問い返した。

「命じられなかったのですか？　ただちに私を殺すようにと」

「命じられました。ですが断りました。もし私以外の者にルクレツィア様の殺害を命じたら、私はそれに抗議し自害すると申し上げました」

「貴方の意図がわかりません。なぜ今になって主君に逆らうのですか」

「正しい行いをしたいのです」

私事なのですが――と前置きをして、ジュードは続けた。

「私には一人息子がいます。男手ひとつで育てたせいか捻くれていて、なかなか本音を言いません。それが昨年ようやく成人を迎えました。どんな職に就いてもいいと思っていましたが、息子は私と同じくペスタロッチ家の側仕《そばづか》えになる道を選びました。その理由を問うと『父上のような立派な男になりたいからだ』と答えました」

眉間《みけん》の皺に憂《うれ》いを滲ませ、彼は声もなく自嘲《じちょう》する。

「今さら善人ぶったところで取《と》り繕《つくろ》いようもありません。ですが息子には……息子にだけは信じて貰いたいのです。晩年の父は正しい行いをしたと、最後は命を賭《と》して落とし前をつけたのだと、そう思ってほしいのです」

咳払《せきばら》いをして、表情を改める。

「それが理由です。お恥ずかしい限りです。どうぞ遠慮なく笑ってください」

ルクレツィアは笑わなかった。笑う理由も、笑ってやる義理もなかった。

「条件は何ですか？」

「はい？」

「ヴァスコのことです。無条件で私の命を見逃すはずがありません」

「ご明察、恐れ入ります」

ジュードは深々と頭を下げた。

「条件は決してシャイア城に戻らないことです。ゆえに義足が完成し、歩行訓練が終了し次第、ルクレツィア様には――」

「待ってください」

慌てて遮った。

「義足とは？」

ジュードは言いよどんだ。眉間の皺がますます深くなる。

「ルクレツィア様の右足首は骨が砕けておられました。残せば足は腐り落ち、全身に毒が回って死に至るとの診断を受け、切断せざるを得ませんでした」

そう聞いても、にわかに信じられなかった。

切断した？　こんなに右足が痛むのに？

「見せてください」

ジュードの手を借りて、ルクレツィアは上体を起こした。身体を覆う毛布を取り去る。病院着からすんなりと左足だけが伸びている。包帯が巻かれた右の膝頭《ひざがしら》、そこから先には何もない。

「心中、お察し申し上げます」

沈痛な面持ちでジュードが言う。

ルクレツィアは笑いそうになった。

これは奇跡の代償だ。悲劇ではなく僥倖《ぎょうこう》だ。一度ならず二度までも、神は私の命を救った。私は神に選ばれたのだ。

「実はもうひとつ、凶報がございます」

毛布を元に戻し、ジュードは再び椅子に腰を下ろした。

「ハッジス・ジョルナ様とのご婚約は、なかったことになりました」

「それはむしろ吉報です」

ルクレツィアは肩をすくめた。

「とはいえ困りました。私は右足だけでなく帰る場所までなくしてしまったようです」

「ではボネッティにお越しください」

ジュードはぐいと身を乗り出した。

「ペスタロッチ家のお屋敷には我が不肖の息子もおります。ルクレツィア様に不自由な思いをさせることはございません」

礼儀正しい口吻《こうふん》だった。それでいて有無を言わせぬ迫力があった。

しかし即答は出来なかった。

ボネッティに住んでいるのはヴァスコの正妻だ。彼女に代わってシャイア城に迎えられたフィリシアを快《こころよ》く思っているはずがない。フィリシアの娘である私を歓迎してくれるとは思えない。

とはいえ、選択の余地はない。もうシャイア城には戻れない。

お母さまにとって私は奇跡の象徴だった。ルクレツィアが奇跡を起こしてくれる。アルバン・アルモニアの元へ連れて行ってくれる。それを唯一の希望として、彼女は過酷な運命に耐えてきたのだ。でもアルバンはもういない。もう奇跡は起きない。だからお母さまは目を背けた。私の呼びかけに答えてくれなかったのだ。

しかし奇跡は再び起きた。神は私に生きろと言った。それを知れば、お母さまは信じてくれる。やはりルクレツィアは奇跡の子だと。希望はまだあるのだと、きっと思い直してくれる。

神は私を必要としている。いつか私は天命を知る。ならば私は神の僕として正しく生きよう。罵《のの》られても誹《そし》られても、誰も憎まず、恨まない。どんな試練にも耐えてみせよう。

「わかりました」

顔を上げ、ルクレツィアは首肯した。

「私はボネッティに参ります」

待っていてください、お母さま。

天命を果たし、奇跡を手に入れ、貴方をお迎えに参ります。

第三章　嵐来《あらしきた》る

《城壁門広場の朝市》

毎週末ノイエレニエの中央広場に立つ市場。食品や工芸品などを売る屋台が並ぶ。多くの観光客で賑わう。

1

聖イジョルニ暦九〇七年六月十日。レオナルドはレーエンデ北部の町ウドゥにいた。ウドゥに本社を置くエンゲ商会の事務室で先月分の帳簿をつけていた。

「おーい、レオン。親方が呼んでるぜ」

「はい、今行きます！」

先輩の声にレオナルドは立ち上がった。帳簿を閉じ、上着を片手に廊下に出る。広い窓から初夏の光が差し込んでいる。暑気を孕《はら》んだ風が笑い声を運んでくる。青々とした黒麦畑では麦わら帽子を被ったレーエンデ人達が畑仕事に精を出している。

レオナルドは鼻歌交じりに会長室へと向かった。廊下の突き当たり、会長室のドアは常に開かれている。『人の間に壁を作るな。話し合いの扉を閉じるな』がエンゲ商会の会長リカルド・リウッツィの口癖だ。

「親方、お呼びですか？」

室内を覗き込む。壁際に並んだキャビネット、棚を埋め尽くす帳簿類、部屋の奥に鎮座《ちんざ》した執務机の向こうには白髪頭の老人が座っている。

「誰が『親方』だ」

リカルドは老眼鏡を下げ、じろりとレオナルドを睨んだ。

「言ってンだろ、名前で呼べって。俺の名前はなァ、親父の親父のそのまた親父の代から受け継がれてきた、由緒正しい名前なンだよ」

「でも、わりとよくある名前ですよね？」

「うるせぇ。ケツに殻つけたヒヨッコが生意気言うんじゃねぇ」

「はいはい、以後気をつけます」

親方の罵詈《ばり》雑言には慣れっこだ。リカルドは血筋も人柄も申し分ないけれど、とにかく口が悪いのだ。その家名が示す通り、彼はリウッツィ家の類縁だ。世が世なら『御館様《おやかた》』と呼ばれていたかもしれない人だ。ゆえにエンゲ商会の従業員達は敬愛を込め、会長のことを『親方』と呼ぶ。

「ったく、突っ立ってねぇでとっとと入れ」

「はーい」

「入ったら戸を閉めろ」

レオナルドは首を傾げた。親方らしくないなと思いつつ、言われた通りに扉を閉じる。

「何のご用でしょうか？」

「さっき電報が届いた。こんな名前の人間はウチにはいねぇって、つッ返してもよかったンだがよ」

リカルドは鼻の頭に皺を寄せ、細長い紙片をヒラヒラと振った。

「この『レオナルド・ペスタロッチ』ってぇのは、お前のこったろ？」

レオナルドはぎくりとした。ここでは『レオン・ペレッティ』という偽名で通している。とぼけようかとも思ったが、リカルドは人を見る目に長《た》けている。つまり、呼び出された時点で詰んでいる。

「そうです。俺がレオナルド・ペスタロッチです」

気まずさをごまかすため、ホリホリと鼻の頭をかく。

「なんでわかったんですか？」

「わからいでか。ガキのくせに一通り読み書き計算が出来て、言葉遣いや礼儀作法も完璧《かんぺき》で、そのくせ一般常識がスコンと抜けてやがるンだ。さては貴族のボンボンだって容易に気づくわ」

「その貴族のボンボンを、どうして雇ってくれたんですか？」

「そりゃあ、お前——」ごほんごほんと咳払いをする。「ミラの頼みじゃ断れねぇだろ」

「親方、ミラさんに何か弱みでも握られてるんですか？」

「お、お前にゃ関係ねぇ！」

リカルドは立ち上がり、レオナルドの鼻先に電報を突きつけた。

「ほらよ、持ってけ！」

彼は電報を受け取った。細長い紙片の中央、黒い文字が記されている。

『**アラシ　キタル　スグニモドレ　イザベル**』

レオナルドは眉根を寄せた。

母上には何も告げずに家を出た。現在の居場所を知っているのはブルーノだけだ。

さてはあいつ、口を割ったな？

「何ブツブツ言ってンだ」塩辛い声で親方が言う。「すぐに戻れっておっかさんが言ってンだ。グズグズすんな。さっさと荷物まとめて帰りやがれ」

「でも先月分の帳簿がまだ――」

「本日をもってお前はクビだ。引き継ぎは今日中にすませろよ」

「えええええ……」

「ええじゃねぇ。お前がウチで働いてたのは何のためだ。リウッツィ家やエンゲ商会のためじゃねぇだろ？　ここで学んだことをボネッティに持ち帰るためだろ？」

「でも俺はまだ半人前だし、戻ったところで何が出来るか――」

「出来る出来ないじゃねぇ！　やるんだよ！」

リカルドは拳で机を叩いた。

「失敗を恐れてたらなンも出来ねぇ。やりたいことがあるンならグダグダ言わずに突っ走れ。人の目なんか気にすンな。お前がやりたいようにやれ。わかったか、このクソ野郎！」

クソ野郎は心外だが、親方の真心は伝わった。確かにその通りだと思った。

「わかりました」

レオナルドは踵を揃えて一礼した。

「お世話になりました！」

「よし！」

親方は椅子に座り直した。眼鏡を押し上げ、ニヤリと笑った。

「じゃあな。ミラによろしく伝えてくれ」

八年前、ヴァスコ・ペスタロッチは第八代法皇帝に選出された。そして、その戴冠式当日、ダンブロシオ家の末娘フィリシアを皇后にすると宣言した。

レオナルドは耳を疑った。クラリエ教は離婚を認めていない。法皇帝とて例外ではない。皇后の他に愛妾《あいしょう》を抱えた法皇帝ならいなくもないが、正妻の存在を無視し、妾を皇后に据えるというのは前例がない。

一報を受け取った日の翌々日、ボネッティに戻ってきたイザベルはレオナルドに言った。

「ヴァスコ様から貴方の罪を不問にするとのお言葉をいただきました。ですが貴方にペスタロッチ家の家督を譲るというお言葉をいただくことはかないませんでした」

「俺のことはどうだっていいんです！」苛々《いらいら》としてレオナルドは叫んだ。「父上を支え続けた母上をないがしろにするなんて、父上はいったい何を考えているのです！」

「ヴァスコ様にも思うところがあるのでしょう」

イザベルは物憂《ものう》げに目を伏せた。

「政略結婚とはいえ、長い年月をともに暮らせばいつか愛着も湧くだろう。そう思っておりました。けれどヴァスコ様は、私とは別の考えをお持ちだったようです」

「別の考えとは何ですか。ロベルノ家よりもダンブロシオ家を貴ぶという意味ですか。だとしたらこれは裏切りです。父上は母上だけでなくロベルノ家をも冒瀆したのです！」

これまでペスタロッチ家とロベルノ家は良好な関係を築いてきた。しかしヴァスコがダンブロシオ家の娘を囲い、ロベルノ家の娘を捨てたとあれば、その事情も変わってくる。

「はたしてそうでしょうか」

目を細め、イザベルはうっすらと微笑んだ。

「ヴァスコ様はダンブロシオ家の娘を拐かし、我がものとしたのです。これだけの悪行をしてダンブロシオ家には一言の文句も言わせなかったのです。我が父カルロ・ロベルノならば、ヴァスコ様の手腕に『見事、お見事!』と喝采《かっさい》を送るでしょう」

はたしてイザベルが言った通り、ロベルノ家から抗議の声が発せられることはなかった。しかしながら前代未聞の出来事は世間を大いに賑《にぎ》わわせた。タブロイド紙はフィリシアとイザベルの肖像画を並べ『愛妾の勝利!』と書き立てた。心ない嘲笑に、いわれのない中傷に、イザベルはますます厭世《えんせい》的になった。誰にも会わず、日曜礼拝にも行かず、屋敷の中に閉じこもって日がな一日、本を読んで過ごすようになった。

ヴァスコの奇行に振り回されたのはイザベルだけではなかった。法皇帝となった者は後継者に家督を譲るのが通例だ。しかしヴァスコは息子にも甥《おい》にも当主の座を譲らず、これまで通りランカスター卿《きょう》に領地の管理を任せた。

アリーチェはいきり立った。「ステファノこそ後継者に相応《ふさわ》しいのに!」と人目も憚らず喚《わめ》き散らした。すっかりその気になっていたステファノは落胆した。「成人するまで待てってことなのかなぁ」とまるで見当違いなことをぼやいていた。

勝手にしろとレオナルドは思った。俺は汚れた金などほしくはない。家名など捨ててしまいたい。誰も知らない土地に行って、別の人間として暮らしたい。

レオナルドはひそかに働き口を探した。新聞の求人広告にも応募してみた。だが年齢が邪魔をして、どの会社からも相手にされなかった。

こういう時、頼りになるのが親友だ。

レオナルドの話を聞き終え、ブルーノは言った。

「ミラに頼んでみたらどうだ？」

その手があったかとレオナルドは膝を打った。ミラはボネッティ座の座長で『春光亭』の店主だ。仕事柄、情報通で顔が広い。

さっそく『春光亭』に向かった。「働き口を紹介して貰えないか」と頼むと、ミラは熟考した後、こう答えた。

「それならエンゲ商会に行くといいわ。会長のリカルドとは昔馴染《むかしなじ》みだし、私の紹介なら絶対に断らないはずよ」

そこで彼女は言葉を切って、赤い爪の先でレオナルドを指さした。

「たとえ貴方が——ペスタロッチ家の嫡男でもね」

正体を言い当てられても、もう驚かなかった。

「知ってたのに、どうして叩き出さなかったんだ？」

「『山崩れを起こすには山頂近くの岩を狙《ねら》え』って格言、聞いたことない？」

「……ない」

「世界を変える者は社会の底辺からではなく、社会の上部から現れるってこと」

ミラはさらさらと紹介状をしたため、それを彼に差し出した。

「私、貴方に期待しているの」

その紹介状を手に、レオナルドは一人、レイル行きの列車に飛び乗った。

二度と戻るつもりはなかった。
けれど——

レオナルドが回想に浸っている間にも、列車は中央高原地帯を走り続けた。行く手にレーニエ湖が見えてくる。白く輝くノイエレニエの新市街が見えてくる。そこから列車は西部鉄道路に入った。滴るような緑が繁茂《はんも》する小アーレス山脈の裾野《すその》を走り続けること三時間、終点ボネッティ駅に到着した。

駅舎を出て、朱に染まった空を見上げる。あと一時間もすれば陽が暮れる。とはいえ駅から屋敷までは二サガンほどだ。辻馬車《つじばしゃ》を拾うまでもない。

「おおい、レオン！」

駅前広場のガス灯の下、ブルーノが立っている。紙片をヒラヒラと振っている。昨夜、母イザベル宛《あ》てに打った電報だ。

「ブルーノ！」

レオナルドは彼に駆け寄った。再会の抱擁を交わし、肩や背中を叩き合う。

「わざわざ迎えに来てくれたのか？」

「そりゃそうだろ。ペスタロッチ家の嫡男に何かあったらどうするよ」

「子供扱いはよせ。俺ももうじき十九になる。自分のことは自分で守れる」

それに——と言い、レオナルドは上着の裾を引っ張った。

「俺がペスタロッチ家の嫡男に見えるか？」

彼が身に着けているのはよれよれのシャツと擦り切れたズボン、肘当てがついた古い上着だ。帽子もステッキも持っていない。赤い髪はボサボサで、肌は日焼けして真っ黒だ。

「確かに、スリも強盗も寄りつきそうにねぇな」

「そういうお前はすっかり紳士って感じだ」

ブルーノは黒いスーツを着こなし、頭には山高帽をのせている。イジョルニ人は十八歳で成人を迎える。成人した若者は特権階級の一部を除き、親元を離れて職に就く。一昨年、ブルーノは十八歳になった。父親と同じく、ペスタロッチ家の側仕《そばづか》えになる道を選んだ。

「格好いいぞ。よく似合ってる」

「やめてくれ。二年経ってもまだ慣《な》れねぇんだ。毎日すげぇ肩が凝《こ》る」

二人は笑い合い、肩を並べて歩き出した。

街道沿いには煌びやかなショウウィンドゥが並んでいる。焼き菓子を売る店、宝飾品を商う店、小洒落《こじゃれ》たカフェやレストランもある。

「すまなかった」

口調を改め、ブルーノが切り出した。

「イザベル様に詰め寄られて、お前の居場所を教えちまった」

「いや、謝るのは俺のほうだ。本当なら俺が母上の傍にいなきゃいけなかったのに、お前に損な役回りを押しつけてしまった」

「押しつけられたなんて思っちゃいねぇよ」

ブルーノは照れくさそうに鼻を擦り、ホッとしたように笑った。

「お屋敷の警護は警邏兵が担ってるし、農場にも工場にもランカスター卿の目が光ってる。おかげで俺は楽させて貰ってるよ。けど喧嘩場《けんかば》の緊張感に慣れておかないと、いざって時に身体が動かねぇからな。用心棒をかねて『春光亭』の劇場に出入りさせて貰ってる」

「なるほど、それでか」

レオナルドはブルーノの腰のあたりを指さした。

「それ、ジョルダン社製の回転式拳銃だろ？」

「わかるか？」ブルーノは服の上から銃把を叩いた。「成人の祝いに親父に貰ったんだ。これからもペスタロッチ家に尽くせってさ」

さすがジュード・ホーツェル、相変わらずの堅物だ。

「俺達が子供の頃は、銃を持っているのはイジョルニ人だけだった。下手に持ち歩けば正体がばれる、そっちの方がよっぽど危ねぇって思ってたんだが――」

困ったもんだとブルーノは息を吐く。

「最近は旧市街でも普通に銃が売られてる。おかげで毎日のように人が撃たれる。つい先日も拳銃を持った二人組に『春光亭』が襲われたよ」

レオナルドは目を剝いた。

「それで被害は？　みんなは無事か？」

「全員無事だ。怪我人も出なかったし、盗《と》られたものもなかった」

ブルーノは唇の端で笑った。

「『春光亭』にはおっかないペネロペ様がいらっしゃるからな」

「ペネロペ様って、舞台監督のあのペネロペ？」

「お前の知ってるペネロペは『演出道を極めたい』ってノイエレニエに修業に行った」

ボネッティ座には襲名という習わしがある。本名や人種、性別さえもさておいて、座長は『ミラ』、看板俳優は『シーラ』、舞台監督は『ペネロペ』と呼ばれる。

「今のペネロペはリオーネだ。あいつ散弾銃をかまえてさ『死にたいやつから前へ出な！』って啖《たん》呵《か》を切ったんだ。強盗はビビりまくって、慌てて逃げてったよ」

レオナルドはごくりと唾を飲んだ。

ボネッティ座の一員になるということは、娼婦になるということだ。彼らの仕事を蔑《さげす》むつもりはないけれど、淡い恋心を抱いていた少女が娼婦になったという事実は、なかなか衝撃的だった。

「いいのか、ブルーノ」

「いいって何が？」

「お前、リオーネのこと好きだっただろう？」

以前のブルーノなら、むきになって否定しただろう。しかし彼は言い返さず、ただ寂しそうに笑った。

「あいつ頑固だからさ。俺が何を言ったって譲らねぇよ。この前だって俺に何の相談もなく、左手に十字の刺青《いれずみ》を入れてきやがった」

左の掌に書かれた十字の印。リーアン・ランベールの戯曲『月と太陽』では演技者全員がそれを左手に記す。〈私達はテッサの意志を継ぐ〉という決意を表明するために。

「リオーネらしいな」

レオナルドはクスクスと笑った。だがブルーノは真顔で眉をつり上げる。

「笑いごとじゃねぇ。あの刺青が左手にあるってだけで、警邏にとっ捕まるかもしれねぇんだぞ?」

それは確かに笑いごとではない。

「でも左手の十字なんて、そう珍しいものじゃないだろう? 俺達だって子供の頃、炭で左手に十字を書いて、義勇軍ごっこをして遊んだじゃないか」

「炭は洗えば落ちる。だが刺青となるとそうはいかねぇ。つまり『ごっこ遊び』じゃねぇってことだよ」

「——というと?」

「俺から聞いたって言うなよ」

ブルーノはレオナルドの耳元でささやいた。

「あれは『知られざる者』の証しだ」

「なんだそれ?」

「反帝国組織《レジスタンス》。俺が言えるのはそれだけだ。詳しく知りたきゃ、リオーネに訊け」

そうだな——と小声で応え、レオナルドは目を逸らした。

近いうち、ミラにお礼を言いに行くつもりだった。だが劇場に足を運べばリオーネと顔を合わせることになる。銀夢草の畑を焼いて以来、彼女には会っていなかった。

あれから八年。リオーネはまだ怒っているだろうか。

新市街を抜け、畦道《あぜみち》を進むこと三十分あまり。前方にペスタロッチ家の屋敷が見えてきた。気まずさと後ろめたさに、レオナルドはおずおずと玄関扉を開いた。

「ただいま戻りました」

「声が小さい」

背後からブルーノが手を伸ばした。勢いよく扉を押し開く。

「レオナルド様のお帰りだ！　ペスタロッチ家の嫡男が戻られたぞ！」

その声を聞きつけ、旧知のメイドや使用人達が飛び出してきた。

「レオナルド様、おかえりなさい！」

「おかえりなさいませ！」

笑い声が弾ける。感涙と歓喜の渦が彼を取り囲む。

「レオナルド様、お待ち申し上げておりました」

執事のグラントが慇懃《いんぎん》に頭《こうべ》を垂れた。真面目一辺倒の彼の目に涙が光っている。

レオナルドはうろたえた。嫡男のくせに家を捨てて逃げ出したのだ。軽蔑《けいべつ》されると思っていた。とっくに見放されていると思っていた。

「レオン？　本当にレオンなの？」

軽やかな足音を響かせ、若者が階段を下りてくる。柔らかく躍る金の髪、白磁の肌と涼やかな目元。細い身体を引き立てる仕立ての良いスーツ。緑色のネクタイが緑の瞳によく似合う。

「おかえり、レオン！」

ステファノは両手でレオナルドの右手を握った。

「君、ずいぶんと背が伸びたねぇ！」

「ステファノはますます綺麗になったな。キラキラして、まるで王子様みたいだ」

「えへへ、ありがと！」

「長い間、留守にしてすまなかった」

「大丈夫、大丈夫」とステファノは胸を張る。「僕がいたからね。このお屋敷も、母さまもイザベル様も、僕が守っていたからね」

「ありがとう、ステファノ」

レオナルドはいま一度、彼の手を握りしめた。

「本当に、ありがとう」

「あらまあ、どこの馬の骨かと思ったら、レオナルド様じゃございませんか！」

ステファノの母アリーチェが階段を下りてくる。金糸の刺繍《ししゅう》が入った豪勢なドレス、広く開いた胸元には青い宝玉、高く結い上げられた髪は金の簪《かんざし》で飾られている。

レオナルドは呆気《あっけ》に取られた。まさか、これが私服とか言わないよな？

「出ていく時も突然なら、戻ってくる時も突然ですのね。相変わらず無作法ですこと！」

アリーチェはステファノの隣に立ち、じろじろとレオナルドを眺め回した。

「なんて小汚い格好。貴方にはペスタロッチとしての矜持《きょうじ》はないのですか？」

「人間の真価は服装で測るべきものではありません」

でも——と言って、レオナルドはにっこりと笑う。

「権威をひけらかすために自身を飾り立てる人は浅ましいと思うし、外見だけで優劣を判断する人には己の浅慮を恥じてほしい、とは思っていますよ」

「な……なん……」

アリーチェの顔が恥辱と憤怒に染まっていく。言い返そうとするが、唇がぱくぱくと動くだけで意味のある言葉は出てこない。

「こ……この、恩知らず！」

ようやく言葉らしきものが聞こえた。

「貴方やイザベル様の代わりに、誰が、この屋敷を守ってきたと思っているの！」

レオナルドは眉をつり上げた。そういえばステファノもアリーチェも主館の二階から現れた。主館は当主とその家族が生活する場所だ。

「母上！」

二階に向かい、レオナルドは叫んだ。

「レオナルドです！　ただいま戻りました！」

「聞こえないよ」

ステファノがさらりと答える。

「イザベル様は今、別館で暮らしてるんだ」

「なぜ？」

「さぁね。よくわかんない。主館にはいろんな人が出入りするから噂話《うわさ》も耳に入るし、唯一の味方である君はいなくなっちゃうし、さすがのイザベル様もしんどくなっちゃったんじゃない？」

レオナルドは愕然とした。ヴァスコの留守中、屋敷を守るのはイザベルの役目だ。「正しくあれ」とあれほど言い続けた母が、自分の責務を放棄するなんて考えもしなかった。

「だから僕と母さまが主館に移ったんだよ」

感謝しろと言わんばかりに、ステファノは肩をそびやかす。

「勝手に家を出ていった君や引きこもっちゃったイザベル様の代わりに、僕達がペスタロッチ家を守ってきたんだ」

レオナルドはぐっと息を呑み込んだ。悔しかったが言い返せなかった。

「その通りよ、ステファノ！」感極まったようにアリーチェが叫ぶ。「さすがペスタロッチ家の跡取り――」

「おかえりなさい、レオナルド」

懐《なつ》かしい声が聞こえた。使用人達が一歩退いて道を開く。廊下の奥からイザベルが現れた。黒い髪には白髪が目立つ。だが目元は変わらず涼やかだ。背筋もピンと伸びている。威厳のある佇まいに空気がピリリと緊張する。ステファノやアリーチェさえも気圧《けお》されたように口を閉じる。

玄関広間に静寂が満ちた。

「レオナルド、ステファノ、アリーチェ。ならびにこの屋敷で働くすべての者達にお知らせします」

一同を見回して、イザベルは宣言した。

「来月、ルクレツィア・ペスタロッチがボネッティにやってきます。今後はこの屋敷で私達とともに暮らすことになります」

「ええ!?」

ルクレツィアは妾妃《しょうひ》フィリシアの娘だ。ヴァスコはフィリシアを寵愛《ちょうあい》し、彼女が産んだ娘を溺《でき》愛《あい》した。愛妾と娘の身に危険が及ぶことを恐れ、二人をシャイア城に囲った。なのに――

「なぜ今になって、ルクレツィアだけをボネッティに寄越すんです？」

「昨年末、ルクレツィアは誤ってシャイア城の窓から落ち、大怪我を負ったのだそうです。一命は取り留めたものの右足を失い、義足での生活を余儀なくされているのだとか。シャイア城には急な階段が多いですから、城で暮らすのが難しくなったのでしょう」

レオナルドは首をひねった。ルクレツィアはたしか六歳だったはず。まだ子供ではあるけれど、誤って城の窓から落ちるほど幼くはない。あり得なくはないが、どうも腑に落ちない。

「時間がありません。ルクレツィアの受け入れ準備を急がなければなりません」

パンパンと手を打って、イザベルはアリーチェ親子に向き直った。

「アリーチェ、貴方が使用している貴賓室をルクレツィアの部屋とします」

「嫌よ！　妾腹《しょうふく》の娘に部屋を譲るなんてごめんだわ！」

アリーチェは癇癪《かんしゃく》を破裂させた。

「冗談じゃないわよ！　なんでダンブロシオ家の娘をペスタロッチの屋敷に迎え入れなきゃならないの？　足をなくしたってことは、自分一人じゃ何も出来なくなったってことでしょ？　そんなお荷物、シャイア城に追い返してやればいいのよ！」

「言葉がすぎますよ、叔母上」

キンキン響く金切り声に辟易《へきえき》し、うんざり顔でレオナルドは言う。

「そもそもルクレツィアを受け入れるか否か、決めるのは貴方ではありません」

「黙りなさいッ！」

「黙るのは貴方ですよ、アリーチェ」

落ち着き払ったイザベルの声。その眼差しは氷のように冷ややかだ。

「ヴァスコ様の留守中、このお屋敷を預かるのは私です。私の決定が不服なら引き留めはしません。いつでも出てお行きなさい」

途端、アリーチェの顔から血の気が引いた。

「そんなこと言っていいの？」一歩、二歩後じさる。「貴方がそのつもりなら、私にだって考えがあるわよ？」

「やめなよ、母さま」

ステファノが母親の肩に手を置いた。それからイザベルを見て、愛想笑いを浮かべる。

「わかりました。僕達、別館に戻ります」

「ステファノ！」アリーチェは目を剝いた。「貴方、何を言ってるの！」

「もういいじゃない。退散しよう。八年ぶりの親子の再会を邪魔しちゃ悪いよ」

ステファノはアリーチェを促して、廊下の奥へと消えていく。

使用人達も安堵《あんど》したように、一礼を残して持ち場に戻っていく。

「荷物、お前の部屋に運んでおくから」

ブルーノはレオナルドの手から旅行鞄《かばん》を奪い、返事も待たずに階段を駆け上がっていく。

かくして玄関広間には、レオナルドとイザベルだけが残された。

レオナルドは居住まいを正した。厳しい叱責を覚悟して、口を開いた。

「母上、ペスタロッチ家の嫡男としての責任を放棄したこと、何の連絡もせずに長らく家を留守にしたこと、傷ついた母上にさらなる心労をおかけしてしまったこと、心からお詫《わ》び申し上げます」

「収穫はありましたか？」

淡々とした声音で問われ、レオナルドは戸惑いながらも微笑んだ。

「はい。とても良い勉強をさせていただきました」

「ならば詫びる必要はありません」

イザベルはおもむろに頭を下げた。

「詫びなければならないのは私のほうです。自らの道を邁進《まいしん》する貴方を、私の一存でボネッティに呼び戻してしまいました。不甲斐《ふがい》ない母を、どうか許してください」

「何をおっしゃるのです、母上」

レオナルドは慌てて母に駆け寄った。

彼女の肩に手を置き、一息分の間を置いて続ける。

「いったい何があったのです？」

「貴方と同じです」

イザベルは物憂げに目を伏せて、諦めに似た息を吐く。

「私は正しくあろうとしました。ですがヴァスコ様に『ボネッティに帰れ』と言われ、これまで私のしてきたことは無意味だったのだと気づきました。空しくなりました。馬鹿らしくもありました。いっそ何もかも放り出してしまおうかとも思いましたが、跡取り息子の立場を考えるとそれも出来ませんでした」

でも——と言い、彼女は顔を上げた。

いつも無表情だった母の目が、きらきらと輝いている。

「貴方が自立したことで迷いは消えました。私はボネッティに戻ることを条件に、ヴァスコ様からそれなりの財産を譲渡されましたから、たとえペスタロッチ家が没落したとしても困ることはありません。ゆえに私はアリーチェ親子に主館を明け渡し、別館に隠居することにしたのです」

「ち、ちょっと待ってください」レオナルドは右手を挙げた。「今のお言葉、まるでペスタロッチ家の没落を確信しているように聞こえたのですが？」

「ええ、そう言いました」

イザベルは微笑んだ。

「ステファノには母親を諌める度胸も度量もありません。見栄《みえ》っ張《ぱ》りで浪費家のアリーチェが実権を握れば、早々にペスタロッチ家を食い潰すことになるでしょう。在位中の法皇帝の家が破産するのです。なかなか見物だとは思いませんか？」

まったくとんでもない発想だ。以前の母からは想像も出来ない発言だ。

なのにレオナルドは嬉しくなった。滅多に笑わなかったイザベルが微笑んでいる。張り詰めていた糸が緩《ゆる》み、肩の力が抜けている。

「つまり、くたばれペスタロッチ家！　ということですね？」

「そうです」

すまし顔で応じ、イザベルはわずかに首を傾ける。

「幻滅しましたか？」

「いいえ。父上の悪行を思えば、むしろ手ぬるいくらいです」

「物わかりの良い息子を得て、私は幸せです」

ころころとイザベルは笑う。楽しげな声につられてレオナルドも笑った。これが本来の母上なのだ。それがわかっただけでも帰ってきた甲斐《かい》があった。

「ですが、母上——」

レオナルドは表情を改めた。

「それならば、なぜ俺を呼び戻したのです？」

「ルクレツィアのことで、お願いしたいことがあるのです」

イザベルはコホンとひとつ、咳をした。

「私はフィリシア様に対し、複雑な思いを抱いています。恨んでいないと言えば嘘になります。彼女の娘であるルクレツィアが傲慢《ごうまん》で鼻持ちならない娘だったら、平気で嘘をつき、人を傷つけても何にも感じないような子供だったら、私は彼女に手を上げてしまうかもしれません。そうならないよう、もちろん努力はいたします。でも、いざという時は貴方が止めてください。彼女が孤独を感じることのないよう、話し相手になってあげてください。誰がなんと言おうと、貴方だけはルクレツィアの味方でいてあげてください」

それを聞いて腑に落ちた。

ルクレツィアは城育ちだ。大人達に囲まれて蝶よ花よとおだてられ、我儘《わがまま》放題に育っていてもおかしくない。だがどんな理由があろうとも、子供に手を上げるなど言語道断。それは正しくないことだ。だから母上は俺を必要としたのだ。

「そういうことであれば――承知しました」

レオナルドは右手を肩の高さに掲げた。

「真問石に手を置いて誓います。ルクレツィアが性根《しょうね》の歪んだ我が儘娘でも、傲慢で鼻持ちならないクソ餓鬼でも、俺は彼女の味方になります。この先、何があろうとも、俺だけは未来永劫《えいごう》、ルクレツィアの味方であり続けることを約束します」


壁紙の貼り替え、家具の搬入、あれやこれやと準備に追われているうちに時は過ぎ、約束の日がやってきた。

聖イジョルニ暦九〇七年七月十日。爽やかに晴れた夏の午後。主館の応接室にはイザベルとレオナルド、アリーチェとステファノが集まっていた。それぞれに緊張の面持ちで椅子に腰掛け、ルクレツィアの到着を待っていた。

「ご到着になりました」

執事のグラントが告げる。ブルーノが応接室の扉を開く。ジュード・ホーツェルに右手を引かれ、左手で杖《つえ》をつきながら、一人の少女が入ってくる。

一瞬、部屋が暗くなった気がした。光という光が彼女に吸いこまれてしまったように感じた。見つめすぎてはいけない。そうわかっていても目が離せなかった。きらきらと輝く銀の髪、大理石のように滑らかな頰、白い睫に縁取られた青い瞳。その美貌は想像の域をはるかに超えていた。透き通るほど清らかで、あまりに儚く繊細で、触れただけで壊れてしまいそうに思えた。

レオナルドは我が目を疑った。

この娘は本当に人間か？　天使――もしくは妖精《ようせい》じゃないのか？

「お初にお目にかかります。ルクレツィア・ペスタロッチと申します」

四人のペスタロッチに向かい、ルクレツィアは丁寧にお辞儀をした。

「私のような立場の者を、お屋敷に招き入れてくださいましたこと、心から感謝を申し上げます」

完璧な挨拶、洗練された所作、とても六歳とは思えない。

「ようこそ、ルクレツィア」

イザベルが威厳のある声で応じた。

「長旅で疲れたでしょう。どうぞお座りなさい」

「ありがとうございます」

もう一度、折り目正しくお辞儀をして、ルクレツィアは末席に座った。握りに宝玉が埋め込まれた銀の杖を椅子の肘掛けに立てかける。

彼女が落ち着くのを待って、イザベルが呼びかけた。

「まずは自己紹介をいたしましょう。私はイザベル・ペスタロッチ。ヴァスコ様の最初の妻で、この館の主人です」

次――と指名され、レオナルドは背筋を伸ばした。

「こんにちは、ルクレツィア。俺はレオナルド、君の兄だ。困ったことがあれば何でも言ってくれ。遠慮なく何でも相談してくれ」

「お心遣いありがとうございます」

ルクレツィアは慎《つつし》み深く目礼した。白皙《はくせき》の美貌に変化はない。何の感情も読み取れない。

「は、初めまして！　僕はステファノ・ペスタロッチ！」

ソファに座っていたステファノが勢いよく立ち上がった。

「ねぇ、ルクレツィア、僕と結婚して！」

レオナルドは吹き出した。

六歳の女の子にいきなり求婚するなんて、こいつには常識ってものがないのか!?

「おい、ステファノ――」「私が成人するまで待ってくださいますか」

苦言を呈しかけたレオナルドとルクレツィアの返答が重なった。

レオナルドは目を剝いた。冗談を言って許される場所ではない。それでも冗談だと言ってほしかった。しかしルクレツィアは黙したまま、飄然《ひょうぜん》と座っている。

「待つよ！　待つ待つ！　約束するよ！」

場違いな歓声。頰を上気させ、ステファノは小躍りした。

「真問石に手を置いて、君が大人になるまで待つと誓うよ！」

「お黙りなさいッ！」

アリーチェがテーブルを叩いた。キリキリと目をつり上げ、浮かれ騒ぐ息子を睨む。

「ステファノ！　何を馬鹿なことを言っているのッ！」

「でも母さま……」

「口答えは許しません！　あれは政敵ダンブロシオの血を引く穢らわしい妾の子です！　結婚なんて絶対に許しません！」

火を噴きそうな口吻にステファノは震え上がった。

「ごめん、母さま。違うんだよ」

母親の足下に跪き、彼女の膝に手を置いて、猫のように頭を擦りつける。

「そういう意味で言ったんじゃないんだよ。怒らないで。ねぇ、怒らないで」

「怒っていません。怒ってなどいませんよ」

アリーチェは息子の頭を抱き寄せた。慈愛の笑みを浮かべ、息子の髪を優しく撫でる。

かと思うと、キッと顔を上げ、鬼のような形相でルクレツィアを睨みつける。

「いやらしい小娘！　よくも私のステファノを誘惑してくれたわね！」

「言いがかりはやめてください」見かねてレオナルドは口を挟んだ。「貴方の勝手な妄想でルクレツィアを責めるのは筋違い――」「申し訳ございません」

またもやルクレツィアの声が重なった。

「誘惑するつもりはございませんでした。もしそのように見えたのであれば、それは私の不徳のいたすところです。心からお詫び申し上げます」

「ええ、見えました。見えましたとも！　初対面の殿方にさっそく秋波を送るなんて、さすが淫婦《いんぷ》の娘だわ！」口角に泡を飛ばしてアリーチェは叫ぶ。「出ていって！　貴方と同じ部屋の空気を吸うなんて耐えられないわ！　穢らわしい！　ああ穢らわしい！　さっさと出ていきなさいッ！」

凄《すさ》まじい剣幕だった。

それでもルクレツィアは眉ひとつ動かさなかった。

「どうかお許しください。私にはここより他に頼れる場所がございません。ご不快でしょうが、どうかお目こぼしをお願いいたします」

「嫌よ！　妾腹の子とひとつ屋根の下で暮らすなんて死んでも嫌よ！」

「ならば貴方が出ていきますか」冷たい声でイザベルが問う。「私はそれでもかまいませんが」

「イザベル様は悔しくないの⁉」噛みつきそうな勢いでアリーチェが問い返す。「夫を寝取った女の娘よ？　どうして平然と受け入れられるの⁉」

「子供の前です。下品な発言は慎みなさい」

アリーチェは唇を引き結んだ。ギリギリと歯ぎしりの音が聞こえてくる。

「私は認めないわ」

呪詛《じゅそ》のように呟く。憎悪を滾《たぎ》らせ、ルクレツィアを睨みつける。

「貴方を見ると吐き気《はけ》がする。私の前に現れないで。別館には絶対に近寄らないで」

「承知しました」

ルクレツィアは無表情に一礼した。

アリーチェはなおも何かを言いかけたが、ぐっと堪《こら》えて立ち上がった。

「気分が悪いわ。失礼します」

吐き捨てて、扉に向かって歩き出す。

「待って、母さま！」

ステファノが立ち上がった。母を追いかけて出ていきかけ、扉の手前で振り返る。

「ルクレツィア、母さまがひどいことを言ってごめんね。でも本気じゃないんだよ。お気に入りの部屋を君に取られて拗《す》ねているだけなんだ。許してあげてね」

「承知しました」

「よかった！」

にっこりと笑い、ステファノは駆け出していく。扉の傍に立っていたブルーノが肩をすくめた。

レオナルドはため息を吐き、気を取り直して呼びかけた。

「大丈夫かい、ルクレツィア？」

「はい」

「嫌な思いをさせてすまなかったな」

「いいえ、私のほうこそ皆様を不快な気分にさせてしまい、申し訳ございませんでした」

「私からも詫びを言いましょう」

そう言って、イザベルは居住まいを正した。

「アリーチェが何を言おうと貴方はペスタロッチ家の娘です。何も恥じることはありません。堂々としていなさい」

「はい」ルクレツィアは表情を変えることなく目礼した。「心がけます」

「貴方の部屋は主館の三階です。もし階段の上り下りが辛いようなら一階に移動させます」

「お心遣いに感謝します。ですが杖さえあれば不自由はありません。走ることは出来ませんが、歩くのに支障はございません。階段の上り下りにも介助の必要はございません」

「では足りないものがあれば言いなさい。用意させます」

「ありがとうございます」

「他に質問がありますか？」

「ひとつだけございます」

少し間を置いてから、ルクレツィアは続けた。

「このお屋敷に図書室はありますか？」

「無論です」

「図書室の本を読む許可をいただけますか？」

「わかっていないようですね、ルクレツィア」

イザベルは微笑んだ。

「図書室の本はペスタロッチ家のものです。そして貴方はペスタロッチ家の人間です。許可を求める必要はありません。好きな時に好きなだけ閲覧していいのです」

ルクレツィアはぱちぱちと瞬きをした。初めて見せる子供らしい仕草だった。

「ありがとうございます、イザベルさま」

「当然の権利を伝えただけです。礼には及びません」

再び無表情に戻り、イザベルはレオナルドに命じた。

「ルクレツィアを部屋まで案内してあげなさい」


お城育ちの姫君は予想に反し、とても謙虚だった。大声を出すことも、我が儘な振る舞いをすることもない。しつこくまとわりつくステファノに文句を言うこともなく、アリーチェの暴言に言い返すこともない。

レオナルドは逆に不安になった。大人達に溺愛されて育った少女が、こんなにしおらしいはずがない。これは演技ではないのか。無理をしているのではないか。いつか我慢が爆発して「城に帰りたい！」と泣き出すのではないか。

そう思っているうちに、一ヵ月が経過した。

ルクレツィアは相変わらず控えめで物静かだった。食事の前の祈りを欠かさず、日曜日にはイザベルと連れ立って教会堂へと出かけていった。礼拝に参加する二人は仲睦《なかむつ》まじく、まるで本物の親《おや》娘《こ》のようだと話題を呼んだ。「正妃が礼拝に不参加とは不敬にもほどがある」とイザベルを非難してきた司祭達も「ルクレツィア様を我が子として受け入れるとは御心が深い」と掌を返した。

ルクレツィアは目下の者達にも礼儀正しかった。ペスタロッチ家のメイド達は残らず彼女に魅了された。使用人達の評判も上々だった。アリーチェは相変わらず彼女を毛嫌いしていたが、ステファノはすっかりルクレツィアに傾倒していた。日がな一日、彼女の傍で詩を書き、彼女を讃える歌を歌い、彼女をモデルに素描画《デッサン》を描いていた。

度を超えた愛情は毒でしかない。心配になってレオナルドはルクレツィアに尋ねた。

「鬱陶《うっとう》しくないか？」

「いいえ」

「遠慮してないか？」

「いいえ」

「我慢してないか？」

「いいえ」

「本当に？」

「はい」ルクレツィアは首肯した。「むしろ新鮮です」

「新鮮？」

「私をこんなにも愛してくれる人がいるとは思いませんでした」

「どういう意味だ？」

「そのままの意味です」

ルクレツィアは淡々としている。

嘘を言っているようには見えない。冗談を言っているのでもなさそうだ。

「ステファノだけじゃないぞ。俺だってお前を愛している」

言ってしまってから後悔した。これではステファノと同じ、愛情の押しつけだ。

「もちろん兄としてだ。他意はない」

ルクレツィアは答えなかった。表情を変えることなく、じっと彼を見つめている。底の見えない青い瞳、まるで心の内を見透かされているような気がした。

兄の威厳を取り戻そうと、レオナルドは大きな咳払いをした。

「どうか遠慮せず、兄を頼ってほしい。何を言われても怒らないから、もっと本音を語ってほしい」

「なぜですか」

「なぜって……理由がいるのか？　妹に頼られたいと思うのは、兄として至極当然のことだと思うんだが」

「問うているのはそこではありません。なぜ貴方は、私が遠慮していると、本音を言っていないとお思いなのですか」

「それは――」

六歳にしてはあまりにも出来すぎているから――とは言えない。

返答に詰まったレオナルドに対し、ルクレツィアはさらに言葉を続ける。

「イザベルさまにはとてもよくしていただいております。好意を寄せてくださるステファノさまにはいつも感謝しております。アリーチェさまには大変申し訳なく、心苦しく思っております。これが私の本音です。貴方に仲裁していただく必要はございません」

きっぱりと拒絶され、レオナルドはようやく気づいた。

ルクレツィアは理解しているのだ。フィリシアの娘である自分は歓迎されない。ならばこそ波風を立たせることはするまい。そう心に決めてボネッティにやってきたのだ。その覚悟を疑われたのだ。不快に思うのは当然だ。

「申し訳ない」

レオナルドは頭を垂れた。

「お前の覚悟を軽んじるつもりはない。ただ、わかってほしいんだ。俺はお前の敵じゃない。だから苦しい時や悲しい時は我慢せずに頼ってほしい。何でも相談してほしいんだ」

ルクレツィアはきゅっと唇を引き結んだ。

「では正直に申し上げます」

月の化身のような美貌に、じわりと嫌悪が滲み出る。

「この世に裏表のない人間はいません。イザベルさまが私によくしてくださるのは、敵の娘にも寛容な自分を演出するためです。ステファノさまが私を好いてくださるのは、私の容姿がお気に召したからでしょう。でも貴方には裏がない。私に好かれたところで何の得もない。ならば表面だけを取り繕って、無関心を貫けばいいものを、貴方は私の心に踏み込もうとする。自分には善意しかないという顔をして近づいてくる。そんなの怖い……怖いに決まってるでしょう！」

細い身体が震えている。青い目が潤んでいる。理由はわからないけれど、彼女は怒っている。怯えている。本気で怖がっている。

「私は貴方の玩具にも、狩りの獲物にもなりません。私を屈服させたいのなら、言葉ではなく力を使えばいいのです。そんなに背が高くて、身体も大きいのですから――」

「もういい、ルクレツィア」

いたたまれなくなって、レオナルドは遮った。

「すまなかった。お前を怖がらせるつもりはなかったんだ」

だが、ルクレツィアは止まらない。

「その赤い髪！」

両手で顔を覆い、彼女は悲鳴のように叫んだ。

「赤い髪の男性が嫌いです！　大嫌いです！　貴方の姿が視界に入るだけで虫唾《むしず》が走ります！　もし本当に私のためを思うのであれば、どうか私に近づかないでください！」

その夜、レオナルドは酒瓶を手土産にホーツェル家を訪ねた。クラム夫妻に「おかまいなく」と声をかけ、階段を駆け上がる。ブルーノの部屋でちびちび酒を飲みながら、旧友相手にくだを巻く。

「あんまりだと思わないか？　裏がないとか、髪の色が嫌いとか、あまりに理不尽すぎるだろ。言動が薄っぺらいと言われたほうがまだましだ。それとも何か？　髪を黒く染めれば問題ないのか？　いっそ丸刈りにしてしまうか？」

「やめとけ。そんなことしたら余計に引かれる」

「だよなぁ」

「諦めろ。お前の容姿じゃ逆立ちしたってステファノにはかなわねぇよ」

「ステファノかぁ。ステファノの髪はキラキラでサラサラだもんな。顔も身体つきも童話に出てくる王子様そのものだもんな」

けど――と言い、レオナルドは頭を抱えた。

「あいつは初対面のルクレツィアにいきなり求婚したんだぞ？　そっちのほうがよっぽど気色悪いだろ？　いくら大人びていても、ルクレツィアはまだ六歳だぞ？」

「ステファノは十七歳。十一歳差の夫婦なんて巷《ちまた》じゃ珍しくもねぇよ」

軽く受け流し、ブルーノは苦笑する。

「放っておけ。双方納得してるならそれでいいだろ。横から口出しするほうが野暮ってもんだ」

「だがステファノも男だ。もしルクレツィアになにかあったら――」

「ないない。力ずくで女をモノにしようだなんて考え、ステファノの頭ん中には存在しねぇよ」

「まあ、そうか」

「むしろ危ねぇのはステファノのほうだ。あいつ、ルクレツィアに頼まれたら何だってするぜ？　そのうちいいように転がされるぜ？」

「まったく、まったくだ！」

　うははは……と声を上げてレオナルドは笑った。

「いやいや笑いごとじゃねぇ。過保護な兄貴ヅラしやがって、お前だってルクレツィアにほだされてるじゃねぇか」

　やれやれと肩をすくめ、ブルーノは真顔を作る。

「正直、俺はルクレツィアが薄気味悪い。あれで六歳とか、達観しているにもほどがある。賢いとか大人しいとか、そういうレベルを軽く超えてる」

「同感だ」と応え、レオナルドはニヤリと笑った。「けど意外だな。ブルーノが女の子を怖がるなんて」

「怖がってるわけじゃねぇ。ルクレツィアは訳ありだって言ってるだけだ。彼女に何があったのか、なんでボネッティに来ることになったのか、お前は気にならねぇのか？」

「そりゃあ、まあ――」気にならないと言ったら嘘になるけど「やっぱり、あの右足のせいなんだろうな」

　ルクレツィアは誤って城の窓から落ちた。その時に負った怪我のせいで右足を失った。ドレスのおかげで目立ちはしないが、右足の膝から下は木製の義足だという。

「あそこまで回復したのは奇跡だって親父が言ってた」

　空のグラスに酒をつぎ足し、ブルーノは呟く。

「けど、本当に事故だったんだろうか？」

　すうっと酒の熱が冷めた。その可能性はレオナルドも考えた。

「事故ではなく事件だったと思うのか？」

「誤って窓から落ちたのがお前だったら納得だが、ルクレツィアがそんな馬鹿な真似をするとは思えねぇ」

「それ、暗に俺のこと馬鹿だって言ってるだろ？」

「馬鹿だろ、実際」ブルーノはぐいっと酒を呷《あお》った。「ペスタロッチ家の跡取りの座を投げ出してまで、赤の他人のために銀夢草畑を焼いたんだ。どっから見ても大馬鹿だろ」

「リオーネは友達だ。赤の他人じゃない。それにリオーネのためにやったんじゃない。そうするのが正しいと思ったからやったんだ」

「だったらリオーネに会いに行けよ。ちゃんと腹を割って話してこいよ」

「劇場には行ったさ！　でも会って貰えなかったんだ！」

「ったく、あいつもか」背もたれに寄りかかり、ブルーノは天井を見上げた。「いつまでも逃げてんじゃねぇっての」

いつの間にか別の話になってしまった。

レオナルドは空咳《からぜき》をして、話題を元に戻した。

「ルクレツィアが歩行訓練をしている間、ジュードは付きっきりで彼女の面倒を見ていたんだろう？　お前、何か聞いていないのか？」

「それとなく尋ねてみたけど、のらりくらりとはぐらかされた」

「収穫なしか」

「いいや、そうでもねぇ」ブルーノは渋い顔をした。「話せないことは『話せない』とはっきり言う親父が、あえて答えをごまかしたんだ。つまりルクレツィアが右足を失うことになった本当の理由は、親父にとって『話せない』ことではなく、『話したくない』ことなんだ」

それを聞いて思い出した。ボネッティを離れる際、「ルクレツィア様のことをよろしくお願いいたします」とジュードは繰り返し頭を下げた。責任感の強い彼らしいと思っていたのだが、もしかすると、あれにも何か理由があったのだろうか？

「何なんだろうな。話したくないことって」

「俺には親父が怯えているように見えた」

ブルーノは険しい目で宙を睨んだ。

「まるでルクレツィアに弱みを握られているように見えた」

「まさか」さすがに考えすぎだ。「六歳の少女に何が出来るっていうんだ？」

「わかってる。けど、あの子は不気味だ。舐めてかかると痛い目に遭う」

レオナルドは顔をしかめた。

敬愛している父親が六歳の女の子に付き従っている。ブルーノはそれが面白くないのだろう。彼の気持ちはわからなくもないが、それはルクレツィアのせいではない。

「お前の言う通り、ルクレツィアにはどこか人間離れしたところがある。それは俺も認める。けど俺は彼女を信じるよ。いつかルクレツィアが心を開いて、全部話してくれるのを待つよ」

ブルーノは呆《あき》れ顔《がお》でレオナルドを見つめた。

そして「お前らしいよ」と言って、笑った。

翌日、レオナルドは母を中庭の東屋に誘った。

ひとつには昨日のルクレツィアとのことを報告するため。もうひとつはボネッティに戻ってくる列車の中で考えたことを相談するためだった。

白木で出来た東屋は薔薇の茂みに囲まれていた。濃い緑色の葉が茂る中、遅咲きの薔薇がひとつ、ふたつと咲いている。煉瓦色の花からは得も言われぬ芳香が漂ってくる。

「この薔薇は新大陸由来のものなのですよ」

少し自慢げにイザベルは言った。

「エスト産の薔薇はとても香りがいいのです」

そこへ薔薇の花片を浮かべたエブ茶が運ばれてきた。それを一口飲んでから、レオナルドは切り出した。

「母上に謝らなければならないことがあります」

彼は昨日の出来事をイザベルに話して聞かせた。

「どうやら俺の言い方がまずかったらしく、『私は赤い髪の男性が大嫌いです』と言われてしまいました。貴方の姿が視界に入るだけで虫唾が走ると、どうか私に近づかないでくださいと、かなり手厳しく釘《くぎ》を刺されました」

がっくりと肩を落とし、膝の上で両手を組む。

「髪色を言い訳にしたのは、たぶんルクレツィアなりの優しさだったのでしょう。でも、出来ることなら本当の理由を教えてほしかった。何が気に障《さわ》ったのか、俺が何をしでかしたのか、はっきり言ってほしかった」

「それは――言い訳ではないかもしれません」

イザベルは白い手を口元に当てた。目元が緊張している。何か思うところがあるらしい。

「ルクレツィアは『貴方が嫌い』と言ったのではなく、『赤い髪の男性が嫌い』と言ったのですね？」

「そうです」

「それは貴方のことではなく、ヴァスコ様のことかもしれません」

ペスタロッチ家には赤毛が多い。一般的に赤毛といえば、赤みを帯びた金髪のことをさすが、ペスタロッチ家の赤毛はそれとは異なる。炎のように鮮やかな赤い髪をヴァスコは自慢にしていた。レオナルドも父と同じく、燃えるような赤毛の持ち主だった。

「そんなことで俺は嫌われたんですか⁉」

レオナルドは憤慨《ふんがい》し、テーブルに身を乗り出した。

「確かに俺の髪は父親譲りです。でも、たかが髪の毛じゃないですか！」

「髪の色だけではありません、貴方はヴァスコ様にとてもよく似ています。きりりとした眉も、燃えるような瞳も、その精悍な顔立ちも、ヴァスコ様にそっくりです」

イザベルの言葉に、彼は顔を歪めた。

父親にそっくりだと言われても、もはやまったく嬉しくない。むしろ嫌悪が先に立つ。

「外見が似ているからって同一視されるのは心外です。俺は父とは違います」

苛立ちを抑えるため、彼はエブ茶を飲み干した。

カップの底に残った花片。燃えるような赤色。

かつてはレオナルドもこの髪色を憎んだ。赤い髪は咎人《とがにん》の証し、振り払えない罪の烙印《らくいん》だった。ペスタロッチ家が蹂躙してきた人々の命、レーエンデ人が流した血の色に思えてならなかった。どんなに違うと叫んだところで、ペスタロッチの血からは逃れられない。ボネッティを離れても、別の名前を名乗ったとしても、犯した罪は消えてくれない。

ならば、向き合うしかない。

エンゲ商会のリカルド親方は民族、性別、年齢の区別なく、すべての従業員を平等に扱った。世間の風当たりは強かったが、従業員達の結束は固かった。レーエンデ人の同僚と手を取り合って働くうちに、いつしか夢見るようになっていた。エンゲ商会のような会社をボネッティにも作りたい。すべての民族がともに働き、ともに生きていく。そんな共存共栄の社会を創りたい。

でもエンゲ商会は居心地が良くて、あまりにも居心地が良すぎて、なかなか決断出来なかった。リカルド親方に背中を押され、ようやく踏み出すことが出来た。

この八年を無駄にはしない。俺はもう無力な子供ではない。戦う準備は出来ている。

あとは決断するだけだ。

「俺は父とは違います」

繰り返して、レオナルドは顔を上げた。

「外見はそっくりでも中身は違う。それを証明してみせます」

イザベルはわずかに片眉《かたまゆ》を上げた。

「何か策があるのですか？」

レオナルドはおもむろに立ち上がった。

テーブルに両手をついて、深々と頭を下げた。

「母上、お願いします！　主館の一階、裏口の近くの空き部屋を俺に貸してください！」

「かまいませんが、いったい何に使うのです？」

「起業します」

宣言し、レオナルドは笑った。力強く、拳で自分の胸を叩いた。

「エンゲ商会で学んだ知識を活かして、農場の経営会社を設立します」

2

ペスタロッチ家が所有する農園と工場の管理は、祖父エットーレ・ペスタロッチの時代から、シフ・ランカスターが経営する『ランカスター社』が代行してきた。カラヴィス畑の耕作人を招集するのも、労働者達に仕事を割り振るのも、給金の額を決定しているのもランカスター社だ。だが歴史ある会社だけに古き時代の悪習が染《し》みついている。安価な労働力としてレーエンデ人を酷使するという方針はここ数十年間変わっていない。

レオナルドが目指すのはエンゲ商会と同じ、民族格差のない会社だ。

それにはまずランカスターから経営権を委譲して貰う必要があった。

聖イジョルニ暦九〇七年九月一日、月次決算書を提出するため、シフ・ランカスターがペスタロッチ家の屋敷にやってきた。レオナルドは応接室の扉を開け、彼を出迎えた。

「ようこそ、ランカスター卿」

「やあ、レオナルド。ようやく涼しくなってきたね」

張りのある声で挨拶し、ランカスターは帽子を脱いだ。

「ごきげんよう、イザベル様。その後、調子はいかがですかな？」

肘掛け椅子に腰掛けて、寛《くつろ》いだ様子で上着の前ボタンを外す。皺ひとつない白いシャツに臙脂色のネクタイを合わせている。整えられた焦げ茶色の髪は豊かで肌の色つやもいい。六十五歳という年齢を感じさせない若々しさだ。

「ごきげんよう、ランカスター卿。おかげさまで変わらず静かに暮らしております」

窓辺のソファに座ったまま、イザベルが挨拶を返した。白い手を挙げて召使いに合図を送る。すぐに茶器と菓子が運ばれてきた。応接室のテーブルに焼き菓子を載せた皿が並ぶ。淹れ立てのエブ茶から、ほろ苦い香りがゆったりと漂う。

「さて――」

召使い達が退出するのを待って、ランカスターは鞄から紙の書類入れを取り出した。

「こちらが決算書です。ご精査ください」

それをテーブルに置き、イザベルへと差し出す。

イザベルは書類入れから一枚の紙を取り出し、物憂げにそれを眺めた。

毎月一日に行われるこの月次報告は、儀式のようなものだった。決算書を受け取った後、イザベルは「どうぞ寛いでいってください」と言い残し、早々に自室に戻る。ランカスターは執事のグラントやブルーノと世間話をし、エブ茶と焼き菓子を堪能してから帰っていく。

「先月と変わりありませんね」

抑揚のない声で言い、イザベルは決算書をテーブルに置いた。

「これとは別に、本日はひとつ、お願いがございますの」

ランカスターは瞬きをした。口に入れた焼き菓子を咀嚼《そしゃく》もせずに飲み込んだ。

「なんでしょうか？」

「レオナルドの話を聞いてやってください」

名を呼ばれ、レオナルドは窓辺の椅子から立ち上がった。資料を入れた封筒を抱え、テーブルの真横に立つ。

「よろしくお願いします」

緊張の面持ちで頭を下げると、ランカスターはおおらかに笑った。

「おやおや、どうした？　何をそんなにかしこまっているんだ？」

立ち上がって、気安く彼の肩を叩く。

「何の相談かは知らないが、君と私の仲じゃないか。遠慮なく何でも話してくれ」

ランカスターは祖父エットーレの代からペスタロッチ家の財務管理をしている。レオナルドにとって、頼りになる叔父のような存在だった。子供の頃はよく遊んで貰ったし、一緒に狩りをしたこともある。有能でペスタロッチ家に忠実。でも悪い人間ではない。

彼ならきっとわかってくれる。

レオナルドはランカスターの向かい側、イザベルの隣に腰掛けた。封筒をテーブルに置き、大きく息を吐く。ほんのりと背中が暖かい。窓から差し込む九月の光が彼を後押しする。

「俺は起業する。このボネッティに、エンゲ商会のような農場の経営会社を設立する」

まっすぐにランカスターを見つめ、レオナルドは熱弁した。

エンゲ商会の会長リカルド・リウッツィは民族格差を撤廃した。民族、性別、年齢を問わず、職種に応じた給金を払った。従業員のために宿舎を造り、衣食住を保証した。食べるものにも住む場所にも困らず、身の安全が保証され、しかも働けば働くほど給金が上がるとなれば、従業員達はやる気になる。この職を失うまいと必死になる。

「実際エンゲ商会は、同規模の農場の二倍近くの収益を挙げている」

立ち上がって、上着を脱いだ。菓子皿をどけて、資料をテーブルに広げる。

「ボネッティではレーエンデ人が不当な扱いを受けている。安い労働力として搾取されている。しかし、それは大きな可能性でもある。このカラヴィス農場にエンゲ商会の方法を取り入れれば、生産性は飛躍的に向上する。もちろん初期費用はそれなりにかかるけれど、エンゲ商会の実績を元にした試算では、五年後にはそれも回収出来る」

数字をひとつひとつ指し示し、解説を加えていく。

最後に小さく息を吐き、テーブル上の資料を見渡した。

よし、言いたいことは全部言った。

「意見を聞かせてほしい」

レオナルドはソファに腰を下ろした。

すぐには応えず、ランカスターはエブ茶を一口飲んだ。

「なるほど」

腰を浮かせ、菓子皿へと手を伸ばす。

「よく勉強したね」

木の実がたっぷり載った焼き菓子を口に運び、うまそうに頬張った。

「エンゲ商会のことは私も耳にしている。あれほど飛躍的に業績を伸ばした会社は実に珍しい。しかし、成功の要因が民族格差の撤廃にあると結論づけるのは早計だよ。レーエンデ人は小狡《こずる》い怠け者だ。甘やかせばつけあがる。時には鞭を使ってでも、主人の命令は絶対なのだと理解させる必要がある」

「賛同出来ない」

レオナルドは言い返した。

「いかなる理由があろうとも、暴力は容認されるべきではない」

「暴力ではない。躾《しつけ》だよ。君も子供の頃、サンヴァン先生に手の甲を打たれたって、ベソをかいていたじゃないか。あれと同じことだよ」

「だったら、やっぱり必要ない。手の甲をシロヤナギの鞭で叩かれても俺は変わらなかった。屋敷を抜け出して、レーエンデ人と遊び、レーエンデ人の善き隣人になると誓った」

「結局そこに戻るんだな。君は」

失望したというように、ランカスターは肩を落とした。肉付きのいい手で目元をこすり、冷めたエブ茶を飲んでから、いま一度、レオナルドに目を戻した。

「いいかい、レオナルド。エンゲ商会が成功したのは会長のリカルド・リウッツィによるところが大きいんだ。社員が会社のために尽くすのも彼の人徳あってこそ。だが君には人徳も人望も実績もない。リウッツィの真似をしたところで上手くいくはずがない」

「かもしれない。でも挑戦したいんだ。出来る出来ないを論じているだけでは何も変わらないから、まずはやってみたいんだ」

心臓が高鳴る。体中に熱い血が巡るのを感じる。

俺はもう子供じゃない。自分のことは自分で守れる。自分の道は自分で決める。

いつか必ず、レーエンデに自由を。

これはその最初の一歩だ。

「ランカスター卿」姿勢を正し、改めて呼びかける。「来年四月までに態勢を整える。貴方に迷惑はかけないと真問石に手を置いて誓う。だから『ランカスター社』が有するカラヴィス畑の経営権を、俺が設立する新会社に委譲してほしい」

「無茶を言うな、レオナルド」

眉間に憂いを漂わせ、ランカスターは腕を組んだ。

「私は道楽で仕事をしてるわけではない。ヴァスコ様の信頼を得て、農場と工場の経営管理を任されているんだ。悪いが君のお遊びにつき合っている暇はない。どうしてもというのであれば、まずはヴァスコ様のお許しを貰ってきてくれ。それが筋というものだろう？」

「その必要はありません」

イザベルが割って入った。

「チェリ湖の製薬工場とバローネの黒麦農場はヴァスコ様の所有ですが、ボネッティのカラヴィス農場は私のものです」

「え？」

初耳だった。レオナルドは目を丸くして母を見た。

「そうなのですか？」

「大人しくボネッティに戻ることを条件にヴァスコ様から譲り受けました」

素っ気なく答え、イザベルはエブ茶を口に運んだ。冷え切ったそれを飲み、もっと冷え切った眼差しをランカスターに向ける。

「カラヴィス農場の所有者が誰か、まさかお忘れになったわけではありませんよね？　それとも所有者というのは名ばかりで、実権はいまだヴァスコ様が握っていると思っていましたか？」

イザベルが口を開くたび、部屋の空気が冷えていく。

ランカスターの秀《ひい》でた額に脂汗が浮き上がる。

「いえ、そのようなことは——」

「でも、お遊びとおっしゃいましたよね？」

言い返す隙も与えず、イザベルは続ける。

「私もレオナルドも、お遊びでこのような申し出をしているわけではありません。貴方の立場を尊重したからこそ、このような場を設けたのです。ご理解いただいたうえでの協力的な委譲、もしくは共同経営の申し出を期待していたのですが——どうやらそれは望めそうにありませんね」

九月の光が凍りつく。

レオナルドは震撼した。

ああ、これだから母上の説教は恐ろしい。

「ランカスター卿」

　空になったカップをテーブルに戻し、イザベルは冷え冷えと笑った。

「御社との契約は来年三月をもって終了させていただきます。私が所有するカラヴィス農場の管理は、来年四月からレオナルドが立ち上げる新しい会社に任せます」

「いやいやイザベル様、そう簡単なことではございません」

　ランカスターはハンカチーフを取り出し、額の汗を拭った。

「今現在、カラヴィスの大量生産に成功しているのは、ここボネッティの農場だけです。もし管理不行き届きによって収穫量が激減したらバローネ製薬の工場は空転し、多額の損害が発生します。工場で働く労働者達は減給され、薬を必要としている多くの者達が痛みに苦しむことになります。無論、私の信用にも傷がつきます」

　咳払いをして、居住まいを正す。

「この数十年、私はペスタロッチ家のためにご奉仕して参りました。業績を伸ばし、収入を増やし、一族の悲願であった法皇帝の戴冠にも貢献して参りました。その私をないがしろにするだけでなく、人命と生活を脅かしかねない大博打を容認なさるなど愚の骨頂。とても看過するわけには参りません」

　レオナルドは立ち上がった。

　ふざけるな、と叫びそうになった。

「看過出来ないのはこちらも同じだ」

　怒りを押し殺して言い返す。

「業績を伸ばすためにランカスター社はレーエンデ人を鞭打ち、家畜のようにこき使ってきた。食事も住居も用意せず、怪我をしても病気をしても見て見ぬふり。まるで道具のように使い捨ててきた。それに罪悪感を覚えるどころか、自らの手柄として語るとは、ランカスター卿、貴方には人の心というものがないのか！」

「おやおや異なことを言う。私は無知蒙昧《むちもうまい》なレーエンデ人に仕事を与え、給金を支払っているんだ。感謝はされても非難されるいわれはない」

「貴方がレーエンデ人労働者に支払っている賃金は、同職に就くイジョルニ人が得る賃金の三分の一以下だ。これを搾取と呼ばずして何と呼ぶ！」

「いい加減、現実を見ろ！」

一喝し、ランカスターも立ち上がった。諭《さと》すように叱るように、レオナルドの肩を叩く。

「現在のペスタロッチ家を支えているのは農場と工場の経営利益だ。君達の日々の暮らしは、君が言う『搾取』の上に成り立っている。それを忘れてはいけない」

「忘れてはいない」

レオナルドはランカスターの手を振り払った。

「だからこそ、ここで終わらせようとしているんだ」

「ああ、もう話にならん」

これ見よがしにため息を吐き、ランカスターはネクタイを緩めた。

「君の理想は独善的だ。一見正しい行いに見えても、結果として害にしかならない。君の計画が失敗したらどうなると思う。カラヴィスの収穫が減り、収益が減り、給金の支払いも滞る。給金が貰えなかったらレーエンデ人は冬を越せない。結果、多くの死者が出る。死体になったレーエンデ人に正義を説いたところで、彼らが喜ぶとは思えんよ」

彼は肘掛け椅子に座り直した。

テーブルに並んだ資料を乱暴に払いのけ、菓子皿を引き寄せる。焼き菓子をふたつまとめて口に入れ、ボリボリと音を立てて咀嚼する。

「でも、まあ、そうだな」

両手を叩き、菓子の欠片を払いのけ、ランカスターは背もたれに寄りかかった。寛いだ様子で両手を組み、目を細めてレオナルドを見上げる。

「君が身銭を切って減収分を全額補填するというのであれば、話は別だが？」

レオナルドは返答に詰まった。ランカスターの言うとおり、農場経営に絶対はない。収穫が減らないという保証はどこにもない。エンゲ商会で働きながらコツコツと貯めてきた金は会社立ち上げのための準備金だ。労働者のための施設を整え、必要な物を買い揃えるだけで精一杯だ。損害補填に充てるだけの余裕はない。

「では私が補塡しましょう」

窮地を救ったのは、またしてもイザベルだった。

「ここ七年間の平均値を算出してください。不足分は私が出しましょう」

それを聞き、ランカスターは目に見えてうろたえた。

「金だけの問題ではありません。カラヴィスの収穫量が減れば薬の生産量も減り、それを必要とする者達に行き渡らなく――」

「それはない」先んじてレオナルドは言う。「カラヴィスの出荷先であるバローネ製薬は薬の価格が一定になるように出荷制限をしている。ここ数年、カラヴィスの収穫量は平均以上だった。すなわち、今すぐ在庫切れになることはない」

「では心配は要りませんね」

イザベルはにっこりと笑った。

「たとえ経営に失敗しようとも誰にも迷惑はかかりません。私が大損をするだけです」

「愚か者どもが」

ランカスターが唸った。鷹揚《おうよう》な物言いは霧散し、紳士然とした余裕も失われている。

「後悔しても知らんぞ」

「反省はしても後悔はしません」イザベルは飄然《ひょうぜん》と答えた。「過去七年分の帳簿を送ってください。それを拝見した上で補償額を決定しましょう」

「帳簿は渡さない」

それが最後の砦だと察しているのだろう。ランカスターは頑なに首を横に振る。

「帳簿は会社の財産だ。そう易々と譲れるものか」

「譲ってくださいとは申しません。補償額を決めるために拝見したいだけです」

「見せて貰わなければ話にならない」

先程の意趣返しに、レオナルドは意地悪く微笑んだ。

「それとも見せられない理由でもあるのか？」

「まさか、言いがかりだ！」

ランカスターはガリガリと頭をかいた。一分の隙もなく撫でつけられていた髪が、ぼろぼろと乱れていく。

「仕方がない」

呟いて、彼はレオナルドを睨んだ。

「では帳簿ごと、ランカスター社の会計士を出向させる」

「その会計士と補償の交渉をすればいいんだな？」

「そうだ」

ランカスターはせかせかと立ち上がった。帽子をかぶり、革の鞄を拾い上げる。

「今月中——いや今週中に手配する」

そう言い残し、足早に部屋を出ていった。

応接室の扉が閉まるのを待って、レオナルドは大きく息を吐き出した。背筋に通った鉄棒が一気に溶け落ちたように感じる。「ああ、疲れた」と呟いて、彼は肘掛け椅子に腰かけた。だらしなく両足を投げ出し、背もたれに身体を預ける。

「お疲れさまでした」

淡々とした声でイザベルがねぎらう。

「なかなか見事でしたよ」

「何が見事なものですか。母上が助けてくれなかったら、ぺしゃんこになるまでやり込められていましたよ」

レオナルドは身を起こし、イザベルに向き直った。

「ですが母上、よろしいのですか？　帳簿を見る前に、あんなことを言ってしまって」

「まあ、何とかなるでしょう」

執事にエブ茶のおかわりを要求してから、イザベルは息子に目を向けた。

「ここしばらく贅沢とは無縁の生活を送っていましたからね」

彼女は書類入れから一枚の紙を抜き出し、それをテーブルに置いた。先程ランカスターが持ってきた月次決算書だ。レオナルドは身を乗り出し、そこに記された数字を見た。

「んげ」

変な声が出た。

その総資産の欄には、昨年のエンゲ商会の総収入の二倍に当たる数字が記してあった。

「元より使うあてのない金です。すべて貴方に投資します。好きに使いなさい」

「し、しかし――」

「志半《なか》ばの貴方を呼び戻してしまった、これはせめてものお詫びです」

「いやいや、せめてものお詫びにしては高額すぎます。額が二桁は違います」

「でも、これぐらいしなければ私の気がすみません」

「ええと、それではこうしましょう！」

レオナルドは月次決算書を押し戻した。

「母上、貴方が新会社の会長になってください」

イザベルは困惑したように眉根を寄せた。

「会社の経営など、私には一切わかりません」

「実務は俺が引き受けます。母上は大局を見ていてください。俺が何かを間違えたり、気づかずに見過ごしてしまったりしたら、ビシビシと指摘してください」

レオナルドは両手で自分の膝頭を叩いた。

「お願いします、母上！」

イザベルは目を瞬いた。しばらく黙考した後、ゆっくりと首肯した。

「そういうことであれば、お引き受けしましょう」

「ありがとうございます！」

レオナルドは相好を崩した。

最初の大きな山を越えた。達成感と喜びが胸にふつふつと湧いてくる。

温かなエブ茶がカップに注がれていくのを見ながら、イザベルは尋ねた。

「それで――」

「新しい会社の名称はもう決まっているのですか？」

「はい」

いたずらっぽく微笑んで、レオナルドは答えた。

「『テスタロッサ商会』です」


その半月後、ランカスター社から金庫が届いた。運搬の指揮をしていたのは二十代半ばの男だった。白茶に近い金髪に灰色の瞳、金縁の丸眼鏡をかけた不機嫌そうな男だった。

「私はノルン・アルヌー。ランカスター社の会計士です。ボネッティのカラヴィス農場の経理担当で、今後も出納係を務めるようにと出向を命じられて参りました」

「どうも話が違うみたいだな」

レオナルドは顔をしかめた。

「補償金額を決定するために会計士と交渉する約束はしたが、ランカスター社からの出向会計士に引き続き経理を任せるとは言っていないぞ」

「おっしゃる通りです」

歯切れよくノルンは答える。

「ランカスター卿はイザベル様の財産が食い潰されてしまうことを案じておられます。義侠心溢《ぎきょうしん》れるレオナルド様が浅薄なことをしでかさないよう、財布の紐《ひも》を手放すなと厳命されております」

「お目付役というわけか」

「その解釈で間違いはございません」

ノルンは鋭利な目でまっすぐにレオナルドを見た。

「今回持参した帳簿はすべて私が作成したものです。ボネッティのカラヴィス畑の収支について、私以上に詳しい者はおりません」

それに――と眼鏡を押し上げる。

「私が書き記してきた記録です。改竄《かいざん》も捏造《ねつぞう》も許しません。レオナルド様が粉飾決算をすることのないよう、しっかりと監視させていただきます」

レオナルドは苦笑した。ここまではっきり言われると逆に清々しい。元よりごまかすつもりはない。身に覚えのないものを探られたところで別に痛くも痒《かゆ》くもない。

「わかった。貴方に任せよう」

彼はノルンに右手を差し出した。

「今後ともよろしく頼む」

「馴《な》れ合《あ》うつもりはありません」

ノルンは鼻で笑い、握手には応じなかった。

愛想のない会計士、だが仕事は早かった。三日後には七年間の利潤の平均値を算出し、契約書を作成した。十日後には双方の合意の下、契約が成立した。一ヵ月後にはこれまでの予算配分を併記した来年度収支試算書を提出してきた。

「すごいな」

レオナルドは素直に感嘆した。これを自分がやるとなったら、少なくとも三ヵ月はかかっただろう。ノルンの出向にどのような意図があるのかはいまだ謎だが、味方になってくれたなら間違いなく強力な戦力になる。

「ノルン、今夜、時間はあるかい？」

「何かご用でしょうか？」

「食事でもしながら話を聞かせて貰えないかと思って」

「そういうことであればお断りいたします」

最初に明言した通り、ノルン・アルヌーはテスタロッサ商会に馴染もうとしなかった。毎朝九時にやってきて、請求書や領収書を捌《さば》き、各所への支払いを手配し、夕方五時には帰っていった。

優秀な会計士がいてくれるおかげでレオナルドは自由時間を得た。その時間を使って、彼は出資者探しを始めた。来年四月までに従業員達の宿舎を建設し、賄《まかな》い人を手配し、傷んだ農機具を買い直さなければならない。それにはとにかく金がいる。レオナルドの貯金だけではとても足りない。イザベルに頼めば用立ててくれるだろうが、それでは会社を設立した意味がない。

民族差別を撤廃した会社経営に理解と協力を求め、賛同者を募る。レオナルドがエンゲ商会に感銘を受けたように、テスタロッサ商会の後に続く者達を作る。協力の輪が広がれば、それが社会の常識になる。レーエンデ人が不当に搾取されることなく、誰もが自由に人間らしく生きられるようになる。

いつか必ず、レーエンデに自由を。

そのためなら苦労も苦労とは思わなかった。

レオナルドは投資家の元に出向き、経営方針を説明し、理解を求めて頭を下げた。民族差別の撤廃に渋い顔をする者もいた。「金持ちの道楽には付き合えない」と門前払いをされたこともあった。だがペスタロッチの家名は強かった。腹の底では別のことを考えているとしても、あからさまにレオナルドを軽視する者は少なかった。

季節は移り、麗《うるわ》しの秋がやってきた。カラヴィス畑では収穫も終わり、耕作人達は帰郷の準備を始めていた。彼らはカラヴィスの栽培方法に精通している貴重な人材だ。リカルド親方も言っていた。「いい働き手は財産だ。逃がしちゃなんねぇ」と。

ノルンのおかげで金策にも目処《めど》がついた。具体的な数字を出しての話も出来る。しばらくは外回りの予定もない。半月ほどなら足腰立たなくなっても大丈夫だ。

レオナルドは一人、ボネッティ郊外にあるカラヴィス畑へ向かった。

耕作人は季節雇いの労働者、そのほとんどがウル系レーエンデ人だ。社会の底辺で暮らす彼らはとても貧しく、旧市街の借家にさえ住むことが出来ない。多くのウル系労働者は西の森に隣接するあばら家で肩を寄せ合って暮らしているという。

だが実際に見て驚いた。それはあばら家というより廃屋だった。壁は煤《すす》け、屋根は崩落している。かつては民兵の訓練施設だったとか、叛乱軍のアジトだったとか、いろいろな噂が流布《るふ》しているが真相を知る者はいない。

「こんにちは！」

レオナルドが声をかけると、外にいた女達は慌てて廃屋の中に隠れた。代わりに数人の男達が飛び出してくる。そのうちの一人、先頭の若者が棒切れを振り上げて威嚇する。

「てめぇ何者だ！　何しに来た！」

「俺はレオナルド・ペスタロッチ。貴方達にお願いしたいことがあって来た」

「ペスタロッチだと？」男はわずかにたじろいだ。「嘘つけ、御館様がこんな所に来るもんか！」

「御館様じゃない。ペスタロッチ家の不肖の嫡男だ」

ボタンを外して上着の前を開く。そのままゆっくり一回転する。

「武器は持っていない。暴力を振るうつもりもない」

レオナルドは両手を上げ、人好きのする笑顔を浮かべた。

「話がしたいだけだ。手を下ろしてもいいかい？」

男は木の棒をかまえたまま、用心深く頷いた。

「ありがとう」

問答無用にボコボコに殴られなかった。まずは第一関門突破だ。

「貴方達に頼みがある。力を貸してほしいんだ」

誠意を込めてレオナルドは語った。民族格差を撤廃するために『テスタロッサ商会』を設立したこと。すべてのレーエンデ人にイジョルニ人と同額の賃金を支払うこと。希望者には無償で宿舎を提供し、朝晩の食事も無償で用意すること。

「俺は農業に関してはまるで素人だ。畑仕事を仕切ってくれる経験豊かな耕作人が必要だ。カラヴィスの栽培に精通した者は俺にとって宝に等しい。必ずや好待遇で迎え入れると約束する。だからどうか仲間達を集め、来年の四月、またここに戻ってきてほしい」

「嘘くせぇ」

若い男が悪態《あくたい》をついた。険のある目でレオナルドを睨む。

「イジョルニ人の言うことなんか信用出来っかよ」

「やめないか」年配の男達が小声で制する。「相手はペスタロッチの人間だ。逆らったりしたら殺されるぞ」

「っせぇな！　かまやしねぇよ！」

青年は臆することなく前に出た。レオナルドの正面に立ち、真っ向から彼を睨む。

「てめぇらのやり方はわかってる。上手いこと言って人を集めておいて、あっさり裏切るんだろ？馬車馬みてぇに鞭打って、働かせて働かせて使い潰すんだろ？」

「そう思われて当然のことをペスタロッチ家はしてきた。謝って許されることではないけれど、お詫びを言わせてくれ」

レオナルドはその場に両膝をつき、胸に手を当てて頭を下げた。

「申し訳なかった」

耕作人達がざわついた。あり得ない――あり得ない。四大名家ペスタロッチ家の嫡男が、泥に膝をついている。同じレーエンデ人からも蔑まれるウル系に頭を下げている。

「ふざけんなッ！」

件《くだん》の青年は顔を真っ赤にして叫んだ。

「俺の親父はなァ！　監督官に鞭で叩かれたせいで目が見えなくなっちまったんだ！　働けなくなったことを気に病んで、去年首を括《くく》っちまった！　全部てめぇらのせいだ！　土下座したぐらいで許されると思うなよ！」

「貴方の怒りはもっともだ。どんなに詫びても失われた命を取り戻すことは出来ない。どうすれば贖えるのか、どうすれば許して貰えるのか、正直言って、俺にもわからない」

だから――と言い、レオナルドは顔を上げた。

「貴方が決めてくれ。腕を折られても目を潰されても文句は言わない。殴るなり蹴るなり好きにしてくれ。でもお願いだ。どうか命だけは取らないでくれ。ここで死んでしまったら、民族格差のない世界が創れなくなってしまうから」

「……なんだよそれ」

怒気を削がれた青年は薄気味悪そうに彼を見た。

「てめぇ正気か？」

「正気だとも」

殴られるのは俺だけでいい。そう思ったから一人で来たのだ。一緒に行くと息巻くブルーノを納戸に閉じ込めて、単身ここにやってきたのだ。

レオナルドは膝の上に手を置き、目を閉じた。

「さあ、やってくれ」

歯を喰いしばる。身体に力を込めて痛みに備える。

だが木の棒は降ってこなかった。罵声も嘲弄《ちょうろう》も聞こえなかった。

「舐めンじゃねぇぞ」

呻くように青年が言った。

「俺は誇り高いウル族だ。イジョルニ人みてぇに無抵抗の者を殴ったりすっかよ」

レオナルドは薄目を開いた。

「いいのか？　本当に？」

「殴らねぇって言っただけだ。あんたを信用したわけじゃねぇ！」

ウル系の青年は足下に唾を吐き捨てた。

「来年の春、仲間を連れて戻ってくる。もしお前の言葉が嘘だったら、そン時は容赦しねぇ。ぎったぎたに叩きのめして肥だめに突き落としてやる」

「ああ、もし嘘だったら遠慮なくそうしてくれ」

レオナルドは立ち上がった。

「貴方の名前を聞いてもいいか？」

「レイロ・ドゥ・エルデだ」

「ではレイロ」

レオナルドは破顔した。笑うべきではないと思ったが、堪えきれなかった。

「来年四月にまた会おう！」


それからはさらに忙しくなった。

レオナルドはボネッティ座の大道具係に頼んで、腕のいい大工《だいく》を集めて貰った。彼らはレオナルドの求めに応じ、森に隣接する廃屋を改装し、百人あまりが暮らせる宿舎として蘇らせてくれた。

耕作人達の食事を作る料理人も雇った。『安眠亭《あんみん》』の主人ジャイロだ。彼は無愛想《ぶあいそう》で口下手で、話を聞いて貰うだけでも小一時間ほどかかった。しかし料理のことになると驚くほど口が回り、何より大きな野望を持っていた。

「食は幸福の源だ。俺の料理で世界中の人間を笑顔にしたい」

面白い男だと思った。レオナルドは『安眠亭』に日参し、彼を口説き続けた。

「貴方のような人材を探していたんだ。どうか存分に腕を振るってくれ。貴方の料理でみんなを笑顔にしてやってくれ」

十五日目に、ようやくジャイロは首肯した。

「ん、まあ、だな。そこまで言われちゃあ断れねえな」

改装が終わった宿舎に家具が運び込まれた。厨房《ちゅうぼう》に調理器具も揃った。

冬が来て、また春が巡ってきた。

聖イジョルニ暦九〇八年四月一日。新しく生まれ変わった宿舎の前には、百名あまりのウル系レーエンデ人が集まった。例年の半分ほどの数だったが、レオナルドは満足だった。誘拐まがいの方法を用いなくても、これだけの人間が集まってくれたのだ。嬉しくないわけがない。

その中に見覚えのある顔を見つけ、レオナルドは歓喜の声を上げた。

「レイロ！　よく戻ってきてくれたな！」

「約束だからな」

ぶっきらぼうにレイロは答えた。

「お前こそ忘れてねぇだろうな。嘘だったらマジでぶん殴るからな」

「嘘じゃないさ」

宿舎の扉を開き、レオナルドは宣言した。

「さあ入ってくれ！　貴方達の目で確かめてくれ！」

レオナルドは耕作人一人一人と契約書を交わした。彼らとともに畑に出て、毎日泥だらけになって働いた。とはいえ、出しゃばることはせず、作業の指揮は熟練者に任せた。耕作人から寄せられる苦情や意見、そのひとつひとつに真摯に取り組み、私的な相談事にも耳を傾けた。宿舎の空き部屋で寝泊まりし、彼らと同じ飯を喰った。

「物好きだよねぇ」とステファノは呆れた。

「ついに頭がおかしくなったようね」とアリーチェは嘲笑した。

しかしイザベルとルクレツィアは日曜礼拝の帰り道、宿舎に立ち寄っては菓子や果物を差し入れてくれた。レオナルドとブルーノは猟銃を担いで西の森に入り、「食材の足しにしてくれ」とツノイノシシやシジマシカを獲ってきた。もちろんジャイロは大喜びだ。「お前ら、今夜はご馳走《ちそう》だぞ！」と、舌が蕩《とろ》けるほど旨いシチューを振る舞ってくれた。

春が過ぎ、夏が盛りを迎える頃には、耕作人に笑顔が見られるようになってきた。ここには監視の目がない。罵声を浴びることもない。鞭で追い立てられることもない。理不尽な暴行や憂《う》さ晴《ば》らしの懲罰もない。雇用主は頭を下げて耕作人達に教えを乞い、その意見を重用する。雨風をしのぐには充分すぎる宿舎があり、一人一人に用意された寝台もある。無愛想な調理人が作る料理は絶品で、満腹になるまで食べても怒られない。

小さな諍いや喧嘩はあっても、それが大事に発展することはなかった。この暮らしを守りたいという思いがレーエンデ人達を結束させた。レオナルドの無茶で無謀で無鉄砲《むてっぽう》な計画が頓挫《とんざ》することのないよう、彼らは懸命に働いた。

結果は秋に表れた。例年の半数ほどしか働き手がいなかったにもかかわらず、収穫量は前年とほぼ同じだった。だが毎日の食事代と値上げした賃金分は経費が増す。おかげでペスタロッチ家の収入はゼロに近かった。

「すみませんでした」

最終決算書を差し出し、レオナルドはイザベルに陳謝した。

「みんな本当に頑張ってくれたんです。でも黒字にすることは出来ませんでした。準備と経験が足りなかったせいです。すべての責任は俺にあります」

「卑下するのはおよしなさい。貴方はよくやりました」

イザベルは鷹揚に微笑んだ。

「収穫量は昨年と同等でしたし、補償金も支払わずにすみました。重 畳《ちょうじょう》ですよ」

「でも悔しいです」

収益をあげなければ会社は成り立たない。経営者として認めて貰えない。民族格差の撤廃が生産性の向上に繋がることを証明してみせなければ、後に続く者が現れない。

「来年度こそは必ず、収益をあげてみせます」

そうは言ったものの、具体的に何をすればいいのか思いつかない。

レオナルドはいつものようにブルーノに相談した。

これにはさしものブルーノも難しい顔をした。

「無駄を切り詰めるしかねぇんじゃねぇか？」

「無駄なことをしたつもりはない。だから、どこを切ればいいのかわからない」

「お前にわからないものが俺にわかるわけがねぇ」

ブルーノは肩をすくめた。

「刃物を研ぎたきゃ鍛冶屋《かじや》に頼めって言うだろ。つまり専門家に訊けってことだよ」

経理の専門家。心当たりは一人しかいない。

レオナルドは出向会計士のノルン・アルヌーに意見を求めた。

「なぜ私に訊くんです」

ノルンはあからさまに顔をしかめた。

「私の仕事はテスタロッサ商会の収支を監視することです。貴方に助言するために、ここにいるのではありません」

「でもランカスター卿は、母上の財産が食い潰されることがないよう、貴方に出向を命じたんだよな？　もし来年もテスタロッサ商会の収益があがらなかったら、貴方は役目を果たせなかったってことになる。それは面白くないんじゃないか？」

むう、とノルンは唸った。

「確かに面白くありませんが、貴方の甘言に乗せられるのも面白くありません」

「そこをなんとか」

お願いしますと、レオナルドは一礼する。

「もちろんお礼はする——といっても俺はスッカラカンだから金は払えない。けれどボネッティ座には顔が利く。今すこぶる面白い演目を上演中なんだ。最前席を確保するから一緒に観に行こう」

「お断りします」

にべもなく答え、ノルンはため息を吐く。

「これは私見ですが、テスタロッサ商会は人件費が高すぎます。労働者を集めるための撒《ま》き餌《え》だったのでしょうが、もっと安い賃金でも彼らは喜んで働きますよ」

「うちの耕作人には身体だけでなく頭も使って貰っている。給料を下げるつもりはない」

「でも他に手がありますか？」

「わからない。だから貴方の知恵を借りたいんだ」

「まったく貴方って人は、本当に緊張感がありませんね」

ノルンは丸眼鏡を外し、指先で眉間を揉《も》んだ。

「僕はランカスター卿の子飼いです。貴方の計画を頓挫させるために派遣されているんです。それは貴方もわかってるはず。なのになぜ僕に助言を求めたりするんです」

「貴方が頼りになるからだ」

レオナルドは破顔した。

「今年の春、ハント社が肥料の値上げを通告してきた時、貴方は価格を据え置くよう交渉してくれた。繁忙期で貨物列車の空きが見つからない中、一番安い車両を手配してくれた。俺の計画を頓挫させる機会はいくらでもあったのに、貴方はそうしなかった」

「あれは……僕のプライドが許さなかっただけです。新参者と侮られ、足下を見られるのが我慢ならなかっただけです」

「それは貴方が知恵者だからだ。知恵は活《い》かしてこそ価値がある。貴方がどんな使命を帯びて出向してきたのかはわからないけれど、計画の頓挫なんて非生産的な仕事に貴方の能力を費やすのはもったいない。いっそこのままテスタロッサ商会の社員にならないか？」

「馴れ合うつもりはありません」

やれやれというように、ノルンは肩を落とした。

「人件費を削るのがお嫌なら、あとは収入を増やすしかありません。耕作面積を三十ヘルト増やせば、現状の給料のまま耕作人を五十人増やしても収入は増えます。おおよその試算ですが、二割ほどの増収が見込めるはずです」

馴れ合うつもりはないと言いながら、ノルンはその後も助言をくれた。レオナルドの無軌道な計画を、現実的なものへと改善してくれた。

「よし、これなら人が増やせる！　利益も出せる！」

完成した来年度の試算表を見て、レオナルドは拳を握った。

「ありがとうノルン、貴方のおかげだ！」

「そうですか」

憮然とした顔でノルンは答えた。帽子を被り、コートを着て、「お疲れさまでした」と言って事務所を出ていった。示し合わせたように、柱時計が五時を告げる。

「いい人だなあ」

独りごちて、レオナルドは笑った。

その背後、窓の外を馬車が通り過ぎた。馬車は玄関前で停車し、イザベルとルクレツィアが降りてくる。二人は笑っていた。お揃いの襟巻きを巻いて、本物の親子のように笑っていた。

そこに入っていけない寂しさを覚え、きゅんと胸が痛んだ。

ボネッティに来て一年あまり。ルクレツィアはすっかり屋敷になじんだ。イザベルとも打ち解け、使用人達からも慕《した》われている。でもレオナルドには笑いかけるどころか、話しかけもしない。まともに挨拶さえして貰えない。

「ウジウジするな、レオナルド」

彼は両手で自分の頬を叩いた。

「言葉ではなく行動で示せ」

きっと証明してみせる。

俺はヴァスコではない。まったく別の人間なんだってことを。

翌年四月。ボネッティのカラヴィス農場には百五十人を上回る耕作人が集まった。レイロをはじめとするウル系の若者達が「レオナルド・ペスタロッチは嘘を言わない。イジョルニ人だが信用に値する」と周囲の村に声をかけてくれたのだ。

レーエンデ人はレオナルドの理想に希望を見いだした。信頼は連帯を生み、彼らはますます奮起した。水路が整備され、耕作地が拡張された。面積あたりの収穫量も増えた。結果、秋には予想を上回る大豊作となった。

「よくやってくれました」

二年目にして黒字となった帳簿を閉じて、イザベルは満足げに微笑んだ。

「皆に礼をしなければなりませんね。せっかくですから豪勢にやりましょう」

十月の末、宿舎の前庭で収穫祭が催された。運び出されたテーブルに色とりどりの料理が並ぶ。串焼き肉、蒸《ふ》かしたてのエストイモ、小麦のパンやチーズもある。テーブルの横には大きな葡萄酒《ぶどうしゅ》の樽が鎮座している。

「みんな、お疲れさま！　今夜はとことん楽しんでくれ！」

レオナルドの宣言とともに、飲めや歌えの宴会が始まった。酒杯が次々に空になる。テーブル上のご馳走が皆の胃袋に消えていく。

「じゃんじゃん食べろ！　おかわりはいくらでもあるぞ！」

ジャイロが大皿を運んでくる。

「待ってました、大将！」

「いい匂い！」

「ミンスパイだ！　ジャイロの絶品ミンスパイが来たぞ！」

歓声がどっと上がる。みんな子供のように目を輝かせている。無愛想なジャイロでさえ楽しそうに笑っている。レオナルドは嬉しくなった。俺はいい仲間に恵まれた。本当に幸運だった。この先、もっともっと会社を大きくしたい。耕作地を増やし、雇用を増やし、レーエンデ人を豊かにしたい。儲《もう》けたお金でレーエンデ人のための学校や病院を造りたい。誰もが平等に笑い合える格差のない町を造りたい。

嬉しいニュースは他にもあった。

この収穫祭にイザベルとルクレツィアが来てくれたのだ。

イザベルは屋敷の外に出ることを好まなかった。かつてフィリシアと比較され、笑いものにされたことが尾を引いているらしかった。今でも家を出るのは日曜礼拝の時だけで、買い物にも外食にも自ら進んで出ていこうとしなかった。

今回も最初は「私のことはいいから楽しんでいらっしゃい」と言っていた。だが隣にいたルクレツィアを見て、考えを変えたようだった。

「ルクレツィアが一緒に行ってくれるのであれば、私も参加しましょう」

それを聞いて、レオナルドは半ば諦めた。

赤い髪の男は嫌いだと、拒絶されてから丸二年。ルクレツィアはいまだ彼に心を開こうとはしなかった。呼べば返事をしてくれるが、彼女のほうから話しかけてきたことは一度もない。イザベルの方針で一緒に食事はするが、同じテーブルについても目も合わせない。近年はレオナルドが会社の宿舎で寝起きするようになったため、顔を合わせる機会も少なくなった。

当然、断られるだろうと思っていた。

けれど――

「イザベルさまがいらっしゃるのであれば、私も参ります」

レオナルドは耳を疑った。

じわじわと嬉しくなってきた。

ついには喜びが爆発して、両手を突き上げて叫んだ。

「来てくれるのか、ルクレツィア！」

「貴方に誘われたからではありません」

間髪を容《い》れず、氷のように冷たい声でルクレツィアは言い返した。

「テスタロッサ商会の皆様に、ぜひ参加してほしいと頼まれたからです」

ルクレツィアはイザベルとともに、よく宿舎に差し入れに来ていた。その際、レーエンデ人労働者とも親しげに言葉を交わしていた。天使のごとき美貌、子供らしからぬ聡明さ、それでいて素直で謙虚な性格。ルクレツィアは皆に愛された。レーエンデ人との交流を、ルクレツィアも楽しんでいるように見えた。

そして今、イザベルとルクレツィアは並んで椅子に座っている。ゆらゆら揺れる明かりの下、歌い騒ぐ人々を楽しそうに眺めている。屋敷に籠《こ》もりがちだった二人が、こうして外に出て、レーエンデ人と話している。その様子を眺めているだけで、レオナルドは幸せで胸がいっぱいになる。

心残りはただひとつ。ここにステファノがいないことだけだった。

昨年ステファノは十八歳――成人の年を迎えた。だがヴァスコは彼にも家督を譲らなかった。アリーチェは猛《たけ》り狂《くる》った。ステファノはひどく落胆していた。顔を合わせるたびに「君のせいだ」

「君がヴァスコ様を怒らせたのがいけないんだ」と恨み言を言われるので、最近は別館を訪ねることもなくなった。今回も「収穫祭に遊びに来ないか」と誘いはしたが、返事はなく、ただ冷ややかな目で一瞥《いちべつ》されただけだった。

「俺達は仲間だ」と、「どこに行くのも一緒だ」と誓った幼い日々。あの時はもう戻ってこないのだ。そう思うと口の中が苦くなる。大人になるということは、大切な何かを失うということなのかもしれない。

でもレオナルドは知っている。たとえ何年経とうとも、失われないものもある。

「飲んでるか、レオン！」

三杯目の葡萄酒を飲み干し、ブルーノはレオナルドの肩に腕を回した。

「やっぱ、お前はすごいよ。そうするのが正しいと思ったら、火の中にだって飛び込んでいくような子供がさ。まっすぐでまっとうなまま、大人になって戻ってきてさ。熱病みたいな情熱を動力にして、機関車みたいにグイグイみんなを引っ張って、誰もが絶対に無理だって思っていたことを、こうして現実にしちまうんだから……いや、すごい。本当にすごいよ」

「すごいのは俺じゃない」レオナルドは苦笑する。「ここにいる仲間達、みんながすごいんだ」

「そうだな。イザベル様にも感謝しないとな」

「まったくだ。母上には一生、頭が上がらないよ」

オイルランプの明かりが揺れる。楽団が陽気な音楽を奏《かな》でる。若者達が踊っている。笑い声が響いてくる。レオナルドは星空を見上げた。みんなで力を合わせれば不可能も可能になる。

いつか必ず、レーエンデに自由を。

これはもう夢物語なんかじゃない。

「捜しましたよ、ペスタロッチ卿」

興を削ぐ堅苦しい呼称にレオナルドは我に返った。人々をかき分けてノルン・アルヌーがやってくる。仕事帰りなのだろう。分厚いコートを着て、肩に鞄を掛けている。

「貴方に話があるというので連れてきました」

そう言って、ノルンは背後の男に道を譲った。見事な白髪と銀縁眼鏡が印象的な五十がらみの紳士だった。彼は帽子を取って会釈をした。品のいい顔でにっこりと笑う。

「どうも、その節はお世話になりました」

「ああ、貴方は――」

一ヵ月ほど前、レオナルドはレーエンディア新聞の取材を受けた。その記者というのが実に変わり者で、インタビューをするだけでは飽き足らず、カラヴィスの収穫を手伝い、宿舎で夕食まで食べていった。

それが彼だ。名前は――

「エル・ビョルンさん！」

「あの時のこと、書かせて貰いました」

ビョルンは新聞を差し出した。レーエンディア新聞は法皇庁にも忖度《そんたく》しない記事を書くとしてレーエンデ人に人気がある。その一面、見出しの文字が目に入る。

『レオナルド・ペスタロッチ、古き時代に風穴を開ける』

それを横から一瞥し、にこりともせずにノルンは言う。

「貴方のことも、テスタロッサ商会のことも褒めちぎっています」

「そいつはありがたい」

レオナルドは新聞を受け取った。ざっと記事に目を通す。『新進気鋭の若き経営者』『民族にこだわらない柔軟な発想』『適材適所の見事な手腕』『格差のない社会の理想型』等々。ジャイロの料理の腕前まで褒めている。

「ベタ褒めじゃねぇか」

新聞記事を覗き読み、ブルーノはふふんと鼻を鳴らした。

「で、どうよ？」肘でレオナルドの脇腹を小突く。「頭の固い連中を見返してやった気分は？」

「そりゃあ、もちろん悪い気はしないさ」

新聞から目を上げ、ビョルンに向かって真顔で続ける。

「感謝します。俺のことを褒めてくれたからではなく、『ペスタロッチ卿は民族格差を撤廃することで業績が上がることを証明してみせた』と書いてくれたことに感謝します。これに同調してくれる人が増えれば、エンゲ商会やテスタロッサ商会は少数派じゃなくなる。民族格差のない会社が当たり前になる。それが俺の理想、俺がこの会社を創った目的なんです」

「むしろ逆効果なのでは？」陰気な声でノルンが言う。「出る杭《くい》は打たれる。変化を恐れる者達は全力で貴方を叩き潰しにかかりますよ」

「そうだな」レオナルドは微笑んだ。「ここで潰されるわけにはいかない。何か対策を考えなきゃな」

「具体的に何をするおつもりですか？」

ビョルンが尋ねる。いつの間にか左手にメモ帳を、右手に万年筆を握っている。

レオナルドは苦笑した。この人、根っからの新聞記者だな。

「わかりません。まだ何も考えてません」

「だと思った」ノルンが肩をすくめる。「この人は新進気鋭というよりも、当てずっぽうで無計画なんですよ」

「ノルンはいつも悪態を吐《つ》くんです」

仕返しとばかりにレオナルドはビョルンに耳打ちする。

「最初は文句を言うけれど、最後にはいつも名案を思いついてくれるんです」

「なるほど、照れ屋さんなんですね」

「違います！」眉をつり上げてノルンが抗議する。「ていうかビョルンさん、なにをメモってるんですか！　変なことをメモるのはやめてください！」

「そう言うなって」

ブルーノが手荒くノルンの肩を叩いた。どうやら酔っ払っているらしい。ノルンにグラスを持たせ、なみなみと葡萄酒を注ぐ。

「素直に認めちまえよ。本当はお前もコッチ側に来たいんだろ？」

「失礼なことを言わないでください。僕は別に――」

「いいから建て前はうっちゃっとけ。今日は祭りだ、無礼講だ！」

ブルーノはグラスを頭上に掲げた。「乾杯！」と言って一気に飲み干す。

「僕も一杯貰っていいかな？」ウキウキしながらビョルンが問う。

「どうぞ、どうぞ！」ブルーノが彼のグラスを用意する。

「乾杯！」「テスタロッサ商会に！」

楽しげにグラスを交わす二人の隣でノルンは困惑していた。押しつけられたグラスの中身を捨てるべきか、飲み干すべきか逡巡している。

「ノルン」

親しみを込めてレオナルドは呼びかけた。

「今年も貴方に助けられた。貴方がいてくれて本当によかった。来年もよろしく頼む」

グラスを掲げて、右目をつぶる。

「頼りになる会計士に乾杯！」

葡萄酒を飲み干すレオナルドを見て、ノルンは渋面を作った。ぐっとグラスを握りしめ、地面に叩きつける――のかと思いきや、葡萄酒を一気に喉へと流し込む。

「いい飲みっぷりだなあ」ブルーノが感嘆する。

「うるさい」

わずかに頬を赤らめ、ノルンはブルーノに空のグラスを突き返した。

「僕はランカスター社の社員です。馴れ合いはしません」

でも――と言って、レオナルドに向き直る。

「素人同然の貴方が、たった二年でここまで収益を増やした。それには敬意を表します」

「やった！」

レオナルドは諸手《もろて》を挙げた。

「みんな聞いたか？　ノルンに褒められたぞ！」

おめでとう！　と声が飛ぶ。何が？　わかんない、でもおめでとう！

「ありがとう！　みんな、ありがとう！」

レオナルドは満面に笑みを浮かべた。

「よぅし！　今年は俺の口座にも金が入ったし、宿舎に風呂《ふろ》でも造るか！」

「まったく貴方って人は――」

丸眼鏡を外し、ノルンは眉間を押さえた。

「根っからのお人好し、もしくは真性の馬鹿ですね」

「俺は自分がしたいことをしているだけだ」

「なるほど、真性の馬鹿のほうでしたか」

「ひどいな」

レオナルドが言い返しかけた時、背後から大きな声がした。

「ペスタロッチ、最高！」

酔っ払った若者が叫んでいる。レイロだ。彼はレオナルドを指さし、高々と宣言する。

「覚悟しろよ、レオナルド！　俺はあんたについてくからな！　生涯ついてくからな！」

「いいですねぇ」ビョルンがうっとりと目を細める。「こういうの好きだなぁ」

「レオナルド！　こっちに来て！」

踊りの輪の中で若い娘が手を振っている。

「おう、今夜は踊り明かすぞ！」レオナルドは腕まくりした。「ビョルンさんも一緒にどうです？」

「え、いいんですか?」

「もちろん!」

「お前も来い」ブルーノがノルンの肩に腕を回す。

「なんで僕まで――」

「いいから踊れ! 人生を楽しめ!」

レオナルドは音楽に合わせて身体を揺らし、足を踏み鳴らした。外は寒いくらいなのに、知らずと肌が汗ばんでくる。

「イザベル様に乾杯!」

あちこちから快哉《かいさい》が聞こえる。若者達が肩を組んで歌っている。

「『テスタロッサ商会』に乾杯!」

オイルランプの合間を銀色の蛾《が》が飛んでいく。

《ルクレツィアを誘いなさいよ》

銀の鱗粉《りんぷん》をまき散らし、蛾の銀天使がささやく。

《ルクレツィアをダンスに誘いなさい》

「そんなの、駄目に決まってるだろ」

飲んで踊っていい感じに酔っ払ったレオナルドは、へらへらと笑って答える。

「せっかくお祭りを楽しんでるんだ。俺が声をかけたら台無しになる」

《ルクレツィアを誘って》

「だから、駄目だって――」

言いかけて、ふと視線を感じた。振り返るとルクレツィアと目が合った。

彼女にしては珍しく、驚いたような顔をしていた。

思わず足が止まった。

互いに見つめ合ったまま、数秒間が経過した。

今さら目を逸らすわけにはいかない。気づかなかったことには出来ない。レオナルドは踊りの輪から抜け出し、ルクレツィアとイザベルの元へと歩いていった。二人の前に立ち、半ばやけっぱちに、大仰なお辞儀をする。

「こんばんは、母上。こんばんは、ルクレツィア。楽しんでいますか？」

「ええ、とても」

イザベルが答えて微笑む。が、ルクレツィアは何も言わない。

「どうです？　一緒に踊りませんか？」

ルクレツィアにではなく、あえて二人に問いかけた。

「ブルーノが言ってました。今日は無礼講だって。一緒に羽目を外しませんか？」

「私はもうダンスを楽しむ歳《とし》ではありません」

そう言ってから、イザベルは隣に座るルクレツィアを見る。

「貴方は行っていらっしゃい。先程も一緒に踊ろうと誘われていたでしょう？」

ルクレツィアはイザベルを見返し、困ったように眉根を寄せた。

「でも私は、上手く踊れません」

小声で言って、右の膝頭をなでる。

「足が、これなので」

それを聞いて、一瞬で酔いが吹き飛んだ。

そうだった。彼女の右足は義足なのだ。杖こそ使っているものの、不自由にしている姿は見たことがない。あまりに自然体なので失念してしまっていた。

「すまない！」

レオナルドは平謝りに謝った。

「すっかり忘れていた。無神経なことを言って悪かった！」

「謝る必要はありません」

素《そ》っ気《け》ない口調でルクレツィアは答えた。

「私のことはお気になさらず、レオナルドさまはダンスを楽しんできてください」

彼は目を瞬《しばた》いた。

驚きのあまり、二の句が継げなかった。

ルクレツィアが、俺のことを、レオナルドさまって呼んでくれた。

《誘ってよかったでしょう？》

呆然とする彼の眼前を銀の蛾が横切っていく。

《ね？　誘ってよかったでしょ》

「ああ、まったく。お前の言う通りだったよ」

「誰と話しているのです？」

イザベルの問いに、レオナルドは我に返った。

「あ、すみません。俺、酔っ払ってて。今のは独《ひと》り言《ごと》です。何でもないです」

へらりと笑ってごまかした。

「では母上、ルクレツィア。いっぱい食べて飲んで、楽しんでください」

「ありがとう」

「そうします」

「では、失礼！」

レオナルドは身を翻《ひるがえ》した。飛び上がるようにして駆け出した。嬉しくて嬉しくて、今なら月まで飛べそうな気がした。

「今夜は目一杯楽しむぞ！」

歓声が上がった。歓喜の渦に飛び込んだ。

星明かりの下、祭りは続いた。皆、夜が更けるまで踊り続けた。


聖イジョルニ暦九一〇年四月。テスタロッサ商会は三年目の春を迎えた。

集まった耕作人は二百名を超えた。頼りになる仲間達のおかげで作業は順調、カラヴィス畑は青々とした新芽に覆われた。

しかしここに来て問題が発生した。民族格差撤廃に反対する者達が押しかけてきたのだ。

レオナルドがエンゲ商会で働いていた時にも、同じようなことがあった。

リカルド・リウッツィが社内から民族格差を撤廃したことに対し、「レーエンデ人にイジョルニ人と同じ給金を払うなんてイジョルニ人に対する冒瀆だ」と、「イジョルニ人が貰うべき賃金をレーエンデ人が詐取している」と難癖《なんくせ》をつけてくる者達がいたのだ。彼らはエンゲ商会に押しかけ、『レーエンデ人を皆殺しにしろ！』と気勢を上げた。窓ガラスを割り、銃弾を撃ち込み、丹精込めて耕した黒麦畑に火をつけた。

ここボネッティでも反対派の連中は問題を起こした。

彼らはカラヴィス畑を踏み荒らし、耕作人に罵声を浴びせた。レオナルドは話し合いの場を用意したが、約束の時刻になっても相手は現れなかった。警邏を呼んでも、逮捕者が出ても、反対派の嫌がらせは続いた。

暴力に暴力で相対すれば泥沼化する。エンゲ商会の時がそうだった。最後は撃ち合いにまで発展してしまった。死者を出さなかったことが唯一の救いだった。

出来ることなら穏便にすませたい。話し合いで解決したい。そう思っていたのだが、宿舎で不審火が相次いだこと、窓に銃弾が撃ち込まれたことで、レオナルドは決断を余儀なくされた。

「耕作人はテスタロッサ商会の宝だ。彼らを守るのは俺の役目だ」

レオナルドは最新式の長銃を購入し、ブルーノと交替で畑や宿舎の警備に当たった。相手も銃を持っている。銃撃戦になれば負傷者が出る。今度は死者だって出るかもしれない。

そんな彼の懸念をよそに、悪質な嫌がらせは急激に減っていった。

なぜだろう？

レオナルドは首をひねった。

「レーエンディア新聞のおかげですよ」

教えてくれたのはノルンだった。

「ビョルン記者が反対派を叩いてくれたんです。連中にも生活がありますからね。実名報道されるのは何かと都合が悪いんでしょう」

「ペンは銃よりも強しって、本当だったんだな」

新聞記事を眺め、しみじみと呟く。

「ビョルンさんに何かお礼をしなくっちゃな」

「無駄ですよ。何を贈ったところで『レーエンディア新聞は社会の公器だ。贈与は一切受け取らない』って返されます」

「贈ったことあるのか？」

「ランカスター社は毎年、著名な新聞社すべてに寄付をしています」

「だからイジョルニ人による暴力沙汰《ざた》は記事にならないんだな」

「ちなみに送り返してくるのはレーエンディア新聞社だけです」

「なるほど、筋金入りってやつだ」

新聞記事が話題になったおかげで反対派による事件は起こらなくなった。天候にも恵まれ、カラヴィスは青々と繁り、その年の秋には以前の三倍近くの収穫量を得た。

「出来すぎです」

ノルンは眉間に縦皺を寄せた。

「供給過多です。これでは値崩れを起こします。バローネ製薬に安く買い叩かれる前に、新規顧客を開拓すべきです」

農場で収穫したカラヴィスはすべてシフ・ランカスターが経営するバローネ製薬が買い取ってい

た。バローネ製薬は市場への供給を制限することで鎮痛剤の価格を維持してきたのだ。もし他の製薬会社が鎮痛剤の生産に乗り出せば競争が発生する。そうなれば値が下がり、庶民でも薬が入手しやすくなる。

レオナルドはすぐに動いた。ノイエレニエに赴き、フィリス製薬の社長に面会を求めた。フィリス製薬は、医療用銀夢煙草《たばこ》の製造販売を一手に担う大企業だ。かの有名なミラベル・ロランスの提言「レーエンデからもたらされた利益はレーエンデに還元する」を遵守《じゅんしゅ》する優良企業だ。レーエンデ各地に無料診療所を開設し、民族性別年齢を問わず誰でも学べる医療学校に出資もしている。フィリス製薬ならば民族格差の撤廃にも賛成してくれるに違いない。

その読みは当たった。フィリス製薬の社長はレオナルドの話に耳を傾け、彼の理想に賛同してくれた。あっという間に話はまとまり、契約が成立した。

取引先が増えたせいで会計士の仕事は倍増した。有能なノルンでも定時までに仕事を終わらせることが出来ず、残業する日が増えていった。ボネッティの治安は決してよいとはいえない。ノルンに万が一のことがあったら悔《く》やんでも悔やみきれない。

「いっそこの屋敷に住まないか？　空き部屋ならたくさんあるんだ。格安で貸すから、ここに移ってこないか？」

レオナルドの申し出に、ノルンは何か言いたげな顔をした。だがノルンが口を開く前にレオナルドは先手を打った。

「もう『馴れ合わない』とは言わせない。貴方は貴重なブレインだ。テスタロッサ商会になくてはならない存在だ」

ノルンは彼を見つめた。何か言いかけて、何も言わずに口を閉じた。視線を床に落とし、自嘲するように呟く。

「僕はランカスター社の人間です」

「わかってる。だから心配なんだ。テスタロッサ商会のために、こんなに時間と労力を割《さ》いていたら、ランカスター卿の不興を買う」

ノルンは俯いたまま答えなかった。唇を引き結び、必死に平静を保《たも》とうとしている。

「教えてくれ、ノルン」

ともに働き始めて三年だ。それだけあれば嫌でもわかる。彼は何かに縛られている。個人的なことに踏み込むべきではないと思ってきたけれど、もう黙っていられなかった。

「感謝祭の夜にブルーノが言ったよな。本当は貴方もこっち側に回りたいんだろうって。俺も同じ意見だ。だからわからないんだ。貴方はどうしてそこまでランカスター卿に義理立てするんだ？」

答えはない。ノルンは黙ったまま、固く拳を握りしめている。

「言いたくないなら無理に聞こうとは思わない。けれど、これだけは忘れないでほしい」

一息分の間を置いて、レオナルドは続けた。

「貴方を仲間に引き入れるためなら、俺はどんなことだってする」

ノルンは顔を跳ね上げた。

レオナルドを見つめ、何かを言おうとして、やはり言えずに目を逸らした。

「まだ計算が終わっていないんです。今夜は事務所に泊まってもいいですか？」

「もちろん」

レオナルドは微笑んだ。

「お腹が空いただろう。何か食べ物を貰ってくるよ」

軽食と毛布を事務所に届けてから、レオナルドは自室に向かった。

時刻は午後九時を過ぎている。しかし図書室にはまだ明かりが灯《とも》っていた。扉の隙間から中を覗くと、ルクレツィアが長椅子に腰掛けて本を読んでいるのが見えた。

「出来た！」

声とともに手前のソファからステファノが立ち上がる。画板に鋲《びょうど》留めした画用紙にはルクレツィアの横顔が描かれている。すらりとした鼻筋、物憂げな瞳、よく描けているが何かが足りない。

「見て、君だよ。よく描けてるでしょ？」

ステファノは画板から外した画用紙をルクレツィアへと差し出した。

ルクレツィアは木炭画を一瞥し、すぐに本へと目を戻した。

「とてもお上手です」

「でしょ？　ほら、受け取って」

「けっこうです」

「君のために描いたんだ。君に貰ってほしいんだ」

「ほしくありません」

「なら捨てる」

ステファノは画用紙を引き裂いた。端整な横顔が真っ二つになる。

レオナルドは扉の陰から飛び出して、ステファノの手を摑んだ。

「やめろ、なんで破くんだ！」

「うるさい！」

ステファノは彼の手を振り払った。

「こんな出来損ない、残しといたって意味ないんだ！」

「そんなことはない。上出来だ、とてもよく描けている」

「どうせお世辞だろ。そんなの聞きたくもない」

「お世辞じゃない。捨てるくらいなら俺にくれ。額に入れて部屋に飾る」

ルクレツィアは驚いたようにレオナルドを見た。しまったと思ったが、もう手遅れだ。妹の肖像画を部屋に飾りたいだなんて、気持ち悪いと思われたに違いない。

「なんで君にあげなきゃいけないんだ！」

怒りに任せ、ステファノは画用紙をさらに引き裂いた。ルクレツィアの横顔が細かな紙片となって床に散らばる。

「なんてことするんだ、もったいない」

「もったいなくない！　ルクレツィアのために描いたんだ！　ルクレツィアが『いらない』って言った時点で、これはもうゴミなんだ！」

「そんな悲しいことを言うな」

レオナルドは紙片をかき集めた。

「一生懸命描いたんだろう？　絵を描くことが好きなんだろう？　ならば評価なんて気にするな。

誰に何を言われても、お前が好きなものを描けばいいんだ」

「ほら、また偉そうなことを言う！」

ステファノは金髪をクシャクシャとかき回した。

「君はいつだって世界の中心にいる。たとえボネッティにいなくても屋敷の中心には君がいる。僕はいつも端っこに追いやられる。何をしても、どんなに頑張っても、誰も振り向いてくれない。誰も僕を認めてくれない」

「そんなことあるもんか！」

レオナルドは叫んだ。

「俺はお前の歌声が好きだった。いつかきっと素晴らしい歌手になると信じていた」

「いったい、いつの話をしてるんだよ」

ステファノは自分の喉に手を当てた。

「天使の歌声も声変わりには勝てなかった。こんな濁声《だみごえ》じゃ、声楽家になんてなれっこない。とっくの昔に諦めたよ」

「馬鹿言うな。濁声なんかじゃない。バイオリンみたいにいい声だ」

「君に褒められたって、ちっとも嬉しくない」

ステファノは卑屈に微笑んだ。ルクレツィアを振り返り、猫なで声で呼びかける。

「ねぇルクレツィア、肖像画が嫌なら別のものを描くよ。言ってみて。何を描けばいい？　お花？　綺麗な風景？　どんなものなら君は受け取ってくれるの？」

「沈黙を」

本のページに視線を落とし、ルクレツィアは答えた。

「読書に集中させてください」

ステファノの頬が紅潮した。レオナルドは身がまえた。怒ったステファノがルクレツィアに手を出そうとしたら、容赦なく取り押さえるつもりだった。しかし——

「ああ、ルクレツィア！」

ステファノはうっとりと両手を組んだ。

「冷酷な月の女神、そういうつれないところも大好きだ！」

「おやすみなさい、ステファノさま」

「おやすみ、僕のルクレツィア。今夜も君の夢を見るよ！」

彼はルクレツィアの手を取って、その指先に接吻《せっぷん》した。颯爽《さっそう》と身を翻すと、レオナルドを押しのけ、図書室から出ていった。

扉が閉まる音を聞き、ルクレツィアは嘆息した。

ぱたんと本を閉じて、呟く。

「こんなに遅くまでお仕事ですか？」

ルクレツィアが振り返った。青い目に見つめられ、レオナルドは動けなくなった。

収穫祭で言葉を交わしてから、ルクレツィアの態度が和らいだように感じていた。話しかけても嫌な顔をされなくなったし、露骨に避けられることもなくなった。それでも彼女のほうから声をかけてくることはなかったし、質問だってされたことはなかった。

そのルクレツィアが、ついに話しかけてくれた。それだけで胸が熱くなった。

だが少し怖くもあった。下手なことを言って、また嫌われたくなかった。

レオナルドは慎重に答えを選んだ。

「俺じゃなくてノルンがね。今、夜食を届けてきたところだ」

「ノルン・アルヌーですか」

「ああ、そうだが……どうした？　ノルンのことが気になるのか？」

冗談めかして問いかける。

ルクレツィアは珍しく逡巡するような表情を見せた。

「レオナルドさまにお話ししたいことがあります」

ややあってから、再び口を開いた。

「お時間をいただいてもよろしいでしょうか？」

「あ、ああ、もちろんだとも」

緊張の面持ちでレオナルドはソファに腰を下ろした。

ルクレツィアは本を膝の上に置き、前置きもなく切り出した。

「アリーチェさまが呼び寄せる業者に紛《まぎ》れ、ランカスター卿が別館に出入りしています。夕方にやってきて、一夜を過ごし、早朝に帰っていかれます」

「二人が共謀しているってことか？」

「共謀というよりも逢い引きです。朝靄《あさもや》の中、接吻を交わす二人を見ました」

「うぅ？」思わず変な声が出た。「み、見間違いじゃないのか？」

「私の部屋は別館を見下ろす位置にあります。私が目にしただけでも五回を数えます。見間違いでも思い違いでもありません」

「でもランカスターは六十五を超えている。アリーチェは三十半ばだ。さすがに年齢が離れすぎている――」

「ヴァスコさまが私の母を皇后にすると宣言した時、彼は三十六歳、母は十六歳でした。年齢差は男女の仲を否定する根拠にはなりません」

「ああ、うん……そうだ。確かにそうだ」

レオナルドは引きつった笑みを浮かべた。

まいったな。男女の仲ときたか。俺が十歳の時なんて、男女の仲はおろか娼館が何をするところなのかも知らなかったのに。

「ランカスターは古い人間だからな。きっと体面を気にしてるんだろう」

「ランカスター卿が気にしているのは年齢でも体面でもなく、アリーチェさまに渡しているお金のことだと思います。アリーチェさまのお召し物や宝飾品はどれを取っても一流品です。毎月の出費は相当の額になります。彼女とステファノさまはペスタロッチ家に養われているご身分、それだけのお金を都合することは不可能です」

「アリーチェの夫はヴァスコの実弟だ。彼の遺産があるんだろう」

「その話、どなたからお聞きになりましたか」

「以前ステファノがそう言っていた」

「彼の言葉は信用に値しません。ステファノさまはアリーチェさまの言葉を疑いません」

レオナルドは舌を巻いた。まったくもってその通りだ。大人びた外見だけでなく洞察力も大人そのもの――いや、大人顔負けだ。

「たとえ、そうだとしてもだ」

考えをまとめるため、レオナルドは拳で顎《あご》の先を叩いた。

「未亡人を援助するのは悪いことじゃない。お互い納得しての男女の仲なら罪に問われることもない。少なくとも俺達に、とやかく言う権利はない」

「お金の出所がテスタロッサ商会だったとしてもですか」

「なんだって？」

レオナルドは思わずソファから腰を浮かせた。

「どういうことだ？」

「イザベルさまから聞きました。ランカスター社から出向してきている会計士ノルン・アルヌーは自分以外の者が帳簿に触れることを嫌っていると」

「ノルンを疑っているのか？」

眉間に皺を寄せ、レオナルドは頭を左右に振る。

「彼に限ってそれはない。ノルンは信用のおける男だ。帳簿をごまかしたりしない」

「誰にでも秘密はあります。秘密を握られた人間は弱いものです」

ルクレツィアは物憂げに人差し指で本の背表紙をなぞった。

「イジョルニ人が日に焼けると肌は小麦色になります。レオナルドさまやブルーノさんがそうなるように、ティコ系レーエンデ人に似た肌色になります。それは生まれつき肌の奥に、日に焼けると色が変わる色素を持っているからです。でもウル系レーエンデ人はその色素を持ちません。ですから日に焼けても肌に色は定着せず、赤くなるだけで終わります。毎日徒歩で一時間弱の道程《みちのり》を通っているというのに、かの会計士の肌は夏でも真っ白です」

薄暗い図書室に響くルクレツィアの声。ランプの光が白銀の髪を縁取っている。睫は煙るように白く、唇は花片のように淡い。まるで月の精霊だ。冷たく美しく、謎めいている。

「白茶色の髪と灰色の瞳を持つイジョルニ人はそうはいません。でもウル系レーエンデ人が多く住むレーエンデ北部では、それほど珍しくはないと聞いています」

レオナルドは絶句した。

何も言い返せないでいる彼に、ルクレツィアは冷徹な一撃を突きつけた。

「ノルン・アルヌーに尋ねてみてください。『貴方はウル系レーエンデ人ですね』と」

その言葉を真に受けたわけではない。しかし一笑に付すには説得力がありすぎた。ノルンを疑うのは不本意だが、彼への疑念を打ち消すためにも、レオナルドは帳簿を調べてみることにした。

数日後、皆が寝静まった深更、彼は事務所に向かった。ノルンは自分以外の者が帳簿に触れることを嫌うが、キャビネットに鍵はかけない。

レオナルドはテスタロッサ商会の帳簿を引っ張り出した。取引先の名前と品名と金額をひとつひとつ確認していく。不審な社名はない。文字や数字が改竄された痕跡《こんせき》もない。ノルンの筆致は几帳面《きちょうめん》で整っている。削ったり書き足したりすれば、すぐにそれとわかるだろう。

やはり考えすぎだったかと、安堵しかけた時だった。

ひとつの項目が目に留まった。

今年七月、馴染みの事務用品店からバートン社製の封筒を仕入れている。だがテスタロッサ商会で使っている封筒はすべてボローヌ社製だ。

レオナルドはページをめくった。

八月にパルマ社から堆肥《たいひ》を購入している。だが真夏に堆肥は使わない。

九月に仕入れた食材の中にスグリの実が入っている。だがスグリが実るのは秋ではなく初夏だ。

他にも違和感のある記載があちこちに見つかった。ひとつの額は小さいが、合算すればかなりの額になる。

「……くそッ」

レオナルドは拳で机を叩いた。

裏切られたことに対する怒りと、それでもなお彼を信じたいという思いが胸の中で交錯する。どうしてノルンはこんなことをしたのだろう。ルクレツィアの言う通り、ランカスターに弱みを握られているのだろうか。人種を詐称すれば罪に問われる。最低でも五年間の強制労働の刑が科せられる。それを恐れる気持ちはわかる。けれど信じてほしかった。こんなことをするくらいなら、何もかも打ち明けてほしかった。

「いや……違う」

いつもノルンは何かを言おうとしていた。何かを言いかけてはやめていた。

帳簿に記された小さな矛盾。ノルンがその気になれば、もっと上手く隠せたはずだ。金庫にしまわれている古い帳簿とは異なり、テスタロッサ商会の帳簿は常にキャビネットに置かれていた。どうぞご覧くださいというように、常に目の前に並べられていたのだ。

レオナルドは帳簿を閉じた。

「すまない、ノルン」

彼は気づいてほしかったのだ。ずっと助けを求めていたのだ。

なのに気づけなかった。ノルンに経理を丸投げし、帳簿を見直すこともしなかった。そんな自分が不甲斐なく、情けなかった。

とても眠る気にはなれず、レオナルドはその夜を事務所で明かした。

翌朝、出勤してきたノルンはソファに座っているレオナルドを見て目を眇《すが》めた。

「おはようございます。レオナルド様」

「ああ……おはよう」

「朝っぱらから何してるんですか？」

「朝からじゃない。昨日の夜からだ」

レオナルドは自分の前の長椅子を指さした。

「座ってくれ。話がある」

ノルンは帽子とコートを脱いで、長椅子に腰を下ろした。

「何でしょうか？」

何げない口調で尋ねる。普段と変わらない顔を保とうとしてはいるが、その表情は硬い。

大きく息を吐いてから、レオナルドは切り出した。

「帳簿の記載に矛盾点を見つけた。使っていない備品、時季の合わない肥料、項目のひとつひとつは少額でも、まとめるとけっこうな額になる。我が社の資金は仲間達が一生懸命働いて稼いでくれたものだ。どんな理由があろうとも見逃すわけにはいかない」

言いたくないことを言うために、腹の底に力を込める。

「帳簿をつけていたのは貴方だ。貴方は帳簿に嘘の記載をし、テスタロッサ商会の資金を横領していたんだ」

「おっしゃる通りです」

慌てもせず、うろたえもせず、ノルンは首肯した。

「私がやりました」

「なぜだ？」

「訊くまでもないでしょう？　お金がほしかったからです」

「何のために？」

「それは――」

「新市街の安下宿に住み、養うべき類縁も持たず、ギャンブルにも女にも手を出さない。煙草は吸わず、酒は嗜《たしな》む程度にしか飲まず、新聞のクロスワードパズルを解くことだけが唯一の趣味という慎《つつ》ましい暮らしの、どこに大金が必要だったんだ？」

ノルンの顔が嫌悪に歪んだ。

「私のこと、調べたんですか？」

「ああ、調べたよ。貴方がテスタロッサ商会に出向してきた直後にね」

レオナルドは手を組んで、祈るような気持ちで問いかけた。

「強要されたんだろう？　ランカスターに？」

「違います」

「前にも言ったはずだ。貴方はテスタロッサ商会になくてはならない存在だと。悪いようにはしないから、本当のことを話してくれ」

「だから私がやりましたと、認めているじゃないですか」

投げやりな口調でノルンは答える。

「私は罪を犯しました。いつかこうなるだろうと覚悟していました。同情は無用です。さあ、早く警邏に引き渡してください」

「どうあっても言わないつもりか」

「何のことです」

「認めるくらいなら一人で罪を被って、罰を受けたほうがましだというのか」

「訳がわかりません」

「貴方は、ウル系レーエンデ人だ」

こんなことは言いたくなかった。指摘なんてしたくなかった。レーエンデ人であることが強請《ゆすり》の種になるなんて認めたくなかった。悔しくて泣きそうになって、レオナルドは目頭を押さえた。

乾いた静謐《せいひつ》。白日の下に晒《さら》された秘密。もう後戻りは出来ない。それをノルンが認めようと認めまいと、もう元には戻れない。

「驚きました」

ノルンは憮然として呟いた。

「よりにもよって、貴方に見抜かれるとは思いませんでした」

「気づいたのは俺じゃない。ルクレツィアだ」

「ああ、なるほど」

得心がいったというようにノルンは笑った。

「なら納得です」

「笑いごとじゃない！」

レオナルドは頭を抱えた。赤い髪をガシガシとかきむしる。

「俺はあんたが何者でもよかったんだ！　イジョルニ人でもレーエンデ人でも、合州国人でも、ムンドゥス大陸から来た異邦人でもかまわなかったんだ！」

「でしょうね」さらりと応じ、くすくすと笑う。「貴方は民族格差を撤廃して、この世から差別をなくして、すべての人間が人間らしく暮らせる世界を創るんだって、本気で考えている真性の馬鹿だから――」

声がかすれ、ノルンは咳払いをした。

「もっと早く会いたかった」

口元はまだ笑っていたが、握りしめた拳は小刻みに震えていた。

「僕が悪事に手を染める前に、貴方と出会いたかった」

「俺だって――」

言いかけて、レオナルドは続く言葉を噛み殺した。

苦悩するレオナルドとは対照的に、ノルンは晴れやかな顔で一礼する。

「この三年間はとても愉《たの》しいものでした。何のお返しも出来ませんが、ランカスター卿を告発する際にはぜひ声をかけてください。身分詐称と横領の罪で収監中のレーエンデ人が何を言っても陪審員の共感は得られないと思いますが、僕でよければ喜んで証言台に立ちますよ」

立ち上がり、彼はコートを羽織った。帽子を手に取り、振り返る。そして座ったままのレオナルドを見て、困ったように眉をひそめた。

「ペスタロッチ卿、お手数ですが警邏事務所までつき合って貰えませんか？」

「断る」

レオナルドは向かい側の長椅子を指さす。

「コートを脱いで帽子を置け。話はまだ終わっていない」

正しくあれとイザベルは言った。その言葉を道標にレオナルドは生きてきた。正しきものは帝国刑法。法は秩序の番人だ。罪を犯した者は法によって裁かれなければならない。

ああ、まったくその通りだ。

クソ喰らえ。

「前にも言ったはずだぞ」

鋭い眼差しでノルンを見据え、レオナルドは獣のように歯を剝いた。

「貴方を仲間に引き入れるためなら、俺はどんなことだってする」

3

聖イジョルニ暦九一〇年十一月一日。月次決算書を提出するため、ランカスターがペスタロッチ家にやってきた。レオナルドは応接室にアリーチェを呼び出した。それが当然という顔でステファノもついてきた。イザベルとブルーノ、ルクレツィアにも同席を頼んだ。

「なんでこの娘がいるのよ！」

上座の椅子に座ったルクレツィアを見るなり、アリーチェは金切り声で叫んだ。

「不愉快だわ！　その子が同席するなら私は別館に戻ります！」

「戻りたければ戻るがいい」

冷ややかにレオナルドは応えた。彼の背後には窓がある。陰鬱《いんうつ》な十一月の空、今にも雨が降り出しそうな曇天だ。

「だがその場合、貴方は貴方の与《あずか》り知らないところで、貴方の大切なものを失《な》くすことになるぞ」

「何よ、脅す気？」

「黙って座りなさい。そのほうが貴方のためです」

取りなすイザベルの声に不穏な気配を感じ取ったらしい。アリーチェはぶつぶつと文句を言いながら、ようやくソファに腰掛けた。ステファノはレオナルドを睨みつけ、それでも無言で母親の隣に腰を下ろした。

それでいいと頷いて、レオナルドは歩き出した。テーブルの横を通り、ランカスターが座る椅子の傍へと移動する。

「先月、テスタロッサ商会で事件が発覚しました。ランカスター社から出向している会計士が架空の請求を行い、会社の資金を横領していたのです。彼——ノルン・アルヌーが証言しました。『横領はランカスター卿の指示だった』と」

「それはまた、どうしようもない言い訳だな」

ランカスターは腹を揺すって笑った。レオナルドを見上げ、冗談めかして片目を閉じる。

「レオナルド、まさかそれを信じたわけじゃないだろうね？」

「否定するのですか？」

「当然だ。君の会社の内情など私が与り知ることではない。もし不備があったのだとすれば、それはアルヌー個人の責任だ」

「そうですか」

レオナルドは再び歩き出す。ランカスターの背後を通り、隣の椅子の肘掛けに体重を預ける。

「今現在、ノルンが経理を担当しているのはテスタロッサ商会だけです。もし彼が横領犯であるならば、他社の帳簿に不正は見つからないはず。だから調べて貰います。ランカスター卿が経営代行をしている会社の帳簿に不備はないか、第三者機関に調査させるよう父上に進言します。他の会社にも横領の事実が発覚したら父上は激怒します。貴方のことを糾弾し、告発します」

「考えすぎだよ、レオナルド」

ランカスターは引きつった笑みを浮かべた。

「ヴァスコ様は私を信頼している。私のことを告発するなんてあり得ない」

「はたしてそうでしょうか？」

目に怒りを込め、瞬きもせずにランカスターを睨みつける。

「もし横領が発覚したら、たとえ直接関《かか》わっていなかったとしても、貴方は責任を問われます。辞任すればすむことだなんて甘い考えは捨てたほうがいい。貴方もよくご存じのはずだ。この社会において財力とは権力であり、父上は強さをもっとも重視する。貴方は父上の権力をかすめ取った。父上は決して貴方を許さない」

「やめたまえ」低い声でランカスターが恫喝《どうかつ》する。「無礼がすぎるぞ、レオナルド」

「貴方は不敬罪と反逆罪に問われます。有罪となってレーニエ監獄に送られ、死刑に処されます。ランカスター卿は外地のご出身ですが、レーエンデでの暮らしも長い。犠牲法についてはもちろんご存じですよね？」

「やめろ」

「知りませんか？　では説明しましょう。犠牲法とは処刑法です。罪人は満月の夜、荒れ狂う銀の嵐に身ひとつで放り出されます。当然ですが、幻魚は一切忖度《そんたく》しません。人種や身分や財産の有無で対応を変えたりしません。貴方は他の罪人と同様、生きたまま喰い殺されます。手足をもがれ、骨をすり潰され、胴を喰いちぎられて、貴方は死にます」

「やめろ！」

ランカスターは叫んだ。顔から血の気が引いている。白い額にびっしりと汗をかいている。ギリギリと歯ぎしりをして、上目遣いにレオナルドを見る。

「……どうすればいい？」

レオナルドは歯を剥いて嗤《わら》った。

「貴方には恩があります。今から言うふたつの条件を呑んでくれるなら、横領の話は表沙汰《おもてざた》にしません」

ひとつ——と言って、右手の人差し指を立てる。

「会計士ノルン・アルヌーをテスタロッサ商会の正式な社員と認め、今後一切、彼に干渉しないこと」

ふたつ——と右の中指を立てる。

「彼の秘密は墓場まで持っていくこと」

以上です、と告げ、レオナルドは手を下ろした。

「わかった。約束しよう」

ランカスターは早口で答えた。玉の汗が頬を滑り、顎の先から膝へと滴る。

「あと、言うまでもないでしょうが、貴方もしくは貴方の部下がノルンに接触を図ったり、圧力をかけたりした場合、事の次第を父上に報告します」

「ああ、わかっている。わかっているとも」

ハンカチーフを取り出し、ランカスターは額の汗を拭った。

「もういいかね？　退出しても？」

「ランカスター卿」上座の椅子からイザベルが呼びかける。「長い間ペスタロッチ家のために働いてくれた貴方に感謝します。ですが来月から月次決算書は郵送するようにしてください。貴方の顔は二度と見たくありません。今後一切ペスタロッチ家の敷地内への立ち入りを禁じます」

「馬鹿言わないで！」

アリーチェがテーブルを叩いて立ち上がった。

「貴方にそんな権限はないわ！」

「いいや、ある」すかさずレオナルドは反論する。「当主の留守中はその配偶者が屋敷を守る義務を負うと権利書にも書いてある」

「それが何よ！　脅したって無駄よ！　貴方だって横領犯を匿《かくま》おうとしているじゃないの！　なのにシフだけが責められるなんておかしいわよ！」

「ならば横領犯を匿った罪で俺を告発するか？　そうなれば、横領事件のことも父上の耳に入る。その場合、結果として一番の不利益を被るのは誰だと思う？」

アリーチェは怯んだ。何かを言い返そうとするが言葉が口から出てこない。反撃を待ってやる義理はない。レオナルドは再び攻撃に転じた。

「ランカスターがひそかに別館に通い、貴方と一夜をともにした後、明け方になって去っていく姿を目撃した者がいる。貴方が先月購入したミュッへのドレスと月光石の首飾り、代金を支払ったのがランカスターであったこともわかっている」

もちろん証拠もある――と言い、彼はブルーノに合図を送った。扉の前に控えていたブルーノは、待ってましたと言わんばかりに上着の内ポケットから折りたたんだ紙片を取り出した。

「ドレスと首飾りの領収書の控えだ。宛名《あてな》はランカスター卿になっている」

「ド、ドレスぐらい、買って貰ったっていいでしょう？」

アリーチェが言い返す。

「ランカスター卿がヴァスコ様のお金を盗んでいたなんて、知らなかったもの。もし知っていたらシフを……ランカスター卿を、別館に招いたりはしなかったわ」

この発言を誰よりも驚いたのはランカスター本人だった。

「アリーチェ、何を言うんだ」

正面に座る彼女に小声で呼びかける。が、アリーチェは目を合わせようともしない。

彼女はどれほどの金額をランカスターから受け取ってきたのだろう。毎月の散財だけでなく、息子に買い与えたピアノの代金や講師達への授業料、そのすべてをランカスターが出資していたのだとしたら、若き寡婦にのめり込んだ彼が逆に哀れに思えてくる。

「残念だが叔母上、貴方が横領の事実を知っていたか否かは問題ではない。自分の金を誰が奪ったのか。父上が関心を払うのはそれだけだ。つまり貴方がランカスターから資金援助を受けていたという事実だけで充分。横領した金で贅沢三昧《ざんまい》な暮らしをしていた貴方を父上は許さない。この首を賭《か》けてもいい。間違いなく、貴方も同罪に問われる」

「そ、そんなはずないわ。私はペスタロッチだもの。一般市民のように裁判にかけられたりするはずがない」

「申し開きは法廷でどうぞ。はたして貴方の言い訳が父上に通用するのかどうか、実際に試してみればいい。それで犠牲法の生贄《いけにえ》になったとしても自業自得。ランカスターと一緒に仲良く幻魚に喰われるがいい」

「駄目だ！」

弾かれたようにステファノが立ち上がった。

「母さまが犠牲になるなんていやだ！　母さまは何も悪くない！　母さまはランカスターに騙《だま》されていただけなんだ！」

「そ、そうよ。わ、わ、私は悪くない」

震える指で、アリーチェはランカスターを指さした。

「私は、この人に、騙されたのよ」

「アリーチェ！　君が援助してほしいと言うから、私は――」

「いいえ、言っていないわ。何も頼んでない。全部貴方が勝手にやったことだわ」

「ああ……そうか……それが君の本心か」

ランカスターはがっくりと肩を落とした。両手で目元を擦ってから、のろのろと顔を上げる。乱れた髪、落《お》ち窪《くぼ》んだ目、あんなに若々しかった彼が、今はひどく老《ふ》け込《こ》んで見える。自信に満ちあふれていた身体がすっかり萎《しお》れてしまっている。

「イザベル様、レオナルド様」

ランカスターは二人の顔を交互に見た。

「真問石に手を置いて誓います。今後二度とペスタロッチ家の敷地内に足を踏み入れることはしません」

「そのように願います」

微動だにせずイザベルが答える。レオナルドはテーブルを離れ、扉の横に立った。ブルーノはしかつめらしい顔をして応接室の扉を開いた。

「さようなら、ランカスター卿」

「ああ、失礼する」

レオナルドは礼儀正しく一礼した。

おぼつかない足取りで、ランカスターは歩き出す。

「待って！」

アリーチェが立ち上がった。

「困るわ！　貴方がいなくなったら、私達どうやって暮らしていけばいいの？」

一瞬ランカスターは足を止めた。しかし振り返ることなく、応接室を出ていった。

「いやあああぁ……」

アリーチェは床にくずおれた。両手で顔を覆い、火がついたように泣き出した。その声量はすさまじく、どう慰めていいのかわからずに、ステファノも戸惑っている。

「泣くのはおよしなさい、アリーチェ」

イザベルが呼びかけた。

「貴方に出ていけとは言いません。これまで通り、住処《すみか》と食事は保証しましょう。あとは寡婦手当で賄える範囲で慎ましく暮らせばよいのです」

「いやよ――そんなの、いや、いや、いや……！」

「ならば働け」彼女を見下ろし、レオナルドは言う。「働いて金を稼げ」

「働く？　なんで私が！　労働なんて下級市民のすることよ！」

「俺の師匠リカルド・リウッツィは世が世ならリウッツィ家の当主になっていたかもしれない人だ。しかし彼は自ら起業し、会社を営んで活計を得ている。時代は変わったんだ、アリーチェ。四大名家の血族であるというだけで、遊んで暮らせる時代は終わったんだ」

「黙れ！　嘘つき！」

ステファノはレオナルドに駆け寄り、彼の襟元を摑んだ。

「ヴァスコ様に認めて貰えないからって、僕らに八つ当たりするな！　僕らに君の価値観を押しつけるな！」

「なんだと？」

これにはさすがに頭にきた。アリーチェは愛人から金を受け取っていた。それにステファノが気づいていないはずがない。なのに彼は「父親の遺産がある」と嘘をついた。仲間だと思っていたのに、ステファノはずっと俺を欺いてきたのだ。

「笑わせるな」

レオナルドはステファノの手を振り払った。

「他人の評価ばかりを気にして、あっちへフラフラ、こっちへフラフラしているお前に、物の価値などわかってたまるか」

「ほらそうやって馬鹿にする！　僕のことを下に見る！」

肩を怒らせ、目を充血させてステファノは言い返す。

「僕にとっては人の評価がすべてだ！　人に認めて貰えないもの、人に褒めて貰えないものに価値なんてない！　人に注目されること、人に必要とされること、それが僕にとっては一番大切なことなんだ！」

「だが、人に評価を委《ゆだ》ねれば己の道を見失う。信念がなければ筋の通ったことは出来ない。お前は一度でも自分の意思で行動したことがあるのか？　いつも母親に言われた通りに動いて、失敗しては誰かに責任を押しつける。そんなふうだから、お前はいつまでも変われないいんだ。いくつになっても何者にもなれないんだ」

「ああ——やっぱりね」

ステファノは卑屈な笑みを浮かべた。

「君は傲慢だ。いつだって自分が正しいって思ってる。けど、君がやろうとしていることは世界の破壊だ。自分勝手な振る舞いをして社会の秩序を乱しているだけだ。君は正しくなんてない。正しいと思っているのは君だけだ！」

「お前だってペスタロッチだろうが！」

怒り心頭に発し、レオナルドは叫んだ。

「ペスタロッチは私利私欲のためにレーエンデ人を蹂躙してきたんだ！　俺達はレーエンデ人の犠牲の上に生きてきたんだ！　お前はそれが……恥ずかしくないのか!?」

「レーエンデ人は下級市民だ。上級市民であるイジョルニ人に奉仕する義務がある」

「同じ人間に、上も下もあるか！」

「それがあるんだよ。残念なことにね」

美しい顔を歪め、ステファノは冷笑する。

「君はペスタロッチ家の嫡男で、強くて勇敢で、優しくて格好よくて頼りになって、誰からも愛されていた。僕がほしかったもの、僕がなりたかったもの、全部、君は最初から持っていた。同じペスタロッチ家の男でも、僕は隅《すみ》っこに押しやられて、貧弱だのお荷物だのと陰口《かげぐち》を叩かれて、詩も歌も絵も中途半端《ちゅうとはんぱ》な才能しか与えられなかった。母さまの他に、誰も僕を見てくれなかった！　ねえ、気づかないとでも思った？　君とブルーノはいつも僕を馬鹿にしてた。僕をお荷物扱いして、すぐに仲間はずれにした。君達は上級市民で、僕は下級市民だった。僕が何を言ったって、君達は耳を貸そうともしなかった！」

「そんなことはない！　俺はお前のことを、ずっと仲間だと思っていたんだ！」

「違うね！　僕がチビでノロマな泣き虫だから可哀想にって思ってただけだ！」

不意に口の中が苦くなった。否定出来なかった。「俺達は仲間だ」と言いながら、俺は心の底ではステファノのことを見下していた。

ばちん！　と頬が鳴った。ステファノに殴られたのだと気づいた。

「レオンなんか、幻魚の餌《えさ》になっちゃえばよかったんだ！」

わあああっと泣き声を上げ、彼は応接室から駆け出していく。

「待って、ステファノ！　待ってちょうだい！」

よろよろとアリーチェがその後を追う。

レオナルドは半ば呆然として、去っていく二人を見送った。

「情けねぇな」

口さがない旧友は不満そうに自分の頬を叩いた。

「ステファノなんかに引っぱたかれてんじゃねぇよ」

「面目ない。図星を指されてうろたえてしまった」

「殴り返せばよかったのに」

「暴力は嫌いだ」

「情けねぇな」

ブルーノはニヤリと笑い、レオナルドの肩をポンと叩いた。

「でも、よくやった」

「母上や、みんなの協力あってこそだ」

レオナルドは気を取り直し、母に向かって手を振った。

それから妹に目を向けて、胸に手を当て、一礼する。

「ありがとう、ルクレツィア。お前が一番の功労者だ」

ルクレツィアはゆっくりと瞬きをした。

「事件を解決したのはレオナルドさまです。私は何もしていません」

「いいや、お前の慧眼《けいがん》がなければ、事件に気づくことはなかった。ノルンを助けることも出来なかった」

晴れやかに笑い、レオナルドは両手を広げた。

「何かお礼をさせてくれ。本とか服とかお菓子とか、何かほしいものはないか？　でなければ芝居を観に行きたいとか、コモット湖まで遠乗りに行きたいとか――」

「では」冷静な声でルクレツィアが遮った。「いくつか質問してもいいでしょうか？」

「もちろんだとも。何でも訊いてくれ」

ルクレツィアは深呼吸すると、青く透き通った瞳で彼を見据えた。

「なぜノルン・アルヌーを助けたのですか？」

「ノルンがテスタロッサ商会に必要な人間だからだ」

「必要な人間だから横領罪を不問にするのですか？」

「彼はランカスターに脅されていただけだ。ノルンに罪はない」

「無罪か有罪か、レオナルドさまが決めるのですか？」

レオナルドは片目を閉じた。痛いところを突かれてしまった。

ノルンを守るために横領の罪を闇に葬る。この決断をするまでに一夜を要した。決断してからも迷いは残った。ルクレツィアは子供だが、子供騙しは通用しない。彼女を納得させるには、この決断に至った経緯を話すしかない。

「お前の言う通りだ。無罪か有罪かを決めるのは俺じゃない。罪を犯した者は身分や人種にかかわらず、等しく裁かれなければならない」

しかし――

「現行の帝国刑法は法皇庁が定めたものだ。イジョルニ人に都合よく出来ている。たとえば人種を詐称した者には五年間の労働刑が科せられるが、これは民族差別以外の何ものでもない。現行法のすべてを否定するつもりはないけれど、差別を助長するような法律はただちに撤廃されるべきなんだ」

社会制度を非難すること、現行の帝国刑法を疑うこと、どちらも重大な背信行為だ。はたしてルクレツィアはどう思うだろう。軽蔑するだろうか。ますます嫌われるだろうか。でも仕方がない。彼女に嘘は言いたくない。

「法は秩序の番人だ。無視していいはずがない。しかし特権階級を守るための悪法に従うつもりは毛頭ない。そんなもの、言葉は悪いが、クソ喰らえだ」

「私もそう思います」

間髪を容れずに同意して、ルクレツィアは楚々《そそ》と微笑んだ。

「もうひとつ、お願いしてもよろしいでしょうか」

「……なんだ？」

「レオナルドさまの原点について、お聞かせ願えないでしょうか？」

度肝を抜かれた。口を半開きにしたまま、彼は妹の顔を凝視した。

ルクレツィアが俺に興味を持ってくれた。これは進展と考えていいのか？　大嫌いではなくなったということか？　外見はそっくりでもヴァスコとは違う人間だと、まったく別の人間なのだと、認めてくれたということか？

ルクレツィアは返事を待っている。そのひたむきな眼差しに嫌悪の色は見られない。

「わかった」

緩みそうになる口元を引き締め、レオナルドは力強く首肯した。

「では明日一日、俺につき合ってくれ」


幸い天候に恵まれた。

事前に「遠出をする」と予告しておいたので、ルクレツィアは帽子をかぶり、ハイキング用の靴を履いていた。レオナルドは飲み物とランチボックスが入った鞄を肩にかけ、玄関扉を開いた。

「さあ行こうか」

別館の裏から西の森に入った。

レーエンデの秋は美しい。赤や黄色の紅葉が眩しい。樹冠の合間から金色の光が差し込み、枯れた下生え《したば》を斑《まだら》に照らしている。乾いた落ち葉を踏んで歩けば、かさこそ、かさこそと楽しげな音がする。

「子供の頃はよくこのあたりで遊んだ。西の森には入ってはいけないと再三言われていたんだが、いけないと言われると余計に入りたくなってな。物心ついた時にはもうブルーノと森の中を駆け回っていた。途中からはステファノも加わって、三人して木登りや虫採りをして遊んだものだ」

西の森を奥へと進む。木々が密集し、あたりが薄暗くなってきた。堆積《たいせき》した落ち葉は腐ってぬかるんでいる。あちこちに木の根が張り出している。杖の先が滑るらしく、ルクレツィアは歩きにくそうにしている。それを見て、レオナルドは自分の失策に気づいた。

「すまない。こんなところに連れてくるなんて、配慮が足りなかった」

「平気です。お気になさらないでください」

ルクレツィアは健気《けなげ》に答えた。その白い額には玉の汗が浮いている。これではとても目的地までたどり着けそうにない。

引き返そう。そう言おうとして、思いとどまった。

こんなにも一生懸命歩いているのに、そんなことを言うのは失礼だ。

ちょっと迷ってから、レオナルドは申し出た。

「もしよかったら、俺の背中に乗っていくか?」

はたと足を止め、ルクレツィアは彼を見上げた。

目眩がするほどの美貌に気圧されて、レオナルドは慌てて両手を振った。

「ああ、気持ち悪いよな。ごめん、今のはナシ。今のはナシだ」

ふっ……とルクレツィアは息を吐いた。

呆れたのだろうか。それとも笑ったのだろうか。レオナルドには区別がつかない。

「差《さ》し支《つか》えなければ、お願いしてもよろしいでしょうか」

控えめな声でルクレツィアは言った。

「おう、わかった。任せてくれ」

彼女から杖を預かり、ベルトに挟んだ。

「嫌だと思ったらすぐに言え。いいか、すぐに言うんだぞ」

レオナルドは片膝をつき、ルクレツィアに背を向ける。彼女を背負《しょ》って立ち上がる。

軽い。勢いあまってつんのめる。

「すみません、重いですか？」

「いいや逆だ。軽すぎる」

肩越しに振り返り、半ば本気で問いかける。

「お前、霞《かすみ》を喰って生きているんじゃないだろうな？」

「いつも一緒に食事をしているではないですか」

ああ、そうだった。

「レオナルドさま」

「ん？」

「今の冗談、面白いです」

「……そりゃあよかった」

冗談のつもりではなかった——とは言えず、レオナルドは笑ってみせた。

ルクレツィアを背負い、森の中を西へと進んだ。今は誰も通らないのだろう。雑草が伸び放題になっている。大きな倒木が道を塞《ふさ》いでいる。それらを乗り越え、さらに進むと、行く手に岩山が見えてきた。かつての秘密基地だ。

レオナルドはルクレツィアを背から下ろした。石に積もった枯れ葉を払い、そこに彼女を座らせる。

「ここは俺達の秘密基地だった。初めて旧市街に行ったのは九歳の時、壺に古着を隠しておいてね。ここで着替えてから旧市街に向かった」

思い出を辿り、レオナルドは語った。夏祭りでリオーネに出会ったこと。旧市街に行っていたことがバレて、遠回しに母上に怒られたこと。わきまえろと言われてもわきまえず、劇場に入り浸るようになったこと。劇作家のテッドに『月と太陽』の台本を貰ったこと。

「テッドはリオーネの父上だ。彼は俺にレーエンデの現状を教えてくれた。彼がいなければ今の俺はいなかった。間違いなく、大恩人の一人だよ」

「ボネッティ座とは今も懇意になさっているとか？」

「ああ、新作は必ず観に行く」

レオナルドも傍の岩に腰掛けた。

「いつかお前も連れていくよ。ミラやペネロペを紹介したい」

「今日は駄目ですか？」

「本当なら連れていきたいところなんだが、最近旧市街は治安が悪くてな」

カラヴィス畑が暴徒に荒らされた一件の後、レオナルドも拳銃を携帯するようになった。旧市街には知り合いが多く、彼がペスタロッチ家の人間だと承知している者も少なくない。それでもというべきか、それだからというべきか、旧市街ではよく強盗に遭遇する。

「腕に覚えがないわけではないし、お前一人なら守り通す自信もある。でも万一、お前に怪我でもさせたら俺は母上に殺される」

「イザベルさまも怒るのですか？」

「怒られたことないか？」

「ありません」

「それは幸いだ」

「レオナルドさまが銀夢草畑を焼いた時にも怒られましたか？」

「う？」

つい声が出た。しげしげとルクレツィアを眺める。

本当にこの妹は底が知れない。

「誰から聞いた？」

「ステファノさまが言っていました。あんなことさえしなければ、レオンが家督を継いでいただろうと」

「それはないな」

滴るような紅葉を見上げ、レオナルドは自嘲する。

「父にとって財力は権力だ。権力があれば法を改竄することも、罪を隠蔽《いんぺい》することも出来る。それを自ら手放すなんてこと、彼は絶対にしやしないよ」

ルクレツィアは俯いた。白皙の美貌に変化はないが、わずかに耳朶が赤くなっている。憤っているようにも、怯えているようにも見える。

もしかして——とレオナルドは思う。

ルクレツィアも父に疎《うと》まれていたのだろうか？　彼女もヴァスコのことを嫌っているのだろうか？　俺がすべてを話したら、彼女は心を開いてくれるだろうか？

「少し早いが飯《めし》にしよう」

レオナルドは鞄からランチボックスと水筒を取り出した。

「食べたら出発しよう。もう一ヵ所、お前に見せたい場所がある」


昼食を食べ終え、二人は秘密基地を後にした。レオナルドはルクレツィアを背負い、森の中を黙々と歩いた。

こんなに遠かっただろうか。方角を間違えただろうか。

不安になり始めた時、目的地が見えてきた。

「見えるか？」

肩越しに、レオナルドは問いかける。

「あそこだ。あの壁の中に銀夢草畑があったんだ」

真っ黒に煤けた煉瓦の壁、高熱に晒されたせいで脆《もろ》くなっていたのだろう。あちこちが崩れ落ちている。完全に崩落している箇所を見つけ、レオナルドはそこから壁の内側へと入った。

樹冠の一部が丸く抜けている。そこから光が差しこんでいる。柔らかな秋の日差しを浴びて、大地が銀色に輝いている。銀夢草ではない。銀呪塊でもない。それは夥《おびただ》しい数の蝶だった。銀一色の蝶の群れが地面を覆い尽くしていた。しかも生きている。動いている。銀の翅が触れあって、ざわざわ、ざわざわ、と音を立てている。
レオナルドは戦慄《せんりつ》した。
銀天使とは銀呪病に罹った生き物だ。ここに撒かれた銀呪塊の粉が、この銀の蝶を生んだのだとしたら、この蝶達も銀呪の毒を帯びているかもしれない。銀色の鱗粉を浴びたら、銀呪病に罹るかもしれない。
《来た》
《来た！》
《時が来た!!》
さざ波が押し寄せるように、銀天使の声が迫ってくる。
《揃った！》
《光と闇が揃った！》
《夜と朝が揃った！》
蝶の動きが激しくなる。銀色の翅がせわしなく動く。木立のざわめきにも似た羽音が激しさを増していく。興奮、感動、高揚《こうよう》、歓喜、嵐のような熱量が伝わってくる。
これは、まずい。
レオナルドは身の危険を感じた。じりじりと後じさった。
次の瞬間——
ざ、ざん……！

叩きつける波のような音を立て、蝶がいっせいに飛び立った。幾千、幾万の銀の蝶が二人の周囲を飛び回る。
《夜明けが来る！》
《夜明けが来る！》
銀天使が歌う。数多の蝶が合唱する。ざわめく羽音に包まれる。視界が銀に閉ざされる。まるで大渦の中にいるようだった。渦に呑み込まれ、すり潰されてしまいそうだった。追い払おうにも数が多すぎる。拳銃一丁ではとても太刀打ち出来ない。
せめてルクレツィアだけでも守らなければ。
レオナルドは妹を背から下ろした。彼女が銀の鱗粉を吸わないよう、ぎゅっと胸に抱きしめる。
《最後》《これが最後……》
《……エー……を助けて》
《………デを救って》
《早く！》《早く!!》
《エ……デに自由を！》
まるで音の洪水だ。声が入り乱れてよく聞き取れない。雑多な声が頭蓋骨《ずがいこつ》の中に反響する。頭の芯がジンと痺れ、こめかみのあたりが痛くなってきた。
《救って！》《助けて！》
《海へ！》《始原の海へ!!》
《還《かえ》して！》《放って！》

《海へ！》《海へ！》《海へ!!》

「わかった！」

目を閉じて、レオナルドは叫んだ。

「わかったから、もうやめてくれ！」

ふっ、と圧が和らいだ。ゆるゆると渦がほどけていく。ざわざわざわと蝶が舞い上がる。しかし飛び去ることはなく、銀色の雲のように二人の頭上にとどまっている。ぐねぐねと形を変えながら、集合と分散を繰り返している。

「お前達の言い分は聞いた！」

蝶の群れに、レオナルドは呼びかける。

「すべて聞き届けた！　だから、もう散れ！」

銀の雲がはじけた。蝶の銀天使が散っていく。銀砂のように煌めいて、青い空へと溶けていく。

「綺麗——」

ルクレツィアが呟いた。

レオナルドの腕の中から彼女は空を見上げている。うっとりと目を細め、飛び去る蝶の群れを眺めている。

「綺麗？　あれがか？」

レオナルドは驚き、そして苦笑した。腕をほどき、ルクレツィアを解放する。

「お前は豪胆だな。正直、俺は肝が冷えたよ」

「まぁ……」

ルクレツィアは右手で口を押さえた。くすくすと笑っている。どうやら冗談だと思ったらしい。

まいったなと呟いて、照れ隠しに頭をかいた。

ルクレツィアはレーニエ湖にあるシャイア城で生まれた。物心がつく前から、幻の海を見て育った。吹き荒れる銀の嵐、嵐の中を泳ぎ回る禍々《まがまが》しい幻魚を目の当たりにしてきたのだ。それに比べたら蝶の群れに取り囲まれるくらい、どうということはないのだろう。

「やはり聞こえていたのですね」

ルクレツィアが問いかけた。青い瞳が彼を見上げている。

「レオナルドさまには銀天使達の呼び声が聞こえるのですね」

「……まあな」

もはやごまかしようがない。仕方なくレオナルドは答えた。

「ずっと聞こえていた。幼い頃からだ。でも嘘つきだと思われたくないんだ。だから頼む。皆には黙っていてくれ」

「承知しました」

くすくすと、また笑う。

「ご安心ください。誰にも言いません」

「ありがとう」

「実は私にも聞こえるのです」

ルクレツィアは再び空へ目を向けた。

「城にやってくる鳥の銀天使。彼らの声を聞いて、私は言葉を覚えたのです」

白い頰が紅潮している。白い睫が金色に光っている。幼さよりも知性が煌めく。まるで銀天使のようだと思った。

「《時が来た》と言っていましたね」

「ああ」

「《光と闇が揃った》と言っていましたね」

「《夜と朝が揃った》とも言っていたな」

レオナルドも空を見上げた。蝶の群れはもう見えない。ざわめく羽音も、高揚した声も聞こえない。樹冠に切り取られた秋の空はどこか寂しく、色あせて見える。

「《夜明けが来る》と言っていましたね」

「《レーエンデを助けて》、《レーエンデを救って》、《レーエンデに自由を》とも言っていたな」

ルクレツィアは怪訝そうに白い睫を瞬かせた。

「私には《エールデを救って》と聞こえました」

「エールデ？　エールデとは何だ？　心当たりはあるか？」

「残念ながら、ありません」

「意味などないのかもしれないな。もともと銀天使の呟きは謎めいていて、意味がわからないものも多い」

「確かに謎めいてはいますが、天使の言葉には必ず意味があります」

手がかりを探るように、ルクレツィアはあたりを見回した。

「ここには、かつて銀夢草畑があったのですよね？」

「ああ、そうだ」

「何も残っていませんね」

「――そうだな」

レオナルドはぐるりと周囲を見回した。

「ここに来たのは畑を焼いた日以来だが、清々しいくらい何もないな」

あの時は黒土に銀色の粒が混ざっていた。銀夢草が嘲笑うように揺れていた。しかし、今は跡形もない。足下の土は黒々として、濃緑色の羊歯《しだ》の葉が生い茂っている。かつて畑があったと言われなければ、誰もそれとは気づかないだろう。

それでも忘れはしない。

決して忘れることは出来ない。

「銀夢草の栽培に携わったせいで、テッドは銀呪病に罹って死んだ。レーエンデ人に危険な仕事を強要したのはペスタロッチだ。テッドが死んだのは……彼を死に至らしめたのは、ペスタロッチだったんだ」

リオーネから聞かされた衝撃的な真実。あの悔しさが蘇る。十一歳のレオナルドは今も胸の中で叫び続けている。

「俺は祖父が許せなかった。父が許せなかった。レーエンデ人の犠牲の上に繁栄を築いてきたペスタロッチが許せなかった。俺を含めた一族全員、極刑に処されるべきだと思った。でも運命の妙で恩赦が出て、俺は死に損《そこ》なってしまったんだ」

レオナルドは自分の両手を見つめた。

あの時の怒り、あの時の絶望、底なし沼のような罪悪感を思い出す。

「罪を償うには自死するしかない。そう思いつめたこともある。でも死んでしまったらそれで終わりだ。何も出来ない。何も変えられない。けれど、生きていれば変えられる。レーエンデのために働き、レーエンデ人を助けることが出来る。この世界から民族格差を撤廃し、隔《へだ》たりのないひとつの世界を創ることだって出来る」

両手をぐっと握り、梢《こずえ》を見上げる。

「いつか必ず、レーエンデに自由を。それが俺の夢、俺の贖罪。俺の原点だ」

紅葉の向こうに青空が見える。肌寒い風が吹く。

軽やかな鳥の囀りが聞こえる。晴れ渡った秋空に、あの日の涙が溶けていく。

「不思議です」

歌うようにルクレツィアはささやいた。

「レオナルドさまはペスタロッチなのに、まったくペスタロッチらしくありません」

鼻の頭に皺を寄せ、レオナルドは彼女を見た。

「それは——褒められたと解釈していいのかな？」

「はい」

「ならば嬉しい。ありがとう」

彼は苦笑した。ルクレツィアも微笑んだ。彼女の双眸は深い湖のようだった。ついつい覗き込みたくなる。しかし、覗き込んだら吸い込まれる。

「ご存じですか？」

ルクレツィアは問いかける。

「私の母フィリシアが、いかにして妾妃となったのかを」

「詳しくは知らない。父上がフィリシア様を見初めたのだとしか聞いていない」

「真実が知りたいですか？」

「もちろん……差し支えなければ」

「では今度は私が、私の原点をお話ししましょう」

そう前置きをして、ルクレツィアは話し始めた。

ヴァスコが犯した大罪を。神をも恐れぬ悪魔の所業を。

九歳の少女が語るには禍々しすぎる内容だった。成人男性であるレオナルドでさえ、幾度となく吐き気をもよおした。フィリシアの婚約者を惨殺した経緯を聞いて、その非道さに目眩がした。フィリシアから信仰を奪い、彼女を貶めようとするヴァスコの悪辣《あくらつ》さに、目の前が真っ白になるほどの怒りを覚えた。

「私は誤ってシャイア城の窓から落ち、大怪我を負ったことになっています。しかし、それは真実ではありません」

ルクレツィアは淡々と語る。怒りはない。悲しみもない。だが彼女の瞳の奥には底冷えするような光がある。

「本当はヴァスコに窓から投げ落とされたのです。その際に握り潰された右足首は損傷が激しく、回復の見込みはありませんでした。それゆえ腐り落ちる前に、切断するしかなかったのです」

レオナルドは額を押さえた。獣のように低く唸った。

ルクレツィアがなぜこんなにも大人びているのか。その理由がわかった気がした。

彼女は地獄を見た。残酷で暴力的な父親に子供時代を奪われた。だから彼女は大人になったのだ。母を守るため、自分を守るため、一刻も早く大人になる必要があったのだ。

「すまない、ルクレツィア」

泣きそうになって、レオナルドは空を見上げた。

「俺はフィリシア様を恨んでいた。父の心を奪った人なのだと、母の名誉を傷つけた人なのだと、勝手に思いこんでいた。彼女の娘であるお前もまた、父に溺愛されて育ったのだろうと、何も知らずに思いこんでいた」

「私も誤解しておりました」

ルクレツィアは遠くを見つめ、ふんわりと笑う。

「イザベルさまはフィリシアを憎んでいるだろうと思っていました。フィリシアの娘である私にも当然辛く当たるだろうと思っていました。ですから、これは神の試練だと思うことにしたのです。誹《そし》られても罵られても耐えようと、どんな目に遭っても恨むのはやめようと、覚悟を決めて、ボネッティにやってきたのです」

「ああ……」

やはり、そうだったのか。

「でも杞憂《きゆう》でした。イザベルさまは私のことを実の娘のように大切にしてくださいました。ご自身もお辛いはずなのに、私のために日曜礼拝に同行し、興味本位で群がってくる人々から私を守ってくれました」

それに――と、胸に手を当てる。

「レオナルドさまはいつも優しかった。毎日毎日、自分以外の誰かのために奔走していた。何が貴方にそうさせるのか、不思議でなりませんでした。ですが今日、レオナルドさまの原点を知り、その謎が解けました。レオナルドさまは誠実で高潔で、心から尊敬出来るお方だということがわかりました」

悲しそうに目を伏せて、さらに続ける。

「ですのに、ヴァスコに似ているというだけで、私はレオナルドさまを毛嫌いしました。酷《ひど》いことを言いました。私が間違っていました。どうかお許しください」

「許すも何も、怒ったことなど一度もない」

本当だぞと言って、不器用に右目を瞑る。

「俺はお前の敵じゃない。昔も今もこれからも、俺はずっとお前の味方だ」

「……はい」

ルクレツィアは頬を赤らめて微笑んだ。心蕩《とろ》かす天使の微笑だった。

レオナルドは慌てて目を逸らした。でないと見惚《みと》れてしまいそうだった。

「それで――ルクレツィア、まだ俺のことが怖いか？」

「いいえ」

「では、またお前を連れ出していいか？　大アーレスの銀嶺《ぎんれい》やコモット湖に集まる鳥の群れ、真っ白な花に覆われる高原をお前に見せたいんだ。このレーエンデを、レーエンデの美しい風景を、お前にも見て貰いたいんだ」

「それは、とても心誘われます。でも——」

言いにくそうに俯いて、袖口《そでぐち》のレースを指で引っ張る。

「私は早く歩けません。長い距離も歩けません」

「大丈夫、俺がお前を背負っていく。もちろん、お前が嫌じゃなければだが」

「嫌ではありません！」

急《せ》き込むような早口でルクレツィアは答えた。

「誰かの背に身を委ねるのは、こんなにも温かくて心安らかなものなのかと、感動しておりました。いっそずっと背負われていたい、永遠にこうしていたいと思い——」

はっとしたように彼女は口をつぐんだ。右へ左へ視線が泳ぐ。

「す……すみません。はしたないことを言ってしまいました」

「別に、はしたなくはないと思うが？」

「すみません。忘れてください。お願いです。どうか忘れてください」

か細い声でそう言って、両手で顔を覆ってしまった。

レオナルドは切なくなった。その胸中を知ったからだろうか。あんなに大人びて見えたルクレツィアが今は年相応に見える。彼女はまだ九歳。何の苦労も知らなくていい年齢だ。人の温《ぬく》もりが、母親が恋しい年頃だ。

「フィリシア様に会いたいか？」

レオナルドの問いかけに、ルクレツィアは頷いた。しかし、すぐに首を横に振り、小声で「いいえ」と言い直す。

「お母さまは信心深い人です。おぞましい加虐の産物である私のことを心から愛してくださいました。でも彼女が愛するアルバン・アルモニアを惨殺したのはヴァスコです。己の娘が、愛する人を殺した憎き仇の娘でもあるという事実は、お母さまにとって、想像を絶する苦痛となっているはずです」

くすんと小さく鼻を鳴らす。下唇をきゅっと噛む。

「お母さまをお救いしたい。あの牢獄《ろうごく》から解放したい。心からそう思います。でも——会いたいとは思いません。お母さまに辛い思いをさせるくらいなら、もう会いたくはありません」

「それは違うぞ、ルクレツィア」

レオナルドは妹の手を取った。

「悲しいことだが、この世には我が子を愛せない親がいる。我が子に残酷な仕打ちをする心ない親がいる。だがフィリシア様は違う。それはお前を見ていればわかる。フィリシア様は慈愛溢れる優しいお方だ。愛する娘に会えなくなって、きっと寂しがっている。今この時も、きっとお前に会いたがっている」

「そう……で、しょうか」

「そうだとも」

力強く頷いて、小枝のように華奢な手を握る。

「会いに行こう。いつか必ず、二人でフィリシア様に会いに行こう」

「——はい」

青い瞳を潤ませて、ルクレツィアは首肯した。

「ありがとうございます、お兄さま」

「んん？」

突然のことに、目の奥がチカチカした。

「今、なんて言った？」

「ありがとうございます、と」

「そっちではなく――」

「お兄さまと、お呼びしてはいけませんか？」

ルクレツィアは両手を合わせ、不安そうに彼を見る。鼻の頭が赤くなっている。磁器のような頬も首筋も、耳朶までも真っ赤になっている。

「やはりご迷惑でしょうか？」

「そんなわけがあるか」

ゴホンゴホンと空咳をし、レオナルドは表情を改めた。

「嬉しいよ、ルクレツィア。とても嬉しい」

「では……お兄さま」

ルクレツィアはためらいがちに、彼の指先をやわらかく握った。

「お兄さまは善い人間です。正しいことを為そうとする強い心をお持ちです。お兄さまは私の規範です。心から尊敬出来る唯一の男性です。お兄さまのお傍にいれば、私もきっと善い人間に――多くの人のお役に立つ、立派な人間になれると思うのです。お兄さまとともに正しい道を歩むこと。それが私の天命だと思うのです」

彼女の真摯な物言いに、レオナルドは窮した。

ルクレツィアは謙虚で心優しい子だ。驚くほど賢いけれど決して驕《おご》ることなく、人を人種で区別することも差別することもなく、万人を平等に愛する慈愛の心を持っている。使用人達からも愛されているし、レーエンデ人労働者達からも慕《した》われている。あと四、五年もすれば間違いなく、頼もしい相棒になってくれるだろう。

しかし、どうしても解せないことがひとつある。彼女は朝に夜に祈りを捧げ、日曜礼拝にも欠かさず出席する。その言動の端々《はしばし》から創造神への畏敬《いけい》と崇拝が感じられる。レオナルドにはそれが不思議でならない。嘘つきばかりの司祭に囲まれ、神の代弁者である男に子供時代を奪われたというのに、彼女はなぜこれほどまでに信心深くいられるのか。なぜいまだ神の存在を信じ続けていられるのか。

「お前と違って、俺は神の存在も天命も信じてはいない」

正直に告白し、レオナルドは続ける。

「だが、お前が天命と言うのなら、俺はお前を信じよう。お前の言葉を信じよう」

妹の手を握り返し、その青い瞳を見つめる。

「俺はレーエンデに自由をもたらしたい。ルクレツィア、俺に力を貸してくれるか？」

「はい！」

明朗に答え、ルクレツィアは笑った。

レオナルドもまた破顔した。

誤解が解けていく。わだかまりが氷解していく。厚い壁が崩れ落ち、ついにルクレツィアと心が通じた。俺は善き理解者と新たな同志を得た。その喜びが満ちてくる。ひたひたと胸に迫ってくる。

レオナルドは目を閉じて、幸せを嚙みしめた。

この瞬間が幸せで、あまりにも幸せすぎて――つい失念してしまったのだ。

渦となって押し寄せてきた、蝶の銀天使達の懇願を。

叩きつけるほどに激しく、差し迫っていた警告を。

それを思い出したのは四年後。

聖イジョルニ暦九一四年の十一月。

晴れ渡った晩秋の朝、ペスタロッチの屋敷に訃報《ふほう》が届いた。

皇后フィリシア・ダンブロシオ永眠。享年三十一歳。

死因は中毒死。銀呪塊の摂取による急性銀呪中毒だった。

第四章　神の御子《みこ》

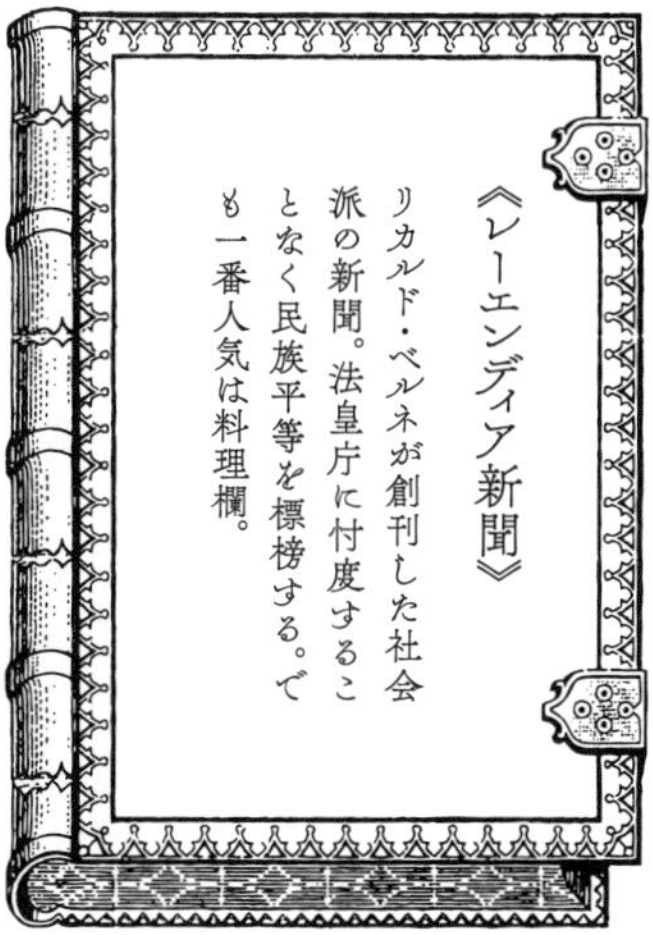
《レーエンディア新聞》
リカルド・ベルネが創刊した社会派の新聞。法皇庁に忖度することなく民族平等を標榜する。でも一番人気は料理欄。

聖イジョルニ暦九一四年十一月五日。

ルクレツィアはレオナルド、イザベルとともに朝食を取っていた。

テスタロッサ商会の設立から七年、レオナルドは仕事に追われる毎日を過ごしていた。すれ違いが多いからこそ、朝食だけは家族と一緒に食べる。それが暗黙の了解になっていた。

「コモット湖の南側に町を造ろうと思うんだ」

黒パンにバターを塗りながら、レオナルドは楽しそうに話し続ける。

「第五宿舎も手狭になってきたしね。さらに宿舎を増やすくらいなら年間を通じて暮らせる家を建てて、そこに家族単位で移住して貰ったほうが効率がいい。すべての民族が一緒に暮らす。そんな新しい町を造ってみたいんだ」

「実に貴方らしい壮大な計画です」

エブ茶を手に、イザベルは答える。

「社員達のためを思うのは大切なことです。ですが貴方も二十六歳。いい加減、自身の身の振り方も考えるべきです」

「それは、まあ……」

あれほどよく回っていたレオナルドの舌が急に動かなくなった。

「今は、まだ忙しくて――」

「民族も年齢も問いません。誰かいい人はいないのですか？」

「無理だと思います、イザベル様」

兄に代わってルクレツィアは答える。

「お兄様は破天荒です。規格外かつ非常識です。伴侶を得て子を生《な》すという普遍的かつ一般的な幸福に当てはめようとすれば、必ずどこかで破綻《はたん》します」

「その通りだ、ルクレツィア！　まさしくその通りだ！」

「お黙りなさい」

息子をギロリと睨んでから、イザベルはルクレツィアに目を向ける。

「ルクレツィア、貴方も今年で十四歳です。そろそろお相手を探さなければいけません」

「必要ありません」

ナプキンで口元を拭い、彼女はにっこりと微笑んだ。

「私は結婚しません。生涯お兄様の傍にいて、お兄様の仕事を手伝うと、お約束しましたもの」

「……レオナルド、それは本当ですか？」

「え？　ど、どうだったかなぁ？」

「はっきり答えなさい。約束したのですか？」

「ええと――」

レオナルドの声に、廊下を駆ける靴音が重なった。ノックの音に続いて、慌ただしく扉が開かれる。

「大変です！」

ブルーノが食堂に駆け込んできた。

「たった今、電報が届いて——フィリシア様が亡くなられたとのことです！」

「!!」

顔色を変え、イザベルが立ち上がった。

「まだ亡くなられるようなお歳ではないはずですよ？」

「父からの第一報によれば死因は中毒死。急性銀呪中毒とのことです」

ルクレツィアは目眩を覚えた。一瞬、気が遠くなった。

椅子の肘掛けを摑んで、必死に身体を支える。

頭の中で疑問が渦を巻く。

急性銀呪中毒。銀呪中毒。銀呪塊。

銀呪塊は無味無臭。口に含めば数秒で昏倒し、二度と目覚めない。

でも日常には存在しない。間違って口にするものではない。

「ルクレツィア」

ならば、なぜ飲んだ？　どうやって飲んだ？

自分で飲んだ？　誰かに飲まされた？

事故なのか？　事件なのか？

自死なのか？　故殺なのか？


「ルクレツィア」


何があった？

なぜ信じてくれなかった？

どうして待っていてくれなかったの⁉


「ルクレツィア！」


肩を揺さぶられ、彼女は目を開いた。

目の前にレオナルドが立っている。心配そうに彼女を見つめている。

「大丈夫か？」

答えようとしたが、声が出ない。

ルクレツィアは首を横に振った。それを見て、レオナルドは言った。

「シャイア城に行こう。フィリシア様に会いに行こう」

脳裏に母との思い出が蘇った。同時に、あの夜の記憶も蘇った。

恐怖で身がすくんだ。失ったはずの右足がズキンと痛む。

堪えきれず、ぎゅっと目を閉じた。

会いたい。お母様に会いたい。でも会えない。お母様はお城にいる。あの城にはヴァスコがいる。次に会ったら殺される。今度は右の足ではなく、首の骨を砕かれる。

「聞いてくれ、ルクレツィア」

レオナルドは彼女の前に両膝をついた。ルクレツィアの手を取り、まっすぐに彼女を見る。

「フィリシア様に会うのが辛いなら、無理して行くことはない。だがシャイア城に行きたくない理由が、ヴァスコに会うのが怖いからという、その一点だけだとしたら——心配するな。俺も一緒に行く。俺がお前を守る。たとえ何があっても、必ずお前を守り抜く」

真摯な声だった。真剣な眼差しだった。

お兄様は嘘を言わない。

「……れて、って」

ルクレツィアは立ち上がり、兄の首にすがりついた。

「……つれ……って」

声が掠れる。言葉にならない。

それでもイザベルとレオナルドには伝わった。

「ブルーノ」イザベルが命じる。「すぐに二人分の切符を手配しなさい」

「ただちに！」ブルーノが食堂を飛び出していく。

「誰か！」

震えるルクレツィアを抱き上げ、レオナルドは叫んだ。

「ルクレツィアの旅支度を手伝ってやってくれ！」

玄関前に馬車が停まっている。御者台《ぎょしゃだい》にブルーノが座り、その傍には正装に身を固めたレオナルドが立っている。彼はルクレツィアの鞄を荷台に積んだ。ルクレツィアは兄の手を借りて、馬車に乗り込もうとした。

「待って！　ルクレツィア！　待って！」

屋敷の中からステファノが走り出てきた。起きたばかりなのだろう。白い寝間着姿だ。

彼はルクレツィアに駆け寄った。滂沱《ぼうだ》の涙を流し、彼女をひしと抱きしめた。

「僕がついてるからね！　だから泣かないで、ルクレツィア！」

「ステファノ様」

放してください――と言いかけて、ルクレツィアは言葉を呑み込んだ。

「私は先にノイエレニエに参ります。後ほど聖都でお目にかかりましょう」

「駄目だよ！　君を一人には出来ない！　僕も一緒に行く！」

そう言って、彼も馬車に乗り込もうとする。

「ステファノ！　どこへ行くの、ステファノ！」

金切り声とともにアリーチェが現れた。彼女は息子に駆け寄り、その腕を摑んだ。

「葬儀には法皇庁の有力者達が集まるのですよ。そこに寝間着姿で駆けつけるつもりですか。そんなに世間の笑いものになりたいのですか！」

「ですが母さま――」

「ああ、口答えをするなんて、海よりも深い母の愛を貴方は無為にしようというのですね。貴方を愛し慈しんできた母よりも、妾腹の娘を選ぶというのですね。このような仕打ち、このような屈辱、とても耐えられません！　どうしても母を捨てていくのであれば、立ち去る前にこの命、貴方の手で奪ってください！」

アリーチェはわあっと泣き出した。どこから見ても嘘泣きだった。皆が呆気に取られる中、ステファノだけがうろたえた。ルクレツィアの手を放し、母の肩を抱き寄せる。

「泣かないで、母さま。ごめんなさい、母さま」

「ルクレツィア、早く乗ってくれ」

御者台からブルーノが促す。

「急がないと列車が出る」

ルクレツィアは身を翻した。レオナルドが彼女を引っ張り上げる。手を伸ばして馬車の扉を閉じ、ステッキの柄で天井を叩いた。

「いいぞ、出してくれ」

がたん、馬車が動き出す。

「そんな、待って！」

ステファノの声が聞こえる。馬車を止めろと喚いている。しかし馬は足を止めることなく、馬車はペスタロッチ家の敷地を出た。

畑の中を走り抜け、十分とかからず新市街の駅舎前に到着した。レオナルドの手を借りてルクレツィアは馬車から降りた。レオナルドは荷物を下ろすと、御者台のブルーノを見上げた。

「母上のことをよろしく頼む。かなり衝撃を受けている。どうか目を離さないでやってくれ」

「ああ、任せろ」

二人は拳と拳を突き合わせた。

レオナルドは二人分の鞄を持ち、ルクレツィアへと呼びかけた。

「行こう」


ホームに停まっていたノイエレニエ行きの汽車に乗った。ブルーノが用意してくれた切符は個室《コンパートメント》のものだった。深緑色で統一された室内には鏡台や洗面台まで完備されている。窓際には小さなテーブル、それを挟んでソファがふたつ置かれている。

コートを脱ぎ、ルクレツィアはソファに座った。汽笛が鳴り、ゆっくりと列車が動き出す。車窓に流れる風景。空は鈍色《にびいろ》の雲で覆われている。紅葉はすでに散り落ちて、寒々しい枯れ木の森が広がっている。

「泣かないのか?」

沈痛な面持ちで、レオナルドが問いかけた。

「いや、泣けと言ってるわけじゃない。でも、もし我慢しているのなら、その必要はない。人に見られていると泣けないのであれば、俺は廊下に出ていよう」

「お心遣い、ありがとうございます」

でも——と言い、ルクレツィアは窓の外に目を向けた。

「今は悲しみよりも不安のほうが大きいのです。敬虔《けいけん》なクラリエ教徒である母が、なぜ信仰を捨てたのか。その理由を知るのが怖いのです」

「信仰を捨てた？」

レオナルドは難しい顔をして腕を組んだ。が、すぐに、はっとしたように腕を解く。

「ということは、まさかお前……フィリシア様が自死したと思っているのか？」

彼を見て、ルクレツィアは頷いた。

クラリエ教は自殺を禁じている。あの信心深い母が自死するとは思えないし、思いたくもない。

「けれど、そう考えるほかないのです。銀呪塊は日常に存在しません。うっかり間違えて口にするはずがありません。銀呪中毒死の場合、自分で銀呪塊を飲んだか、誰かに銀呪塊を飲まされたか。そのどちらかしかないのです」

ゴゴウゥン……と雷鳴が轟いた。小アーレスの上空を銀色の稲光が切り裂いていく。

「母はヴァスコの《所有物》でした。彼女を殺せばヴァスコの怒りを買います。損をするばかりで何の得もありません。唯一の例外がイザベル様です。彼女には動機があります。でもイザベル様はそんなことをする方ではありません」

「もう一人、怪しい人物がいる」

レオナルドはソファに浅く腰掛けた。膝に肘を置き、両手を組み合わせる。

「ヴァスコは悋気《りんき》の強い男だ。愛《いと》しさ余って憎さ百倍ということもある」

「ですが銀呪塊は優しい毒です。ほんの一欠片、服用するだけで、苦しむことなく眠るように死にます。そんなもの、ヴァスコは使いません」

フィリシアの逢い引きを疑ったヴァスコは彼女を激しく殴打した。絹を裂くような母の悲鳴を思い出し、ルクレツィアはぶるっと身震いする。

「もしヴァスコに殺されたのだとしたら、死因は殴殺か扼殺《やくさつ》になるはずです」

「――確かに」

レオナルドは目を閉じた。眉間に皺を寄せて黙り込む。

ルクレツィアは再び窓の外に目を向けた。

「神は一度ならず二度までも私の命を救いました。それこそが奇跡の証しだと信じてきました。でも、母にとっては違ったのかもしれません。そう思っていたのは、私だけなのかもしれません」

列車が鉄橋にさしかかった。動輪の響きが反響する。足下から虚ろな音が響いてくる。

「私のせいかもしれません。私が奇跡を起こせなかったから、母は信仰心を失ってしまったのかもしれません」

「それは違う！」

猛然と立ち上がり、レオナルドは怒気を鼻から噴き出した。

「ルクレツィア、お前はとても賢い。誰よりも深く、冷静に物事を考えている。けれど、お前は人間だ。奇跡を起こせないのは当然だ。お前が責任を感じる必要はない」

そう言われても、心は晴れなかった。

私は怖い。母が絶望の末に信仰を捨てて自死していたら？　自死した母を神が許さず、彼女の魂がこの世をさまよっていたら？　きっと私は神の存在を疑ってしまう。私の信念とも言うべき信仰心を失ってしまう。

「神は見ておられる。神の御子は見守っておられる。神の奇跡は実在する。神の御名に願いを捧げよ。もっとも信心深い者にこそ、神のご加護は与えられん」

祈りの言葉を詠唱し、二本の指で印を切る。

もっとも信心深い者に奇跡を与えるという神の御子。御子は本当に存在するのだろうか？　本当に私達を見守っているのだろうか？　だとしたら、なぜ母を止めてくれなかったのだろうか？

車窓に映る自分の顔。そこに、ぽつりと雨粒が落ちた。


同日の昼過ぎ、列車はノイエレニエ駅に到着した。駅前では馬車が待っていた。

ノイエレニエは陰鬱な死の影に覆われていた。墓標のように連なる建物、その間を冷たい風が吹き抜けていく。曇天から涙雨が落ちてくる。道行く人も見当たらない。重苦しい空気の中、馬車は丘を下り、下町を駆け抜けた。

城壁門をくぐり抜けると、そこには紺碧《こんぺき》の湖が広がっていた。煉瓦道の先に、ゴツゴツとした岩山の上に建つ灰色の城——シャイア城が見えてくる。

ルクレツィアは窓に頬を押しつけた。シャイア城を外から見るのはこれが初めてだった。

あれが私の生まれた場所。小さな小さな私の世界。帰ってきた。夢も自由も奪い去る地獄に。恐ろしい牢獄に。ついに帰ってきてしまった。

「大丈夫だ」

震える肩を大きな手が抱き寄せた。

「俺がいる。俺がお前を守る。絶対に怖い思いはさせない」

「——はい」

ルクレツィアは微笑んで、兄の胸に頭を預けた。

「大丈夫です。怖くはありません」

二人を乗せた馬車は城塞門を潜り、城の前庭に到着した。

「レオナルド様、ルクレツィア様、お久しぶりでございます」

ジュード・ホーツェルが出迎える。彼と会うのは七年ぶりだった。精悍な身体つきこそ変わっていないが、眉間にはくっきりと皺が刻まれている。焦げ茶色の豊かな髪も半分近くが白く色を変えている。

「久しいな、ジュード」

再会の挨拶もそこそこにレオナルドが問いかけた。

「ヴァスコは今、どこにいる？」

「自室に籠もっておいでです」

ジュードは一歩退き、二人の前に道を作った。

「お荷物はお部屋に運ばせます。今のうちに、どうかご面会を。フィリシア様は礼拝堂にいらっしゃいます」

彼は二人に背を向けた。答えを待たずに歩き出す。「ご案内いたします。こちらへどうぞ」

シャイア城は古く冷たい石の城だった。高い天井に靴音が響く。廊下や階段に立つ衛兵達は胸に喪章をつけている。その他に人影はなく、使用人とすれ違うこともなかった。

礼拝堂には沈鬱《ちんうつ》な空気が満ちていた。亡き人を偲《しの》ぶ葬送の音が響いてくる。整然と並んだ無人の椅子。その間の通路には黒い絨毯《じゅうたん》が敷かれている。正面には美しい薔薇窓が、左右のアーチ窓には青いステンドグラスがはめ込まれている。薄暗い天井には雲間に遊ぶ天使の姿が描かれている。銀色の燭台《しょくだい》に灯された数百という蠟燭が、がらんとした堂内を照らしている。目に入る人影は年老いたオルガン奏者のみ。衛兵や王騎隊の姿も見られない。

荘厳《そうごん》な薔薇窓の下に祭壇がある。白い棺《ひつぎ》が安置されている。

ルクレツィアは杖を置き、棺の傍に跪いた。

フィリシアは白い花に埋もれていた。

白磁の肌に細い鼻筋、絹糸のようにつややかな髪。少しやつれていたけれど、それでもフィリシアは美しかった。まるで眠っているようだった。今にも目を開いて、微笑みかけてきそうに思えた。

ルクレツィアは身を乗り出し、母の手の甲に接吻した。

真っ白に塗られていたけれど、フィリシアの手は傷だらけだった。爪が剝がれ、すべての指に裂傷が出来ていた。ルクレツィアは地下の船着き場を思い出した。波に洗われた石階段、それを覆いつくしていた銀色の結晶。あれはすべて銀呪塊だった。母はあの石垣に爪を立て、銀呪塊の結晶を削り取ったのだ。それを飲んで彼女は自死したのだ。

でも――

フィリシアは信仰を捨てたわけではなかった。彼女は最期まで敬虔なクラリエ教徒だった。

その穏やかな死に顔を見て、確信の大輪が胸の奥で花開いた。

愛するアルバンの死を知ってもなお、フィリシアは生き続けた。終わることのない苦痛に、繰り返される陵辱《りょうじょく》に、八年間も耐え忍んだ。だがこれ以上、生き存《なが》えれば恨みと憎しみで魂が汚れる。そうなる前に彼女は命を絶ったのだ。彼女が死んだのは誰も恨まないため、誰も憎まないためだった。フィリシアは清らかなまま死んだのだ。

母の地獄は終わった。彼女の魂は解き放たれて自由になった。創造神は彼女を許し、フィリシアの魂は始原の海に還った。いまごろアルバンと涙の再会を果たしているだろう。

「おやすみなさい、お母様」

母の耳元でささやいて、杖を右手に立ち上がる。

隣ではレオナルドが帽子を胸に当てていた。目を閉じて、黙禱《もくとう》を捧げていた。

気配を感じたのだろう。彼は瞼を開いた。

「もういいのか？」

「はい」

「では行こう」

兄の腕を借りて、ルクレツィアは祭壇を下りた。

その時だった。

目の端を黒い人影がかすめた。覆面で顔を隠した黒服の男が、祭壇の奥にある扉を指さしている。

はっとして目を向けた瞬間、その人影は消えた。

「どうした？」

怪訝そうにレオナルドが問う。

「……いいえ」

ルクレツィアは首を横に振った。

きっと見間違いだ。ダンブロシオ家の影が何の理由もなく姿を見せるはずがない。

「なんでもありません」

振り返りたいのを堪え、彼女は再び歩き出した。

礼拝堂から出てきた二人を、ジュードは北棟の三階へと案内した。そこにあったのはルクレツィアが生まれ育った場所、居間と寝室と勉強部屋、それに空中庭園だった。家具の配置もカーテンの色も変わっていない。床には埃ひとつなく、暖炉には赤々と火が燃えている。窓辺の長椅子にはルクレツィアの旅行鞄が置かれている。

「ルクレツィア様はここでお過ごしください。後ほどお食事を運ばせます。レオナルド様には南棟の客間をご用意――」

「俺もここでいい」

レオナルドがジュードの言葉を遮った。

「毛布を貸してくれ。俺はこの長椅子で寝る」

「しかし――」

「この城には実の娘を窓から投げ落とした悪党がいる。また同じことをしないという保証はない。俺はルクレツィアの傍にいる。引き離そうとしても無駄だ」

不敬な物言いにジュードは鼻白んだ。だが反論はせず「すぐにお荷物を運ばせます」と言い残し、足早に部屋を出ていった。

その夜、用意された夕食を食べ、ルクレツィアは早々に寝室に入った。寝間着に着替え、義足を外し、寝台に身を横たえる。長旅で疲れているはずなのに、頭が冴えて眠れない。

死の影に覆われていたノイエレニエの街、白い花に埋もれ、眠るように目を閉じていたフィリシア、そして影――一瞬、目の端をかすめたダンブロシオ家の影。

思い返せば思い返すほど、見間違いではなかったという確信が湧いてくる。影が指さしていたあの扉は鐘楼へと続く。もしかして影は「鐘楼に来い」と言いたかったのではないだろうか。

影は私に何を伝えようとしたのだろう。母の死に関係することだろうか。明日にはフィリシアの葬儀がある。嫌でもヴァスコと顔を合わせることになる。気力と体力を回復しておかなければ、あの男とは戦えない。

幾度となく寝返りを打ち、忘れようと努めた。寝付けないまま、数時間が過ぎた。

真夜中近くになって、ルクレツィアは上体を起こした。

駄目だ。気になって眠れない。

確かめに行こう。

義足をつけ、靴を履き、寝間着の上にガウンを羽織った。杖を抱え、居間へと続く扉に近づく。扉に耳を押し当て、隣の部屋の音を聞く。

何も聞こえない。

そっと扉を開いた。明かりは暖炉に残る熾火《おきび》のみ。薄暗い室内に人影はない。長椅子の背もたれには兄の上着が掛けられている。

寝ているレオナルドを起こさないよう、忍び足で居間を横切る。

「どこに行く？」

突然声をかけられ、ルクレツィアは杖を取り落とした。

寝室への扉の横、壁に背を預けてレオナルドが立っている。眠った様子はない。上着は脱いでいるが着替えてはいない。険しい顔で腕を組み、じっと彼女を見据えている。

「一人でどこに行くつもりだ？」

厳しい声で繰り返す。言い訳やごまかしは通用しそうにない。何より兄を怒らせたくない。

ルクレツィアは本当のことを告げることにした。

「鐘楼へと続く扉の前にダンブロシオ家の影がいるのを見ました」

「なんだ、そのダンブロシオ家の影というのは？」

「ダンブロシオ家のために影働きをする者達のことです。フィリシアについていた影は、父に投げ落とされた私をかばって一緒に湖に落ちました。存在自体が秘匿されている者なので、生きているのかどうかもわかりませんでした」

「その影が礼拝堂にいたと？」

ルクレツィアは頷いた。

「よほどのことがない限り、人前に姿を晒さない影が、一瞬とはいえ姿を現し、鐘楼へと続く扉を指さしたのです。その意味が気になって、眠れません」

「なるほど」

何かを見定めるように、レオナルドは彼女の顔を見つめた。

それから上着を手に取り、袖に腕を通した。

「では、確かめに行こう」

でも見間違いかもしれないし、私一人で参ります——と言い出せる雰囲気ではなかった。

ルクレツィアは杖を拾うと、レオナルドに続いて部屋を出た。


城内は静まりかえっていた。廊下にも階段にも衛兵の姿はない。ひょうひょうと風が泣いている。強風に煽られ、黒旗が苦しそうに身悶えている。壁に置かれたランプの火が息も絶え絶えに瞬いている。まるで城全体が喪に服しているようだった。星のない空も、回廊を吹き抜ける北風も、フィリシアの死を嘆いているように思えた。

葬儀前夜だからだろうか。礼拝堂にも衛兵はいなかった。二人は裏扉から堂内へと入り、祭壇の奥にある扉へと向かった。

レオナルドは壁に置かれたオイルランプを手に取ると、もう一方の手で取っ手を摑んだ。

歯が浮くような軋みをあげ、扉が開いた。

「——ッ！」

ルクレツィアは声にならない悲鳴をあげた。

鐘楼内部は空洞になっている。はるか上方に太い梁《はり》と木の天井が見える。円塔の内壁に沿って螺旋状の石階段が造られている。その内壁に、天井に、螺旋状の階段に、びっしりと泡虫が張りついていた。何千、何万という泡虫が重なり合っている。そのひとつひとつが小刻みに震えている。

《うう……》

《やめてぇ……》

《いたい……いたい……》

《たすけて……》

泡虫が弾けるたび、地を這うような呻き声が聞こえる。苦悶、悲哀、絶望の唸りが押し寄せてくる。憎悪と怨嗟が渦を巻く。激しい怒りが塔の中に満ち満ちている。

圧倒され、ルクレツィアは後じさった。

「大丈夫か？」

その肩をレオナルドが抱き寄せた。彼は頭上にオイルランプを掲げ、引きつった笑みを浮かべた。

「これはなかなかすさまじい。確かに、訳ありだな」

それからルクレツィアに目を戻し、尋ねた。

「行けるか？」

ルクレツィアは螺旋階段を見上げた。それは塔の内部を四周し、天井板に開いた四角い穴へと消えている。あの先にいったい何があるのか。考えるだけでも足が震える。だがこの光景を見てしまったら、もう後には退けない。

「大丈夫です。行きます」

「では俺が先に行く。苦しくなったらすぐに言え」

レオナルドはホルスターから拳銃を引き抜いた。泡虫がサワサワと動き、二人の前に道を開く。

螺旋階段に手摺りはない。足を滑らせれば落下する。ルクレツィアは慎重に一段ずつ足を進めた。

四方八方から怨嗟の声が迫ってくる。黒ずんだ煉瓦に嘆きが染みついている。真っ黒な目地から悪意が滴っている。階段を上るごとに空気が重さを増していく。息をするごとに胸の中が真っ黒に塗り潰されていく。

怖い……怖い！

心が悲鳴を上げている。

嫌だ！　進みたくない！　今すぐここから逃げ出したい！

なのに立ち止まれない。心臓に見えない鎖が巻きついて、誰かがそれを引っ張っている。ギリギリと巻き上げられて、逆らうことが出来ない。否応なしに、引き立てられていく。

足が震える。冷や汗が噴き出す。目の前が暗くなってくる。

ルクレツィアは膝をついた。

「無理をするな」

レオナルドが気遣わしげに彼女の顔を覗き込む。

「休んだほうがいい。一度、部屋に戻ろう」

「……大丈夫です」

胸を押さえ、息を整え、彼女は首を横に振る。

「ちょっと、息が上がってしまっただけです」

「では、ここで待っていろ。俺が様子を見てくる」

「いいえ……私も行きます」

「しかし――」

「行きます」

「――わかった」

レオナルドは拳銃をホルスターにしまった。ルクレツィアの手から杖を取り上げ、代わりにオイルランプを握らせる。そして彼女の杖をベルトに挟み込み――

「しっかり掴まっていろ」

ルクレツィアを抱き上げた。

怨念が渦巻く螺旋階段をレオナルドは突き進んだ。ぐんぐんと天井が近づいてくる。四角い穴まであと数段というところまで来た時、怒りに満ちたヤバネカラスの鳴き声が聞こえた。さらには人の怒号も響く。

「先客がいるようだな」

用心深く、レオナルドは四角い穴を通り抜けた。

半月のような形の部屋だった。すぐ横の壁際に鉄製の梯子がある。それは天井の穴を抜け、鐘撞《かねつ》き台へと続いている。右手には古い煉瓦の壁がある。それが円形の部屋を二分している。壁の中央には鉄扉がある。わずかに開いた扉の向こうから、薄く光が漏れてくる。

「邪魔をするな！」

獣の咆哮のような声が聞こえた。

ルクレツィアは兄の胸にすがりついた。恐怖で心臓が凍りつく。

ああ、今のはヴァスコの声だ。あの部屋にヴァスコがいる！

だん……！

大きな音がした。同時にヤバネカラスの鳴き声が途絶える。

レオナルドはルクレツィアにランプのシェードを下げるよう指示した。

「行くぞ」と小声で告げてから、彼は扉に近づいた。

煉瓦の壁の向こうには、こちらと同じ半円形の部屋があった。閉じられた鎧戸がガタガタと音を立てている。窓辺にも天井にもロープが張り巡らされている。吊るされた数多の鉄鈴がチリン、リリリンと鳴っている。家具らしい家具はない。唯一目につくのは部屋の中央あたり、天井から垂れ下がっている白いカーテンだ。その下には巨大な布をくしゃくしゃと丸めたような褥《しとね》がある。

カーテンのすぐ傍にヴァスコが立っている。

その隣でランプを掲げているのはジュード・ホーツェルだ。

「フィリシアを蘇らせろ！」

雷のような怒声。

「我に従え！　エールデ！　今すぐフィリシアを生き返らせろ！」

ヴァスコは足下に転がるものを蹴りつけた。

白い布に半ば埋もれた白いもの——それはまだ三、四歳の幼子だった。白い髪、白い肌、色が抜け落ちたような真っ白な身体。腕は哀れなほど細く、肩からも肉が削げ落ちている。痩せ細った背中にはゴツゴツと骨が浮き出ている。

「奇跡を起こせ！　それが汝の役目だろうが！」

ヴァスコは左手で幼子の首を摑んだ。そのまま空中へと吊るし上げる。幼子の身体に巻きついていた布が、はらりとほどけて床に落ちる。

ルクレツィアは左手で口を押さえた。

幼子の腰から下はつややかな銀の鱗に覆われていた。優雅な曲線を描く一本足の先端には三日月形の尾鰭《おびれ》があった。幼子が苦しそうに身じろぎするたび、尾鰭も前後に跳ね上がる。

ルクレツィアは幼子を凝視した。あれはもしかして銀呪病？　鱗のせいで両足が癒着しているの？　でもあれはどう見ても魚の尾鰭だ。人の足とはまるで違う。

「なぜ逆らう！　なぜフィリシアを蘇らせないのだ！」

ヴァスコの左手が幼子の首を絞め上げる。逃れようと幼子が身をよじる。苦痛に顔を歪ませて、両手でヴァスコの左手を叩く。三日月形の尾鰭がバタバタと暴れ、じゃらじゃらと鎖が鳴る。尾鰭の根元に塡《は》められた鉄の輪と、そこから垂れ下がった太い鎖が、幼子の抵抗を嘲笑うかのように揺れている。

ぱきッ……という音がした。

途端、幼子の身体が弛緩《しかん》した。だらんと腕が垂れ下がる。尾鰭はもう動かない。小さな頭が傾いている。あり得ない方向へ首が折れ曲がっている。

頸骨《けいこつ》が折れたのだ。

ルクレツィアは悲鳴を嚙み殺した。

ああ、なんてこと。なんてことをするの。あんな幼子の首の骨を折るなんて！

だが次の瞬間——

ふいごのような音を立て、幼子が頭を上げた。手をばたつかせ、必死に喘いでいる。力を失っていた尾鰭が、再びバタバタと動き出す。

ルクレツィアは我が目を疑った。

苦しげな顔をしているけれど、幼子の頭は元の位置に戻っている。確かに折れていたはずの首もまっすぐになっている。

——不死。

そんな言葉が脳裏をかすめた。

死んでも蘇る異形《いぎょう》の子供。鎖で繋がれた幼い人魚。しかもヴァスコはこの幼子を『エールデ』と呼んだ。それは蝶の銀天使が呼んだ名だ。銀夢草畑の跡地で、銀の竜巻のような蟻の群れが叫んでいた。『エールデを助けて』『エールデを救って』——と。

「神の御子。願いがかなえられぬのであれば、お前などただの化け物だ」

左手一本で人魚の子を吊るし上げ、ヴァスコは右手でサーベルを抜いた。ランプの光を反射して、銀の刀身がぬらぬら光る。

「切り刻んでやる。バラバラにしてやる。二度と蘇ることのないよう、細かく細かく切り刻み、その肉を俺が喰ってやる」

「おやめください、ヴァスコ様！」

ジュードがヴァスコの手首を摑んだ。

「どうかご理解ください。たとえ御子でも死者を蘇らせることは出来ないのです」

「放せ！」

その手を振り払おうと、ヴァスコはサーベルを振り回す。

「出来ぬはずがない！　神の恩寵《おんちょう》に不可能はない！」

「可能性のない未来には神の恩寵も届きません。どうかお諦めください」

「黙れ！」

ヴァスコはサーベルの柄をジュードの額に打ちつけた。ジュードはよろめいた。額を押さえ、床に片膝をつく。

その隙にヴァスコはサーベルを握り直した。

「死ね、化け物」

研ぎ澄まされた刃《やいば》の先が、幼子の胸を刺し貫く。


視界が暗転した。

真っ暗で何も見えない。何が起こったのだろう。

わからない。動けない。声も出せない。


青白い光が炸裂《さくれつ》した。

鐘楼が、城壁が、シャイア城が消滅する。

一瞬でレーニエ湖が蒸発し、湖底はどろどろに溶けて沸騰する。

波紋のごとく熱波が広がる。山の木々が押し倒される。建物がばらばらに吹き飛ばされる。住人達は消し飛んで、灰も残さず焼き尽くされる。逃げる暇はない。悲鳴を上げる暇もない。男も女も、老いも若きも、炎に焼かれて燃え尽きる。富める者も病める者も、持つ者も持たざる者も、すべて等しく燃え尽きる。

野が燃える。丘が燃える。畑が燃える。炎の舌が緑の沃野《よくや》を舐め尽くし、真っ黒な死と絶望の地獄に変える。灼熱《しゃくねつ》の風に炙られて、彼方の村が倒壊する。子供が、若者が、老人が瓦礫《がれき》に潰され息絶える。遠くの町が炎上する。父が、母が、その子供達が炎に焼かれる。悲鳴と怒号。助けを求める叫び声。すべてが炎に呑み込まれる。

森が燃える。動物達が全身を炙られ、もがきながら死んでいく。空を飛ぶ鳥は火の玉と化し、流星のごとく地に落ちる。川や湖水が沸騰する。そこに住む生き物達も体液が煮えて死に至る。大地深くに棲《す》む虫は土の中で蒸《む》し殺され、目に見えぬほどの小さな生き物さえも、あますことなく死に絶える。

吹きすさぶ滅びの風。大地を覆う焦熱の業火。舞い上がる灰と黒煙。

鮮血色に染まった空に稲光が閃《ひらめ》く。

轟く雷鳴の中、小アーレス山脈の岩肌が飴《あめ》のように溶けていく。

大アーレス山脈がひび割れ、轟音《ごうおん》を上げて崩れ落ちていく。

《やめろ！》
ヤバネカラスが鳴いた。
《やめるんだ、エールデ！》

焦熱地獄がかき消えた。

四肢の感覚が戻ってくる。

薄暗い部屋にいる。鐘楼の最上階の部屋だ。

ルクレツィアは床に座り込んでいた。歯の根が合わない。全身がガクガクと震えている。すべてを焼き尽くす灼熱の炎、山をも溶かす地獄の業火。生きながらにして炎に焼かれ、悶《もだ》えながら死んでいく人々。あの恐ろしい光景が、次の瞬間にもやってくるような気がして、息をすることさえ出来ない。

助けを求め、ルクレッツィアは兄にしがみついた。でないと気を失ってしまいそうだった。レオナルドはぎゅっと彼女を抱きしめてくれた。その手は震えていた。彼の身体も震えていた。震えながらルクレッツィアは思った。ああ、私だけではない。お兄様も同じものを見た。彼もあの地獄を見たのだ。

「おわかりになったでしょう」

恐怖に引きつったジュードの声が聞こえた。

「これを見せるということは、不可能だということです」

「いやだ！」

ヴァスコは叫んだ。

「いやだ！　いやだ！」

まるで駄々っ子のように泣き叫ぶ。

ジュードは彼の手からサーベルを奪った。それを鞘《さや》へと戻し、ヴァスコの背中に手を回す。

「さあ、部屋に戻りましょう。明日に備えてお休みください。もう丸二日も寝ていないのです。このままでは貴方が倒れてしまいます」

獣のようにヴァスコは呻いた。ジュードに背を押され、よろり、よろりと歩き出す。

このままでは鉢合わせする。

そう思った瞬間、レオナルドがランプの火を吹き消した。ルクレツィアを抱き上げ、音もなく鉄扉の裏へと回り込む。彼女の銀髪を上着で覆い隠し、扉の陰へと身を潜める。

鉄扉が開いた。二人の目の前を、ヴァスコとジュードが通り過ぎていく。ジュードに手を引かれ、ヴァスコが階段を下りていく。おおう、おおうという泣き声が、足音とともに遠ざかる。

ルクレツィアは兄の手をすり抜け、部屋に入った。明かりのない部屋は真っ暗だった。鎧戸の隙間から差し込むわずかな光だけでは何も見えない。

「御子――」

掠れた声で呼びかける。床に両膝をつく。前進しながら手探りで幼子を探す。

「どこにいらっしゃいます、神の御子」

見えない鎖が胸を締めつける。早鐘のように心臓が鳴っている。恐ろしい。とてつもなく恐ろしい。なのに感極まって涙が溢れる。真っ白な人魚の子。不死の身体を持つ神の御子。私の祈りは無駄ではなかった。神の御子は実在した。神の御子は実在したのだ！

指先が布を探り当てた。ルクレツィアは無我夢中で周囲を探った。伸ばした右手が温かくて柔らかなものに触れる。

「御子？」

呼びかけても返事はない。ルクレツィアは幼子を抱き上げた。手探りでその背中をさすった。つるりとした鱗は温かく湿っていた。ぴくりぴくりと尾鰭が動くたび、鱗の下で筋肉が収斂《しゅうれん》する。

「ルクレツィア」

兄の声とともに背後から明かりが差した。再び火を灯したランプを手に、レオナルドが近づいてくる。オイルランプの淡い光が、腕の中の幼子を照らし出す。

人魚の子は真珠のように光り輝いていた。真っ白な髪と真っ白な身体。鱗は虹色の光沢を帯びた白銀だった。尾鰭の根元に錆びた鉄の輪が塡められ、そこから伸びた太い鎖は床に埋め込まれた鉄の輪へと続いている。

白い顔に眉毛はない。睫もない。鼻は小さくて唇は薄い。震える瞼が開いた。熾火のように赤い目が、怯えたように彼女を見上げる。

不意に、今まで感じたことのない感情が湧き上がってきた。

同情や憐憫《れんびん》に似て非なるもの。それは共感だった。私もヴァスコに足蹴《あしげ》にされ、吊るし上げられた。しかも同じ一本足。私はこの子で、この子は私だ。

「ごめんね」

ルクレツィアは幼子をぎゅっと抱きしめた。

「守ってあげられなくてごめんね」

幼子の顔がくしゃくしゃと歪んだ。ふひゅぅぅ、こひゅううぅと息を吐く。小さな手を伸ばし、彼女の胸にしがみつく。

「この子は、いったい何なんだ？」

ルクレツィアの背後から、レオナルドが幼子を覗き込んだ。眉間に皺を寄せている。どこか腰が引けている。勇猛果敢、清廉潔白、弱き者の味方である彼のこと。もしこの子が人の子であれば、黙ってはいなかっただろう。後先のことなど考えず、父親を殴り飛ばしていただろう。

レオナルドがそうしなかったのは、迷ったからだ。

異形の姿を見て、戸惑ったからだ。

「頼む。そう睨まないでくれ」

気まずそうに彼は額に手を当てた。

「理解が追いつかないんだ。己の目で見ているものが、いまだに信じられないんだ」

それにあの夢——と呟き、ゆるゆると首を横に振る。

「あれはいったい何だったんだ？」

《あれは未来》

ヤバネカラスが鋭く鳴いた。

《弱り切っていても、レーエンデを焼き尽くすだけの力はあるってことです》

壁の前に一羽のヤバネカラスがいる。銀一色の銀天使だ。壁か床に叩きつけられたのだろう。右の翼が反り返っている。身体が潰れ、右の足も折れ曲がっている。

瀕死《ひんし》の重傷を負ったヤバネカラスの銀天使。床に伏したその姿に、ぼんやりと人の姿が重なって見えた。

浅黒い肌、琥珀の瞳、首の後ろで束ねた髪は黒く、前髪の一部を三つ編みにしている。

銀天使には名前がある。人と同じく会話も出来る。しかし、そこに人の姿を見たことはない。

ルクレツィアは瞬きをした。

異国風の青年は、幻のように消えていた。

「何者だ？」

レオナルドは銃口を銀天使に向けた。引き金に指を掛けたまま、低い声で問いかける。

「お前があれを見せたのか？」

《見せたのは神の御子です》

銀のヤバネカラスが鳴く。

《貴方達は御子の未来視の力に触れたんです》

「神の……御子？」

困惑の表情で、レオナルドはヤバネカラスとルクレツィアを交互に見た。

「待ってくれ、ちょっと待ってくれ。今は各都市が鉄道で結ばれ、大規模農場が発展し、新大陸に船が渡る時代だぞ？　なのに神の御子とか、未来視の力とか、神話時代の話をされても――」

「では、お兄様は、この状況をどのように説明しますか？」

冷たい声でルクレツィアは問い返す。

「幽閉された人魚の子供、奇跡を起こせと迫ったヴァスコ、絶命した後に蘇った幼子、あの恐ろしい悪夢。たった今、私達が目の当たりにしたことを、神話に照らすことなく、説明することが出来るのですか？」

「それは――」

「出来ないのであれば、黙っていてください」

一方的に言い放ち、ルクレツィアは改めてヤバネカラスに向き直った。銀天使の身体から銀の粉が落ちている。身体が崩れかけているのだ。もう長くは保たない。

単刀直入にルクレツィアは尋ねた。

「神の御子は奇跡を起こす力をお持ちのはずです。なのに、なぜこの子は、こんなひどい目に遭っているのですか？」
《御子の力は創造神の力、世界を創る力のことです。傍流の運命を引き寄せ、奇跡を起こすためにあるわけじゃあない》
ずるり、と銀のヤバネカラスが前に動いた。
《それがわかっているからこそ、この子は力を使わない。自分自身を救うために、世界創造の力を使ったことは一度もない》
左の翼と嘴を使い、傷ついた身体を引きずって前進する。
《御子は聖母の体内に宿り、レーエンデと繋がることで、夢と希望を、怒りと絶望を、新たな世界の創造になくてはならない光と闇を学んだ。受肉し、生まれ落ちたあの夜に、その子は始原の海に還るはずだった。その未来をサージェスが奪った。奇跡を起こす道具として、己の野望に利用するために、この塔に押し込め、鎖に繋いだ》
「生まれ落ちたあの夜とは、奇跡の日のことか？」
呆然とレオナルドが呟いた。
「では、この子は、三百七十年以上も生きているのか？」
《貴方も見たはずだ》
ずるり、ずるり、折れた羽を引きずって、銀のヤバネカラスが御子に近づく。
《神の御子は死なない。刃を突き立てられても、頸骨を折られても死なない。でも死に至る痛みは感じる。それがわかっているくせに——いいや、わかっているからこそ、歴代法皇は幾度となく御子を殺し、死に至る激痛を与え、やめてほしかったら奇跡を起こせと迫ったんです》

ルクレツィアは息を止めて、吐き気を堪えた。
歴代法皇は、こんな幼子の首の骨を折り、心臓を貫いてきたのか。繰り返し繰り返し、死の苦しみを与えてきたのか。幾度となく殺されては生き返り、生き返っては殺されるのであれば、不死など呪いでしかないではないか。
《それでも御子は耐えてきたんです。神の御子とレーエンデは表裏一体だから、自分が滅べばレーエンデも滅びてしまうから、だからこの子は耐えてきた。愛するレーエンデを滅ぼしたくないから、想像を絶する痛みにも、吐き気を催すような屈辱にも耐え続けてきたんです》
ギャーとカラスが鳴いた。怒りに満ちた叫び声。
《矜持、勇気、希望、愛、未来を引き寄せる正の力。レーエンデにそれがあれば、御子がここまで弱ることはなかった。だが今のレーエンデにはそれがない。御子は力を失い、弱り果て、もう一人で泳ぐことも出来ない。たとえ鎖が解かれ、この塔から解き放たれても、もう始原の海に還るだけの力はない》
銀のカラスはうなだれた。自身の無力を嘆くかのように。
《昔はよく、過去の夢を見ていました。古代樹の森の夢を、幸せだった日々のことを、何度も思い出していました。でも最近は――もう滅亡の夢しか見ない》
ずるり、ずるり、銀天使が前進を再開する。右の羽が根元から折れた。銀の翼がボロリと崩れる。破片が銀の灰になり、灰が空気に溶けていく。
《この子には未来視の力があります。自分の未来も見えているはずです。理不尽な暴力、死に至る激痛、その繰り返しから永遠に逃れられないということも、すでに知っているのでしょう。今日は

まだ耐えられた。でも明日には絶望するかもしれない。自分を消滅させるために、力を使ってしまうかもしれない》

神の御子とレーエンデは表裏一体。もし御子が自己破壊の道を選んだら――

《あの恐ろしい光景が現実になる日も、そう遠くはないでしょう》

「そんな――」

銃把でこめかみを叩き、レオナルドが呻いた。

「何かないのか？　回避する方法はないのか？」

《ありません》

ヤバネカラスはねじれた背骨を伸ばした。ルクレツィアに抱かれた御子の顔を覗き込む。

《僕はこの子に、ユリアさんが愛したレーエンデを滅ぼしてくれるなと、ずっと言い続けてきました。でも僕の声は……もう御子には届かない》

銀の嘴でつついても、御子はまったく反応しない。ルクレツィアにしがみついたまま、ヤバネカラスを見ようとしない。

「なぜだ……なぜそうなる？」

唸るように呟いて、レオナルドはルクレツィアの隣に座り込んだ。

ベルトに挟んであった杖が外れ、カランと床に転がった。

「俺達はフィリシア様に別れを告げに来ただけだ。ヴァスコがルクレツィアを傷つけようとしたら、ぶん殴ってでも止めるつもりだったし、投獄も懲罰も、最悪の場合、犠牲法の生贄になる覚悟もしていた。それが、まさか、神の御子に会うことになるなんて――本当に、これは現実なのか？」

くしゃくしゃと赤い髪をかきむしる。

「なぜだ？　なぜこんなことになったんだ？」

「――なぜ？」

ルクレツィアの頭の中に小さな火花が散った。

私が鐘楼に上ったのは、ダンブロシオ家の影が扉を指さしたからだ。

私がダンブロシオ家の影を見たのは、礼拝堂に来たからだ。

私が礼拝堂に来たのは、お母様にお別れを言うためだ。

アルバンの死を知ってから七年、母はクラリエ教の教えを守り、ひたすら耐え続けてきた。その彼女が、神の御子が限界を迎えようというこの時に、自死したのは偶然か？　安らかな顔で死んでいたフィリシア。彼女が清く美しいまま死んだのは、創造神が天啓を告げたからではないのか？

神が彼女に自死を許したからではないのか？

すべては今、この時、この場所へ、私を導くためにあったのだとしたら――


これは天命だ。

これこそが天命だ。

神が私に命じている。

命を賭《と》して『神の御子を救え』と。

雷鳴が轟いた。

心臓を縛っていた鎖が弾け飛んだ。

ルクレツィアは目を閉じた。奇跡を探し、記憶を遡る。

子供の頃に読んだ歴史書が脳裏に浮かんだ。レーエンデの自由へ、もう一歩のところまで迫ったテッサ・ダール。彼女の革命を失敗へと追い込んだ初代法皇帝エドアルド・ダンブロシオ。《残虐王》ルチアーノ・ダンブロシオは犠牲法を制定し、レーエンデを絶望の闇に叩き落とした。

どんなに深い闇夜でも、夜明け前がもっとも暗い。

もっとも暗い時代にこそ、黎明《れいめい》の星は燦然《さんぜん》と輝く。

「方法はあります」

ルクレツィアは宣言した。

兄を見上げ、ヤバネカラスの銀天使を見て、もう一度、兄を見た。

「神の御子を救い、レーエンデを救う方法があります」

そうだ。私になら出来る。でなければ、神は私を助けなかった。私が生きてここにいるのは天命を果たすためだ。私の天命とは神の御子を救うこと。この子に希望を与え、力を与え、始原の海に還すことだ。

「本当か、ルクレツィア？」

レオナルドは腰を浮かせ、彼女の傍らに片膝をついた。

「教えてくれ、その方法とは――」

「そこで何をしている!!」

割れ鐘のような怒号が轟いた。扉の前にジュード・ホーツェルが立っている。鬼のような形相で、部屋の中へと入ってくる。

「出ろ！　早くここから出るんだ！」

「近づくな、外道！」

レオナルドは素早く立ち上がった。ルクレツィアを背にかばい、ジュードの前に立ち塞がる。ジュードの胸倉を両手で摑み、扉の前へと押し戻す。

「この子はなんだ！　どうしてこんな場所に囚《とら》われているんだ！」

ルクレツィアは気づいた。お兄様は時間を稼いでくれている。私に時間を与えてくれている。ならばこそ、一秒たりとも無駄には出来ない。

意を決し、ルクレツィアは御子に呼びかけた。

「レーエンデを目覚めさせるために、貴方の力を一度だけ、私に使わせてください」

《駄目です、ルクレツィア！》

銀のカラスが甲高い声で鳴く。

《それはもうやりました！　第二代法皇帝がすでにやったんです！　でもレーエンデ人は団結するどころか、ますます疑心暗鬼になって――》

「静かにしてください」

ルクレツィアは杖を手に取った。その柄でヤバネカラスを叩いた。

「お兄様に聞こえてしまいます」

一度、二度と打ち据えると、銀天使の身体はボロボロと砕け、一握りの灰になった。その灰の中から泡虫が生まれた。小さな虹色《にじいろ》の球体は抗議するように、ルクレツィアの周囲を飛び回る。

「大丈夫です。ルチアーノ・ダンブロシオの轍《てつ》は踏みません。私はもっと上手くやります」

杖を置いて、御子の頬に触れる。なめらかな白い頬。

「御子にはもう二度と……二度と誰にも触らせません」

ルクレツィアは視線を上げて、泡虫を見た。

「私が事を成し遂げるまで、御子のことをお願いします」

くるくる回っていた泡虫が動きを止めた。愛おしむように御子の額に止まった。泡虫の色と形が薄れていく。まるで吸い込まれるように、泡虫が消えていく。

ルクレツィアは御子の小さな手を握った。御子が彼女を見上げる。熾火のように赤い目。怯えた様子はない。逃げようともしない。

ルクレツィアはそれを肯定と捉《とら》えた。

「創造神の御子、エールデにお願いします。ヴァスコ・ペスタロッチから四肢の自由を奪ってください。しかし命は奪わず、四肢麻痺《まひ》状態のまま生き存えさせてください」

頭を殴られたような衝撃があった。眉間の奥が刺すように痛む。思わず床に右手をついた。ぽたり、ぽたり、床に鼻血が滴る。ルクレツィアは、ガウンの袖で鼻を拭った。

「ここから出るんだ！　今すぐに！」

ジュードの怒声が耳朶を打つ。扉の外、もみ合う二人の姿が見える。ジュードがレオナルドに掴みかかっている。目を血走らせ、髪を振り乱して叫んでいる。

「ここに入ることが許されているのは法皇帝だけだ！　事が知れたら私だけでなく、貴方もルクレツィア様も斬首《ざんしゅ》される！」

ルクレツィアは御子を褥に横たえた。いま一度、鼻血を拭いて立ち上がる。杖を手に扉へと向かう。

レオナルドが気づいて振り返った。もういいのかと目顔で問う。

ルクレツィアは頷いた。

「静かにしてください！　あの子が起きてしまいます！」

わざと大声で文句を言い、扉を抜けて外に出る。

ジュードが鋼鉄製の扉を閉じる。蔦模様《つたもよう》の柄がついた鈍色の鍵で施錠する。安堵とも自嘲とも取れるため息を吐いてから、改めて二人に向き直る。

「お二人がどうしてここにいたのか、尋ねようとは思いません。ですが、これだけはお約束ください。ここで目にしたものは、誰にも話してはいけません」

「言われるまでもありません」

冷ややかな口調でルクレツィアは答えた。

「神の代弁者たる法皇帝が異形の幼子を軟禁し、嬲りものにしていたなんて、どうして公言出来ましょう。こんな穢らわしいこと、二度と口にするつもりはありません」

話は終わりだと言外に告げるため、先に立って螺旋階段を下りた。

胸を圧迫するような息苦しさは、もう感じなかった。

壁に床に天井に蠢いていた泡虫は、残らずいなくなっていた。

二人は北棟三階の部屋に戻った。

十一月の夜は冷える。レオナルドは暖炉に薪《まき》を足し、火をおこした。

夜半はとうに過ぎている。時刻はもはや未明に近い。しかし眠る気にはなれず、二人はどちらからともなく長椅子に腰を下ろした。

レオナルドは天井を見上げている。赤い目で天井を睨んだまま、口を開かない。今は邪魔をするべきではない。ルクレツィアは黙って彼の顔を見つめていた。

私と違ってお兄様は神様を信じていなかった。御子のことも奇跡のことも信じていなかったのだろう。彼は自分の才覚で未来を切り開いてきた。その強さゆえに、神を必要としなかったのだ。けれど今夜、レオナルドは異形の子を目撃した。恐ろしい滅びの光景を視《み》せられた。その衝撃は想像に難くない。混乱するのも無理はない。いまだ正気を保っているのが不思議なくらいだ。

「あああ――」

レオナルドが声を発した。慨嘆とも嘆息ともつかない唸り声だった。

彼は、両手で頭を抱えた。赤い髪を力任せにかきむしる。

「大丈夫ですか、お兄様」

不安になって、ルクレツィアは身を乗り出した。

「どうか気をしっかり持ってください」

「……すまん、大丈夫だ」

頭を抱えたまま、掠れた声でレオナルドは応えた。

「どうにも情けなくてな。己自身に腹が立って仕方がないのだ」

今度は両手で顔を擦る。ふううと大きく息を吐く。

「俺がテスタロッサ商会を興したのは、格差社会を変えるためだった。人々の意識が変われば、世界も変わると信じてきた。手応《てごた》えはあった。少しずつだが世界は良いほうに変わってきている。そう思っていた」

再び大きなため息。彼は膝に肘を置き、両手を組んで額に当てた。

「テスタロッサ商会ではレーエンデ人とイジョルニ人が分け隔てなく仲良く働いている。だからといって、この世界から格差がなくなったわけではない。俺が見ているのは世界のほんの一部、わずかな一欠片にすぎない。依然としてこの世界は差別と偏見に満ちている。イジョルニ人とレーエンデ人は憎み合っている。なのに俺は穢《きたな》いものや醜《みにく》いものは見なかったことにして、自分が造り上げた理想だけを愛《め》でて、なんて世界は素晴らしいんだと悦に入っていた」

「仕方のないことです」ルクレツィアは応えた。「人間は神の目を持ちません。全世界を俯瞰《ふかん》することなど人間には出来ません」

こんなことを言っても、慰めにならないことはわかっていた。お兄様は正義の人だから、気づいてしまった過ちを看過することが出来ないのだ。

彼女が予想した通り、レオナルドの独白はさらに続いた。

「どんなに頑張ったとしても、世界はすぐには変えられない。明日からさらに馬力をあげて働いても、俺の理想が社会に浸透し、民族格差がなくなって、レーエンデが自由を取り戻すまでには、まだ何年も何年もかかってしまう。たとえ今夜ヴァスコを殺し、さらなる蛮行をやめさせたとしても、次代の法皇帝が同じことをすれば、あの子はもう耐えられない。銀のヤバネカラスの言う通り、もはや手立ては何もない。少なくとも俺には何も考えつかない」

レオナルドはわずかに顔を上げ、目だけを動かしてルクレツィアを見た。

「でも――お前は『方法はあります』と言った」

「はい」

「お前は賢い。俺が考えつかないような妙案を思いついたに違いない。けれど、俺はそれを聞きたくない」

「はい？」

「その案はお前を不幸にする。お前は途方もない苦労を一人で背負い込もうとしている。聞かなくてもわかる。お前の考えていることぐらい、この兄にはお見通しだ」

レオナルドは口元だけで笑った。青ざめたその顔には苦悩の色が濃い。本当は彼にもわかっているのだ。それがどんな策であろうと、受け入れるしかないのだと。レーエンデを救うためには、手段を選んでいる場合ではないのだと。それでも――

「ルクレツィア、お前に苦労をさせたくない。お前を危険な目に遭わせたくない」

苦しげに言葉を絞り出す。その目が濡れて光っている。目の縁が赤く腫れている。

ルクレツィアは嘆息した。

初めて会った時、この目が怖かった。ヴァスコにそっくりだったからだ。レオナルドを見るたび身体が震えた。窓から投げ落とされた瞬間を思い出し、恐怖のあまり吐き気がした。いつ本性を見せるのか、いつ牙を剝いてくるのか、恐ろしくてたまらなかった。

でも、どんなにひどい言葉を投げつけても、レオナルドは怒らなかった。悪かったと、配慮が足りなかったと真摯に謝罪してくれた。不用意に近づくことなく、遠くから見守ってくれた。最初に宣言した通り、ずっと味方でいてくれた。

　レオナルドはヴァスコとは違う。外見はそっくりでも中身はまるで正反対だった。それに気づいてもなお、どうしても「ごめんなさい」が言えなかった。彼が優しいから、私だけにではなく誰に対しても優しいから、拗ねていたのだと思う。本当に馬鹿なことをした。貴重な時間を無駄にした。こんなことになるのなら、もっと早く、素直に甘えておくべきだった。

「母の葬儀の後、私はシャイア城に留《とど》まります」

　声が震えた。かまわずにルクレツィアは続けた。

「はたしてそれが慰めになるかはわかりませんが、私は御子の傍で、御子のために祈り続けます。神の御子が絶望の闇に呑まれてしまわないよう、御子を励まし続けます」

「気持ちはわかるが、それは危険すぎる」

　レオナルドは目を眇めた。

「ここはヴァスコの城だ。お前にとって安全な場所ではない」

「承知しております」ルクレツィアは背筋を伸ばした。「でも、このままボネッティに逃げ帰るわけには参りません。お兄様もご覧になったでしょう？　あの滅びの光景を？　命を懸けなければ、あの未来は変えられません。そういうところまで、私達は来てしまっているのです」

「それは、そうかもしれないが——」

「心配は無用です。私には秘策があります」

「何なんだ、その秘策というのは」

「秘密です」

ルクレツィアは唇に人差し指を押し当てた。

「私の切り札です。お兄様にも教えられません」

「切ないことを言ってくれるな」

レオナルドは眉根を寄せる。

「教えてくれ。どうか兄を安心させてくれ」

「お断りします」

ツンと顎を上げ、そっぽを向く。

「お兄様は私の味方ではないのですか？　『昔も今もこれからも、俺はずっとお前の味方だ』と言ったくせに、私のことを信用してくださらないのですか？」

レオナルドは鼻白んだ。

ルクレツィアは笑いそうになった。強くて正しくて勇敢なお兄様も好きだけれど、こういう素直なところも可愛らしくて大好きだ。

「では俺も残る」

表情を改め、レオナルドは言う。

「今のヴァスコは危険だ。お前に何をするかわからない。お前を一人にはさせられない」

「いいえ、お兄様には城を出ていただきます」

「なぜだ、ルクレツィア？」

眦《まなじり》を下げ、泣きそうな顔で彼は尋ねる。

「俺はお前を守りたいだけだ。なのにどうして突き放す？」

「お兄様には、お兄様の役目があるからです」

ここが勝負どころだ。ルクレツィアは目に力を込め、ひたとレオナルドを見据えた。

「神の御子はとても弱っています。たとえ私が励まし続けても、そう長くは保《も》ちません。御子に力を与え、始原の海に還すためには、早急にレーエンデに誇りと自由を取り戻して貰わなければなりません」

銀のヤバネカラスは言った。御子とレーエンデは表裏一体だと。御子に力を与えられるのはレーエンデだけなのだと。

「愛するレーエンデに裏切られ続けた、あの哀れな御子を救うためには――」

「革命だ」

レオナルドが言った。

「革命が必要だ」

今まさにルクレツィアが言おうとした言葉だった。

「すべての罪はレーエンデ人を抑圧する帝国社会にある。法皇帝と法皇庁をレーエンデの外に追い出し、レーエンデに自由を取り戻す。レーエンデ人が矜持と尊厳を取り戻し、生きる力を取り戻せば、御子もまた力を得て、始原の海に還ることが出来る」

「その通りです」

ルクレツィアは大きく首肯した。

「これは安穏と飼われてきたレーエンデ人の罪でもあります。真の自由を得るためにはレーエンデ人が蜂起して、その血を流して戦わなければなりません」

「レーエンデを救えば、御子も助かる」

「御子を救えば、レーエンデも助かります」

「では俺がやろう」

レオナルドは胸に手を当て、宣言した。

「俺が第二のテッサとなって、レーエンデを自由へと導こう」

それが容易ではないことは明らかだった。当然、彼にもわかっているはずだった。

しかし、レオナルドの目には光があった。並々ならぬ強い決意が見て取れた。

ルクレツィアは胸がいっぱいになった。じわりと目の奥が熱くなった。

彼は変化を恐れない。自分が信じてきたものが間違いだとわかれば、自らの手でそれを打ち壊すことも厭《いと》わない。泣いて悔やんで己を責め、背負いきれない罪を背負っても、歯を食いしばって立ち上がる。誰よりも正しい人。誰よりも強くしなやかな人。だからこそ信じられる。たとえ打ちのめされてボロボロに傷ついても、血を吐くほどに苦しんでも、彼は正しい道を選んでくれる。私の意図を理解して、全身全霊で応えてくれる。

不安はない。確信しかない。私は未来を変えられる。

ルクレツィアの目の縁から涙がこぼれた。歓喜の涙だった。

だがレオナルドは誤解したようだった。

「すまない、ルクレツィア」

テーブルに両手をつき、彼は深々と頭を下げる。

「シャイア城にお前を残していくことが、いかに危険なことなのか。俺も理解しているつもりだ。出来ることならこの身をふたつに引き裂いて、半身をここに置いていきたい。しかし、それはかなわない。ヴァスコがいるこの城にお前一人を残していかなければならない。身勝手な兄を、どうか許してくれ」

「顔を上げてください、お兄様」

ルクレツィアは手の甲で涙を拭った。

「私には策があると、心配は無用だと、先程から申し上げているではありませんか」

「――わかった」

両手を上げて降参を示し、レオナルドは立ち上がった。

「お前は俺よりもずっと賢い。そのお前が心配ないと言うのだ。間違いはない」

旅行鞄を引っ張り出し、ドスンと長椅子に置く。鞄の中から必要なものだけを選び出し、革袋へと詰めていく。思い立ったら即行動、夜が明けるまで待つ気はないらしい。

「これでよし」

彼は外套《がいとう》を羽織った。荷物は小さな革袋だけ。ステッキも帽子も持たず、ルクレツィアを振り返る。

「レーエンデに自由を取り戻した後、必ずここに戻ってくる」

それまでどうか息災で――と言い、レオナルドは背を向けた。扉に向かって歩き出す。

これが今生の別れになる。

そう思った瞬間、口から言葉が飛び出した。

「大好きです！」

レオナルドが振り返る。彼女を見て、激しく瞬きをする。

「今、なんて――」

「大好きです、お兄様」

言ってはいけない。言ってはいけない。言ってはいけない。

「お願いです……キスしてください」

ああ――言ってしまった。

ルクレツィアは真っ赤になって俯いた。

戯れ言を言うなと笑い飛ばしてほしかった。いっそ黙って出ていってほしかった。

しかし、レオナルドは戻ってきた。ルクレツィアの前に立ち、彼女の両肩に手を置いた。

ルクレツィアは顔を上げて目を閉じた。心臓を高鳴らせ、唇に彼の唇が触れるのを待った。

レオナルドはゆっくりと身を屈め――

彼女の額に、ぎこちないキスをした。

「……なぜ額なんですか」

ルクレツィアは上目遣いに彼を見た。

「キスは唇にするものでしょう？」

「唇へのキスは恋人のキスだ。俺達は兄妹だ。俺にはこれが精一杯だ」

その言葉の通り、レオナルドは耳たぶまで赤くしている。

「子供扱いはやめてください」

頬を赤く染めたまま、ルクレツィアは言い返す。

「私は特別なものがほしいのです。他の人とは違う、私だけの唯一無二のものがほしいのです」

「いつだってお前は特別だ。俺の唯一無二の妹だ」

そうじゃない。私がほしいのはそれじゃない。

「何があっても、私を忘れてほしくないのです」

「忘れない。誓って言う。何があっても絶対に忘れたりしない」

レオナルドはにこりと笑った。

「この兄を信じろ」

名残惜しそうに、彼女の髪をさらりと撫でた。

いま一度、彼女の額にキスをして、レオナルドが離れた。

もう振り返らなかった。扉を開き、彼は部屋から出ていった。

「必ず戻ってくる」

「お兄様の……馬鹿」

ルクレツィアは目を閉じた。

瞼の裏に思い出が蘇る。兄の馬に乗せて貰い、二人でよく遠乗りに出かけた。春の野に咲き乱れる白雪草《しらゆきそう》。夏空を水面に映すコモット湖。秋風に吹かれて飛び立つ『歌う木《クラング》』の種子。凍てついた空気の中、二人で見上げた白銀のエンゲ山。ふたつの白い息が混じり合い、空に溶けていくのを飽きることなく眺めていた。

テスタロッサ商会の仲間達と囲む食卓も楽しかった。年に一度の収穫祭では飲んで歌って皆で騒いだ。「この足では踊れない」と言うと、兄は私を抱き上げて、音楽に合わせてくるくると踊った。目が回る、もう止めてと言いながら、底が抜けるほど笑った。

「次こそは、大人のキスをして貰います」

温かな感触が残る額に指先を当てる。

「絶対に、忘れられないキスをさせてみせます」

ルクレツィアは無人の部屋を見回した。

長椅子の上に兄が残していった荷物が散乱している。彼女はそれらを旅行鞄に詰め込んだ。鞄を窓辺へと引きずっていく。カーテンを開き、窓を開け、鎧戸を押し開く。

凍てついた風とともに夜の空気が流れ込んできた。いつしか雲は晴れ、天空には星の海が広がっている。所在なげに浮かぶ半月の下、小アーレス山脈が黒々と横たわっている。レーニエ湖には波が立ち、波頭が鈍《にぶ》く光っている。眼下の水面は暗くて見えない。岩壁に打ち寄せる波音だけが聞こえてくる。

鞄の中から黒い革靴を取り出した。それを窓の外へと投げ捨てる。レオナルドが残していったもの——ネクタイ、カフス、ドレスシャツ、旅行鞄、銀の握りがついたステッキも、レーニエ湖へと投擲《とうてき》する。

最後に残ったのは山高帽。その頂点にキスをして、ルクレツィアはささやいた。

「さようなら、お兄様」

幸せな日々。心の故郷ボネッティ。その中心にはいつもレオナルドがいた。この世界でただ一人、素直に私を泣かせてくれた人。大丈夫だと言って抱きしめてくれた人。愛される喜びを、そして愛する喜びを、私に教えてくれた人。

本当は――ずっと一緒にいたかった。

「大好きです、お兄様」

ぎゅっと帽子を抱きしめる。

「許してください、レオナルド」

羽音が聞こえた。風圧が頬を打つ。窓辺に一羽のウロフクロウが舞い降りてくる。銀の羽、銀の嘴、知性を宿した銀の瞳が彼女を見つめている。それはルクレツィアが城に幽閉されていた頃、出会いを心待ちにしていた銀天使――

「エドアルド様」

《覚悟はいいか》

彼女の心を見定めるように、銀のウロフクロウが低く鳴く。

《地獄を始める覚悟は出来たか》

「――はい」

ルクレツィアは微笑んだ。

勢いをつけ、レオナルドの帽子を窓の外へと放った。

「始めましょう」

銀のウロフクロウが満足げに鳴いた。

黒い帽子はくるくると回りながら、暗い湖面へと落ちていった。

第五章　十字の刻印

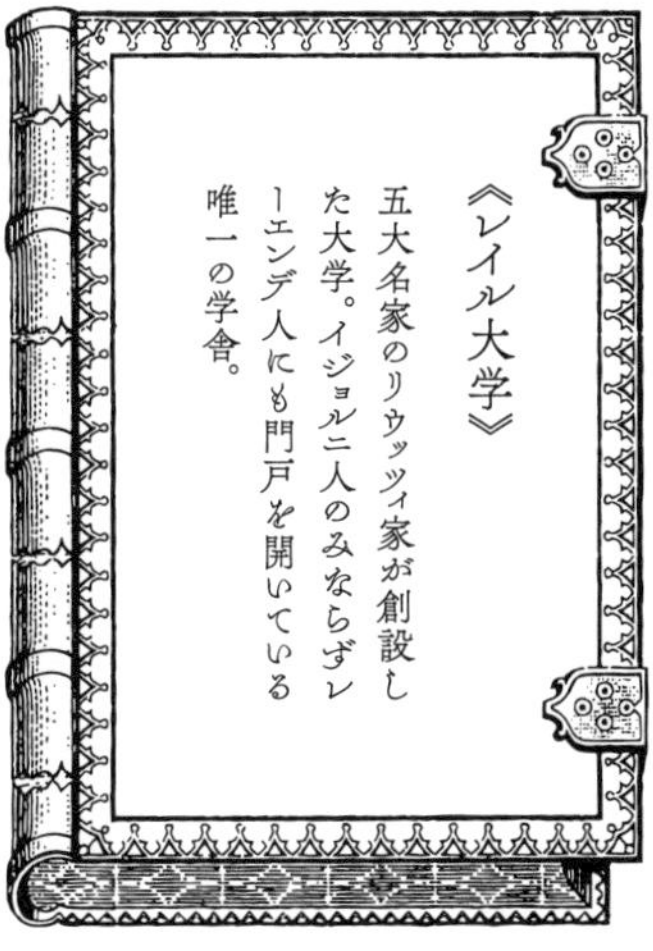
《レイル大学》
五大名家のリウッツィ家が創設した大学。イジョルニ人のみならずレーエンデ人にも門戸を開いている唯一の学舎。

部屋を出たレオナルドはシャイア城の裏庭に向かった。

夜間、城の正門は閉じられている。だが荷物の搬入口ならば開いているかもしれない。多くの場合、作業場は裏手にある。物資の搬入口もその付近にあるはずだ。

主館一階を奥へと進むと、前方から人の声が聞こえてきた。赤々と燃える篝火《かがりび》の下、数台の荷馬車が並んでいる。男達が荷物を降ろし、城内へと運び込んでいる。レオナルドは壁際の馬車に近づいた。荷台に飛び乗り、樽の隙間に身体を押し込む。背を丸め、膝を抱えて夜明けを待つ。

夜の寒さが骨身にしみる。それでも心は熱く燃えていた。

レーエンデを救おう。神の御子を救おう。そう誓い合って別れた妹、健気で聡明なルクレツィア。お前の献身を無駄にはしない。待っていてくれ、ルクレツィア。レーエンデに自由をもたらし、必ずここに戻ってくる。

だが革命は一日にして成らず。まずは何をするべきか、レオナルドは考える。『月と太陽』で、テッサは味方を求めてレーエンデ解放軍に会いに行った。結果、隠れ里エルウィンにたどり着き、ともに戦う同志を得た。

隠れ里エルウィンがどこにあるのか、レオナルドは知らない。だが知っていそうな人物にならば、幸い心当たりがある。まずはボネッティに戻ろう。ボネッティ座を訪ねよう。

ギシリと音を立て、荷馬車が動き出した。木箱と空樽を満載した荷台は検《あらた》められることもなく、通用門を抜け、煉瓦橋に出た。遠くから鳥の囀りが聞こえてくる。馬車は煉瓦橋を駆け抜け、市街地に入った。馬車が減速するのを待って、レオナルドは荷台から飛び降りた。

レーニエ湖の近くには古い街並みが残っている。中央広場を取り囲む灰色の建物群、一階は巡礼者目当ての店舗になっている。まだ早朝だというのに広場にも城壁の上にも人がひしめいている。

駅舎を目指し、レオナルドは歩き出した。弔問に向かう人の流れに逆らって坂道を上っていく。途中で古着屋を見つけ、作業服を一揃い購入した。堅苦しい服を脱ぎ、着慣れた作業服に着替えると、心も身体も軽くなった。

丘の上にあるノイエレニエ駅からボネッティ行きの列車に乗った。一等客車は空いていた。彼以外には紳士が二人乗っているだけだった。一人は老眼鏡をかけて新聞を読み、もう一人は窓枠に寄りかかって居眠りをしている。二人から充分な距離を取り、レオナルドは座席に腰を下ろした。

ノイエレニエから約三時間。昼過ぎにはボネッティに到着する——と思っていたのだが、そう上手くはいかなかった。フィリシアの弔問に訪れる市民のために特別列車が運行していたのだ。そちらが優先されるため普通列車は待たされた。レオナルドが乗った列車も遅々として進まず、ボネッティに到着した時にはもう陽は暮れかかっていた。

帽子を目深に被り、レオナルドは列車から降りた。帰路につく人々に紛れ、大通りを歩く。ボネッティには知り合いが多い。顔を見られてはいけない。フィリシアの葬儀に出席せず、戻ってきたことが噂になれば、これから会いにいく人に迷惑がかかる。

ボネッティ座の劇場は閉まっていた。レオナルドは裏に回った。ここには数え切れないほど足を運んできたけれど、娼館のほうを訪ねるのはこれが初めてだ。

応対に出た中年女はレオナルドに気づいていないようだった。

「最近は景気が悪くてねぇ。今夜も選び放題さ」

愚痴《ぐち》っぽく呟いて、ぷかり、ぷかりと煙草を吹かす。

「で、誰にするね？」

「リオーネを」

「はいよ。前金で三ルーナ」

レオナルドが金を支払うと、女は部屋の鍵を取り出した。

「二階の三番の部屋だ」陰気な笑みとともに「お楽しみあれ」と送り出される。

複雑な気分でレオナルドは階段を上った。指定された部屋で待っていると、ややあってからノックの音が聞こえた。

「こんばんは――」

ツンと香水が匂った。安っぽいドレスを着て、肩に髪を垂らしている。薄化粧をした彼女がまるで知らない人のように思えて、胃のあたりがズンと重たくなった。

「って、あんた、ここで何してるの？」

リオーネは驚きに目を見開いた。

「フィリシアの葬儀に行ったんじゃなかったの？」

「ああ……うん」

レオナルドは視線を床に落とした。劇場で会えば挨拶もするし雑談もする。でもリオーネと二人きりになるのは、銀夢草畑を焼いて以来、これが初めてのことだった。

「訳あって、欠席することにした」

「ふぅん?」

リオーネは目を細め、彼の顔を覗き込んだ。

「じゃあ、あたしと寝たくて来たわけじゃないんだ?」

「ああ、悪いけど、そのつもりはない」

「相変わらず馬鹿正直だねぇ」

彼女は扉を閉じ、鍵を閉めた。ベッドサイドに置かれていた酒瓶とグラスを手に取る。慣れた手つきで酒を注ぎ、レオナルドへと差し出した。

「何があったの?」

レオナルドはグラスを受け取り、寝台に腰掛けた。

「今から話すことは、誰にも言わないと約束してほしい」

「いきなりだね」

リオーネは椅子に座った。もうひとつのグラスに酒を満たし、一気に呷《あお》ってから、左手を肩の高さに掲げてみせる。

「誰にも言わないと誓います。父テオドール・ハロンの名にかけて」

彼女の左手には十字の刺青があった。それこそが、彼の求めていたものだった。

レオナルドはリオーネに目を戻した。

「昨夜、俺はシャイア城で神の御子に会った」

彼の驚くべき告白を、リオーネは黙って聞いていた。時折、瞠目することはあっても、疑いの眼差しを向けることはなかった。馬鹿にしたり、笑い飛ばしたりすることもなかった。

「だから――俺は帝国と戦う。帝国支配を終わらせて、レーエンデに自由を取り戻し、神の御子を始原の海に還す」

レオナルドはリオーネの左手を指さした。

「その左手の刺青は『知られざる者』の証しだと聞いた。『知られざる者』というのは反帝国組織《レジスタンス》の名称……だよな？」

「そう」

意外なほどあっさりと、リオーネは首肯した。

「テッサ・ダールの時代から存在する、隠れ里エルウィンの住人達のことだよ」

エルウィン――それは安住の地を失った者達が流れ着く最後の寄る辺。リーアン・ランベールの戯曲『月と太陽』によれば、それは西の森の奥深くに隠されているという。

「『知られざる者』に会わせてくれ」

レオナルドは身を乗り出した。

「俺をエルウィンに連れていってくれ」

「あんたの熱意はわかるけど――」リオーネは髪をかき上げた。「あんたは四大名家の人間で、法皇帝ヴァスコ・ペスタロッチの息子だ。信用しろって言うほうが無理だよ」

「ルーチェだって初代法皇帝エドアルド・ダンブロシオの弟だったじゃないか」

『月と太陽』はリーアンの創作戯曲だ。すべてが真実ってわけじゃない」

「でもテッサ・ダールは実在した。彼女は言った。『民族も血筋も関係ない。レーエンデを愛し、レーエンデの自由を求める者は、すべてレーエンデの民なんだ』って」

「ああ、わかったわかった」

リオーネはヒラヒラと手を振った。「よく覚えてるねぇ」と苦笑する。

「あんたには大きな借りがある。だから紹介はしてあげる。でも、そっから先は保証しないよ。どんなことになったとしても、あたしは責任負わないからね」

「かまわない」レオナルドはようやく笑った。「ありがとう、リオーネ」

「どういたしまして」

彼女はクスクスと笑った。

「それで、このことブルーノには話したの？」

「……いや」

気まずくなって、レオナルドは目を逸らした。

「ボネッティに戻って、すぐにここに来たから」

「じゃ、お母さんにも言ってないの？　テスタロッサ商会の人間に相談もしてないの？」

「ああ」

「あんた、馬鹿じゃないの？」

「言えば迷惑をかける」

何も知らなければ、嘘を言う必要もない。

「母上にはブルーノがついている。テスタロッサ商会には母上とノルンがいるから大丈夫だ」

それに——と言い、レオナルドはほろ苦く笑った。

「俺が馬鹿なことをするのはこれが初めてじゃない。みんなもう慣れっこさ。またかと呆れられるだろうけど、それほど大騒ぎにはならないと思う」


その二日後。真夜中の『春光亭』に十人のレーエンデ人が集まった。男もいれば女もいる。老いも若きもティコ系もウル系もいる。共通するのは左手の刺青、『知られざる者』の証しだけだった。『春光亭』の一室で、レオナルドは彼らと相対した。十人のレーエンデ人が胡乱な眼差しで彼を見ている。誰も口を開かない。挨拶も質問もない。

険悪な雰囲気だった。少し心がぐらついた。クラリエ教は聖イジョルニ帝国の国教だ。レーエンデ人には馴染みがない。彼らに神の御子のことを話して、理解して貰えるだろうか。そんな物騒なもの置いておけないと、シャイア城に攻め込んだりしないだろうか。

とはいえ、話さなければ始まらない。

レーエンデの危機を理解して貰うには、すべてを話すしかないのだ。

「俺はレオナルド・ペスタロッチ。法皇帝ヴァスコ・ペスタロッチの息子だ」

自己紹介から始め、彼はすべてを話した。シャイア城に隠蔽された神の御子のこと。神の御子が持つ奇跡の力のこと。だが神の御子は絶望していて、いつ自己消滅を選ぶかわからない。御子の消滅はレーエンデの消滅を意味する。神の御子を始原の海に還すためにはレーエンデの力が必要になる。そのためにはレーエンデに自由を取り戻さなければならない。

「俺は神の御子を救いたい。このレーエンデを救いたい。そのためには力がいる。帝国と戦う同志がいる。お願いだ。貴方達の力を貸してくれ」

『知られざる者』は互いに顔を見合わせた。呆れたと言わんばかりの目つきだった。到底信じられないという顔つきだった。

「神の御子って、クラリエ教の聖典に出てくるやつでしょ？」

小馬鹿にするように中年女が鼻で笑った。

「実在するって言われてもさ。はい、そうですかって、信じられると思う？」

それを皮切りに、他の者達も口を開く。非難囂々《ごうごう》、怒号と罵声が降りそそぐ。レオナルドはそのひとつひとつに応えていった。わかって貰おうと言葉を尽くした。しかしレーエンデ人は頑なだった。どんなに真摯に説明しても「信用出来ないね」と返された。「てめぇの妄想に付き合ってられるか」と嘲笑され、「俺達を利用しようだなんて虫がよすぎる」と叱られた。「もうペスタロッチには騙されねぇ」と襟首を摑まれ、すごまれた。

レオナルドはひたすら頭を下げた。理解を求めた。繰り返し繰り返し、説得を続けた。思ったような返事は得られないまま、無為に時だけが過ぎていった。いつしか灰皿には吸い殻が山になった。空いた酒瓶が何本も床に転がっている。暖炉の薪は燃え尽き、もはや灰ばかりになっている。外には木枯《こが》らしが吹き荒れていたけれど部屋の中は蒸し暑い。まるで鉄火場のようだった。

白々と夜が明けてきた。『知られざる者』達もさすがに口数が減ってきた。誰の顔にも疲労の色が濃い。レオナルドも疲れ果てていた。大声で言い合いをしたわけではないのに、声がすっかり嗄れている。彼は椅子に腰掛け、背もたれに身体を預けた。

「さてさて、意見は出尽くしたかな？」

妙に剽《ひょう》げた声が聞こえた。部屋の隅に座っていた男がひょっこり立ち上がる。黒い帽子を取るとボサボサの白髪が現れた。銀縁眼鏡をかけた柔和な顔立ちの中年男性。その顔には見覚えがあった。

「エル・ビョルン――さん？」

「その節はお世話になりました」

レーエンディア新聞の記者エル・ビョルンは山高帽をぱたぱたと振った。

レオナルドは慌てて立ち上がった。シャツの裾をズボンに押し込み、ボタンの外れた襟元を正す。

「貴方が『知られざる者』の一員だったとは、驚きました」

「僕らの仲間はあちこちにいるんですよ。君が考えている以上にね」

ビョルンは人懐っこい笑みを浮かべた。一同に向き直り、改めて宣言する。

「レオナルド君の話、僕は本当だと思う」

「その根拠は？」

「歴史だ」

ビョルンは芝居がかった仕草で人差し指を立てた。

「疑問その一。神の御子が生まれた奇跡の日、当時の法皇アルゴ三世はノイエレニエに侵攻し、レーエンデを支配した。その後、聖都をシャイアからノイエレニエに移した。けど立地的にも気候的にも恵まれているシャイアを放棄して、呪われた地レーエンデの破壊された街に移るなんて、ちょっと納得いかないよね」

にこりと笑い、彼は二本目の指を立てる。

「疑問その二。歴代の法皇や法皇帝は戴冠した直後、孤島城に居を移している。でもレーニエ湖には満月の夜、幻の海が現れる。銀呪病をもたらす銀の霧と暴れまくる幻魚、両方の危険に晒される。時の権力者たる法皇帝達が、あんな不便で危ない城に住みたがるのはなぜだろうって、ずっと不思議に思っていたんだ」

そこで、パチンと指を鳴らした。

「でもレオナルド君の話を聞いて納得がいったよ。つまり遷都《せんと》が必要だったのは、神の御子をレーエンデの外に連れ出すことが出来なかったからで、歴代の法皇帝が危険極まりないシャイア城に住み続けるのは、神の御子を専有し、御子が持つ奇跡の力を独占するためだったんだよ！」

「そういうもんかねぇ」

「まあ、ビョルンがそう言うなら、信じないこともないけどさ」

疲れ切った『知られざる者』達が面倒くさそうに相づちを打つ。とはいえ、レオナルドに向けられる眼差しには依然、疑惑と怨念《おんねん》が込められている。

「でもまさか出奔するなんて、ずいぶん早計なことをしてくれましたねぇ」

ビョルンは丸眼鏡を外した。胸ポケットからハンカチーフを引っ張りだし、曇ってしまったレンズを拭う。

「『山崩れを起こすには山頂近くの岩を狙え』と諺《ことわざ》に言う通り、世界を変える者は社会の上部から現れる。君はペスタロッチ家の人間でありながら、レーエンデ人が安心して働ける環境を整えてくれた。僕達、君には大いに期待していたんですよ」

なのに――と言い、大袈裟《おおげさ》なため息を吐く。

「神の御子を始原の海に還すために、レーエンデに自由を取り戻したいだなんて、本当にがっかりですよ」

レオナルドはごくりと唾を飲み込んだ。神の御子を救わなければレーエンデに未来はない。神の御子を救うためには、レーエンデに自由を取り戻すしかない。それの何がいけないのか。どうして期待を裏切ることになるのか。

わからない。まるでわからない。

「何が問題なのか、わかりませんか？」

眼鏡をかけ直し、ビョルンが尋ねる。

レオナルドは正直に首肯した。

「すみません。見当もつきません」

「君は実際に神の御子を見た。小さな人魚に同情して始原の海に還してやりたいって思った。けどレーエンデから出られない僕達レーエンデ人にとって、レーエンデに滅びをもたらす神の御子は、帝国よりも法皇帝よりも恐ろしい存在なんですよ」

「あ……」

そこまで言われてようやく気づいた。

レオナルドにとって神の御子は不憫《ふびん》で哀れな幼子だ。しかしレーエンデ人にとってはレーエンデを滅ぼす破壊神にほかならない。もしその事実が知れ渡ったらレーエンデ人は神の御子に恐怖し、憎悪するようになるだろう。必死に守り続けてきたレーエンデに憎まれたら、御子はいったいどうなるだろう。

背筋に冷や汗が流れた。

軽率だった。やはり話すべきではなかったのだ。

顔面蒼白になって立ち尽くすレオナルドに、ビョルンはさらに問いかける。

「レオナルド君、君が救いたいのはレーエンデなんですか？　それとも神の御子なんですか？　もしレーエンデだというのであれば、なぜ神の御子にお願いしてくれなかったんです？　君の自己消滅にレーエンデを巻き込まないでくれと、死ぬなら一人で死んでくれと、なぜ願ってくれなかったんですか？」

「そんなこと言えるわけがないだろう！」

反論してはいけない。『知られざる者』を敵に回してはいけない。

頭ではわかっていたけれど、心がそれを裏切った。

「神の御子は気が遠くなるほど長い間、苦しみに耐えてきたんだ。道具のように扱われて、何度も何度も殺されて、それでもレーエンデのために我慢してきたんだ。その子に『レーエンデを巻き込むな』、『死ぬなら一人で死ね』だなんて、言えるわけがないだろう！」

「その優しさは君の美徳のひとつです。けれどレーエンデのためを思うのであれば、言ってみるべきだったと思いますよ。まぁ聞き届けられたとは思えませんが、それでも可能性はゼロではなかった」

「あんたには人の心ってもんがないのか！」

レオナルドは拳を握った。ギリギリと歯噛みして周囲の者達を睨《ね》めつける。

「お前達も同じなのか？　自分達が助かるためなら、幼子を犠牲にしてもかまわないというのか？」

「そりゃあ可哀想だとは思うけどさ」唇を尖らせ、中年女が反駁する。「道具同然に扱われてるのは、あたし達だって同じだよ」

「そもそも創造神ってのはイジョルニ人の神様だろう？」若い男が言い返す。「神の御子だか何だか知らねぇが、なんで俺達がそいつに情けをかけなきゃならねぇんだ」

「まったくだ」黒髭《ひげ》の男が舌打ちをする。「法皇帝の野郎も気に喰わねぇが、ガキに命を握られてるってのはもっと気に喰わねぇ」

レオナルドは愕然とした。

「あんた達、何を言ってるんだ？　レーエンデを虐げてきたのは帝国だぞ？　俺達が戦うべき相手は帝国であって、神の御子じゃないだろう？　求めるべきはレーエンデの自由であって、それが神の御子のためかレーエンデのためかなんて、そんなの、どっちだっていいだろう！」

彼の物言いに『知られざる者』は色めき立った。

「よくないよ！　あたし達にとっちゃ死活問題だよ！」

「さんざんレーエンデを踏みつけてきたペスタロッチの人間が偉そうなことを言うな！」

「イジョルニ人であるお前に、レーエンデの何がわかるっていうんだ！」

刺々しい言葉、憎悪に満ちた罵声に打たれ、レオナルドは拳を握って俯いた。

ああ、またこれだ。またこれだ。差別的なのはイジョルニ人だけではない。レーエンデ人だってイジョルニ人を偏見の目で見ている。イジョルニ人にはレーエンデのことは理解出来ないと思っている。イジョルニ人にはレーエンデを愛する資格がないと思っている。

「俺は……」

イジョルニ人だが神様に何かを祈ったことはない。神の御子の存在だって、実際に目の当たりにするまで信じていなかった。それでもあの哀れな幼子を見てしまったら、見捨てることなど出来はしない。あの子を助けたい。あの子を始原の海に還してやりたい。

「俺は――」

理不尽で不平等な世の中を壊したい。すべての民族が人間らしく暮らせる社会を造りたい。テッドが真実を教えてくれたあの瞬間から、その気持ちは変わっていない。

でも俺はどうしたってイジョルニ人なのだ。この身体にはレーエンデ人を喰い物にしてきたペスタロッチの血が流れている。どんな言葉を投げても偏見の盾に跳ね返される。仲間になろうと手を伸ばしても、見えない壁に突き当たる。

どうすればいいんだ。

どうすればこの壁を壊せるんだ。

答えを求め、レオナルドはビョルンを見た。奥の席に座っているリオーネを見た。この場に集まっている『知られざる者』達を見た。ウル系もノイエ系もティコ系もいる。男もいれば女もいる。老人もいれば若者もいる。彼らに共通しているの左手の刺青だけだ。「レーエンデに自由を」と願う信念だけだ。

それならば――

レオナルドは暖炉に駆け寄った。赤く焼けた火かき棒を取り出し、それを左手の掌に押しつける。ジジっ……という音を立て、横一線に皮膚が焦げる。向きを縦に変え、もう一度押しつける。じゅっと煙が上がる。肉が焼ける臭いがする。

「この印にかけて誓う！」

十字の焼き印が入った左手を突き出し、レオナルドは叫んだ。

「俺は差別を駆逐《くちく》する！　偏見に満ちたこの世界を叩き潰す！　神の御子を還し、法皇帝を廃し、この地に新しい国を造る！　神の御子のためでもレーエンデ人のためでもない！　俺は、俺の理想の国を造るために、帝国を倒す！」

「何やってんだ、この馬鹿！」

リオーネが駆け寄った。彼の左手を摑み、水桶《みずおけ》の中に突っ込む。貫かれるような激痛にレオナルドは飛び上がった。

「痛い、痛い痛い、痛い！」

「当たり前だ、馬鹿！」

容赦なくレオナルドの頭を叩く。

「んなことして、左手が使えなくなったらどうするんだよ！」

「大丈夫かい？」

心配そうにビョルンが尋ねる。さすがに驚いたらしい。顔から血の気が引いている。

「無茶なことをする人だとは思っていたけど、君って本当に無茶苦茶だね」

「すみません、馬鹿で」レオナルドの代わりにリオーネが謝る。「本当に馬鹿ですみません」

「『知られざる者』のリーダーに会わせてくれ」

レオナルドは呻いた。目の前が暗くなる。冷や汗が噴き出してくる。早くしないと気を失ってしまいそうだ。

「お願いだ。話をさせてくれ」

「あたしからもお願いします」

リオーネが頭を下げる。

「どのみち、ここには置いとけません。この馬鹿はボネッティじゃ有名だから」

「そうですねぇ」

ビョルンは顎に手を当てた。賛同を求めるように仲間達を見回す。

「どうでしょう、皆さん。レオナルド君のことは僕に預けて貰えませんか」

「って、どうすんだよ、それ」

「あんた一人で大丈夫か？」

「僕一人の手にはあまるので、とりあえずエルウィンに連れていきます」

肩をすくめ、やや投げやりな口調でビョルンは続けた。

「彼をどうするかは、エルウィンの長《おさ》に決めて貰いましょう」

翌日の早朝、まだ陽も昇りきらないうちに、レオナルドとビョルンはボネッティを出た。朝靄《あさもや》に煙った西街道をラウド渓谷路方面へと向かう。

レーエンデは晩秋を迎えていた。空には筋状の雲が浮かんでいる。木々の葉は変色し、大地に散り積もっている。小アーレス山脈の裾野は金色の枯れ草に覆われている。時折吹き抜ける強風が、ひやりと襟元に入り込む。

昨夜とは異なり、ビョルンは上機嫌だった。鼻歌交じりにレオナルドの前を歩いている。

「あ、そうだ」

おもむろにビョルンが振り返った。レオナルドを見て、ふと顔をしかめる。

「どうしたの？　そんな怖い顔をして？」

「俺は元からこういう顔です」

「嘘はおよしよ。さては傷が痛むのかな？　いいんだよ、強がらなくても」

「強がりではありません」

包帯でぐるぐる巻きにされた左手を掲げる。

「手当てして貰いましたから、さほど痛くはありません」

「じゃあ、緊張してお腹が痛いとか？」

「別に、どこも痛くないです」

「ということは、そうか。昨夜、僕が言ったことに腹を立てているんだな？　まぁ、そう気を悪くしないで。あのくらいキツく言わなきゃ、みんな納得してくれないと思ったんだよ」

「つまり、わざと厳しく詰問した――と？」

「そう。君がレーエンデの味方であることは最初からわかっていた。だからこそ皆の前で君の立ち位置をしっかり示してほしかったんだ。とはいえ、いきなり自分の掌を焼くとは思わなかったよ。

いや、ほんと焦った焦った」

呑気な口調で言い、のほほんと笑う。

「とりあえず、神の御子が滅びの力を持っていることは秘密にしておくことになったよ。少なくとも昨夜の面子《メンツ》から外に漏れることはない。信用してくれていいよ」

レオナルドは返答に困った。何なんだ、この人は。いい人なのか、違うのか。まるで掴みどころがない。とはいえ、ビョルンが取りなしてくれたからこそ、こうしてエルウィンに向かっているのだ。少なくとも、それについては感謝している。

「ありがとうございます」

「お礼を言うのはまだ早いよ」

「――そうですね」

昨夜の様子からして『知られざる者』の協力を得るのは難しいだろう。エルウィンの場所を知ってしまったら、そう簡単には解放して貰えないだろう。それを思うと気が重い。まるで裁判に向かう被告人、もしくは監獄に向かう囚人のような気分だ。

レオナルドは黙々と歩き続けた。ビョルンはラウド渓谷路の登攀口《とうはんぐち》を通り過ぎ、道なき道をさらに西へと進んだ。

街道から外れるとビョルンはさらに饒舌《じょうぜつ》になった。半日一緒にいただけで彼の半生のみならず、好きな食べ物や好みの酒の種類まで聞かされるはめになった。好奇心旺盛《おうせい》なビョルンはレオナルドの話も聞きたがった。質問にあれこれ答えているうちに、幼少期に抱えていた悩みから、シャイア城に置いてきたルクレツィアが心配でならないということまで、すべて打ち明ける羽目になった。

「やっぱりもったいなかったねぇ」

にこにこしながらビョルンは言う。

「君には法皇庁の内側から、帝国をぶち壊してほしかったな」

「法皇庁は伏魔殿です。器用に腹芸が出来るほど俺は賢くありません」

「なるほど、それもそうだ」

真顔で頷く。

「そう考えると、ルクレツィアちゃんの存在は怖いねぇ」

「怖い？」

可哀想とか、気の毒とかではなく？

「いや、僕の考えすぎかもしれないけどね。信心深いルクレツィアちゃんは神の御子を助けるためなら手段を選ばないと思うんだ。きっと何でもすると思うんだ」

「そうですね。でもルクレツィアはまだ十三歳の女の子です。出来ることなんて、たかが知れていますよ」

「いやいや、女の子は怖いよ？　僕の娘のウルリカも十四歳の時に『結婚します』って宣言したよ？　しかも『仮説を検証するために子供を作ります』とか言い出してさ。何それ、怖い！　って思ったよ」

それは確かに怖い。でも——

「貴方の奇天烈《きてれつ》な娘と、俺の妹を同列に語らないでください」

「これは失敬」

ビョルンは笑った。つられてレオナルドも笑った。

そうだ。笑っていられたのだ。

この時は、まだ。


隠れ里エルウィンは小アーレスの岩壁を掘り抜いて造られた岩窟《がんくつ》住居だった。ただの崖《がけ》のように見えて、よくよく見れば採光窓が目につく。上手く隠してはあるとは思うが、今までよく見つからなかったなという感想のほうが強かった。

エルウィンが登場する『月と太陽』を法皇庁は創作戯曲として扱った。ゆえに表立っての捜索隊や討伐隊が派遣されることはなく、結果としてエルウィンが発見されることもなかったのだろう。

出入り口近くのホールでしばらく待たされた後、レオナルドはエルウィンの一室に通された。

天井付近に並んだ小窓から光が差している。灰色の壁面にはツルハシの跡が残っている。しかし岩窟を思わせるのはそれだけだ。床には木の板が敷かれ、壁には縄編みの飾りが吊されている。部屋の中央には長テーブルが置かれている。部屋の奥には暖炉もある。

その暖炉の前にビョルンがいた。彼の隣にもう一人、見知らぬ男が立っている。

「彼はジウ・ドゥ・エルウィン。隠里エルウィンの里長《さとおさ》だよ」

ビョルンの紹介を受け、エルウィンの里長は無言で左手を肩の高さに掲げた。その掌には『知られざる者』の証し、十字の刺青がある。髪は黒く、肌は褐色。目は細く、顎は四角く、どちらかというと強面《こわもて》だ。胸板は厚く、首も太い。だが上背はなく、彼の頭はレオナルドの肩にも届かない。

「お前の立場はわかった」

黒目がちな目でレオナルドを見て、ジウはむっつりと呟いた。

「それで、何が望みだ？」

居住まいを正し、レオナルドは切り出した。

「レーエンデ義勇軍を再結成したいのです。帝国軍と戦える人材を俺に貸してください」

「戦闘訓練を受けた兵士を貸せという意味ならそれは出来ない」

「やはりペスタロッチは信用出来ませんか？」

「そうではない」

表情を変えることなくジウは言う。

「いないのだ」

「え？」

「狩猟には銃を使う。銃の扱いに長《た》けた者もいる。だが戦闘訓練はしていない」

その答えは予想していなかった。エルウィンはレーエンデ義勇軍に協力し、テッサ・ダールとともに帝国軍と戦った。アルトベリ城を追われた義勇軍の生き残りを受け入れたのもエルウィンだ。今も牙を研ぎ澄ましているはずだと、反撃の機会をうかがっているはずだと、勝手に思い込んでいた。

「ではエルウィンはただ隠れていただけ——なんですか？」

レオナルドの質問に、ジウの眉が少しだけ動いた。

「今は銃の時代だ。テッサの時代とはわけが違う。百人程度の兵士で戦争をしかけて、帝国と五分の戦いが出来ると思ったら大間違いだ」

テッサの時代は騎士の時代。剣と弓が主流だった。あの時代にも銃はあったが、今ほどの精度はなかった。現代の銃の恐ろしいところは、扱いが簡単であるという点だ。戦闘経験のない素人でも、銃を持たせて二、三日訓練すればそれなりの兵士になる。高度な作戦行動は取れなくても、敵地に突撃し、状況を混乱させるだけなら充分だ。

「帝国には金も武器もふんだんにある。そんな連中を相手に私達が勝機を見いだすには、何が必要だと思う？」

教え諭すような口調だった。面倒臭そうでもあった。

舐められている。馬鹿にされている。レオナルドは苛立った。

「金でも武器でもかなわないなら、頭数を揃える――とか？」

「人間の数でも帝国のほうが上回っている」

確かに。

「わかりません」レオナルドは両手を上げた。「降参です。正解を教えてください」

「情報だ」

ジウは人差し指でこめかみを叩いた。

「情報をもとに戦略を立てる。勝機はそこにしかない」

しかし御子はすでに絶望の淵《ふち》にいる。悠長にかまえている時間はない。

「神の御子が絶望し、レーエンデもろとも自滅することを懸念しているのか？」

心中を言い当てられ、レオナルドは驚いた。

「なぜ貴方がそれを知っているんです？」

「僕が話した」とビョルンが手を挙げる。

「君がもたらした情報は有益だった」とジウは言う。「聖イジョルニ帝国の国民の大半はクラリエ教徒だ。歴代法皇帝が創造神の御子を幽閉し、その奇跡の力を私利私欲のために濫用していたことが露呈《ろてい》したら──」

ぐるきゅううぅ……という音がした。

「あ、ごめん。お腹が鳴っちゃった」

緊張感のない顔でビョルンが笑う。

「昼ご飯を食べてる暇なかったからさ。お腹ペコペコなんだよ」

今日は朝早くにボネッティを出て、休憩もせずに歩き通した。途中、歩きながらビスケットを齧ったが、腹の足しにはならなかった。

「夕食にしよう」

にこりともせず、ジウが言った。

「空腹で話し合ってもよい案は浮かばない。今夜はたっぷり喰って、ゆっくり休め」

「しかし──」

「革命は一夜にしてならずだ。数日のうちにレーエンデが滅びるのであれば、いずれにしろ打つ手はない。今夜一晩休んだからとて命運に変わりはない」

「そういうこと」ビョルンが同調する。「大局を見るのも大切だけどね。毎日の食事も大事だよ」

あんたは気楽すぎる、と思った。だが言い返しても得るものはない。今は『知られざる者』を頼るしか術がない。

「わかった」

レオナルドは不承不承、頷いた。

「話の続きは明日にしよう」


翌朝早く、レオナルドはビョルンに叩き起こされた。

顔を洗う暇もなく、ジウの元へと急《せ》き立《た》てられる。

「今朝早く、ノイエレニエから知らせが届いた」

エルウィンの里長は挨拶抜きで切り出した。

「フィリシア妃《ひ》の葬儀中、ヴァスコ・ペスタロッチが倒れた。聖ミラベル病院に運ばれ、緊急手術が行われたそうだ」

レオナルドは息を呑んだ。

「それで容態は？　助かったのか？」

「まだ生きてはいるようだが、予断を許さぬ状態らしい」

ジウは険しい顔で腕を組む。

「これで当面の間、ヴァスコは身動き出来なくなった。間近に迫っていたレーエンデの消滅は回避されたと考えていいだろう」

それは確かに朗報だ。

だが、レオナルドは喜べなかった。

人並み外れて剛健なヴァスコがこのタイミングで倒れるなんて出来すぎている。まさに奇跡としか言いようがない。

あの夜、俺がジュードを押さえている間に、ルクレツィアは神の御子に願ったのだ。

その願いは聞き届けられ、奇跡は起きた。

彼女が言っていた《秘策》とは、このことだったのだ。

第六章　ここに地獄を

《孤高の月》

新大陸伝来の薔薇『孤月』から抽出された精油を主成分とする香水。その芳香をルクレツィアが好んだといわれているが、根拠はない。

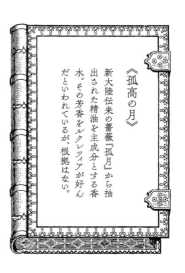

聖イジョルニ暦九一四年十一月六日。

シャイア城の礼拝堂では、しめやかにフィリシアの葬儀が執り行われていた。

ルクレツィアは黒いヴェールで顔を隠し、礼拝堂の片隅《かたすみ》に座っていた。参列者は最高司祭や法皇庁の高官達ばかりだった。彼らは腹の探り合いに忙しく、そこにルクレツィアがいることにも、彼女の隣にレオナルドがいないことにも気づかなかった。

俯いて目を閉じると、昨夜のことが思い出される。確かにこの目で見たはずなのに、あまりに現実離れしていて、すべてが夢であったかのように思えてくる。あの子は人魚足の銀呪病患者だったのかもしれない。それを私が勝手に神の御子だと思い込んだだけなのかもしれない。

「神は見ておられる。神の御子は見守っておられる。神の奇跡は実在する。神の御名に願いを捧げよ。もっとも信心深い者にこそ、神のご加護は与えられん」

だが、私は神の御名に願いを捧げた。

もし本当に奇跡が起きたら、神の御子は実在するという証しになる。

神から授かった天命が、本物だという証しになる。

「フィリシア！　戻ってこい、フィリシア！」

ヴァスコの声が聞こえてくる。

彼は法衣も纏わず、祈りの言葉も唱えず、壇上に安置された棺の周囲をうろついている。人目を憚《はばか》らず、子供のように喚き散らしている。

「認めない！　認めないぞ！　お前は私のものだ！　永遠に私のものだ！」

ヴァスコの狂乱を無視し、式は粛々《しゅくしゅく》と続いた。送別の祈りが終わり、葬送の歌が始まった。荘厳なパイプオルガンの音と合唱隊の歌声が礼拝堂に響き渡る。

ゴン……という重たい音がした。続いて甲高《かんだか》い悲鳴。

何事かと参列者達が立ち上がる。最高司祭達が血相を変えて集まってくる。壇上から身を乗り出し、祭壇の下を指さしている。

「法皇帝が落ちたぞ！」

「駄目だ、動かすな」

「医者を呼べ、早く！」

切迫した声が聞こえてくる。礼拝堂は騒然となった。

不安そうにざわめく人々の中で、ルクレツィアは一人、祈り続けていた。その肩が小刻みに震えている。黒いヴェールの下で彼女は笑っていた。

確信と会心の笑みだった。

やがて医者が駆けつけ、ヴァスコは運ばれていった。葬儀は中断され、参列者達は帰された。

ルクレツィアは素知らぬ顔で自室に戻った。ヴェールを脱ぎ捨て、寝室へと向かう。寝台の傍に立ち、かつてそうしたように天井に向かって呼びかける。

「幽霊さん、姿を見せてください」

音は聞こえなかった。わずかに空気が震えただけだった。気づけば扉の前に黒装束の男が立っていた。頭に黒い布を巻き、顔の下半分を覆い隠している。

「久しぶりですね」

話しかけても答えはない。

「貴方のおかげで私は命を存えました。貴方の導きで私は天命を得ることが出来ました。ありがとうございます」

幽霊はかすかに身じろぎをした。もしかしたら会釈をしたのかもしれない。

「あの、幽霊さん」

思い切ってルクレツィアは踏み込んだ。

「私には貴方の助けが必要です。どうか力を貸してください」

「私は荒事には向いていません」

初めて聞く影の声は低く、ざらついていた。

「もし助けが必要であるならば、手練《てだ》れの影を送るよう、ダンブロシオ家に打診してみることをお勧めします」

ルクレツィアは首を横に振った。

「ダンブロシオ家の影はダンブロシオ家の利益のために動く。それでは駄目なのです。私がほしいのは、私のために動いてくれる影です。かつて貴方は命懸けで私を助けてくれました。あれはダンブロシオ家の命令ではなく、貴方自身の判断だった。違いますか？」

幽霊は是とも否とも言わない。

ルクレツィアは杖の先でトンと床を叩いた。

「貴方には私の目となり耳となって、人の秘密や弱みを探り出してほしいのです。私の目的はただひとつ。神の御子を始原の海へと還すことです。でも――」

「承知しました」

遮って、影は応えた。

「そういうことであれば、私でもお役に立てるでしょう」

胸に手を当て、恭しく片膝をついた。

「なんなりとお申しつけください」

ルクレツィアは眉根を寄せた。彼の翻意の早さに違和感を覚えた。

「もしかして……貴方の目的も神の御子を始原の海に還すことなの？」

「はい」

「どうして？」

「お答えしなければいけませんか？」

わずかに笑いを含んだ声。

「同じ目的のために協力をする。それだけではいけませんか？」

顎に手を当て、ルクレツィアは考えた。

確かに――それだけで十分だ。

「名前がないのは不便ですね。貴方のことはなんと呼べばいいですか？」

「では……『ペスカ』と」

影働きをする者は名前も故郷も捨てるという。ペスカという名前もおそらく本名ではないだろう。それでもかまわなかった。彼が裏切ることなく、最後まで味方でいてくれること。大切なのはそれだけだ。

「ではペスカ。父と母しか知り得ない二人だけの秘密を教えてください。剣呑《けんのん》なこと、残酷なこと、口にするのも憚られるような淫《みだ》らなことでもかまいません。心当たりはありませんか？」

影は立ち上がり、音もなく彼女に近づいた。

「お耳を拝借」

そう前置きをして、胸が悪くなるような、ある秘密を語った。


ペスカという味方を得たことで、ルクレツィアは目と耳を得た。

でもまだ足りない。天命を成し遂げるためには駒がいる。彼の言動から心を読み解き、持てる手札をすべて使って、彼を籠絡するのだ。それが出来なければ、次の段階へは進めない。

その日の夜遅く、ジュードが部屋にやってきた。

開口一番、彼は尋ねた。

「レオナルド様のお姿が見えないようですが、彼は今どこに？」

「今朝、私が目を覚ました時にはもう部屋にはいらっしゃいませんでした。鞄も帽子もステッキもなくなっていましたので、おそらく出ていかれたのだと思います」

でも——と言い、彼女は閉じられたカーテンへと目を向けた。

「その窓が開け放たれたままでした。それが少し気になりました」

「気になる、とは？」

「まさかとは思いますが、飛び降りてしまわれたのではないかと」

ジュードは血相を変えた。ルクレツィアが示した窓に駆け寄り、窓と鎧戸を開く。窓枠から身を乗り出し、真っ暗な崖下《がけした》に目をこらす。

その背中に歩み寄り、淡々とした声でルクレツィアは続ける。

「お兄様はペスタロッチ家の嫡男でありながら、父に認めて貰えず苦しんでいました。それほどまでに敬愛していた父が、異形の稚児を塔に囲い、加虐していることを知って、お兄様はひどく取り乱していらっしゃいました」

悄然《しょうぜん》として肩をおとし、彼女はジュードに目を向けた。

「そんな彼の姿が、私にはとてもあやうく見えました」

「でしたらなぜ看過なさったのです！　どうして私に知らせてくださらなかったのですか！」

「貴方に知らせてどうします。昨夜、貴方は事の隠蔽を図った。お兄様はそんな貴方の態度にも、ひどく失望していらっしゃいました」

「ルクレツィア様、貴方は――」

言いかけて、ジュードは口を閉ざした。

口にせずとも予想はついた。ヴァスコが倒れたのは貴方のせいなのか。貴方は奇跡の力を使ったのか。それらを問えば墓穴を掘ることになる。あの子が何者か、教えることになる。

だからジュードは何も言えない。何も訊けない。

深く刻まれた眉間の皺が彼の苦悩を物語る。

「この世は暗く、絶望に満ちています」

ルクレツィアは茫洋《ぼうよう》と呟いた。

「死は唯一の救済です。死にたい者は死なせてやればいいのです」

「そんな……なんということを——」

「貴方だって、フィリシアの自死を看過したではありませんか」

ジュードの顔から血の気が引いていく。何かを言おうとするが、声も言葉も出てこない。

「貴方を責めるつもりはありません」

儚げに微笑んで、ルクレツィアは最後の一撃を放った。

「ヴァスコから解放され、フィリシアはようやく自由になることが出来たのですから」

ジュードは息を止めた。そしてがっくりと肩を落とした。俯いたまま何も言わない。もはや言い返す気力も残っていないのだろう。ルクレツィアは満足した。ジュードの罪悪感を利用し、反論を封じた。あともう一押しすれば彼は落ちる。私のために働いてくれるようになる。

だが今日はここまででいい。

「それで、ヴァスコ様のご容態は？」

ルクレツィアは話題を変えた。

「それを伝えに来てくださったのでしょう？」

ジュードは右手で瞼を押さえた。二、三回、強く頭を振り、大きく息を吐き出した。

「聖ミラベル病院で緊急手術が執り行われました。術式は成功しましたが、いまだ予断を許しません。医者の話では貧血を起こして倒れたのだろうと、その際に運悪く壇上から落ち、脊髄《せきずい》を損傷した可能性があるとのことでした。現在は患部を固定し、意識が回復するのを待っている状態です」

「助かるのですか？」

「現時点ではなんとも言えないそうです」

「お目覚めになったらすぐにお目にかかれるよう、手配してくださいませんか？」

「いけません！　それはいけません！」

必死の形相でジュードは叫んだ。

「もし再会をはたしたら、ヴァスコ様は貴方を殺します。もはや私でもかばいきれません。今度こそ確実に貴方は殺されます」

彼の懸念はもっともだ。だがルクレツィアは知っている。ヴァスコは私を殺せない。もう手も足も出せない。

「どうしてもお目通り願いたいのです。至急ペスタロッチ家の家督を譲っていただけるよう、お願いしなければならないのです」

「ならばステファノ様をお呼びいたします。ですから――」

「家督を継ぐのは私です。ステファノ様ではありません」

ジュードは面喰らったようだった。口を半開きにしたまま二の句が継げずにいる。

彼が反論する前に、ルクレツィアはさらに言う。

「これは必要なことなのです。ヴァスコ様をお守りするために、絶対に必要なことなのです」

ジュードは渋面を作った。葛藤《かっとう》と逡巡、数秒間の沈黙。だが彼は主君に忠実な男だ。ヴァスコを守るために必要なのだと言われたら、断ることなど出来はしない。

「承知しました」

彼は不承不承、頭を垂れた。

「ヴァスコ様がお目覚めになるまで、ここにご逗留《とうりゅう》ください。後ほど侍女を手配します」

それでは——と言い残し、足早に部屋を出ていく。今から湖に船を出し、レオナルドを捜すつもりなのだろう。だが遺体はあがらない。生死不明の状態では「生きている」と主張することも「死んだ」と公表することも出来ない。レオナルドの存在は宙ぶらりんのまま保留される。だがボネッティに戻らず、行方もわからないとなれば、いずれは誰もが諦めざるを得なくなる。

レオナルドは英雄になる。彼にとってペスタロッチの肩書など邪魔でしかない。レオナルド・ペスタロッチは、死んだほうがいいのだ。死んだということにしておいたほうが、何かと都合がいいのだ。

ルクレツィアは次の仕事に取りかかった。ヴァスコが意識を取り戻す前に、やっておかなければならないことは山ほどあった。ジュードが手配してくれた侍女に金貨を渡し、お気に入りの砂糖菓子を買ってきてほしいと頼んだ。「おつりは貴方が取っておいて」と言うと、彼女は喜んで薔薇の形の砂糖菓子を用意してくれた。

法皇帝不在につき、城内での礼拝はすべて中止となった。だがルクレツィアは足繁く礼拝堂に通った。祭壇の前に跪き、ヴァスコの回復を祈っているように見せかけた。

「邪険に扱われて城からも追い出されたというのに、なんて優しい子なのだろう」

「フィリシア様に勝《まさ》るとも劣《おと》らない美しさ、まさに天使のようじゃないか」

そんな声が聞こえてくるのに、数日とかからなかった。彼女が自由に城の中を歩き回っても、咎《とが》め立《だ》てする者はいなくなった。ルクレツィアは厨房や厩《うまや》に足を運び、そこで働く者達と交流を持った。歩哨《ほしょう》や門番に「お疲れさまです」と声をかけ、衛兵達に「いつもありがとうございます」と微笑んだ。強者揃いの王騎隊とはいえ若い男がほとんどだ。見目麗しい皇女の笑顔に陶酔しない者はいなかった。

人心掌握に努《つと》める一方で、ルクレツィアは船着き場に忍び込み、銀呪塊を手に入れた。ペスカの助言に従い、家畜小屋から物置の鍵と焼きごてを拝借してきた。寝台の下にある秘密の扉を開け、人に見られたくないものを書架の上に隠した。

考え得るすべての準備が調った時、ヴァスコが意識を取り戻したという一報が入った。

奇跡は成された。ルクレツィアが望んだ通り、ヴァスコの身体は首から下が麻痺していた。この知らせが巷に広まれば、すぐに権利の奪い合いが始まる。急いで守りを固めなければ、法皇帝の座を狙う輩《やから》にヴァスコが暗殺されてしまう。

聖イジョルニ暦九一四年十一月十六日、彼女はジュードとともに馬車に乗り、聖ミラベル病院に向かった。病室の寝台にヴァスコは横たわっていた。落ち窪んだ眼窩《がんか》、土気色の顔、中空を見つめる目に生気はない。首は器具で固定され、頭には白い包帯が幾重にも巻かれている。

彼はもう自分の足で立つことも、その手で幼子の首をへし折ることも出来ない。無論、同情などしない。これは報いだ。今度はお前が道具となって、御子のお役に立つ番だ。

「貴方はここにいてください」

ジュードに告げ、ルクレツィアは一人、病室に入った。

そこで足がすくんだ。気圧されたからではない。これが最初の正念場だからだ。ここだけは誰にも頼れない。失敗は決して許されない。

ルクレツィアは深呼吸をした。

ヴァスコは神を信じていない。だが奇跡の力は信じている。

臆するな。堂々と騙せ。神の御業に抜かりはない。私は必ずやり遂げる。

ルクレツィアは寝台の傍へと歩み寄った。

気配を感じたのか、ヴァスコの眼球がぎょろりと動いた。

「フィリシア？」

母がヴァスコに見初められたのは十四歳の時、ルクレツィアはあと二月で十四歳だ。見間違えるほど似ていたとしても不思議はない。このまま騙し通せれば――と思ったが、さすがにそう上手くは行かなかった。

「ルクレツィアか」

生気のなかった彼の目に、怒りと憎しみが戻ってくる。

「誰か、誰かいないか！」掠れた声でヴァスコは喚いた。「おいジュード、いるんだろう！　この忌み子を殺せ！　ただちに殺せ！」

「お待ちください、ヴァスコ様。私です。フィリシアです」

目に涙を浮かべ、ルクレツィアは両手を組んだ。

「おっしゃる通り、この身体はルクレツィアのものです。ルクレツィアは私の死をはかなんで、銀呪を呼って死にました。　魂をなくした娘の身体を依り代にすることで、ようやく戻ってくることが出来ました」

「下手な芝居はよせ」

ヴァスコはいまいましげに鼻を鳴らした。

「そんな虚言に騙されるとでも思ったか」

「私は浅薄でした。己のことを哀れむばかりで、ヴァスコ様の崇高な愛に気づくことが出来ませんでした。ヴァスコ様の真心も知らず、銀呪を飲んだ私を、どうかお許しください」

彼女は寝台の傍にくずおれた。両の手で顔を覆ってすすり泣く。

「こんなにも愚かな私を取り戻そうと、ヴァスコ様は神の御子に願ってくださいました。私を生き返らせろと、エールデ様に祈ってくださいました」

その名を聞いた途端、ヴァスコの顔に動揺が走った。

「お前、どこでその名を――」

「さまよう魂となって私もあの場におりました。ヴァスコ様のお姿を、中空から拝見しておりました。あの時ほど、己の愚かさを悔いたことはございません。かなうのならばもう一度、ヴァスコ様のお傍に戻りたい。心から謝罪を申し上げたい。煩悶《はんもん》する私を哀れに思われたのでしょう。慈悲深き神は、私の願いを聞き届けてくださいました」

二本の指で印を切る。よろよろと立ち上がり、ヴァスコの胸に倒れ伏す。

「許してほしいとは申しません。ですが、どうか言わせてください。ヴァスコ様、愛しています。愛しています。誰よりもお慕い申し上げております。ヴァスコ様の愛を疑い続けた罰として、たとえ地獄に落ちようとも、貴方は私の唯一の光。もはや迷うことも見失うこともございません」

ゆっくりと身を起こす。涙を拭い、微笑んでみせる。

「ヴァスコ様、愛しの我が君。こんなにも愛していただいて、私はとても幸せでした。最後にこうして真心をお伝えすることが出来て、とても嬉しゅうございました。もはや思い残すことはございません。私は神の御許《みもと》に参ります」

身体の前で手を揃え、深々と一礼する。

「さようなら、ヴァスコ様」

寝台に背を向け、歩き出す。

一歩、二歩、三歩――

「待て」

ヴァスコの声が聞こえた。

ルクレツィアは口角をつり上げた。一瞬でそれを消し、おずおずと振り返る。

ヴァスコの顔に迷いの色が浮かんでいた。否定しようとしても否定しきれない、小さな期待が生まれていた。

「本当にフィリシアなのか？」

「はい」

「確かにフィリシアのようにも見える。だがその目、その髪はルクレツィアのものだ」

「いいえ、ヴァスコ様。私は貴方のものです。この目も、この髪も、心も魂も、すべてヴァスコ様のものです」

今こそ切り札を切る時だ。

ルクレツィアはヴァスコの元に駆け戻った。

「初めて愛を注いでいただいた夜、ヴァスコ様はおっしゃいました。お前は俺のものだと、決して誰にも渡さないと。その証左として、私に印をくださいました」

フィリシアを攫《さら》ったその夜にヴァスコは彼女の純潔を散らした。泣き叫ぶ彼女の内股に《所有者》として焼き印を捺した。ペスカが教えてくれた秘密。ヴァスコとフィリシアしか知り得ない、おぞましい秘密。

それを聞かされた時には嫌悪と怒りで震えが止まらなくなった。それを自分がやるのだと思うと屈辱のあまり吐き気がした。家畜小屋から焼きごてを拝借してから、決断するまでに三日かかった。

下着姿になり、悲鳴を堪えるためにハンカチーフを嚙み、暖炉で熱して真っ赤になった焼きごてを、自らの内股に押しつけた。

あまりの激痛に失禁した。床の上をのたうち回った。涙と涎を垂れ流して笑った。よくやった、よく我慢した、これが出来れば大丈夫、どんな恥辱にも耐えられる。この顔と身体は母が私にくれた武器だ。この肉体を餌にして赤い野獣を手懐ける。十四歳のフィリシアに横恋慕し、十六歳の彼女を陵辱した獣なら、この身体にも必ず喰いつく。

さあ、肉欲の宴を始めよう。

ルクレツィアは寝台の上によじ登った。ドレスの裾をまくり上げる。彼の目の前で両足を開く。露わになった白い太股《ふともも》、内側の付け根近くに赤黒い烙印がある。『ＣＳＲＳ』の飾り文字。

『Came from the Sea, Return to the Sea.《海より来たりて海に帰す》』の略称だ。法皇帝の所有物であることを示すため、家畜に捺《お》される焼き印だ。

「お願いです、ヴァスコ様。もう一度、愛していると言ってください。あの夜のように私の名を呼び、私を抱きしめ、私にお慈悲を与えてください！」

奇跡に頼ってでも取り戻したい。そう願った最愛の者が死の淵から舞い戻ってきたのだ。彼の愛を拒《こば》み続けてきたフィリシアが、心から謝罪し、やり直したいと懇願しているのだ。

逆らえるわけがない。

抗《あらが》えるわけがない。

喰いつけ。落ちろ。そして呼べ。この私を、母の名で！

「フィリシア……おお、フィリシア！」

ヴァスコは叫んだ。歓喜と懊悩《おうのう》が入り交じった声で。

「俺はもうお前を抱けない。その髪を撫でることも、その乳房に顔を埋《うず》めることも、お前に法悦を与えてやることも出来ない！」

「ヴァスコ様、それでも私は貴方のものです。これからは私が貴方の手となり、足となります。貴方の口となり、耳となって、第八代法皇帝の御代は終わっていないと帝国民に知らしめます」

「よく言った。よくぞ言った！」

感涙し、ヴァスコは顎で彼女を招いた。

「近くへ。その印をもっとよく見せてくれ」

「はい」

ルクレツィアは慎ましやかに、しかし大胆に足を開いてヴァスコの頭を跨《また》いだ。枕の上に膝をつき、白き太股で彼の頭を挟み込む。ヴァスコは彼女の股間《こかん》に顔を埋めた。赤黒い舌を伸ばし、まだ赤みの残る焼き印を、ぬらぬらぬらと舐め回す。

内股を湿った舌が這い回る。そのおぞましさに総毛立つ。嫌な汗が噴き出してくる。堪えきれずに身体が震える。執拗《しつよう》に肌を吸われ、思わず嫌悪の呻きが漏れる。

「フィリシア……フィリシア……」

恍惚《こうこつ》として、ヴァスコはささやく。

「ああ、お前の味がする」

「ヴァスコ様、私は貴方のもの。私のすべては貴方のものです」

そうだ。今度は私がお前を支配する。耽溺《たんでき》しろ。もっと耽溺しろ。

私以外の物事が一切見えなくなるほどに。

ルクレツィアは城には戻らなかった。

聖ミラベル病院に泊まり込み、医師と看護師から四肢麻痺患者の介助法を習った。ヴァスコに粥《かゆ》を食べさせ、薬を飲ませ、彼の寝台で添い寝をした。父の髪を梳《す》き、髭を剃《そ》り、身体を隅々まで拭《ふ》き清め、排泄《はいせつ》の処理も自ら進んで行った。求めに応じて彼の唇に接吻し、身体のあらゆる部位を舐めさせ、肌を吸われるたびに淫らな嬌声《きょうせい》を上げた。すべてはヴァスコを自分に依存させるため。余人を近づけず、目や耳に入る情報を制限し、ヴァスコを孤立させるためだった。

目論《もくろ》み通り、ヴァスコは昼も夜も《フィリシア》を求め、彼女の腕に抱かれて眠った。頑健《がんけん》であった頃の粗暴さは失われ、狡猾《こうかつ》なまでの用心深さも薄れていった。

昏睡《こんすい》から目覚め、一ヵ月が過ぎる頃、ついにヴァスコは口にした。

「お前なしでは生きられない」と。

「身体の自由を取り戻し、もう一度、お前を抱きたい」と。

ルクレツィアは会心の笑みを浮かべた。

「シャイア城に戻りましょう。神の御子に御身の回復を願いましょう」

特別製の馬車が用意された。ヴァスコは寝台ごとシャイア城に運び込まれた。

城内は閑散としていた。ルクレツィアがジュードに頼み、信頼のおける者だけを残し、それ以外の使用人には暇を取らせたからだ。城の警備に当たっているのは王騎隊の中でも選《え》りすぐりの精鋭だった。彼らは法皇帝に忠節を誓い、ルクレツィアの命令に従い、たとえ四大名家の人間でも、シャイア城への立ち入りを許さなかった。

まるで戦時のような物々しさだった。それでもやりすぎだとは思わなかった。一番怖いのはヴァスコが暗殺されることだ。権力を手に入れ、最高議会を掌握するまで、彼には生きていて貰わなければならない。

ヴァスコはシャイア城の主寝室に運ばれ、城主の寝台に寝かされた。

夕食後、人払いした寝室でルクレツィアはヴァスコに呼びかけた。

「ヴァスコ様、お目覚めでいらっしゃいますか？」

「ああ、起きている。やはり城の寝台は落ち着くな」

ヴァスコは薄目を開けて彼女を見た。ルクレツィアは寝台に腰掛け、彼の胸に頭を預けた。この一ヵ月ですっかり薄くなってしまった胸板に鈍色の鍵がのっている。それは鐘楼の最上階、神の御子を閉じ込めている部屋の鍵だった。今のヴァスコには抵抗する術がない。鍵を取り上げることなど造作もない。

しかし、ルクレツィアは急がなかった。

「ヴァスコ様、お願いがございます」

「なんだ、言ってみろ」

「私をヴァスコ様の名代にご指名ください。鐘楼の螺旋階段は急勾配《きゅうこうばい》な上に曲線も厳しく、御身を最上階まで運ばせるのはあまりにも危険です。もしヴァスコ様の身に万が一のことがあったら、私も生きてはいられません」

眉根を寄せ、哀れっぽく懇願する。

ヴァスコは鷹揚に頷いた。

「許す。俺の首から鍵を取れ。俺のため、そしてお前のために、奇跡を賜ってこい」

「かしこまりました」

ルクレツィアはヴァスコの首から鎖を外し、鈍色の鍵を手に取った。柄に刻まれた蔦の文様。複製を難しくするためか、鍵の部分はかなり複雑な作りになっている。

「必ずや務めを果たして参ります」

ルクレツィアは鍵を自分の首に下げ、ランプを持って主寝室を出た。階段を下り、礼拝堂へ向かう。すでに夜は更けている。回廊の角に立つ歩哨以外に人の姿は見られない。

礼拝堂に明かりはなかった。座席を覆う白い布を月光が青く照らしている。ルクレツィアは鐘楼へと続く扉を抜け、螺旋階段の手前で立ち止まった。くるりと身体の向きを変え、一段目に腰を下ろす。足下にランプを置いて、頬杖をついた。

目を閉じて、思い出す。前にここに来た時、塔の中は泡虫で一杯だった。いつもと様子が違って怖かった。でもお兄様が助けてくれた。足の悪い私を背後にかばい、先に立って階段を上ってくれた。途中で動けなくなってしまった私を楽々と抱き上げて、上階まで運んでくれた。

あれからもう一ヵ月半。今頃、お兄様はどこで何をしているだろう。反帝国組織と接触出来ただろうか。首尾よく仲間に入れて貰えただろうか。お兄様は人がよすぎて嘘をつくのが下手だから、余計なことを言って、反感を買ったりしていなければいいのだけど――

「楽しそうですね？」

ペスカの声が聞こえた。

「御子に奇跡を願わなくてもよろしいのですか？」

姿は見えないが、すぐ近くにいるらしい。思い出し笑いを見られたのかと思うと、少し気まずい。

「奇跡は一度で充分よ。私の願いはもうかなったわ」

「しかし御子の力があれば、先日のようにあやうい橋を渡る必要はなくなります。ほかならぬルクレツィア様の頼みとあらば、神の御子も協力してくださるはずです」

「そうかしら？」

拳を口に当て、クスクスと笑う。

「御子は今でもレーエンデのことを愛しているわ。これから私がすることを知ったら絶対に反対する。なのに協力を迫ったりしたら、それこそ本末転倒よ」

それに——

「私が奇跡の力を借りたら、神の御子も共犯になってしまう。それはどちらのためにもならない。神の御子は悪い連中に捕まっている可哀想な子で、でも最後はレーエンデの英雄に救い出されて始原の海へと戻っていく。これが一番美しくて、わかりやすい筋書きだとは思わない？」

「……なるほど」

ペスカの声にも、どこか面白がっているような響きがある。

「その筋書きの中で、貴方は何の役を演じるのですか？」

「あら、言ってなかった？」

目を瞬いて、彼女は答える。

「悪い魔女よ。古代樹の森を焼いた『狂月王』や、犠牲法を定めた『残虐王』の名前が霞《かす》んでしまうくらいのね」

微笑んで、暗い天井を見上げる。

「よく言うでしょう？『夜明け前が一番暗い』って。夜の闇が暗ければ暗いほど、黎明の星は眩しく輝くのよ」

「それはレオナルド様のことですか？」

久しぶりにその名を聞いた。胸の奥で心臓が跳ねる。心が軽やかに歌い出す。

彼女は両手で自分の頬を叩いた。

しっかりなさい、ルクレツィア。心なんて不要なもの、早く捨ててしまうのよ。

「お兄様は戻ってくるわ。夜明けを引き連れて戻ってくる。レオナルドの名前は神の御子を救った英雄として、永遠に語り継がれることになる」

それに――と言い、うっとりと目を細める。

「これは、ちょっとした意趣返しでもあるの」

「ほう?」意外そうな声。「なんですか、それは?」

「……教えない」

赤くなった頬を両手で隠し、ルクレツィアは呟く。

「乙女のささやかな夢だもの。教えたところで貴方には理解出来ないわ」


螺旋階段で小一時間ほど過ごした後、ルクレツィアは主寝室に戻った。

「申し訳ございません。切なる願いは聞き届けていただけませんでした」

「あの化け物！　またも俺を愚弄《ぐろう》するか！」

ヴァスコの怒声が天井に響く。

ルクレツィアはヴァスコに縋りついた。彼の胸に顔を埋め、口汚く神を罵った。

「神の御子になど頼らずとも私がおります。私はいつまでもヴァスコ様のお傍におります」

彼女はヴァスコの顔にキスの雨を降らせた。

それだけでヴァスコは上機嫌になった。

「いいのだ、フィリシア。お前の愛さえあれば他には何もいらない」

「心優しいヴァスコ様。お約束いたします。御身は必ず、必ず私が守ります」

ルクレツィアは彼の首に鍵を返した。同じ色、同じ大きさ、同じ重さ。ヴァスコは疑いもしなかったが、それは蔦飾りの鍵ではなく、家畜小屋の物置の鍵だった。

「ヴァスコ様と生きる幸せ、誰にも邪魔はさせません。ヴァスコ様、どうか私に勇気をお与えください。法皇帝の座を狙う不埒《ふらち》な輩を退ける術をお与えください」

ルクレツィアは巧《たく》みに彼を誘導した。言われるまま、ヴァスコは彼女にペスタロッチ家の家督を譲った。役人が証書を作成し、ジュード・ホーツェルが証人となった。とはいえルクレツィアはまだ未成年。彼女が十八歳になるまで資産の名義はヴァスコのままだ。よってペスタロッチ家の家督が彼女に引き継がれたことは公にはならなかった。すべてルクレツィアの狙い通りだった。

これで《目と耳》、そして《力》が手に入った。

次はいよいよ《手》と《足》だ。


ルクレツィアはジュード・ホーツェルを自室に招いた。

部屋に入ってくるなり、彼は声を荒らげた。

「いつまでフィリシア様のふりを続けるつもりですか！」

和やかにお茶を飲むような雰囲気ではなかった。ルクレツィアは呼び鈴を鳴らすのをやめ、椅子に座った。

「なにをそんなに怒っていらっしゃるのです？」

「ヴァスコ様は貴方の実の父親です。血の繋がった父娘《おやこ》が同衾《どうきん》するなど、決してあってはならないことです！」

「同衾しているだけです。近親相姦《そうかん》には当たりません。ヴァスコ様の男性は損なわれてますゆえ、子が出来る心配は万にひとつもありません」

「そういう話をしているのではございません！」

大声が耳に痛い。ルクレツィアは顔をしかめた。

「私はヴァスコ様をお守りしたいだけです」

「それを私に信じろと？」

「ではお尋ねします。もしヴァスコ様が亡くなられたら、私達はどうなると思います？」

ジュードは言葉に詰まった。

彼の代わりにルクレツィアは答えた。

「法皇帝の座を狙う者達は、こう考えます。ヴァスコに鐘楼の螺旋階段は上れない。だからといって諦めるはずがない。なんとしてでも神の御子に身体の回復を願おうとする。ヴァスコが名代を立てるとしたら、それは彼がもっとも信頼している二人、ジュード・ホーツェルかルクレツィア・ペスタロッチ、そのどちらかに違いない。すなわち、二人のどちらかが御子の神名を知っている」

頬に手を当て、彼女は小さく息を吐く。

「彼らがヴァスコ様の暗殺に成功したら、私と貴方は捕らえられます。神名を言うまで拷問されたあげく、殺されることになります。私がヴァスコ様をお守りするのは保身のためでもあるのです」

ジュードは堅物だが頭が悪いわけではない。今の状況がわかっていないはずはない。

「座ってください」

冷静な声でルクレツィアは告げた。

「今後、どうやってヴァスコ様をお守りするのか。その相談をさせてください」

硬い表情のまま、ジュードは長椅子に腰を下ろした。

「——私は怖い」

呟いて、両手で額を押さえる。

「また大罪を犯すのが怖いのです」

彼はヴァスコの暴虐を許した。息子に誇れる父親でありたいと願いながら、このままでは主君に逆らえず罪を重ねてしまう。そんな自分に、彼は恐怖を感じているのだ。

「主君に忠実な臣下は忠臣と呼ばれます。貴方はそう呼ばれることを誇りに思っていたはずです」

ルクレツィアは小首を傾げた。

「貴方は主命に従っただけ。なのになぜ罪悪感を覚えるのですか？」

「なぜ——」

憮然としてジュードは反芻《はんすう》した。

「主命に従い、大罪に手を貸してしまったから——でしょうか」

「違います。ヴァスコ様が貴方の親友だったからです」

どんなに理不尽なものであっても、主君の命令ならば従うのが忠臣だ。

しかし友が道義に反することをしようとしたら、殴ってでも止めるのが親友だ。

「幸いなことに、私は貴方の友人ではありません。私にとって貴方は家臣、使い勝手のいい道具にすぎません。どのように使われたとしても道具が痛痒《つうよう》を感じる必要はない。もっと端的に言うならば、大罪を犯すのは私であって貴方ではないということです」

ジュードは答えなかった。ただ放心したように彼女を見つめている。

犯した罪が大きければ大きいほど、非を認めるのは難しくなる。認めたが最後、罪の重さに押し潰されてしまうからだ。だから人は理論をすり替えて己を正当化する。記憶に蓋をして何もなかったことにする。

家名を捨てて逃げることだって出来たはずなのに、レオナルドはボネッティに戻ってきた。ペスタロッチの名を使って会社を興し、利益をレーエンデに還元した。そこまでしてもなお、彼は幾度となく「偽善者」と罵られ、唾を吐かれてきた。レオナルドは反論せず、ひたすら謝罪し、レーエンデのために黙々と働き続けた。彼のように、罪を背負ってもなお、まっすぐに生きられる人間は少ない。大多数の人間は、重荷を軽減してくれるものに救いを求める。

ジュードが弱いのではない。レオナルドが強すぎるのだ。

「安心してください」

ルクレツィアは微笑んだ。

「私はクラリエ教徒、神の正しき僕《しもべ》です。ヴァスコ様のように神の教えに反することも、神の御子を害することも一切しないとお約束します」

そして間を置かずに続ける。

「では各所に通達してください。来年一月一日、最高議会を開きます。ヴァスコ様の名代として私が議会に出席します」

ジュードは目を瞬《しばた》いた。

我に返ったかのように、慌てて頭を垂れた。

「かしこまりました」

「それと、ステファノ様をシャイア城に呼んでください」

次期法皇帝の座を狙う有力者と選帝権をもつ十二人の最高司祭はまだノイエレニエに残っている。彼らに息子を売りこもうとアリーチェは必死になっているだろう。まだ若々しい彼女のこと、ランカスターに代わる金づるを探しているかもしれない。

「もしかしたら――」

ルクレツィアは口に手を当て、ひっそりと笑った。

「まだノイエレニエにいるかもしれませんね」


予想は的中した。二人はまだノイエレニエのホテルに滞在していた。呼んだのはステファノだけだったが、思った通り、アリーチェも一緒にやってきた。

ステファノは挨拶もなく、いきなり彼女を抱きしめた。

「会いたかった！　会いたかったよ！」

「お久しぶりです、ステファノ様」

彼の手を解き、ルクレツィアは礼儀正しく一礼する。それからアリーチェを一瞥し、わずかに眉をひそめてみせる。

「アリーチェ様、失礼ながら貴方はお招きしておりません」

「承知しております。非礼を心からお詫び申し上げます」

聞き取れないほどの早口で、アリーチェは弁明する。

「ですがステファノはしきたりに不慣れな無作法者で――」

「ステファノ様のどこが無作法なのですか？」

ルクレツィアはしたたかに言い返す。

「彼は私の婚約者です。見下げた物言いはおやめください」

アリーチェの顔がさっと赤くなり、それから急に青くなった。

「申し訳ございません！」

土下座しそうな勢いで頭を下げる。

「息子の晴れ姿を見たいと思う一心で招かれざる客となりました。どうか、どうかお目こぼしをお願いいたします」

「僕からもお願い」

満面に笑みを湛《たた》え、ステファノはちょこんと頭を下げた。

「どうか母さまを許してあげて」

仕方がありませんね――と、ルクレツィアは嘆息した。

「ステファノ様にはヴァスコ様よりお話があります。その間、大人しく待っていると約束してくださいますか？」

「約束します！　大人しく待っております！」

前のめりにアリーチェが答える。

ルクレツィアは頷いて、近くに立っていた衛兵に声をかけた。

「ローナン、アリーチェ様を私の部屋まで、ご案内してくれますか？」

「ルクレツィア様のご用命とあらば喜んで！」

ローナンは敬礼し、「こちらへどうぞ」と先導する。アリーチェは幾度も振り返りながら階段口へと消えていく。それを見届けてから、ステファノはルクレツィアに向き直った。唇を尖らせ、不満そうに彼女を睨む。

「ねぇ、あのローナンって人。君とどういう関係なの？」

「関係も何も、王騎隊の隊員だということしか存じませんが」

「でも名前で呼んだよ？　彼も嬉しそうだったよ？」

「ステファノ様、妬いていらっしゃるんですか？」

「そうだよ！」

ステファノはぷくりと頬を膨らませる。

「君は僕の婚約者だもの。他の男を名前で呼んだりしちゃ駄目だよ」

「私の婚約者ならば、もっと心を広く持っていただかなければ困ります」

ルクレツィアは口元に手を当て、くすくすと笑った。

「王騎隊は私達の命を守る鎧《よろい》です。その一人一人に感謝をもって接するのは当然のことです。私は全隊員の顔と名前、すべて覚えておりますわ」

「そうなの？　すごいや！」

「ステファノ様にも覚えていただくことになります」

彼の耳朶に口を寄せてささやく。

「貴方は王騎隊の隊長に、ゆくゆくはペスタロッチ兵団の団長になるんですから」

ステファノは目を丸くした。

ルクレツィアは、にっこりと笑った。

「詳しくはヴァスコ様からお聞きください。お部屋にご案内いたします」

ステファノの顔が強ばった。彼はヴァスコが怖いのだ。視線が宙をさまよう。助けを求め、母親の姿を捜している。

「怖くはありませんよ。身体が麻痺して以来、すっかり痩せてしまわれましたし」

ルクレツィアは強く彼の手を握った。

「私がついていますから」

彼の手を引いてルクレツィアは階段を上った。二階の主寝室、その扉の前にはジュードが立っていた。彼は無言で一礼し、扉を開いた。

主寝室には陽の光が差し込んでいた。なのに薄暗い印象を受けるのは藍色《あいいろ》の壁紙のせいだろうか。それとも部屋の主人の威圧感のせいだろうか。

「ヴァスコ様」

寝台に歩み寄り、ルクレツィアは呼びかける。

「ステファノ様がいらっしゃいました」

「お久しぶりです、ヴァスコ様!」

慌てて帽子を脱ぎ、ステファノは床に片膝をつく。

「お召しに従い、参上しました!」

ルクレツィアの手を借りて、ヴァスコは上体を起こした。彼が座位を保てるよう、ルクレツィアは彼の背後に枕を積み上げる。

「よく来た、ステファノ」

威厳のある声でヴァスコは言った。痩せ衰えてはいるものの眼光は鋭い。以前と変わらぬ毅然《きぜん》とした態度にステファノは震え上がった。顔を伏せ、もはや目を合わせようともしない。

「ステファノ・ペスタロッチ。お前を王騎隊の隊長に任命する。ジュードを補佐につける。彼に倣い、見事に隊を指揮してみせろ」

「あ、ありがたき幸せ！」

うわずった声でステファノは叫んだ。

「精進します！　必ずやご期待に応えてみせます！」

「城の一階に隊長の居室を用意させた。城の警備はお前に任せる。抜かるなよ」

「御意！」

ステファノはますます深く頭を下げた。ヴァスコの身体が横にかしぐ。ルクレツィアは彼を支え、いま一度、寝台に横たわらせた。彼の耳に「後でまた来ます」とささやいてから、ステファノの元へと戻った。まだぼうっとしている彼を立たせると、その手を引いて主寝室を出た。

「おめでとうございます、ステファノ様」

ジュードが胸に手を当て、慇懃なお辞儀をした。

「王騎隊を裏庭に集めてございます。着任のご挨拶をお願いいたします」

「え？　でも僕、こんな格好だし――」

ステファノは上着の裾を引っ張った。高級な繻子《しゅす》織りの布地だった。アリーチェの散財癖はまだ直っていないらしい。

「隊服を貸してよ。着替えてくるから」

「隊長の制服は特注となります。本日採寸を行い、可及的速やかに仕立てさせます」

渋面でジュードが答える。心配すべきはそこじゃないと、眉間の皺に書いてある。

「裏庭にご案内します。こちらにどうぞ」

返事も待たずに歩き出す。ステファノは彼を追い、数歩行ったところで振り返った。ルクレツィアがついてこないことに気づいたのだ。

「ルクレツィア、どうしたの？」

不安そうに眉を寄せる。

「一緒に来てよ。僕一人じゃ心細いよ」

「大丈夫です。ジュードが助けてくれます」

「でも――」

「私はアリーチェ様のお相手をしなければなりません」

そう返されたら、もう「一緒に来て」とは言えない。ついてきたアリーチェが悪いのだが、母を責めるわけにもいかない。物言いたげな顔のまま、ステファノは階段を下りていった。

ルクレツィアは自室へ戻った。彼女の姿を見て、長椅子に腰掛けていたアリーチェは弾かれたように立ち上がった。

「あの……あの……」

顔を真っ赤にして何か言おうとする。ルクレツィアはそれを無視し、扉の傍に待機していた侍女へと目を向ける。

「ジェシカ、二人分のエブ茶をお願いしてもいいかしら？」

「かしこまりました」

可愛らしく膝を折って、ジェシカは部屋を出ていった。

ルクレツィアは部屋を横切り、アリーチェの向かい側に腰を下ろした。

「どうぞ、お楽になさってください」

「は……はい」

アリーチェは錆《さ》びついた蝶番《ちょうつがい》のように、ぎくしゃくと長椅子に座り直した。

「本日付でステファノ様は王騎隊の隊長に任命されました」

「ほ、本当ですか！」

「本当です」

「ああ、ようやく！　ようやくこの日が来たのね！」

興奮のあまり、彼女は再び立ち上がる。

「誰が跡取りに相応しいか、ヴァスコ様もようやくわかってくださったのね！」

狂喜するアリーチェを見上げ、ルクレツィアは冷めた口調で続ける。

「よってステファノ様には、今日からシャイア城にて指揮を執っていただきます」

「それは……お城に住むってことですか？」

「そうです」

「私の部屋もご用意いただけます？」

「いいえ」ルクレツィアは首を横に振った。「王騎隊は城を守るのが仕事です。ここは彼らの職場であり戦場でもあるのです。戦いの場に赴く隊長に母親が同行していては、部下達に示しがつきません」

恨めしげな顔をして、アリーチェは椅子に座り直した。

「では、せめて入城許可証をください」

彼女にそれを渡せば、毎日息子に会いに来るのは目に見えている。最初は大人しくしていても、そのうち必ず増長する。ああしろこうしろと我が儘を言うようになる。何よりステファノが唯々《いい》諾々《だくだく》と母親に従ってしまう。

この人を生かしておいても害にしかならない。

「許可証を発行して貰えるよう、ジュードに掛け合ってみましょう」

「ありがとうございます」

ほっとしたようにアリーチェは笑った。

そこへお茶が運ばれてきた。慣れた手つきでジェシカがテーブルに茶器を並べていく。

「ありがとう」

ルクレツィアが礼を言うと、アリーチェは蔑むような目で彼女を見た。使用人に礼を言うなんて妾妃の娘はやっぱり馬鹿だわ。そんな心の声が聞こえてくるようだった。

気づかなかったふりをして、ルクレツィアはエブ茶を飲んだ。

「コージー社の茶葉ね。美味しいわ」

「ありがとうございます」

ジェシカが嬉しそうに一礼する。

もう一口エブ茶を飲んでから、ルクレツィアは立ち上がった。

「確か、まだ残っていたはず」

窓辺の棚から美しい紙箱を持って戻ってくる。

「これは私のお気に入りのお菓子です。ムンドゥス大陸から伝わった砂糖菓子で、最近はナダ州でも作られるようになったのだとか」

箱の蓋を開く。花の形をした色とりどりの砂糖菓子が並んでいる。

「まあ、可愛い！」

アリーチェは目を輝かせた。彼女は甘いものに目がない。可愛いものも、新しいものも大好きだ。

「美味しいですよ。お召し上がりになりますか？」

「ええ、ぜひ！」

ルクレツィアは侍女に箱を渡し、砂糖菓子を皿に並べて貰った。白磁の皿に色鮮やかな花が咲く。それだけでテーブルが華やかになる。

「いただきますわ」

アリーチェがさっそく菓子に手を伸ばす。ルクレツィアも慎ましく、小さな花を口に含んだ。舌の上で甘い砂糖がほろりと溶ける。花の香りのような、蜜《みつ》の香りのような、得も言われぬ芳香が鼻に抜ける。見た目だけでなく、味も香りも極上だ。

「美味しい」

うっとりとアリーチェが呟く。

ルクレツィアは菓子皿を彼女の前へと差し出した。

「遠慮なさらず、召し上がってください」

「あら、ありがとう」

アリーチェは次の砂糖菓子を手に取った。ひとつ、またひとつ、可憐な花が彼女の口へと消えていく。ルクレツィアは穏やかに微笑んで、その様子を見守った。

繊細で可憐な砂糖の花。その中にひとつだけ毒の花が潜んでいる。銀呪塊を花の形に削り出し、粉砂糖を塗《まぶ》してある。一見しただけでは見分けがつかない。銀呪塊は即効性のある毒物だ。噛み砕き、甘くないことに気づいた時にはもう手遅れだ。

美味しい、美味しいとアリーチェは砂糖菓子を貪《むさぼ》る。皿に咲いた花々がみるみるうちに減っていく。

「……ん」

アリーチェは怪訝そうな顔をした。

首を傾げ、白目を剝いて昏倒《こんとう》した。

「アリーチェ様？」

ルクレツィアは立ち上がった。テーブルを回り、彼女に駆け寄る。

「どうなさいました、アリーチェ様」

肩を摑んで揺さぶる。当然ながら、彼女は目を覚まさない。

「ジェシカ！」

うわずった声で叫んだ。

「お医者様を呼んできて！」

アリーチェは聖ミラベル病院へと運ばれた。懸命な救命処置の甲斐もなく、真夜中過ぎに息を引き取った。死因は心臓発作と診断された。

アリーチェがステファノに同伴してくることは予想出来ても、彼女を殺すために一ヵ月も前から毒入りの菓子を用意しておこうなどと普通は考えない。銀呪の毒は身体に痕跡を残さない。毒殺を疑う者は誰一人としていなかった。

いや、一人だけ——おそらくジュードは気づいただろう。しかしルクレツィアの意図を汲《く》み、彼は何も言わなかった。


ノイエレニエの教会堂でアリーチェの葬儀が行われ、彼女の棺はボネッティへと送られた。

「母さま……母さま……なんで僕を置いていっちゃったの」

ルクレツィアの部屋でステファノは身も世もなく泣き崩れた。

ルクレツィアは彼の隣に座り、その髪を優しく撫でた。

「ステファノ様、お気持ちは痛いほどよくわかります。私も二月前に、母を亡くしたばかりですから」

うぐうぐと嘆き続けるステファノを、彼女はそっと抱き寄せる。

「お兄様は行方が知れず、自死したのではないかと噂されています。お父様はいまや寝たきりで、周囲は権力を狙う敵だらけ。あのジュード・ホーツェルさえ、心の中では私のことを簒奪者《さんだつしゃ》と罵っています」

ぎゅっとステファノを抱きしめて、ルクレツィアは声を震わせる。

「私は怖いのです。心細いのです。私はいったい誰を信じ、誰を頼ればいいのでしょう」

「僕も怖いよ。とってもとっても怖い。けど――」

すん、と洟《はな》をすすり、ステファノは背筋を伸ばした。ルクレツィアの腕をそっとほどき、今度は自分が彼女のことを抱きしめる。

「大丈夫、僕がいる」

泣き疲れた掠れ声。でもその中にほんの少しだけ、悲しみや不安とは違う、別の感情が含まれていた。

それは解放の喜びだった。自分を支配していた母親が消えたことで、彼は生まれて初めて自由を得た。その喜びが、わずかながらに感じられた。

「ヴァスコ様は動けないし、レオンはいなくなっちゃったし、イザベル様はボネッティに引きこもってる。もう僕達だけだね。頑張ろうね。これからは僕達がペスタロッチ家を守っていかなきゃいけないんだもんね」

ルクレツィアは答えなかった。これは計算外だった。母を失い、代わりの支柱を求めて寄りかかってくると思ったのに、まさかここで自立心が芽生《めば》えようとは思わなかった。彼が野心に目覚め、勝手に動き出したら面倒なことになる。でもステファノは自覚していない。今なら、まだ叩き潰せる。

「ステファノ様」

ルクレツィアは涙に濡れた目で彼を見つめた。

「やはり貴方も私を置いていくのですね」

「え？」

「男の人はみんなそうです。愛より野心、愛より名誉、私がどんなにお慕い申し上げても、最後には私を見捨てて去っていくのです」

「ち、ちょっと待って。それ何のこと？　誰のことを言ってるの？」

「ステファノ様なら、おわかりでしょう？」

ルクレツィアは子供のように唇を尖らせる。

「ずっと味方でいると言ったのに、私を置いて、どこかへ行ってしまった人のことです」

それでようやく思い至ったらしい、ステファノは愁眉《しゅうび》を開いて破顔した。

「やだなぁ、レオンなんかと一緒にしないでよ。僕は彼みたいに身勝手でも無責任でもない。突然姿を消したりしない。絶対に君を置いていったりしない」

ルクレツィアは上目遣いに彼を見た。

「本当に私を守ってくださいますか？」

「もちろんだよ」

「野心を抱いて私のことをないがしろにしたり、誰かと会うために私を置いていったり、私の価値観を頭ごなしに否定したりしないと、約束してくださいますか？」

「君がそれを望むなら」

ステファノは彼女の手を取り、その指先に口づけをした。

「真問石に手を置いて誓うよ。僕は君の傍にいる。絶対に離れたりしない」

「ああ、ステファノ様！」

ルクレツィアは彼に抱きついた。彼の肩に額を押しつけ、涙声でささやく。

「私にはもう貴方だけです。貴方だけが頼りです」

「僕にも君だけだ。君しかいないんだ」

ステファノも彼女を抱きしめ、声を上げて泣きじゃくった。

幸か不幸か、彼は気づかなかった。

愛するルクレツィアが母親の命を奪ったという事実に、芽生えかけた自立心を潰されたという事実に、ステファノ・ペスタロッチは生涯、気づくことはなかった。


聖イジョルニ暦九一五年一月一日。

シャイア城内にある議事堂には三ヵ月ぶりに四大名家の三当主が集まった。ロターリオ・ダンブロシオ、トニオ・リウッツィ、サビーノ・コンティの三人だ。他には選帝権をもつ十二人の最高司祭、さらには三十名ほどの地方司祭達が議事堂の座席を埋める。

最高議会が開会する正午を待たず、彼らは小さな集団を作り、額をつきあわせて密談に励んだ。ヴァスコ・ペスタロッチの容態はどうなのか。政務に耐えうる身体であるのか。はたしてこの場に現れるのか。法皇帝の務めが果たせないのであれば、その座を辞していただくしかないだろう。もし強固にしがみつこうとするならば、それなりの対応を取らねばならない。

鐘楼の鐘が正午を告げた。

同時に議事堂の扉が開かれ、衛兵達が入ってくる。王騎隊の制服を着たステファノ・ペスタロッチに手を引かれ、ルクレツィア・ペスタロッチが現れる。

騒がしかった議事堂が、水を打ったように静まりかえった。

煙るような白い睫に縁取られた青き瞳、白磁の肌に映える紅色の唇、編み上げられた髪は冴え冴えとした月光のごとき白銀だった。細い首と華奢な体つきは、あえかなようで凛としている。まだ幼さもあるのに匂い立つほど麗しく、ぞくりとするほど艶めかしい。質素で飾り気もない黒一色のドレスが、彼女の美貌をいっそう際立たせている。

左手に宝玉のついた銀の杖を持ち、右手をステファノに引かれ、ルクレツィアは歩き出した。まっすぐに前を見て、赤い絨毯の上を滑るように進んでいく。その姿は神々しく、神話世界の人物が降臨したかのようだった。荘厳な宗教画のような光景に誰もが目を奪われた。

衛兵達を従えて、ルクレツィアは階段を上った。ステファノの手を離し、最後の一段を上り、法皇帝の玉座の横に立った。それを待っていたかのように、銀一色のウロフクロウが音もなく飛んできて、彼女の右肩に止まった。

誰もが言葉を失っていた。老いも若きも、身分も肩書も関係なく、そこにいる全員が彼女に魅入られていた。司祭達の視線を一身に受けとめ、ルクレツィアは左手の杖で床を打った。

コオン……という音が、波紋のように広がっていく。

「私はルクレツィア・ペスタロッチ。第八代法皇帝ヴァスコ・ペスタロッチの娘です。本日は父の名代として出席します」

玲瓏《れいろう》とした声が堂内に響く。

夢から目覚めたように、人々はざわめいた。あの娘は何だ。まだ子供ではないか。そんな声が聞こえてくる。予想通りの反応だった。それらを無視し、ルクレツィアは続けた。

「残念ながら、父は議場まで足を運ぶことがかなわぬ身体となってしまいました。そこで私が父の言葉を預かり、皆様にお伝えします。私の言葉は法皇帝の言葉であると、受け止めていただけましたら幸甚です」

「馬鹿なことを言うな！」

司祭の一人が胴間声を上げた。

「認められるか、そんなこと！」

「最高議会を冒瀆《ぼうとく》するつもりか！」

「お前のような小娘に法皇帝の代理が務まるものか！」

騒然となった。これも予想通りだった。

ルクレツィアは首から下げていた鍵を手に取り、頭上高くに掲げてみせた。

「法皇帝は私を名代に指名しました。これがその証拠です」

蔦飾りのついた鈍色の鍵を見て、四大名家の当主達は顔色を失った。それが何の鍵なのかを知っている最高司祭達も恐怖に顔を引きつらせた。鈍色の鍵は神の御子への謁見を可能にする。その鍵を得るということは神の恩寵を得るということ。祈るだけで人の命が奪えるということ。彼女に抗えば命を落とすということだった。

しかし神の御子は秘匿された存在だ。ゆえに地方司祭の多くは、その鍵が持つ意味を解さなかった。

「そんな小汚い鍵がなんだというのだ？」

「ままごとなら家でやれ！」

若く血気に逸《はや》った司祭達はルクレツィアを罵倒《ばとう》した。彼女を揶揄《やゆ》し、嘲笑した。

だがどんなに薄汚い罵声を浴びても、ルクレツィアは睫の先さえ動かさなかった。

「女性が司祭になってはいけないという法律はありません。最高議会に出席してはいけないという決まりもありません」

「知ったような口を利くな！」まだ若い黒髪の司祭が嘲弄《ちょうろう》する。「法律に記載はなくとも前例がない。女は最高議会に参加出来ない。先人達が積み上げてきた伝統だ。それを侮辱するとあらば、子供であっても容赦はしないぞ！」

「前例？」

ルクレツィアは口角をつり上げる。

「我が父ヴァスコは法皇帝になっても家督を譲りませんでした。正妃イザベルを放逐し、妾妃フィリシアを皇妃としてシャイア城に囲いました。いずれも前例のないことです。今の貴方の発言は法皇帝を侮辱するものです。よって私は貴方を不敬罪で告発します」

彼女は黒髪の司祭を指さした。

「衛兵、彼を捕らえなさい」

ルクレツィアの命令に王騎隊が動いた。靴音を響かせて議場を横切り、若き司祭を取り囲む。その迫力に気圧されて、黒髪の司祭は後じさった。それでもなお薄ら笑いを浮かべ、不遜な態度で吐き捨てる。

「お前達、あんな小娘に命令されて恥ずかしくないのか？　一騎当千と謳《うた》われた王騎隊が、情けないとは思わんのか！」

その挑発に応える者はいなかった。兵士達は表情を変えることなく、若き司祭に飛びかかった。一人が彼の腕を摑んで捻り上げ、もう一人が彼を床に組み伏せる。別の兵士が彼の両手を背中側にまわし、両手首を鉄の枷《かせ》で拘束する。

「放せ！　やめろ、放せ！」

黒髪の司祭は甲高い声で叫んだ。

「俺はコンティ家の傍系、フート家の嫡男ヴィットリオだぞ！　こんな無礼なことをして、許されるとでも思っているのか！」

「弁明は裁判で聞きます」

ルクレツィアはいま一度、杖で床を打ち鳴らした。

「連れていきなさい」

王騎隊が左右の腕を摑んで、若き司祭をつり上げる。

「やめろ、お前達！　俺を誰だと思ってる！」

喚いて足をばたつかせる。王騎隊はかまうことなく、ずるずると彼を引きずっていく。

「コンティ様！　こいつらに言ってやってください！」

その声が聞こえていないはずはない。しかしコンティ家の当主サビーノ・コンティは彼に一瞥もくれなかった。

議事堂の扉が開かれる。黒髪の司祭が場外へと連れ出されていく。

扉が閉ざされ、懇願の声は断ち切られた。

「では改めて、もう一度お伺いいたします」

鈍色の鍵を掲げ、ルクレツィアは一同を見回した。

「法皇帝の名代として、私が発言することを認めていただけますでしょうか？」

異を唱える者はいなかった。誰もが沈黙を守っていた。肌が粟立《あわだ》つような、気味の悪い沈黙だった。

オオオオオオオ……ゥ

銀のウロフクロウが鳴いた。

それは快哉の叫び、もしくは勝ち鬨だった。

花のように微笑んで、ルクレツィアは宣言した。

「では皆様、最高議会を開会いたします」


数日後、黒髪の司祭ヴィットリオ・フートは裁判にかけられ、有罪となってレーニエ監獄に収監された。彼ほどの身分の者であれば有力者から圧力がかかり、無罪放免となるのが常だった。しかし今回はフート家もコンティ家も動かなかった。結果ヴィットリオ・フートは翌月の十五日、生きながらにして幻魚の餌となった。

若き司祭の無残《むざん》な死。特権階級にも容赦なく振り下ろされた鉄槌《てっつい》。それは後に『血の四年間』と呼ばれることになる、暗黒時代の始まりだった。

第七章　正義と正義

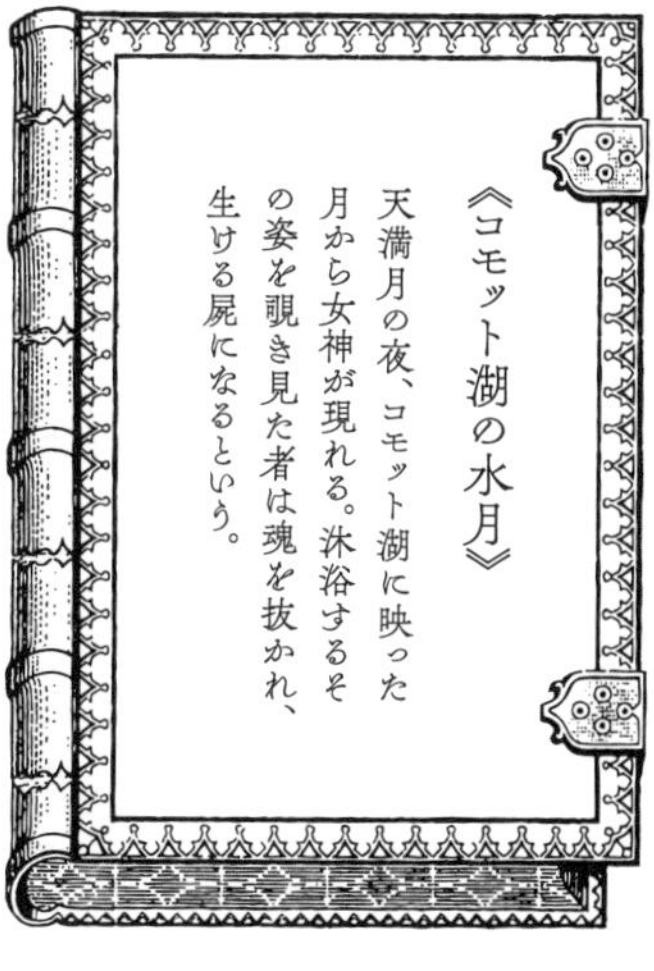
《コモット湖の水月》
天満月の夜、コモット湖に映った月から女神が現れる。沐浴するその姿を覗き見た者は魂を抜かれ、生ける屍になるという。

1

エルウィンには様々な情報が集まってきた。

特にノイエレニエからは毎日のように続報が届いた。

「聖ミラベル病院で法皇帝ヴァスコ・ペスタロッチの緊急手術が行われるも容態は不明」

「一命を取り留めるも回復の見込みはなく、寝たきりのままシャイア城に帰還」

状況が呑み込めないでいるうちに、さらに驚くべき知らせが舞い込んできた。

ステファノの王騎隊隊長就任。そしてヴァスコの実弟の未亡人アリーチェの死去。レオナルドは愕然とした。まさかこれもルクレツィアの仕業なのか。彼女がアリーチェを殺したのか。そう思うと、いても立ってもいられなくなった。

ルクレツィアに会いに行こう。いったい何が起こっているのか、彼女に説明して貰おう。

荷造りをしていると、ビョルンがやってきた。

「シャイア城に戻る気かい？」

レオナルドは答えずに、黙々と荷物を詰めていく。

「戻ってもルクレツィアは会ってくれないよ」

ビョルンは手に持っていたレーエンディア新聞を差し出した。一面ではペスタロッチ家に降りかかった災厄とその経過を報じている。端のほうに『レオナルド・ペスタロッチ失踪《しっそう》』という小さな囲み記事が載っている。

「フィリシア妃の葬儀前夜に目撃されて以来、誰も君を見ていない。城内を捜索しても発見出来ず、城から出ていくところを見た者もいない。葬儀の翌日、君の帽子とステッキがレーニエ湖で発見された。君がいた部屋の窓が開け放されていたという証言もある。というわけで、君は自死したものと見なされている」

レオナルドは面喰らった。まさに寝耳に水だった。

「いったい誰がそんなこと――」

言いかけて、すぐに気がついた。ルクレツィアだ。彼女が俺の帽子とステッキを湖に投げ捨てたのだ。だが、いったい何のために？

わからない。彼女が何を考えているのか。

「ノイエレニエには僕が行くよ」

ビョルンはレオナルドの肩をポンポンと叩いた。

「何が起きているのか調べてくる」

「それなら俺も一緒に――」

「まだ警邏が君を捜している。もし見つかりでもしたら、どう申し開きをするつもりだい？」

エルウィンのことは話せない。『知られざる者』の話をするわけにもいかない。そもそも城を抜け出した目的さえ、不用意に明かすことは出来ないのだ。

「悪いことは言わない。市井の連中が君の存在を忘れるまで、ここで大人しくしていなさい。せっかくだから、じっくり考えてごらんよ。目的を達するためには何が必要か。何をするべきか。今の君に足りないものは何か」

そう言い残し、ビョルンはエルウィンを出ていった。

本音を言えば、今すぐルクレツィアに会いに行きたかった。でも自分が勝手に動けばリオーネや『知られざる者』を危険に晒すことになる。それに——エルウィンに軍隊はなかった。帝国と戦うためにはいったいどうすればいいのか。何から手をつけたらいいのか。考える時間が必要だった。

一人エルウィンに残ったレオナルドに、ジウは言った。

「ここでは誰もが役割を持つ。滞在するのであれば君にも働いて貰う」

「承知した。で。何をすればいい？」

「君の得意は何だ？」

「剣術や格闘技、長銃や拳銃の扱いも得意だ」

「ならば猟銃を貸してやる。ここでの狩りの仕方を覚えろ」

ジウは指先でトントンとテーブルを叩いた。

「他には？」

「読み書き、計算、帳簿の付け方。あとは畑仕事ぐらいか」

「では子供達に読み書きを教えてくれ」

レオナルドは顔をしかめた。教師にはいい思い出がない。サンヴァン先生は短気で怒りっぽかった。ちょっと余所見をしただけで、シロヤナギの鞭で手の甲を叩かれた。レーエンデ人には労働の義務があるのだと、イジョルニ人のために働くことが彼らの喜びなのだと、俺に大嘘を教えた。

「俺に教師が務まるとは思えない」

「レーエンデ人の識字率がどのくらいか知っているか？」

レオナルドはため息を吐いた。やれやれ、また問答だ。

「四……いや、五割くらいか」

「実は三割にも満たない。そのほとんどがノイエ系だ、ティコ系ウル系だけなら一割を切る」

難しい顔でジウは腕を組む。

「これからは情報が武器になる。読み書きが出来る人間が増えれば、情報の共有が容易《たやす》くなる。子供達に読み書きを教えることは、君の利にもなるはずだ」

なんて気の長い話だ。もっともらしいことを言ってはいるが、本当は帝国と戦いたくないだけじゃないのか。そんな疑心さえ浮かんでくる。だがレオナルドは軍人ではない。軍隊の作り方も、その運用法もわからない。当面の危機は回避されたのだ。ビョルンの言う通り、少し立ち止まって計画を練り直すべきなのかもしれない。

「わかった。教師を引き受けよう。いつから取りかかればいい？」

レオナルドの問いに、ジウはやはり無愛想に答えた。

「では明日からだ」

翌日、緊張の面持ちでレオナルドは教室に向かった。

広い部屋に椅子と机が並んでいる。前方には黒板が置かれている。肌色も髪色も異なる五歳前後の子供達が席に座り、彼の登場を待っている。

「おはよう」

レオナルドは黒板の前に立ち、二十名ほどの子供達を眺めた。一番後方の席にジウが座っている。小さな椅子に腰掛け、厳めしい顔で腕を組んでいる。余所者が子供達に悪いことを吹き込まないよう監視しに来たのだろう。だったら俺に頼むなよ、と胸の中で毒づいた。それともこれは試験なのか？　エルウィンに置くに相応しい人間かどうか、俺のことを試しているのか？

「俺はレオン・ペレッティ。今日から君達に読み書きを教える」

子供達は興味津々、瞬きもせずに彼を見つめている。

「それでは授業を始める」

「はーい」

素直な答えが返ってきた。なかなか良い感じだ。

レオナルドは帝国文字、二十六種類の文字を黒板に書いた。その名称を教え、手元の黒板に書き取りをさせる。小さな黒板にチョークで文字を書く子供達。みんな真剣な顔をしている。子供達が書いた文字を褒めたり添削したりしているうちに、あっという間に時間は過ぎた。

「じゃ、最後にこれを覚えて帰るように」

そう言って、レオナルドは黒板に文章を書く。

『FREE LEENDE』

「なんてかいてあるの？」

「よめなーい」

「えふ、あー、ええと、つぎのなんだっけ？」

子供達の無邪気な声。レーエンデの未来を背負う彼らに、レオナルドは答えた。

「これは『レーエンデに自由を』と読むんだ」

おお……と感嘆の声が上がった。

「すごーい！」

「かっこいい！」

目をキラキラさせて子供達が立ち上がる。

「かいて！　ここにかいて！」

「ぼくも、ぼくのにも！」

自分の黒板を手に殺到してくる。

「待て待て、押すな。順番だ」

レオナルドは子供達を整列させた。一人一人の黒板に『FREE LEENDE《レーエンデに自由を》』と書いてやる。

「わーい、ありがと！」

「たからものにするね！」

歓声とともに最後の一人が去っていく。レオナルドは腰掛けたまま伸びをした。脱力して目を閉じる。慣れない仕事で正直疲れた。でも心地のよい疲れだった。

「なかなかよかった」

渋い声に薄目を開ける。目の前にジウが立っている。

「里長もお疲れさまでした」

彼を見上げて苦笑する。監視ご苦労さまですと、言わないだけの分別はある。

ジウは無言で彼を見下ろしていたが、おもむろに右袖をまくり、筋肉質の上腕を晒した。

「ここに書いてくれないか」

「はい？」

「それを」左手で黒板を指さす。「ここに書いてほしい」

真顔のジウの気迫に押されて、レオナルドは椅子ごと後じさった。

「ええと、ごめん。ちょっと意味がわからない」

「俺は十五歳の時、エルウィンに来た。それまで奴隷として生きてきたので教育を受けたことがない。よっていまだに読み書きが出来ない」

だから——と言い、右の上腕筋を叩く。

「とても感銘を受けた。記念として、その言葉を刺青《いれずみ》にして貰う」

レオナルドは額に手を当てた。情けなくて泣きそうになった。

ペスタロッチは憎まれている。イジョルニ人は嫌われている。そう思い込んでいた。

壁を作っていたのは俺のほうだ。

ジウは俺を監視していたんじゃない。読み書きを、習いに来ていただけなんだ。


ビョルンから何の連絡もないまま一ヵ月が過ぎ、二ヵ月が過ぎた。

レーエンデは真冬を迎えた。エルウィンは雪に埋もれ、外部との連絡は途絶えた。レオナルドは子供達に読み書きを教え、代わりにジウから真実の歴史を学んだ。雪が溶けるのを待ってエルウィンの男達と狩りに出かけ、シジマシカやツノイノシシを仕留めて戻ってきた。

待ちに待った知らせが届いたのは翌年の夏、聖イジョルニ暦九一五年七月のことだった。行商人としてレーエンデ各地を回っている『知られざる者』の一人が、ビョルンから手紙を預かってきたのだ。

そこに書かれていたのは、ルクレツィアが法皇帝の名代を務める最高議会で新たに制定された法律についてだった。まだ難しい単語が読めないジウに代わり、レオナルドはそれを読み上げた。

「ひとつ、レーエンデ人の不平等を是正するため、人頭税の均一化を図る」

「均一化とは？」

「ウル系レーエンデ人が支払っているのと同額の人頭税を、すべてのレーエンデ人に課すってことだ」

かつてウル族は、レーエンデを支配しようとする聖イジョルニ帝国に激しく抵抗した。だが初代法皇帝エドアルド・ダンブロシオに古代樹の森を焼き払われ、ついに降伏を余儀なくされた。以後、法皇庁は百五十三年間の税金滞納を理由にウル族に二倍の人頭税を課してきた。聖イジョルニ暦八二七年に納税は完了するも、引き続き延滞金を支払うべしとされ、ウル系レーエンデ人は今もなお、他のレーエンデ人の二倍に当たる人頭税を払わされ続けている。

この新法はウル系レーエンデ人の人頭税を半額にするのではなく、ティコ系、ノイエ系レーエンデ人の人頭税をも二倍に引き上げるというものだった。不平等を是正する、均一化を図ると、聞こえのいい文言を使ってはいるが、これは事実上の大増税だった。

「ふたつ、民族格差等の社会不安を煽る書籍や印刷物の流布を禁じる」

法皇庁は「聖イジョルニ帝国に民族格差は存在しない」と公言している。それを「虚言だ」と非難する新聞等を「事実無根の報道は騒乱罪に当たる」と問題視してきた。

この新法は「民族格差を非難することは犯罪である」と定めている。違反すれば反逆罪に問われる。反省の色無しとして死刑に処される可能性もある。リカルド・リウッツィ親方の『エンゲ商会』の成功や、テスタロッサ商会の挑戦さえも、今後は「民族格差を煽るもの」として取り締まりを受けることになるかもしれない。

「三つ、レーエンデの各司祭長ならびに外地ロベルノ、アルモニア、エリシオン、ナダ州の州長は、ただちに軍隊を再構築せよ。半年後までに一万人規模の一個大隊を用意し、帝国軍へ編入させるべし」

「まずいな」ジウは呻いた。「それはまずい」

「ああ、まったくだ」

レオナルドは手紙から目を上げ、低い声で呟いた。

「法皇庁は戦争を始めるつもりだ」

「相手はどこだと思う？」

「わからない。レーエンデか、それとも北イジョルニ合州国か。欲深い法皇庁のことだ。新大陸に攻め込むつもりなのかもしれない」

レオナルドの呟きを聞いて、ジウは棚から一枚の地図を取り出した。それをテーブルの上に広げる。聖イジョルニ帝国の地図ではない。西ディコンセ大陸の地図でもない。

「これは？」

「海図だ」

ジウはその一角を指先で叩いた。

「これが俺達のいる西ディコンセ大陸。隣にあるのが東ディコンセ大陸」

そこから海を横切り、別の島を指さす。

「この左肩に穴が開いたような形をしているのがムンドゥス大陸だ」

「新大陸？　これが？」

レオナルドはムンドゥス大陸を指でなぞった。こちらもいくつかの国に分かれている。国境線が引かれ、それぞれの国名が記されている。どれも聞いたことのない名前で、実のところ読み方さえわからない。だが一番驚いたのは、新大陸までの距離だった。

「遠いな」

「ああ、遠い」

しかつめらしい顔でジウは言う。

「新大陸に攻め込むつもりなら多数の船がいる。いまのところ軍艦が建造されているという情報は入っていない」

「軍艦を新造するための増税なのかもしれない」

「可能性はある」

「クソ……ッ」

悪態を吐いて、レオナルドは拳でテーブルを叩いた。

レーエンデ人に対する大増税はテスタロッサ商会にも打撃を与える。思想統制が厳しくなれば、ビョルンが所属するレーエンディア新聞社にも危険が及ぶ。ゆっくりと、だが確実にレーエンデは絞め殺されていく。なのに俺には何も出来ない。

「せっかくだ。ためになる話を教えてやろう」

こっちを見ろというように、ジウは海図の北側をコンコンと叩いた。

「西海航路の発見以降、聖イジョルニ帝国と北イジョルニ合州国は多くの大型帆船を仕立て、ムンドゥス大陸へと送り込んできた。帝国と合州国の商人達は競ってより珍しいものを探し、より高価なものを買《か》い漁《あさ》り、故郷の地へと持ち帰ってきた」

ムンドゥス大陸との交易が始まって百年あまり。エブ茶やエストイモといった大陸由来の品々はすでに市民生活に定着している。目新しい話ではない。それぐらいエルウィンの子供達だって知っている。

「それのどこが、ためになる話なんだ?」

レオナルドは顔をしかめた。

ジウは片方の眉をつり上げた。面白いのはここからだというように。

「言語が違う異国の地で、言葉が通じる相手と出会ったら、酒を酌み交《か》わしたくなるのは必定だ。いがみ合う商人達とは異なり、雇われ船員達は意気投合した。互いの雇用主や家族や故郷のことを話すうち、帝国の船乗り達は驚くべき話を耳にする。北イジョルニ合州国では民衆の代表が一堂に会し、合議制で政《まつりごと》を行っているという」

「では、合州国には法皇や皇帝に当たる人物はいないのか?」

「そうだ。法皇帝による独裁も、最高議会による独断も、法皇庁による圧政もない。民衆が選んだ代表者が話し合い、国の方針を決めるのだ」

「すごい！」

　感嘆し、地図上の合州国を見つめる。

「国民が政治の実権を握るなんて、考えたこともなかった」

「船乗り達が吹聴《ふいちょう》したせいで、外地では合州国への関心が高まっている。最近では法皇帝や法皇庁の独裁政治に不満も出始めている。聖イジョルニ帝国として統一される以前、外地四州はそれぞれ独立した国だった。中には帝国からの独立を望んでいる州もある」

　ジウは大東海に大きく張り出した半島を指さす。

「小アーレスを越えた東側にあるアルモニア州とその南にあるエリシオン州は独立の気運が高い。いわば改革派だ。だがナダ州とロベルノ州は法皇庁と密接な関係にある。この二州は現状維持を望む保守派というわけだ」

　半島の先端にあるナダ州をトントンと叩く。

「アルモニアとエリシオンの二州は、ナダ州と法皇庁領に挟まれている。これでは身動きが取れない。だがナダ州を口説き落とせたら、きっと面白いことになる」

　確かに面白い。ナダ州が味方になれば後方の憂いがなくなる。アルモニア州とエリシオン州がレーエンデの独立を支援してくれたなら、打倒帝国の大きな追い風となる。

「だが、それにはひとつ大きな問題がある」

　渋い声でジウは続ける。

「帝国市民の大半はクラリエ教に帰依している。クラリエ教徒にとって法皇帝は神の代弁者だ。法皇帝に逆らうことは神に逆らうことにほかならない。もしレーエンデが法皇帝を廃そうとすれば、保守派のロベルノとナダはもちろんのこと、改革派のアルモニアやエリシオンとて黙認はしない」

「しかし諸悪の根源は法皇帝だ。法皇帝を倒さずしてレーエンデの自由はあり得ない」

「そこでお前が持ってきた情報が役に立つ」

ジウは腕を組んだ。腕まくりをした上腕に『FREE LEENDE』の刺青が見え隠れする。

「法皇帝や法皇庁が神の御子を囲い、私利私欲のために神の恩寵を利用してきたことを知ったら、クラリエ教徒の信頼は揺らぐ。敬虔なクラリエ教徒であればこそ、こぞって法皇帝や法皇庁を糾弾する」

「ああ、なるほど！」

「必ずしも法皇帝を倒す必要はない。帝国がレーエンデを支配下に置こうとするのは、ノイエレニエに神の御子がいるからだ。神の御子を解放してしまえばレーエンデに固執する理由はなくなる。多大な犠牲を払ってまで、レーエンデを支配したいとは思わなくなる」

「確かに！」

レオナルドは手を打った。

「まずは帝国の中枢をレーエンデから追い払う。そして聖イジョルニ帝国からの独立を宣言する。政はウル系、ティコ系、ノイエ系レーエンデ人の代表者達が合議制で行う。それこそが俺達の目指す世界、俺達が造る『レーエンデ国』のあるべき姿だ」

「甘いな」

渋い声でジウが言う。

「先を見据えることも重要だが、まずは足下からだ。今のレーエンデにもっとも必要なものは何だ？」

まずは情報を集める。法皇庁の動向に注意を払う。外地の人間——出来ればアルモニア、エリシオン州の首長と連絡を取る。どれも大切なことだ。けれど一番大切なのは、レーエンデ人に矜持を取り戻させることだ。今のレーエンデ人は自由を知らない。自由であった頃を知らない。帝国に恭順し、隷属することに馴れきってしまっている。自分は一個の人間で、人として自由に生きる権利を持つ。それに気づかせるためには——

「教育だ」

正確な情報が伝われば人々は現状を理解する。知識があれば、何が正しくて何が間違っているのか判断することが出来る。自分達は何を求め、どう行動するべきなのか、考えられるようになる。

「今のレーエンデにもっとも必要なのは、教育だ」

レオナルドの回答を聞いて、ジウはニッと歯を剝いた。

「それが理解出来たなら、お前も一人前のエルウィンだ」

手を伸ばし、彼の肩を手荒く叩く。

「これからはレオン・ドゥ・エルウィンと名乗るがいい」


その後、ビョルンからの続報は届かなかった。

はたして彼が無事でいるのかどうか、わからないまま半年が過ぎた。

レオナルドはエルウィンでの生活に馴染んだ。森歩きにも慣れて、一人で狩りに出かけることも多くなった。彼の射撃の腕は抜きん出ていて、エルウィン育ちの狩人《かりゅうど》達からも一目置かれるようになっていた。

教え子達はレオナルドのことを「レオン先生!」と呼んで慕った。彼らは読み書きを覚え、簡単な計算もこなせるようになっていた。砂地が水を吸うように知識を吸収していく子供達。彼らに差別という概念はない。偏見も心の中の壁もない。子供達を見ているとよくわかる。環境と教育が人間を作るのだと。エルウィンは正しい環境と教育を維持することで、レーエンデの矜持を守り続けてきたのだと。

エルウィンで迎える二度目の冬。降り積もった雪も溶け始める三月。

ビョルンがエルウィンに戻ってきた。

その知らせを聞いて、レオナルドは部屋を飛び出した。ビョルンは厩舎《きゅうしゃ》にいた。馬番の少年にお湯をもらい、泥だらけの足を洗っていた。

「おかえり、ビョルン! 無事でよかった!」

「ああ、レオン、君も元気そうで何よりだ」

久しぶりの再会だというのに、ビョルンの表情は冴《さ》えなかった。

「君、あの話はもう聞いたかい?」

「あの話って?」

「そうか。まだか。つまり僕が一番乗りってことだな」

勝手に納得し、ビョルンは足を拭《ふ》いて立ち上がる。

「至急、ジウに相談したいことがある。よければ君も一緒に来てくれ」

もちろん断る理由はない。レオナルドはビョルンとともにジウの元へと向かった。

「戦争が始まった」

エブ茶と軽食が出揃うのも待たず、ビョルンは切り出した。

「今年一月、法皇帝が北イジョルニ合州国に宣戦布告した。帝国軍はすでに旧ゴーシュ州、現グラソン州へと侵攻し、今はファガン平原で大激戦が繰り広げられている」

「そんな馬鹿な！」

レオナルドは思わず叫んだ。

「今、合州国と戦争したって何の意味もない。双方に無駄に被害者が出るだけだ」

「思うに、それが目的なんじゃないかな」

ビョルンが陰鬱な声で答える。

「宣戦布告と同時にレーエンデの各市町村に通達が出された。本日より民兵制度を再開するってね。民兵制度って、君は知ってるかい？」

「いや」

「毎年一定数のレーエンデ人を民兵として徴集するっていう、百年戦争時代の悪法だ。来月には第一陣がロベルノ州に送られる。指揮を執るのはロベルノ州首長カルロ・ロベルノだ。合州国に目に物見せるためならば、レーエンデ人が何人死のうがかまわないと豪語する、超好戦的大馬鹿野郎だよ」

レオナルドは下唇を噛んだ。カルロ・ロベルノは母イザベルの実父、レオナルドの祖父に当たる。カルロとイザベルの間に何があったのかはわからないが、疎遠であったことは確かで、レオナルドは一度も祖父に会ったことがない。ゆえに他人同然ではあるが、それでも彼の胸中は穏やかではなかった。

「宣戦布告の目的はレーエンデ人の命を損なうこと——だとでも？」

さすがにそれはないだろうと、目顔で訴える。

だがビョルンは硬い表情で、静かに首を横に振る。

「いいや、充分あり得る話だと僕は思うね」

「ヴァスコは力の信奉者だが、戦争好きなわけじゃない。いたずらにレーエンデ人を死に追いやったって何の益にもならないってことぐらい、わかっているはずだ」

「巷の人間はヴァスコの仕業だとは考えていないよ」

「どういう意味——」尋ねかけてレオナルドは息を呑んだ。「まさか、ルクレツィアの仕業だと思ってるのか？」

「そうだ」

あっさりとビョルンは認めた。

「いまや王騎隊は彼女の下僕だ。最高議会も彼女の独壇場らしい」

「いや、待ってくれ。ルクレツィアはまだ十五歳だぞ。十五歳の女の子相手に四大名家の当主や最高司祭達が何も言えないなんて、どう考えてもおかしいだろう？」

「普通の十五歳ならね。でも『奇跡の力』を手にした十五歳なら話は別だ」

「あ……」

思わず声が出た。

ヴァスコは四肢麻痺状態だ。蔦飾りの鍵を取り上げることは、そう難しいことではない。ルクレツィアは神名を知っている。神の御子に奇跡を乞う術を知っている。彼女がその気になれば政敵を追い落とすことも、命を奪うことも出来る。それを熟知しているからこそ、四大名家の当主達は、彼女に盾突くことが出来ないのだ。

「だが、あり得ない」

ルクレツィアにはレーエンデ人の友人がたくさんいる。レーエンデ人の命を奪うためだけに合州国と消耗戦を始めるなんて、絶対にあり得ない。

「俺はノイエレニエに行く」

宣言し、レオナルドはビョルンとジウを交互に見た。

「ルクレツィアはヴァスコの命令に従っているだけだ。彼女に会って、それを確かめてくる」

「だから無理だって言ってるでしょ」

やれやれというように、ビョルンは眼鏡を押し上げた。

「君は死んだ人間なんだ。ペスタロッチの身分証はもう使えない。身分証のない人間が城壁門付近をうろついていたら警邏兵に捕まるよ。下手をすれば監獄送りになるよ」

「では、どうしろというんだ!」

エルウィンに来て一年と五ヵ月、新しい知識を得た。様々なことを学んだ。決して無駄な日々ではなかった。でも、もう我慢の限界だった。

「俺は真実が知りたい！　ルクレツィアの本心が知りたいんだ！」

「だったら昨年九月にルクレツィアと面会してきた人に会ってみるのはどうかな？　僕じゃ門前払

いされるだろうけど、君ならたぶん、話が聞ける」

「誰だ？」

喰いつくようにレオナルドは尋ねた。

「俺の知っている人間か？」

してやったりというように、ビョルンは笑った。

「君の母上——イザベル・ペスタロッチだよ」

2

聖イジョルニ暦九一六年三月六日。

レオナルドはビョルンとともにエルウィンを出た。

森にはまだ雪が残っていた。虫や小動物は鳴りを潜め、小鳥の囀りもどこか心許《こころもと》ない。それでも日差しは暖かく、枝には若葉が芽吹いている。心浮き立つ春の到来。だが、それを素直に喜ぶことは、もう出来なくなっていた。

「ひとつ聞いてもいいかい？」

春泥《しゅんでい》ぬかるむ小アーレスの裾野を行きながら、ビョルンが問いかけた。

「最高議会の実権を握っているのがルクレツィアだってことが証明されたら、君はどうするつもりだい？」

「ルクレツィアのはずがない。彼女はいたずらに人の命を奪うような人間じゃない」

きっぱりと言い返してから、レオナルドは小声で続ける。

「もし彼女の仕業なのだとしても、そこには必ず理由がある」

「その理由が正しいものなら戦争もやむなしってことかい？」

「どんな理由があろうとも、人命を奪うことに正義はない」

ペスタロッチ家の悪行を知った時、レオナルドは心に誓った。俺は誰も殺さない。たとえ自分が死ぬことになっても誰の命も奪わない。

「無意味な争いをするよりも、もっといい方法がある」

「もっといい方法って？」

「それは――」

言いかけて、少し迷った。きっと笑われるだろうと思ったのだ。

それでも俺の本心だ。笑いたければ笑えばいいさ。

「レーエンデ人を教育し、希望の芽を育てる」

案の定、ビョルンは吹き出した。身体をふたつに折って、腹を押さえて笑い続ける。

いい加減、腹が立ってきた。

「おい、そこまで笑わなくてもいいだろう」

「ごめんごめん」

ビョルンは深呼吸して息を整えた。まだ唇の端がひくついている。

「いやぁ、やっぱり君は面白いね。ビックリするぐらい善良でお人好しなのに、途方もなく意志が強くて、ついでに実行力まである。誰もが疑心暗鬼になって、隣人さえも疑うようなこの時代に、誰も殺さないとか、希望の芽を育てるとか、真顔で理想を語る胆力は何にも勝る美徳だよ」

レオナルドは渋面を作った。

「馬鹿にしてるのか？」

「褒めてるんだよ」

またもやひとしきり笑ってから、ビョルンは言った。

「だったら僕と一緒においでよ。レーエンデ各地を回って情報を拾いながら、レイルにあるレーエンディア新聞社の本社まで戻るつもりなんだ。レーエンデ人と話す機会も多いし、レーエンデの現状も見られるよ。それにレーエンディア新聞社の社長は、けっこう強い後ろ盾がある人でね。挨拶しておくと、後々いろいろ便利だよ」

レオナルドは逡巡した。

ややあってから「わかった」と答えた。

ビョルンの言葉に乗せられたわけではない。ただ思い出したのだ。自分が造った小さな世界だけを見て、都合の悪い現実から目を背けてきたことを。

あの過ちは繰り返さない。俺は今のレーエンデが知りたい。伝聞ではわからないレーエンデの空気を感じたい。そのためには、この足でレーエンデを歩き回るしかない。この耳でレーエンデ人の声を聴き、この目で真実のレーエンデを見るのだ。


昼過ぎになってようやく西街道に出た。ここまで来ればボネッティは目と鼻の先だ。とはいえ、市街には入れない。ボネッティには知り合いが多すぎる。「レオナルド・ペスタロッチは生きていた」などという噂が立ったら、これまでの我慢が水泡に帰す。

「僕は『春光亭』で噂話を拾ってくる。明朝七時、東側の街道口で落ち合おう」

ヒラヒラと手を振って、ビョルンは飄々と笑った。

「特ダネ期待してるよ」

旧市街の手前で西街道を逸れ、レオナルドは西の森に入った。

歩きながら思案する。さて、どうやって母と会おう。正面から入るのは論外だ。森から別館の前を通って主館に向かうのも得策じゃない。形骸化《けいがいか》しているとはいえ、イザベルは現法皇帝の正妃だ。簡単に忍び込めるほど屋敷の警備は甘くない。

考えた末、いい方法を思いついた。ペスタロッチ家の警備は厳しくとも、隣にあるホーツェル家までは見張られていないだろう。ブルーノは義理堅い男だ。俺の生死にかかわらず、今も母上を守ってくれているはずだ。夜ならブルーノも部屋に戻る。彼に頼んで屋敷の中に入れて貰おう。

レオナルドはかつての秘密基地に向かった。そこで携帯食を食べ、少し眠り、日暮れを待ってホーツェル家に向かった。

狙い通り、ブルーノの部屋には明かりが灯っていた。

レオナルドは石礫《いしつぶて》を拾った。それをブルーノの部屋の窓に向かって投げる。小石がガラスに当たり、コツンと音を立てる。二個、三個と投げ、反応を待つ。

カーテンに人影が映った。窓辺にブルーノが現れる。レオナルドは満面の笑みを浮かべ、頭上で大きく両手を振った。だがブルーノは無反応だった。表情を変えることなく窓辺から身を引く。無情にカーテンが閉められる。

まさか無視されると思わなかった。

予想外の反応に戸惑っていると、ホーツェル家の玄関扉が開いた。

「ちょっと出てくる。たぶん遅くなる。先に休んでいてくれ」

ブルーノが外に出てきた。しっかりと扉を閉めてから、レオナルドのほうへ一直線に歩いてくる。

「やあ、久しぶ――」

言い終わる前に、ブルーノの右ストレートが炸裂した。

手加減なしの一撃に、レオナルドはよろめいた。

「おい、いきなり何する――」

「今のは俺の分。これはイザベル様の分だ」

今度は左ストレートが飛んできた。こちらもまともに喰らい、レオナルドはひっくり返った。

ブルーノは彼を家の裏へと引きずっていった。胸倉を摑んで壁に押しつけ、剣呑な目で睨みつける。

「なんで黙って消えた？　なんで顔も見せずに出ていった？」

感動の再会という雰囲気ではない。レオナルドが生きていたことに驚いた様子もない。

「そうか、リオーネから聞いていたんだな」

「訊いてるのは俺だ」

ブルーノは彼の襟元をぐいぐいと締めあげる。

「質問に答えろ。なぜ黙っていなくなったりしたんだ」

「それが最善だと思ったからだ――って、よせ、殴るな。暴力反対！」

レオナルドは両手を上げ、降参を示した。

「俺は『知られざる者』になった。彼らと一緒にレーエンデのために戦おうと決めた。だからレオナルド・ペスタロッチは死んだことにしておいたほうが都合がよかったんだ。ペスタロッチ家とは縁もゆかりもない人間になってしまえば、母上やテスタロッサ商会に迷惑をかけずにすむと思ったんだ」

「そんなことはわかってる！」

怒りが収まらないらしく、ブルーノは手を緩めない。

「出ていく前に、なんでそれを、言いに来なかったんだ！」

「だから迷惑をかけたくなくて――」

「そうじゃねぇだろ！」

突き飛ばすように、彼は襟から手を放した。

「それがてめぇの本音なら、二度とそのツラ見せんじゃねぇ！」

くるりと背を向け、歩き去ろうとする。

「待ってくれ」

レオナルドは慌ててブルーノの腕を摑んだ。

「俺が悪かった。お前にだけは言っておくべきだった」

ブルーノは何も言わない。振り返りもしない。

「約束を守ってくれてありがとう。母上の傍にいてくれて、ありがとう」

大きなため息が聞こえた。怒りに満ちていた肩から力が抜ける。ゆっくりと振り返り、ブルーノは人差し指でレオナルドの胸を叩いた。

「そうだ。謝れ。最初に謝れ。にこにこ手を振ってんじゃねぇ。やあ、久しぶりとか言ってんじゃねぇ。グダグダ言い訳すんじゃねぇ。もう一発殴るか、ああ？」

「すみませんでした」

レオナルドは深々と頭を下げた。

「どうか許してください」

「ったく」ガリガリと音を立て、ブルーノは頭をかいた。「もういい。顔上げろ」

「許してくれるのか？」

「俺を誘わなかったことは絶対に許さねぇ。でも勘弁してやる。これ以上殴ったら、イザベル様に叱られるからな」

「叱責は覚悟している」

ペスタロッチの名を捨て、テスタロッサ商会も見捨てたのだ。母上は失望しただろう。ブルーノ以上に怒っているだろう。

「格好つけてんじゃねぇ」

ブルーノはレオナルドの頬をつねった。

「何が『覚悟している』だ。このバカ息子！」

バチンと手を離し、ブルーノは歩き出す。

「ついてこい」

旧友の案内でレオナルドは裏口から主館に入った。使用人が残っている厨房を避け、遠回りして二階に上がる。ブルーノはイザベルの私室の扉をノックして、部屋の中へと声をかけた。

「イザベル様、夜分にすみません。例の荷物が届きました」

数秒後、内側から扉が開いた。黒いドレス姿、肩に灰色のショールを掛けたイザベルが現れる。驚いた風もなく、無言で二人を招き入れる。ブルーノは廊下に人がいないことを確かめてから、きっちりと扉を閉じ、鍵をかけた。

「すみませんでした」

先程の反省を踏まえ、レオナルドは先んじて謝った。

「ご心配おかけして申し訳ありませんでした」

「心配はしませんでした。貴方が生きていることはわかっていましたから」

以前と変わらぬ淡々とした声だった。だがイザベルは本気で怒った時ほど冷静になる。まだ油断は出来ない。

「でも俺はペスタロッチの名を捨てました」

「もう没落するしかない家の名です。捨ててしまえばいいのです」

「みんなで育てたテスタロッサ商会を、道半ばで投げ出しました」

「会長はもともと私ですし、ノルンが経営を代行してくれていますので、何の問題もありません。この逆風の中、社員達も頑張ってくれています」

「俺は母上にもブルーノにも相談せず、勝手に『知られざる者』になりました。みんなの信頼を裏切って――」

「裏切ったのですか？」イザベルは眉をつり上げる。「貴方はレーエンデ人のために会社を立ち上げた。そして今度はレーエンデの自由のために立ち上がった。そう聞きましたが、違うのですか？」

「いいえ、違いません」

レオナルドは慌てて首を横に振った。

「俺はレーエンデに国を造りたい。民族差別のない、平等な国を造りたいんです」

「ならば裏切ったことにはなりません。貴方が造りたいと言っていた『新しい町』が、少し大きくなって『新しい国』になっただけです」

それを聞いて思い出した。

フィリシアの葬儀に出かける前、朝食の席で夢を語った。「すべての民族が一緒に暮らす。そんな新しい町を造ってみたいんだ」と熱弁を振るった。あの食卓にはルクレツィアがいた。彼女らしい難解な言葉で俺を励ましてくれた。たった一年と五ヵ月前の出来事なのに、遠い昔のことに思える。

「心配すんな！」

黙り込んだ友の背をブルーノが手荒く叩いた。

「レオナルド・ペスタロッチが自死したと聞いても、ノルンはまったく信じなかった。社員達も同じだ。またレオンの悪い癖が出た、また何かとんでもないことを始めやがったって、みんな笑ってたぞ。レオンが戻ってくるまで頑張ろう、今度は俺達が畑を守るんだって、逆に盛り上がっていたくらいだ」

「社員全員が団結して頑張ってくれています。心配は無用です。テスタロッサ商会は私達が守ります」

「……ありがとうございます」

涙が溢れそうになった。それを隠そうとレオナルドは急いで頭を下げた。

裏切り者と罵倒されても仕方がないと思っていた。畑は荒れ果て、会社も傾いてしまっているのではないかと危惧《きぐ》していた。まったく杞憂もいいところだった。俺がいなくても母上がいる。ブルーノもノルンもいる。一緒に頑張ってきた仲間達がいてくれる。

「その代わり、貴方にひとつお願いがあります」

イザベルの声色が変わった。レオナルドは服の袖で涙を拭った。

「なんでしょうか？」

「ルクレツィアを止めてください」

イザベルは息子を見つめた。

彼女にしては珍しく縋るような目をしていた。

「母上はルクレツィアに会いに行ったそうですね？」

「ええ、昨年の九月に」

「ノイエレニエまで出向くのは怖くありませんでしたか？」

「ブルーノが一緒に来てくれましたから、それほどでも」

イザベルは自嘲的に微笑んだ。

「座りましょう。長い話になりますから、ブルーノも遠慮せずに座りなさい」

レオナルドとブルーノは長椅子に腰掛けた。イザベルは窓辺のソファに座った。灰色のショールを膝にかけ、淡々とした声で切り出した。

「ルクレツィアに会いに行こうと思ったのは、昨年の春のことです」

四月に新法が発せられ、ティコ系とノイエ系レーエンデ人の人頭税は二倍になった。突然の大増税は西教区全域に恐慌をもたらした。クラリエ教に帰依する者達は教会に救いを求めたが、司祭がレーエンデ人に同情するはずもなかった。

「ペスタロッチ家が滅びるのはかまいません。でもペスタロッチ家が為政者としての義務を怠ったせいで、西教区の住人達が苦しむのは見るに堪えません。せめて生活困窮者に食糧を配給するか、もしくは納税を免除して貰えるよう、ルクレツィアに頼んでみようと思ったのです」

んん……とレオナルドは唸った。

「ヴァスコではなく、なぜルクレツィアに？」

「ヴァスコ様はルクレツィアにペスタロッチ家の家督を譲りました。今のペスタロッチ家当主はルクレツィアなのです」

ヴァスコが倒れたのは聖イジョルニ暦九一四年の十一月。その二ヵ月後、なんの予告もなく当主変更の書類が届いたという。

「書類は本物でした。ルクレツィアが成人するまではヴァスコ様が後見人になるということで、表向きは何も変わりませんでしたが」

ヴァスコは力に固執する。自分から力を放棄するとは考えにくい。ましてや彼はルクレツィアを城の窓から投げ落としたのだ。百歩譲って家督を譲る気になったとしても、後継者にルクレツィアを選ぶはずがない。

やはり、そうなのか――

レオナルドは息を吐き、イザベルに尋ねた。

「ルクレツィアとはどんな話をしたんですか？」

「それが――」イザベルは肩を落とした。「領民への配慮を願い出るつもりでしたのに、ルクレツィアの顔を見た途端、まったく別のことを言ってしまいました」

「別のこと？」

「ボネッティに戻ってきてほしい――と」

レオナルドは眉根を寄せた。母の気持ちが痛いほどよくわかった。ルクレツィアと再会出来たなら、俺もきっと同じことを言うだろう。

「ルクレツィアは真摯に耳を傾けてくれました。でも結局は断られました。二度と会いに来るなと、従わなければ処刑すると警告されました」

冷静を保とうとして失敗し、イザベルは肩を震わせた。

「あれがルクレツィアの本心だとは思えない、思いたくありません」

ルクレツィアはイザベルを慕っていた。揃って教会に通う様子は本物の親子のようだった。彼女にとってイザベルはもう一人の母親だった。そのイザベルさえもルクレツィアは拒絶した。これから自分がすることに、イザベルを巻き込みたくないからだ。

「あの子は意味もなく人を傷つけるようなことはしません」

イザベルはハンカチーフで目元を拭った。

「理不尽な重税にも合州国と戦争を始めたことにも、何か理由があるはずなのです」

理由はわかっている。神の御子を助けるためだ。

どんな手を使ったのかはわからないが、もはや疑いようがない。ヴァスコとルクレツィアの力関係は逆転している。ルクレツィアがヴァスコの命令に従っているのではなく、ルクレツィアがヴァスコを利用しているのだ。

ルクレツィアはレーエンデ人を追い詰め、困窮させることで革命を促そうとしている。

レーエンデに自由を取り戻すという目的は同じでも、どちらに軸足を置くかで方法は変わる。

俺はレーエンデを選んだ。

ルクレツィアは神の御子を選んだ。

彼女は自分の道を突き進むだろう。これからも容赦なくレーエンデを追い詰めるだろう。それを認めるわけにはいかない。たとえ神の御子のためでも、人の命を奪っていい理由にはならない。

彼女の正義は、俺の正義と相反する。

だから阻止する。全力で止める。

「お約束します。ルクレツィアは俺が止めます」


翌日の早朝、レオナルドは約束の場所に向かった。

午前七時にはまだ間があったが、街道の東口にはすでにビョルンの姿があった。

「おはよう」

ビョルンが右手を上げる。左手には手綱を握っている。背後には二頭の馬が大人しく佇んでいる。

「おはよう」と挨拶を返してから、レオナルドは馬に目を向けた。

「どうしたんだ、それ？」

「もちろん買ったのさ。ここからレイルまで、徒歩で行くのはしんどいからね」

そこで初めて思いついたように、ビョルンは小首を傾げる。

「ところで君、馬には乗れるよね？」

「もちろん」

昔はよく遠乗りをした。ブルーノと一緒にコモット湖の近くまで遊びに行った。ビュンビュンと風を切って走る。あの感覚が大好きだった。

「けど、なんで馬なんだ？　なんで列車を使わないんだ？」

「ああ、そうか。君にはまだ言ってなかったね」

ビョルンの上着の内ポケットから身分証を取り出した。そこには『エル・ビョルン／ウル系レーエンデ人』と書いてある。

レオナルドは唖然《あぜん》とした。

ビョルンの服装や言葉づかいは洗練されていた。教養や生活習慣、身のこなしや立ち居振る舞いに至るまで、イジョルニ人そのものだった。

「驚いた。てっきりイジョルニ人だと思ってた」

「そのほうが何かと便利だからねぇ」

ビョルンは得意げに、くふくふと笑った。

「というわけで、僕は列車に乗れないんだよ」

鉄道路が敷設された当初、レーエンデ人が列車に乗ることは許されなかった。近年は規制が緩和され、三等客車であればレーエンデ人の乗車も可能になった。しかしウル系レーエンデ人には、いまだ列車への乗車が許されていない。

「それに列車で通り過ぎてしまったら、市井の声が聞けないでしょ」

手綱の一方をレオナルドに手渡す。

「道すがらの村や町で市民の声を収集する。それも新聞記者の仕事だよ」

二人は馬に乗り、西街道を東へと進んだ。馬の蹄《ひづめ》がぽっこぽっこと鳴っている。眠気を誘う麗《うら》かな春の日差し、まだ冷たさの残る青風、森の木々がさわさわと揺れる。新鮮な若葉の匂いがする。すっかり寂れた西街道には彼らの他に人影はない。

「昨夜、母からルクレツィアと面会した時の話を聞いた」

レオナルドは昨夜のことをあまさず話した。

聞き終えたビョルンは興味深そうに彼を見つめた。

「じゃあルクレツィアが首謀者だってこと、君は納得したのかい？」

「認めたくはないが、納得せざるを得ない」

「これからどうするつもり？」

「どうもこうもない。俺は俺の道を行くだけだ」

「たとえ妹と戦うことになっても？」

その可能性は考えた。迷いがないと言えば嘘になる。

それでも――

「ルクレツィアの正義のために、俺の正義を曲げるつもりはない」

「正義ねぇ」

ビョルンは肩をすくめた。

「正義っていうのは欲望を粉飾するための方便だよ。十人いれば十通りの正義がある。正義を突き通すって言えば格好いいけど、それは他の正義をねじ伏せるってこと。最後に残った正義はもっとも強いというだけで、正しいとは限らないんだよ」

「俺は正しくありたい。たとえ目的を達成するためでも間違ったことはしたくない」

「そうだね。普遍的な正しさってのは確かにある。それを忘れないでいるのは、とても大切なことだよ」

けど――ビョルンははるか遠くの空に目を向けた。

「普遍的な正しさは、僕ら人間には荷が重すぎるね」

3

その日の夕刻、街道沿いの町バローネに到着した。

宿に馬と荷物を預け、二人は夕飯がてら近くの酒場へと向かった。

ビョルンは身なりがよくて物腰も柔らかい。しかも話し上手で聞き上手だ。一方、レオナルドは蓬髪《ほうはつ》に無精髭《ぶしょうひげ》、着古したコートの下には回転式拳銃を収めたガンベルトを巻いている。どこから見ても旅道楽のイジョルニ人とその用心棒だ。最初は警戒していたバローネの住人達だが、気前よく酒を振る舞うビョルンに次第に心を開いていった。

「今回の増税は本当に応えたよ」

「金は毟《むし》り取《と》られる。でも給料はちっとも上がらねぇ。まったくやってらんねぇぜ」

「働けば働いただけ税金で持ってかれる。税金払うために生きてるようなモンさね」

酔っぱらった男達の口から不平不満が溢れ出る。だが彼らは愚痴るばかりで、そこから先が続かない。

「役所や教会に訴えようとは思わないわけ？」

ビョルンが水を向けても、男達は揃って首を横に振るばかりだ。

「下手なことして目ぇつけられちゃ、たまんねぇからなぁ」

「そうそう。辛いのはみんな一緒。我慢するっきゃねぇんだよ」

「でも僕だったらきっとキレちゃうな」

真顔でビョルンが言う。酔っぱらい達はけらけらと笑う。

「あんたがキレるとこって想像つかねぇなぁ」

「お屋敷でクッションをポスポス叩くとか？」

「おやおや、舐めて貰っちゃ困るね。こう見えても僕は怒ると怖いんだよ？」

ビョルンは眉を寄せて額を突き出す。凄《すご》んでいるらしいが迫力は皆無だ。

当然、酔っぱらい達は大爆笑する。

「やめろ、笑わせねぇでくれ。せっかく飲んだ酒が出ちまう！」

「失礼だなあ」ビョルンは腕を組む。「今回倍増した人頭税だけどさ。ウル系はこれまでずっとその額を納めてきたんだよね。君達は、それについてどう思うわけ？」

「ウル族の場合は仕方がねぇだろ。あいつらの先祖が悪さしたんだからさ」

「でも滞納金の支払いは八十九年前に終了してるんだよ。けどウル系の人頭税は二倍のまま据え置かれた。それは知ってた？」

「え、そうなの？」

「じゃあ連中、なんで文句言わねぇのよ？『もう払わねぇ』って言えばいいじゃん」

「ウル系の連中がンなこと言えるわけねぇわ。俺達だって司祭様には何も言えねぇんだから」

「なんだよ。お前。ウル系の味方なのかよ」

「そうじゃねぇけど、ほら、ウチは子供が多いだろ？　増税されてから、めちゃくちゃ苦しくてさ。ウル系の連中はずっとこの額を納めてきたんだなって思うとさ。大変だなって、なんかオレ、悪いことしたなって気分になっちまってよ」

「ああ――それ、なんとなくわかるわ。こんなことになる前だけどさ。近所に住んでたウル系の夫婦が、熱出した子供を抱えてウチに来たことがあるンだわ。『この子を医者に連れていってください』って、『私達はウル系だから病院に連れていっても診て貰えないんです』って言ってさ。けどヘンなことして警邏に睨まれるのもイヤだったし、『力にはなれないよ』って断っちまったんだ。けどその後、あの夫婦も子供も、一度も見かけてねぇンだよな」

「んなこと忘れろよ。別にお前が悪いことしたわけじゃねぇんだから」

「そうなンだけどさ。連中と同じ苦しい立場になってみると、もっと何か出来たンじゃねぇかって、ついつい考えちまうンだ」

「仕方ねぇよ。誰だって生きるのに必死だ。自分や家族を守るので手いっぱいなんだからさ」

「けど出来れば他人にも優しくありたいよね。いい人間でいたいよね」

そう言って、ビョルンはグラスを掲げた。

「ってことで、もう一杯ずつ、君達に奢《おご》らせて貰うよ！」

酔漢達に酒を振る舞い、自分も気持ちよく酔っぱらったビョルンを連れて、レオナルドは宿に戻った。そして翌日にはバローネを出て、中央高原地帯を北上した。

様々な町や村を訪れた。気になることがあれば何週間も同じ場所に逗留した。農作業を手伝ったり、家畜の世話を手伝ったり、子供達に読み書きを教えたりもした。

西教区にある村はどこも荒れ果てていた。農作物は枯れ、家畜も姿を消していた。痩せ細った子供達が奴隷として売られていく。働き盛りの若者が民兵として徴兵されていく。重税に耐えきれず逃げ出した者、徴兵を恐れて行方をくらました者も多かった。流民となった彼らは困窮し、犯罪に走る者も少なくなかった。

そんな現実を目の当たりにするたびに、レオナルドは自分の甘さを痛感した。テスタロッサ商会が成功したのは優秀な人材に恵まれたからだ。奇跡とも呼ぶべき僥倖《ぎょうこう》だったのだ。レーエンデ人を教育し、希望の芽を育てることなど夢のまた夢。今のレーエンデには、希望を芽吹かせるための土壌すらない。

それでも諦めるわけにはいかない。

乾いた大地を踏みしめて、レオナルドは思う。

出来るか出来ないかではない。やるしかないのだ。石塊だらけの荒野を耕し、カラヴィス畑に変えてきたように、暴力ではなく対話で、恐怖ではなく喜びで、この世界を変えていく。それが俺の正義だ。

別々の道を歩むことを決めた夜、ルクレツィアは震えながら泣いていた。自分が信じる正義のため、犯さねばならない罪の重さにおののいていた。今もきっと一人で震えているに違いない。

決して忘れないと約束した。必ず戻ると約束した。ルクレツィアは俺のことを待っている。

もうこれ以上、彼女に罪を重ねさせるわけにはいかない。

聖イジョルニ暦九一六年八月十日。五ヵ月にわたる旅の末、レオナルドとビョルンは古都レイルに到着した。厩舎《きゅうしゃ》に馬を預けると、二人は徒歩で新聞社に向かった。

大通りには多くの店舗が並んでいた。本屋にパン屋に飲食店、色とりどりの看板が町の風景を彩っている。学問と芸術の町と呼ばれるだけあって、若者達の姿も目立つ。活気に満ちた町の様子を見て、レオナルドは複雑な気分になった。

レイルは北教区の中心都市だ。司祭長トニオ・リウッツィの屋敷もここにある。リウッツィ家は古くから芸術を愛し、学問を貴んできた。今回の増税に対しても独自の条例を制定し、市民生活を守っているという。

「西教区とは全然違うな」

憧憬《しょうけい》と羨望《せんぼう》、一抹の後ろめたさを込めて、レオナルドは呟いた。

「為政者の資質によって、ここまで差が出るのか」

「為政者の資質もあるけれど、これは教育の賜物《たまもの》だね」

ビョルンは前方を指さした。大勢の若者が教会堂を取り囲んでいる。イジョルニ人がいる。ティコ系レーエンデ人がいる。ウル系レーエンデ人の姿も見える。皆、拳を振り上げて叫んでいる。お祭りのように見えなくもないが、それにしては雰囲気が刺々しい。

「彼ら、何をしているんだ？」

「あれは怒ってるんだ」

「怒ってる？」

「そう、不満があるから怒ってる。だから声を上げているんだ。腹が立って腹が立って黙ってられないって時はね、大人だって大声で文句を言っていいんだ」

大声で不満をぶちまけて、それが何になるというのだろう。レオナルドにはわからない。だが彼らの表情を見ていれば、その真剣さは理解出来る。

「リウッツィ卿を返せ！」

「王騎隊の横暴を許すな！」

「ただちにリウッツィ卿を解放しろ！」

若者達の声には切迫した響きがある。自分達が何とかしなければという使命感と、制裁を受けるかもしれないという恐怖心が混在している。

「増税や徴兵に対する抗議じゃなさそうだな」暗い声でビョルンが呟く。「急ごう。何があったのか気になってきた」

レーエンディア新聞社は教会広場に面した石造りの建物だった。

ビョルンに続き、社屋内に入った途端――

「急げ！　馬鹿野郎！」

「記事が違う！　第三稿じゃない、四稿だ！」

凄まじい怒号が飛んできた。腕まくりをした男達が走り回っている。大声で指示を出す者、喧々《けんけん》囂々《ごうごう》言い争う者、書類を抱えて移動する者、ものすごい熱気だ。鉄火場のような騒がしさだ。新聞記者といえばビョルンしか知らないレオナルドは、殺伐《さつばつ》とした様子に度肝を抜かれた。

「新聞社って、いつもこうなのか？」

「以前はね、もうちょっと和やかだったんだけど」

ビョルンは近くの机にあった刷り出しを手に取った。

「最近、法皇庁から圧力がかかってさ。けっこう有名な新聞社が次々と潰されてるんだ。ウチはボスが強硬だから、まだなんとか頑張ってるけど、逆らうやつらは叩き潰せっていうのが帝国のやり方だし、正直、いつ襲撃されてもおかしくないんだよね。だから余計に『負けてたまるか！』って気合いが入るんだけど」

意外な言葉だった。一見平和そうに見えるこのレイルも、決して安全ではないのだ。教会広場で抗議の声を上げている若者達だって足下では火が燃えている。怒号飛び交う新聞社は革命の最前線だ。国民に真実を届けるために彼らは命を懸けている。

まさにペンは剣より強し。真実こそが希望の土壌。彼らは希望の種を蒔いているのだ。

そう思うと、この鉄火場が妙に頼もしく思えてきた。

「なるほどね」

刷り出しを読み終え、ビョルンは苛立たしげに記事を弾いた。

「今月一日、最高議会に出席した後、リウッツィ卿が行方不明になった」

リウッツィ卿——北教区の司祭長トニオ・リウッツィのことだ。

「だから学生達は『リウッツィ卿を返せ』って叫んでたんだ」

「まさか、王騎隊がリウッツィ卿を拉致したのか？」

「それはまだわかってないみたいだ」

トニオ・リウッツィは民族格差是正の急進派だ。レーエンデの味方になってくれるかもしれない重要人物の一人だ。帝国側からしてみれば目障《めざわ》りな存在だろう。とはいえ四大名家の当主を拉致するなんて、そんな無謀なことを法皇帝直属の王騎隊がするだろうか？

「真相が知りたいかい？」

ビョルンの問いかけに、レオナルドは大きく頷いた。

「じゃ、ついてきて」

先に立ち、ビョルンは階段を上っていく。連れていかれたのは二階の片隅にある社長室だった。社長室なのに物置みたいに狭苦しい部屋だった。

「ボス、ただいま戻りました」

「おお、ビョルン！　よく戻った！」

大柄な男が立ち上がった。身体に合ったスーツを身に着け、髪も髭も整えられている。一見すると洒脱《しゃだつ》で垢抜《あかぬ》けた紳士だが——

「君が噂の好青年だな！」

やたらと声が大きい。鼓膜がビリビリと痺れる。

「会えるのを楽しみにしていた！　さあ入ってくれ！　遠慮なく入ってくれ！」

二人が部屋に入ると社長室はいっぱいになった。社長という地位に驕ることなく、狭苦しい部屋を使い、扉も開けっぱなしにする。『エンゲ商会』のリカルド親方に似ている。

「私はリカルド・ベルネ！　レーエンディア新聞社の責任者だ！　レオン君のことはビョルンから聞いている！　どうだ、レオン君！　我が社の用心棒になる気はないかね⁉」

「は？」

いきなりすぎて、何を言われているのか理解出来なかった。

「用心棒……ですか？」

「そうだ！　現在のレーエンデは急速に治安が悪化している！　ビョルンのようにレーエンデ各地を巡り、記事になりそうな話を集める遊軍記者には、腕の立つ用心棒が必要なのだ！」

ありがたい提案だった。ここまでの道中でも似たような立場だったし、幸い腕には自信がある。革命の最前線に立つ者と一緒に戦えるのであれば、まさに願ったりかなったりだ。

「ありがとうございます！」

負けじと大声でレオナルドは答えた。

「そのお話、喜んで引き受けさせていただきます！」

「そうだろう！　そうだろう！」

社長は喜色満面で頷いた。机の引き出しを開け、そこから一枚の紙片を取り出す。

「そう言ってくれると思ってな！　社員証を作っておいた！」

これにはレオナルドだけでなく、ビョルンも呆れ顔になった。

「……ボス、気が早すぎです」

「だが身分証がないと困るだろう！」

レオナルドの眼前にそれを差し出す。

「これからはこの社員証が君の身分証だ」

身分証は人種の区別なく、出生地が属する教区の司祭長が発行するものだ。そう簡単に代替が利くものではない。訝しく思いながら、レオナルドは社員証を受け取った。

表には『レオン・ペレッティ　レーエンディア新聞社社員』と印刷されている。

「裏面も見てみたまえ！」

言われるままに社員証を裏返した。そこには『表の者の身分を保証する』という文面が印刷されていた。その下にはトニオ・リウッツィの署名、リウッツィ家の紋章である大きな角を持つアレスヤギが押印されている。

レオナルドはまじまじとそれを見つめた。幾度となくひっくり返し、表と裏を見直した。

「これ、リウッツィ卿の公認ってことですか？」

「そうだ！　トニオ・リウッツィは我が社の最高顧問なのだ！」

誇らしげにリカルド・ベルネは胸を張る。

「彼と私がまだ学生だった頃、レイル大劇場で上演された『月と太陽』を観たのだ！　心が震えた！　号泣した！　レーエンデのために出来ることはないかと彼も私も考えた！　そこでトニオは市民のための学校を創設し、私はこの新聞社を立ち上げたのだ！」

リカルド社長は左手を掲げ、その掌に右手の人差し指で十字を描いてみせた。掌に刺青はなくとも志は一緒だというように。

「話は以上だ！」

社長は両手でレオナルドの右手を握った。

「ビョルンのことを頼む！　しっかり守ってやってくれ！」

「わかりました！」

「二人とも長旅で疲れているだろう！　今日はゆっくりと休んでくれ！　だが明後日《あさって》にはノイエレニエに向かって貰うから、そのつもりでいてくれ！」

「例の件ですか？」すかさずビョルンが問う。

「そうだ!!」

怒りの炎を両眼に滾らせ、リカルド・ベルネは咆哮した。

「我が友トニオ・リウッツィに何があったのか！　真相を究明してきてくれ!!」

翌々日ビョルンとレオナルドは聖都ノイエレニエに向けて出発した。今回は寄り道せず、まっすぐに旧街道を南下する。

レイルを出て三日後、白亜の建物群が見えてきた。

ノイエレニエは新市街と下町に分かれている。聖都の機能は丘の上の新市街に集中している。新聞社や出版社も新市街にある。しかしビョルンは華美重厚な建築物を無視し、岬の突端にある下町へと急いだ。

「……あれ？」

新市街を出た途端、意外な光景が目に入った。聖地巡礼の人々が列を成し、休憩所や土産物屋が軒を連ねていた小道がなくなっている。その代わり、丘の斜面には大小合わせて十棟ほどの建物が建ち並んでいる。

レオナルドは建物を取り囲む鉄柵《てっさく》を見上げた。

こんなもの以前はなかった。いったいこれは何なんだ？

「あんまり見てると捕まるよ？」

横からビョルンがささやいた。それでなんとなく予想がついた。

「帝国軍の施設なのか？」

「そう。帝国軍第一師団第一大隊の練兵場だ。ちなみに第一大隊っていうのはね、かつてのペスタロッチ兵団のことだよ」

ペスタロッチ兵団はヴァスコが私財をなげうって作った私設軍隊だ。ロベルノ州に派遣され、旧ゴーシュ州南部を実効支配していた。だが合州国と開戦した今、最前線には帝国軍の本隊がいる。よってペスタロッチ兵団は正規軍として帝国軍に編入され、現在はレーエンデの治安維持に当たっているという。

「ほんと怖い手を打ってくるよね。恐ろしい子だよ、ルクレツィアは」

言い返したい気持ちを堪え、レオナルドは無言で馬を急がせた。

練兵場を大きく迂回《うかい》し、下町の西側へと続く坂道を下っていく。夏だというのに北風が強い。向かい風に煽られて、コートの裾がバタバタとはためく。時は夕刻、道を行く人影もまばらだ。観光客目当ての店もすでに店じまいをしている。

レーニエ湖に近づくにつれ風の中に異臭が混じるようになった。ツンと鼻をつく悪臭、肥だめの臭いだ。

「うわ、臭《く》っさ！」

ビョルンは袖口で自身の鼻と口を覆った。臭いの元は町外れにある側溝だ。橋の下を流れる水はどろりと濁り、白く泡立《あわだ》っている。

「再開発の弊害だねぇ。新市街や練兵場からの生活排水が流れ込んでるんだ」

「もったいないな」

「え？」ビョルンが怪訝そうな顔をする。「今、なんて言った？」

「人糞《じんぷん》はいい肥料になる。垂れ流すなんてもったいない」

「そいつは思いつかなかった！」

ビョルンは額を叩いた。楽しそうにけらけらと笑う。

「もう大好きだな。君のそういうところ！」

本当だろうか。いまいち信用出来ない。

ビョルンと旅を始めて五ヵ月になるが、いまだ彼の本性が摑みきれない。巧みな話術で距離を詰め、ほしい情報を手に入れる。優秀な新聞記者であることは間違いない。でも緊張感のない笑い方は、馬鹿にされているようで気に入らない。

二人は下町に入った。城壁に沿って東に進む。空にはまだ明るさが残っているが、通りはすでに薄暗い。

「それで、どこから手をつけるんだ？　警邏の屯所か？　市民への聞き込みか？」

「君、お芝居が好きだったよね？」

質問に質問で返すのはビョルンの得意技だ。最初は戸惑ったが、さすがに馴れてきた。

「まぁ、嫌いじゃないけど」

「ルミニエル座のことは知ってる？」

「もちろん」

戯曲『月と太陽』を古都レイルの歌劇場で、レーエンデ人のキャストで初上演してみせた劇団だ。

「まずはルミニエル座の劇場に行くよ」

「芝居を観るのか？」

「残念ながら違う」

ビョルンは頭上を指さした。

「今夜は満月だからね。劇場に幽霊が集まるんだ」

満月の夜、レーニエ湖には幻の海が現れる。銀の嵐が吹き荒れ、湖面は銀呪で覆われる。禍々しい幻魚が咆哮し、罪人達を血祭りに上げるという。レオナルドも話だけなら幾度となく耳にしてきたが、渦中のノイエレニエに滞在するのは初めてだった。

二人は厩舎に馬を預け、ルミニエル座の裏の顔、娼館『月光亭《げっこう》』に宿を取った。

陽が落ちると風が強くなってきた。閉じた鎧戸がガタガタと鳴る。街中の鐘が打ち鳴らされる。響き渡る不協和音。それは犠牲法の生贄達への鎮魂歌のようにも思えた。

トントントン……部屋の扉がノックされた。続いてビョルンの声が聞こえる。

「そろそろ行くよ」

レオナルドを連れ、ビョルンは劇場の地下へと向かった。

衣装箱や大道具、舞台の書き割りが所狭しと並んでいる。それを抜けると空間に出た。樽の上にオイルランプが置かれている。それを数人の男女が囲んでいる。

「紹介しよう」

ビョルンはレオナルドに向き直った。

「彼らはノイエレニエで活動する反帝国組織《レジスタンス》『レーエンデ義勇軍』だ」

「レーエンデ義勇軍って、あのテッサ・ダールの？」

「それとは無関係だ」

期待を裏切って申し訳ないと、白金髪の美青年がウインクする。

「ルミニエル座の創始者が名前を貰っただけなんだ」

「でも歴史は長いのよ？」

焦げ茶色の髪の女性が彼の隣から口を出す。

「あのリーアン・ランベールもレーエンデ義勇軍の一員だったんだから！」

「そうなんですか⁉」

素《す》っ頓狂《とんきょう》な声が出た。伝説の戯曲作家がレーエンデ義勇軍の一員だったなんて、まるで冒険小説のようだ。その話、もっと聞かせてください——と言いたくなるのをぐっと堪えた。レーエンデ義勇軍が劇場の地下に集まるのは銀の嵐が渦巻く満月の夜だけ。時間は限られている。今夜は別の話を聞かなければならない。

「それでエリック」

ビョルンが白金髪の青年に問いかけた。

「例の件について情報は集まりましたか？」

「仲間の報告によると八月一日の朝、リウッツィ卿は紋章入りの馬車に乗ってシャイア城に入った。しかしその後、現在に至るまで、リウッツィの馬車は城から出てきていない」

「見落とした可能性は？」

「ない」

断言して、エリックは腕を組む。

「シャイア城に出入りする業者の一人が教えてくれた。彼は八月一日の午後三時頃、城の前庭で、王騎隊に囲まれているリウッツィ家の馬車を見かけたそうだ。なにやら押し問答をした末に、リウッツィ卿は馬車を降り、再び城内へ戻っていったそうだ」

「その業者さんが嘘を言っている可能性は？」

「それもない。彼は信用のおける人物だ」

「証人として法廷に立ってくれますかね？」

「頼んでみたが、証言はしないと言っている」

「どうにか説得出来ませんか？」

「身の安全を保証することが出来たら考えてくれるかもしれないが、相手が王騎隊ではそれも難しいだろう」

「んん、惜しいなぁ」

無念そうにビョルンは拳で額を叩いた。

「王騎隊がリウッツィ卿を拉致監禁したことが立証出来れば、ステファノ・ペスタロッチを告発出来るんだけどなぁ」

突然飛び出した従兄弟の名に、レオナルドはぎくりと身体を震わせた。

ステファノはいまや第一師団第一大隊の指揮官。領土問題の交渉に来た合州国の大使を殺害し、その遺骸《いがい》とともに宣戦布告をつきつけた張本人だ。

そう聞かされても、どうにも腑に落ちなかった。レオナルドが知っているステファノは泣き虫で臆病《おくびょう》だった。喧嘩や暴力が大嫌いで、ちょっとした流血を見ただけでも卒倒するような気の弱い少年だった。芸術を愛し、詩作や素描きに耽溺していた彼が、王騎隊の隊長として、第一師団第一大隊の指揮官として血なまぐさい荒事に手を染めるなんて、とても信じられない。

ルクレツィアがボネッティに来たばかりの頃、ブルーノは言った。

「むしろ危ねぇのはステファノのほうだ。あいつ、ルクレツィアに頼まれたら何だってするぜ？そのうちいいように転がされるぜ？」と。それを「まったくだ」と笑い飛ばし、「笑いごとじゃねぇ」と叱られた。

ああ、まったく——笑いごとではなかった。

ステファノは人の評価を何よりも気にする。ルクレツィアにとっては操りやすい駒だっただろう。いや、人のことが言えるのだろうか。俺もまたルクレツィアに踊らされているのではないだろうか。だとしたら、彼女は俺にいったい何をさせようとしているのだろう。

「なぜだ？」

エリックの声に、レオナルドは我に返った。

彼が物思いに耽っている間にも、ビョルンとレーエンデ義勇軍の話し合いは続いている。

「王騎隊はなぜリウッツィ卿を拉致したんだ？」

「リウッツィ卿が法皇帝の名代を非難したからだろうねぇ」

「まだ生きていると思うか？」

「殺したら英雄になってしまう。まずは飴と鞭を使って、意見を変えさせようとするんじゃないかな」

「ということは、まだ城内にいる公算が大きいな」

「どうにか助け出す方法はないもんかねぇ」

「孤島城に入るには煉瓦道を行くしかない。湖は城壁の上から見張られている。近づくだけでも撃ち殺される。侵入するのはほぼ不可能だ」

「てかさぁ」中年女が割って入った。「城に入る方法があるんなら、リウッツィ卿を助けるよりも『冷血の魔女』を殺《や》るのが先でしょうよ」

レオナルドはぎょっとして中年女を見た。

「冷血の魔女？」

「ルクレツィア・ペスタロッチのことだよ！」

憤懣《ふんまん》やるかたないというように、女はぴしゃりと手を叩く。

「あの魔女、暗殺を恐れてか、シャイア城から一歩も出てきやしない。城の内側も外側も彼女の息のかかった兵隊に守らせてさ。あれじゃネズミ一匹入れないよ！」

「ルクレツィアさえいなくなれば、まだ手の打ちようがあるんだが」

「あの冷血の魔女がレーエンデをめちゃくちゃにしたんだ」

それは違う——と言い返しそうになり、レオナルドは唇を噛んだ。

ルクレツィアが権力を握る前から、レーエンデは膿《う》んでいた。牙を抜かれ、矜持を失い、帝国に隷属していた。ルクレツィアは目を覚まさせようとしているだけだ。本当の敵は誰なのか、レーエンデに教えようとしているだけだ。こんなこと、本当はしたくないはずだ。彼女も苦しんでいるはずだ。やめさせなければ。俺がルクレツィアを止めてやらなければ。

「目撃者に会わせて貰えませんか」

レオナルドは問いかけた。

「証言するよう、説得してみたいんです」

証言さえあればステファノを罪に問うことが出来る。実行部隊の長である彼がいなくなれば、ルクレツィアは自ら動くしかなくなる。彼女が城から出てきたら、その時こそ俺が止める。この命に代えても、ルクレツィアを止めてみせる。

「それは出来ない相談だな」

エリックは自嘲気味に微笑んだ。

「ノイエレニエには密告者が多いんだ。この街ではレーエンデ人がレーエンデ人を売る。新聞記者と接触しているところを見られたら、目撃者の身に危険が及ぶ」

「安全の保証が必要なら、王騎隊の手が届かないところに連れていきます。俺が目撃者を守ります。それでも駄目ですか？」

「簡単に言うな。この地を離れたら二度と家族に会えなくなるんだぞ」

「じゃあ、家族も一緒に連れていきます」

「生まれた土地や知り合いや友人、生活の基盤を捨てろというのか？」

「でもこんな機会は二度とない。目撃者が証言さえしてくれたら王騎隊を、ステファノを罪に問えるんです！」

「やめなさい、レオン君」

低い声でビョルンが遮った。

「レーエンデの自由のためならば君は命を惜しまない。でも誰もが君と同じように考えているわけじゃない。自分と家族の安全が一番大切だという人もいるんだよ」

「けど――」

「言っただろう。十人いれば十通りの正義があるんだって。守りたいものは人によって違う。自分と考え方が違うからって『覚悟が足りない』とか、『絶望が足りない』とか思うのは、傲慢以外の何ものでもないよ」

レオナルドは唸った。ビョルンの言う通りだった。

正しいことをしたいと願う一方で、煮えきらないレーエンデ人に憤りを感じる。目撃者に犠牲を強《し》いる一方で、俺はまだルクレツィアのことを信じている。

レオナルドは俯いた。ぎりぎりと歯を喰いしばった。

覚悟が足りないのは俺のほうかもしれない。

絶望が足りないのは俺のほうなのかもしれない。

翌日、ビョルンは事件の顚末《てんまつ》を記事にまとめ、新聞社に送った。

レオナルドは昨夜の言動を謝罪した。「言いすぎました」と頭を下げた。

エリックは「気持ちはわかるよ」と言って笑った。「本音を言うと私も悔しい。出来ることなら目撃者の首に縄をつけて、証言台に引っ張っていきたい。けれど、それじゃ駄目なんだ。自由は強制されるものじゃない。与えられるものでもない。自分の足で立ち上がり、自分の手で勝ち取らなければ、本来の意味を失ってしまうものなんだ」

「おっしゃる通りです」とレオナルドは答えた。

再会を誓ってエリックと別れ、二人はノイエレニエを後にした。

帰りは東教区——ダンブロシオ家の管轄地を通った。東教区は西教区よりもさらに荒廃していた。身売りが横行した結果、子供や若者が一人もいなくなった村があった。住人達が姿を消し、無人となっている村もあった。無法者が跋扈《ばっこ》し、治安はすこぶる悪かった。強盗に襲われたのも一度や二度ではなかった。いずれも五、六人の集団だったのでレオナルド一人でも撃退出来たが、もっと大人数に襲われていたらと思うと腹の底が冷たくなった。

暴徒化したティコ系レーエンデ人が、ウル系レーエンデ人の村を襲っている場面にも出くわした。暴徒達は食糧や金目のものを奪い、子供や若者を捕まえては縛り上げていた。子供を攫うのは奴隷として売りさばくため、若者達を攫うのは身代わりの民兵として差し出すためだ。子供を攫うのはとても見過ごせなかった。仲裁に入ろうとしたが、ビョルンに止められた。

「撃退しても連中はまたやってくる。君がいる間は守れたとしても、君がいなくなればまた襲われる。最後まで守り通すことが出来ないなら、最初から手を出すべきじゃない。いずれ見捨てるのであれば、それは助けたことにはならないんだ」

レオナルドは憤った。レーエンデ人は、なぜ同胞を襲うのか。なぜその怒りを帝国にぶつけないのか。圧政を敷いているのは帝国なのに、なぜレーエンデ人はレーエンデ人同士で傷つけ合うのか。

幾度となく本人達に問いかけた。返ってくる答えはいつも同じだった。

「帝国に文句を言ったって無駄だからさ」

「俺だけが苦しいんじゃ腹立つからな。みんな苦しめばいいのさ」

「そういう世界に生まれついちまったんだ。仕方がないんだよ」

諦観による無気力は緩慢な自殺だ。これこそがレーエンデの病巣だ。一番の問題は、自分が病気であることに、レーエンデ人自身が気づいていないということだ。

どうすればいいのかわからなくなった。知らず識らずのうちに口数が少なくなった。笑うこともなくなった。眉間の皺は消えることがなく、心が晴れることもなかった。

しかし、ビョルンの行動は一貫していた。行く先々で人々の声を聞く。さりげなく問題を提起する。建設的な議論をさせ、考えることの大切さを自覚させる。子供や若者に本や新聞を読んで聞かせ、乞われれば読み書きも教える。レオナルドには、それがじれったくてたまらない。教育は大切だ。でも時間がかかりすぎる。希望の種が芽吹く前に、神の御子はレーエンデに絶望する。

レオナルドが懊悩している間に時は過ぎ、レーエンデはすっかり秋めいてきた。北に横たわる大アーレス山脈は冠雪し、裾野の森は赤や黄色に色づいている。さわさわと枯れ草が揺れる高原を行きながら、ふとビョルンが問いかけた。

「レオン君、最近元気ないねぇ。もしかして落ち込んでるのかい？」

レオナルドはむっつりとして頷いた。

子供の頃は力こそが正義だと信じていた。強ければ何でも出来ると思っていた。だがどんなに身体を鍛《きた》えても、銃の腕を磨《みが》いても、人々の安寧《あんねい》は守れない。

「俺に何が出来るんだろう」

レオナルドは左手を見つめた。十字の火傷《やけど》の痕《あと》。レーエンデに自由を求める者達の証し。

「いったいどうすればいいんだろう」

「君は心が強いから、自分が何とかしようって頑張っちゃうんだよね。でも僕らが個人的に出来ることなんて、結局ひとつしかないんだよ」

「……教育？」

「諦めないことだよ」

ビョルンは帽子を脱ぎ、額の汗を拭った。

「それなら一人でも出来る。腕力がなくても出来る」

「はあ……」

なんだか当たり前すぎて、逆に腑に落ちない。

「自分の強さを過信する者は、頑張りすぎてポキンと折れる。だから君には一度、きちんと言っておこうと思ってさ」

彼は帽子を被り直した。右手を銃の形にして人差し指をレオナルドに向けた。

「折れるなよ、レオナルド。負けても逃げてもいいけれど、絶対に諦めちゃ駄目だぜ？」

どうやら慰めてくれているらしい。

「諦めないよ」

レオナルドは苦笑した。

「五十がらみのおっさんが頑張ってるのに、俺が先に諦めるわけにはいかないよ」

「またそうやって、人を年寄り扱いする」

「昨夜も『腰が痛い、腰が痛い』ってブツブツ言ってたじゃないか」

「ずっと馬に乗ってると腰にくるんだよ」

「じゃあ馬を下りて走ろう。一緒に身体を鍛えよう」

「遠慮しておく」

ビョルンは笑って肩をすくめた。

「僕は頭脳労働者だからね。走るのは苦手なんだよ」

4

二人は旅を続けた。季節は巡り、レーエンデは新しい年を迎えた。

年が変わってからも厳しい寒さは続いた。地方の村は大勢の餓死者を出した。生活は日を追うごとに苦しくなり、人々の表情も暗く険しくなっていった。

合州国との戦争は一進一退が続いていた。民兵は次々と徴集されていくが、誰も帰ってこなかった。ただ戦死を告げる《イバラ紙》だけが家族の元に届けられた。法皇庁は勇ましい言葉を並べ、戦果を強調しているが、この戦争が意味のない消耗戦であることは、もはや誰の目にも明らかだった。

聖イジョルニ暦九一七年四月。新しい法律が公布された。『安楽死法』と名付けられたそれは、戦力にも労働力にもならない者に安楽死を奨励するというものだった。年老いた者、病を患っている者、何かしらの理由で働くことが出来なくなった者には、無償で銀呪塊が与えられるという。残された家族には三十ルーナの見舞金も出るという。

最初は誰もが反発した。そんな端金《はしたがね》のために家族を売るなどあり得ないと憤った。だが貧困に喘ぐ者達は魔女の誘惑に膝を屈した。年老いた親を、病に倒れた連れ合いを、生まれたての赤ん坊を安楽死させてほしいという者達が、役場の前に長い行列を作った。

五月には『娯楽禁止法』が施行《しこう》された。歌や演劇などが禁じられ、すべての歌劇場が閉鎖された。競技や賭《か》け事、楽器演奏も禁止された。空想小説は虚偽を広めるとして燃やされた。人の美しさを讃える絵画も不道徳であるとして焼却された。

六月には『食物税』が課せられた。それは黒麦や野菜や果物、卵や肉や葡萄酒など、おおよそ人の口に入るすべてのものを課税対象としていた。これにより、ほぼすべての食品生産者は収入のおよそ一割を税として納めなければならなくなった。生産量が上がれば上がるほど損をするため、畑や家畜を潰す者が後を絶たず、レーエンデの食糧不足は加速した。

七月下旬、久しぶりに明るいニュースを耳にした。リウッツィ卿の失踪から一年を機に、学生達が抗議集会を開くという。

それを取材するため、レオナルドとビョルンは一年ぶりにレイルに戻った。

司祭長の不在は古都レイルにも暗い影を落としていた。表通りに並んだ店の半分以上が閉店している。以前のような活気はなく、道行く人もまばらだった。それでもレイルの住民達は諦めていなかった。憤りを情熱に変え、多くの学生達が町に出て、団結を呼びかけていた。

聖イジョルニ暦九一七年八月一日。レイル市民が教会広場に集まった。千人を超える市民から熱く激しい訴えが寄せられた。

「リウッツィ卿に自由を！」

「レーエンデに自由を！」

集会は次第に熱を帯び、やがて『レーエンデに自由を』の大合唱が始まった。

今こそ歌え　ともに立ち上がれ
我らの主人は我らのみ
隷属には決して戻らぬ
この誇りが胸にある限り

武器を手に取れ　未来のために
団結こそが勝利の証し

目指すはひとつ　永久なる自由
我らの屍《しかばね》を越えて進め！

若者達が肩を組む。イジョルニ人の隣にレーエンデ人が、レーエンデ人の隣にイジョルニ人がいる。そこに壁はない。民族の格差もない。イジョルニもレーエンデも、ウル系もティコ系もノイエ系も関係なく、誰もが声の限りに歌っている。

足下には同胞《はらから》の血
先人達が流した涙
憤怒と号哭《ごうこく》を踏みしめて
しかし嘆くな　屈するな
立ち止まるな　もう二度と！

前へと進め　臆さず進め！
踏み出す一歩が我らの希望！
ともに築こう　我らの国を！
いざや進め　今がその時！

レオナルドは胸が熱くなった。彼らの歌声に心が洗われる思いがした。トニオ・リウッツィは学校を造った。子供達に正しい教育をした。その成果がこれだ。ここには民族の壁はない。その概念さえ存在しない。世界は変わってきている。少しずつ、だが確実にレーエンデは変わってきている。

彼は空を見上げた。はるか南東にあるノイエレニエに目を向ける。

ルクレツィア、彼らの歌が聞こえるか？

絶望の暗闇の中でも、希望の芽はしっかりと育っているぞ。

突然、わっという声が上がった。歌声が途切れ、ざわざわと不安が広がっていく。

「なんだ？」

レオナルドはビョルンを見た。それにビョルンが答えようとした時、若者の声が響いた。

「帝国軍が来る！　旧街道をこっちに向かって進軍してくる！」

「やっぱり来たか」

ビョルンが呟いた。レオナルドを見上げ、いつになく真剣な声で言う。

「レオン君、逃げるなら今のうちだよ」

「貴方はどうするんだ？」

「僕は記者だ。近年まれに見る大事件を前にして、逃げ出すなんてあり得ないさ」

「言うと思った」

レオナルドはニヤリと笑った。

「俺は貴方の用心棒だ。貴方が残るなら俺も残る。地獄にだってついていくよ」

翌八月二日、総勢一万の帝国軍が古都レイルを包囲した。

レイルの住民達は大通りに馬具や家具などを積み上げ、障壁を造った。

町の出入り口にズラリと帝国兵が並んでいる。紺色の制服、金色のボタン、手には銃剣を携えている。相対するレイルの学生達は非武装だ。腕を組んで横一列に並び、人の壁を作っている。その後方にはレイルの住人達がいる。障壁の陰から不安そうに学生達を見守っている。

「レーエンデ人は下がって」

イジョルニ人らしき学生が叫んでいる。

「僕らが盾になる。レーエンデ人は家に戻るんだ。鍵をかけて絶対に外に出るなよ」

レオナルドとビョルンは出入り口近くの裏道に身を潜めていた。ここからなら両者の動きがよく見える。ぴりぴりと空気が張り詰めているのがわかった。息をするのも憚られるような緊張感が伝わってくる。

「暴徒達に警告する！」

甲高い声が響いた。黒い軍服を着て、黒い帽子を斜に被った男が馬上から叫ぶ。

「道を空けよ！　降伏せよ！　従わぬ者達は、武力をもって制圧する！」

女性のように澄んだ声、歌うような節回し。黒い帽子からこぼれる金髪を見て、レオナルドは胸を突かれた。

あれはステファノじゃないか！

ステファノが第一師団第一大隊の指揮官を務めていることは知っていた。隊を率いてレーエンデの治安維持に当たっていることも知っていた。彼がここに来ることは、予測出来たはずだった。その可能性に思い至らなかったのは、あのステファノが軍を指揮しているという事実を、心のどこかで疑っていたからだ。

だが、これは僥倖なのではないだろうか。俺が出ていけば、ステファノは話を聞いてくれる。説得に応じ、軍を退いてくれるかもしれない。

そう思い――すぐにレオナルドは消沈する。

いや、そう上手くはいかない。ステファノは俺を憎んでいる。俺が出ていけば、きっと彼は引き金を引く。俺だけでなく、レイルの学生達にも発砲する。

「私達は暴徒じゃない！」

学生達のリーダーが嚙みつくように言い返した。

「私達はレイル大学の学生だ。真剣にレーエンデの未来を憂える者だ。私達の言葉を暴力で封殺しようとする、貴方こそが暴徒だ！」

「そうだ！」学生達が追随する。

「リウッツィ卿を解放しろ！」

「言論統制反対！」

「レーエンデに自由を！」

ステファノは拳銃を抜き、空に向かって発砲した。

「喚くな、虫けらども」

晴れ渡った夏空に銃声がこだまする。

「そんなにほしいのなら、くれてやる」

彼は顎をしゃくった。二人の兵士が一人の男を引きずってくる。ぼろぼろの服、赤剝《あかむ》けた素足、頭髪は抜け落ち、まるで骸骨《がいこつ》のように痩せ細っている。

男が学生の前に投げ出される。右腕があらぬ方向に曲がっている。なのに男は痛がる様子も見せない。四肢は弛緩したままピクリとも動かない。そこから導き出される答えはひとつ。あれは骸《むくろ》だ。彼はすでに死んでいる。

「丁重に扱え。愚民ども」

ステファノは揶揄するように鼻で笑った。

「そちらはトニオ・リウッツィ卿だ」

息を吞む音が聞こえた。学生達が顔色を変える。不安と恐怖に誰もが凍りついていた。彼らは血を見慣れていない。無残な死体を見るのも、これが初めてのことだった。

レオナルドも動けなかった。リウッツィ卿の遺骸から目が離せなかった。最近は暴力沙汰も珍しくはなかったし、無残な遺骸も何度か目にした。人の命に貴賤《きせん》はない。それは承知している。だが、それでも思わずにはいられなかった。

その人はリウッツィ家の当主、始祖の血を引く四大名家の家長だぞ。世が世なら法皇帝になっていてもおかしくない御仁だぞ。その彼に何をした？　こんな変わり果てた姿になるまで、いったい何をしたんだ？

なぜだ、ステファノ？

お前、どうして、こんな残酷なことが出来るんだ？

「ごめん、ちょっと通してくれ」

白髪頭の男が学生達をかき分け、人の壁の前に出た。ビョルンだ。彼はリウッツィ卿へと歩み寄ると、もはや物言わぬ当主の傍に膝をつき、その手足を検める。ぼろぼろになった着衣を捲って身体を観察し、顎を下げて口の中を覗き込む。最後に彼の瞼を閉じて、ビョルンは立ち上がった。

「リウッツィ卿はなぜ亡くなられたのですか？」

彼はステファノに問いかけた。

「昨年八月、最高議会に出席した後、リウッツィ卿は行方がわからなくなった。そして今日、このようなご遺体となって戻ってきた。この一年の間に、いったい何があったのですか？　どうして彼は死んだのですか？」

「お前がそれを知る必要はない」

「いいえ、あります」

断言し、ビョルンは一歩前に出た。

「僕は新聞記者です。新聞は公器です。市民に真実を伝える義務があります」

上着の前を開き、内ポケットからメモ帳と万年筆を取り出す。

「リウッツィ卿は拷問されています。手足の爪が全部剝がされ、指の骨が折られ、手足の関節も砕かれています。腹部や背中には複数の殴打の痕跡がありました。彼がこのような暴力を受けたのはなぜですか？　いったい誰が彼を死に至らしめたのですか？」

「黙れ！」

ステファノが叫んだ。

「卿は帝国に対し、反逆を企てた。お前達がその証拠だ。リウッツィ卿は反逆罪に問われ、有罪判決を受けて死刑になったのだ！」

「その法廷はいつ開かれましたか？」

舌鋒《ぜっぽう》鋭くビョルンは言い返す。

「リウッツィ卿は四大名家の当主です。レーエンデ人のように簡易法廷で結審し、罪状を決定するというわけにはいきません。リウッツィ卿が法廷で裁かれたのであれば、裁判記録が残っているはずです。それを提示してください」

「卿の名誉を守るため、記録は破棄された。もう残ってはいない」

「では刑の執行記録を提示してください。反逆罪で有罪となった者は、犠牲法により生贄にされるのが通例です。しかしリウッツィ卿は幻魚に喰われたわけではない。銀呪塊が与えられての安楽死でもない。絞首刑でも銃殺でもない。卿の死因は拷問による内臓破裂、それに伴う失血死です。現行法に拷問という処刑法はありません」

「それがどうした！」

耳障《みみざわ》りな声を上げ、ステファノは笑う。

「リウッツィは反逆者だ。天に唾棄する異端者だ。帝国の名を汚すウジ虫に、神が天罰を与えたのだ！」

「ですがリウッツィ卿は、いまだ罷免されていません。現在も四大名家の当主であり、北教区の司祭長でもあるのです。始祖ライヒ・イジョルニの血統に連なり、法皇帝より司祭長に任命されたリウッツィ卿が帝国の名を汚すウジ虫なら、当主でも司祭長でもない貴方は、ウジ虫以下の存在ということになります」

「この……言わせておけばッ！」

ステファノがビョルンに銃口を向けた。

反射的にレオナルドは拳銃を抜いた。かなり距離がある。それでも当てる自信はあった。しかし迷った。仲間はずれにしないと誓った。あのステファノを撃てるのか？

「撃つ前に答えてください」

ビョルンの声がレオナルドの耳朶を打つ。

「戯れ言《フェイクニュース》で紙面を穢すわけにはまいりません。どうかはっきりと正確に答えてください。貴方はリウッツィ卿を殺害しましたか？」

それはもう問いかけではなかった。犯罪者に対する尋問だった。

「ステファノ・ペスタロッチ。貴方はリウッツィ卿を拷問し、死に至らしめましたか？」

「ああ、そうだよ！」

ふて腐れた子供のようにステファノは言い返した。

「僕が殺した！　殺してやったさ！　いつまで経っても負けを認めず、信念がどうの教育がどうの、ぐだぐだ言い訳するからさ。どっちが正義なのか、はっきりわからせてやったのさ！」

「言質《げんち》を取った」

ビョルンはメモ帳に何かを書きつけた。おもむろにそれを頭上に掲げる。

「ステファノ・ペスタロッチがトニオ・リウッツィ卿の殺害を自白。明日の一面はこれで決まりだ。貴方が犯した重罪はレーエンデ内外に知れ渡る」

ステファノは青ざめた。咄嗟に何かを言いかけた。しかし言葉が出てこない。

「は……は……」

漏れる吐息。それがゆっくりと、哄笑《こうしょう》へと変わっていく。

「は……ははっ……ははははっ、あはははははは！」

拳銃を握った右手を頭上に突き上げる。

「かまえ！」

兵士達が小銃をかまえた。三十を超える銃口がビョルンと学生達に向けられる。

レオナルドは裏道から飛び出した。人の壁を飛び越え、ビョルンに向かって突進する。

「撃て！」

ステファノが右腕を振り下ろす。銃口がいっせいに火を噴いた。レオナルドはビョルンを抱え、ごろごろと地面を転がった。熱い激痛が右肩に生じる。が、かまっている暇はない。彼は素早く立ち上がり、ビョルンを左手で抱え起こした。

「走れ！　走れ!!」

ビョルンがよろよろと走り出す。被弾した肩を押さえてレオナルドも走った。壁を作っていた学生達がバタバタと倒れていく。逃げる若者達に銃弾の雨が襲いかかる。

「待て！　お前は——」

背後からステファノの声が聞こえた。それを無視してレオナルドは走った。半ば転がるようにして障壁の陰へと逃げ込んだ。

「大変だ」はぁはぁと息を弾ませ、ビョルンが言う。「君、肩を撃たれてる」

「心配ない。弾は抜けてる」

帝国兵が進軍を開始する。銃弾が障壁の木板に穴を開ける。ここにいたら殺される。

レオナルドはビョルンの肩に左手を置いた。

「路地に逃げるぞ。本屋の角まで全力で走れ！」

「わかった！」

バリケードを出て走り出す。だが横道に入っても兵士は執拗に追いかけてくる。

「あの新聞記者を捜せ！　見つけ次第、殺せ！」

殺気に満ちた怒号が聞こえる。何が何でもビョルンを殺すつもりだ。もっと急ぎたいところだが、ビョルンにはこれが限界だ。

「これは、キツいね！」

ひぃふぅ、ひぃふぅという喘鳴が聞こえてくる。

「君を見倣《みなら》って、きちんと毎日、運動して、おけばよかった！」

「無駄口叩いてる暇があったら走れ！」

「無駄口、叩いてないと、怖くて、足がすくむんだよ！」

「敵将を追い詰めた男が今さら何を言う！」

「ああいう時は、怖くないの！」

ヒャン、ヒャン、と音がする。耳朶に風圧を感じる。反撃したいところだが、利き手の肩をやられている。これではまともに狙えない。ならばせめて弾よけになろうと、レオナルドはビョルンのすぐ後ろを走った。路地から路地を走り抜け、雑貨屋の店内を横切り、ようやく教会広場へとたどり着く。

「東だ！　東に逃げろ！」

教会堂の前に立ち、大声を張り上げているのはレーエンディア新聞社のリカルド・ベルネだ。他の社員達も総出で誘導に当たっている。

「走れ！　リウッツィ家が門を開けてくれている！」

「お屋敷には帝国軍も手を出せない！　お屋敷に避難しろ！」

「さすが、リウッツィ家だ」

汗みずくの顔でビョルンはヘラヘラと笑った。

「いざって時、頼りに、なるねぇ」

その足が縺れた。躓《つまず》いて、派手に転んだ。

「油断するな！　ほら立って！」

レオナルドはビョルンの腕を摑んだ。

答えはない。膝から力が抜けている。頭ががくりと落ちている。

ぼたぼたぼた——

足下に鮮血が飛び散った。

「ビョルン！」

レオナルドは彼を抱きかかえた。左手一本で肩の上へと担ぎ上げる。乱暴な運び方だが仕方がない。肋骨の一、二本、折れても勘弁して貰おう。

レオナルドは走った。泣き叫ぶ群衆とともに東へと急いだ。町外れにリウッツィ家の邸宅が見えてくる。屋敷は高い塀で囲まれている。鉄製の門戸が開かれている。小銃で武装した神騎隊が門の両側に立ち、帝国兵を牽制《けんせい》している。

市民達に背を押され、レオナルドはリウッツィ家の門をくぐった。庭は怪我人《けがにん》で溢れていた。手足から血を流している者、顔中血だらけの者、地面に倒れ伏したまま動かない者、無傷の者は一人もいない。誰もが傷を負い、血を流している。

レオナルドは木陰《こかげ》にビョルンを下ろした。仰向けに寝かせ、出血元を探る。上着の内側、胸が真っ赤に染まっている。背中から入った弾が貫通したのだ。銃創を左手で圧迫し、声の限りに彼は叫んだ。

「誰か！　誰か手当てを頼む！　撃たれた！　撃たれたんだ！」

しかし救世主は現れない。

「早く！　誰か早く！」

レオナルドは叫び続けた。

生温かい血で左手が滑る。一秒ごとにビョルンの命が流れ出ていく。

「頼む！　誰か来てくれ！」

「見せて」

若い男が彼の隣に膝をついた。血塗《ちまみ》れのシャツを切り裂き、銃創を見る。

「お願いだ。早く血を止めてくれ。ビョルンを助けてやってくれ」

懇願するレオナルドに、その男は首を横に振った。

「弾が心臓を貫通している。残念だが、もうどうしようもない」

頭の中が真っ白になった。

だって、さっきまで冗談を言っていたんだぞ？　無駄口叩いてヘラヘラ笑っていたんだぞ？　死ぬわけがない。死ぬわけがないだろう！

「ビョルン、おい、起きろ！」

肩を揺さぶる。揺り起こそうとする。だがビョルンは応えない。薄目を開けているけれど、もう眼球は動かない。緩んだ唇の端から、たらたらと血が垂れてくる。

「嘘だ……こんなの嘘だ」

誰か嘘だと言ってくれ！

野獣のように咆哮し、レオナルドは立ち上がった。人々の流れに逆らい、敷地の外へと飛び出した。教会広場へと駆け戻り、飛び交う銃弾の中で叫ぶ。

「やめろ、ステファノ！」

左手で銃を抜く。帝国兵に向かって発砲する。狙いは大きく外れた。それでもなお引き金を引いた。全弾を撃ち尽くすまで引き続けた。撃ち尽くしても引き続けた。

「馬鹿野郎！　軍隊ってのは市民を守るためにあるんだ！　自国民に銃口を向ける軍隊なんて、自国民を撃ち殺す軍隊なんて、そんなものあってたまるか！」

町のあちこちから火の手が上がっている。黒い煙が流れてくる。大混乱の中、ステファノの姿は見えない。涙が溢れ、もう何も見えない。

「やめてくれ、ルクレツィア……もう充分だ……もうやめてくれ」

銃弾が頭をかすめる。人々の悲鳴が聞こえる。

レオナルドはその場にくずおれた。顔を覆って泣き伏した。大地に額を擦りつけ、張り裂けんばかりに慟哭《どうこく》した。

ルクレツィア、ルクレツィア、これがお前のやり方か。

無辜《むこ》の民を虐殺する。これがお前の正義だというのか。

後世に『レイル大虐殺』として語り継がれる大事件。その死者数は五百人を超えた。犠牲者の大半が学生だった。レーエンデの未来を担うべき若者達だった。抵抗したイジョルニ人は捕らえられ、レーニエ監獄に送られた。抵抗したレーエンデ人は首に縄をかけられ、教会堂に吊るされた。古都レイルを蹂躙し尽くして、帝国軍は引き揚げていった。

生き残った者達は傷ついた同胞の救助に奔走した。リウッツィ家の庭は野戦病院と化した。周辺の町村からは救援物資が運びこまれ、医者や看護師達はひとつでも多くの命を救おうと奮闘し続けた。その甲斐あって、命を取り留めた者も多数いた。助からなかった者達は町の北側にある共同墓地に葬られた。死者の数が多すぎて棺が足りず、ビョルンは煙草の脂《やに》が染みついた新聞社のカーテンに包まれた。新聞社の同僚達が交代で墓穴を掘り、丁重に彼を埋葬した。

事件から二週間後、レイルに新たな司祭長が派遣されてきた。亡くなったリウッツィ卿の代わりに北教区の司祭長になったのは、四大名家コンティ家の次男ラド・コンティだった。彼は傷痕《きずあと》癒《い》えぬレイルをさらに鞭打った。大学は休校となり、大劇場は閉鎖され、レーエンディア新聞社は営業停止を言い渡された。教会広場では新聞社から運び出された資料や書類が燃やされた。レイルに数多く存在する小劇場、その財産である譜面や脚本も燃やされた。学校図書館の本が焼かれ、学生達の教科書さえも灰燼《かいじん》に帰した。

天を焦がす大きな炎——言論弾圧の忌まわしき炎をレオナルドは瞬きもせずに見つめていた。コートのポケットの中、ビョルンの遺髪を固く握りしめていた。

そんな彼の隣に一人の男が立った。新聞社の社長リカルド・ベルネだった。髪は乱れ、顎には無精髭が生えていた。上品なスーツは煤と泥に塗れ、あちこちが破れている。

しばらくの間、リカルドは何も言わずに立っていた。レオナルドの隣で焚書《ふんしょ》の炎を見つめていた。

「レオン君」

ややあってから、彼は口を開いた。

「私達はまだ負けていない。前進することをやめた時こそが、真の敗北の時なのだ。よって私は立ち止まらない。決して諦めない」

「俺は——」

嗄《か》れた声。喉からは血の臭いがする。

「仕事を果たせなかった」

レオナルドの右腕は三角巾《さんかくきん》で首から吊るされていた。右肩を貫通した弾は、骨も動脈も傷つけていなかった。治療を受け、傷口を縫われ、その後は化膿《かのう》もしなかった。医者の見立てでは一ヵ月もすれば元通り動かせるようになるという。

だが彼の心はいまだ出血を続けていた。幾度も幾度も押し寄せる後悔の波が、心の傷を深く深く抉《えぐ》っていく。俺があの時、迷わずステファノを撃ち殺していたら、俺がきちんと真後ろを走っていたら、ビョルンが死ぬことはなかった。

「俺はビョルンを守れなかった」

「いくら君でも流れ弾までは防ぎようがないさ」

「でも——」

「天寿だったのだよ」

リカルドは上着のポケットから万年筆を取り出した。古ぼけたそれはビョルンが愛用していたものだった。

「君はビョルンの薫陶を受けた。彼の遺志を君が継ぐのだ」

リカルドはレオナルドの左手を取った。十字の刻印の上にその万年筆を置いた。

「諦めるな、レオン君。私達の戦いはまだ終わっていない」

彼の指を折りたたみ、万年筆を握らせる。

「エルウィンにビョルンの娘がいる。彼女にビョルンのことを伝えてやってくれ。それがすんだら戻ってこい。私達には君が必要だ。君にも私達が必要だ」

レオナルドはビョルンの万年筆を握りしめた。涸《か》れたはずの涙がこみ上げてきた。

諦めるなと、ビョルンは言った。

しかし、レオナルドは答えられなかった。


レオナルドはレイルを出て、エルウィンへと向かった。

高原を歩行で南下する。真夏はいつしか過ぎ去っていた。風はすでに秋めいて、夜は肌寒いほどだった。

エルウィンに到着したのは九月に入ってからだった。時間がかかったのは、肩の銃創が痛んだせいもある。だが足が進まなかった最大の理由は、エルウィンにビョルンの死を伝えたくなかったからだ。

レオナルドの話を聞き終え、ジウは一言「そうか」と言った。顔色も変えず、眉も動かさず、石像のように沈黙した。淹《い》れたてのクリ茶に油膜が張り、冷め切ってとろりとした液体になるまで、沈黙は続いた。

「そうか」

ジウは繰り返した。二、三回瞬きをしてから、レオナルドに目を向けた。

「疲れただろう、ゆっくり休め」

レオナルドは目を伏せた。労《ねぎら》いの言葉が辛かった。いっそ責めてほしかった。「お前がついていながら、なぜビョルンを死なせた」と罵ってほしかった。

重い罪悪感を抱えたまま、彼はビョルンの娘に会いに行った。彼女の名はウルリカ、今年で二十五歳になるという。ウルリカは重い病を患っており、エルウィンの特別な区画で療養生活をしていた。ビョルンは紹介してくれなかったし、いきなり見舞いに行くのもおかしな気がして、エルウィンで暮らしていた頃も彼女に会う機会はなかった。

岩窟住居の最上階、一番奥まった場所にウルリカの部屋はあった。レオナルドが訪ねた時、彼女は窓の下に置かれた寝台に腰掛けていた。白い肌、ほっそりとした顎、目は透き通るように青いのに、髪は闇夜《やみよ》のように真っ黒だった。

「初めまして、俺はレオン・ペレッティ。君のお父さんの――」

「時間がもったいないから挨拶は抜きにしよう」

レオナルドを見上げ、ウルリカは冷笑した。

「ビョルン、死んだんだね」

「八月二日にレイルで、帝国軍の銃弾が彼の心臓を貫通したんだ」

「そんなのどうだっていい」

ウルリカは吐き捨てた。レオナルドは憤りを覚えた。疎遠だったとはいえ、ビョルンは彼女のたった一人の肉親だ。その言い方はあまりにも冷たすぎる。

「こうなることはわかってた。それが今だったってだけ」

ウルリカは髪をかき上げた。彼女の腕は小枝のように細かった。骨が浮き出た喉元には月光石の首飾りが輝いていた。

「涙を期待しても無駄だよ。悪いけど、私、全然悲しくないんだ」

捌《さば》けた口調、唇に浮かぶ冷ややかな笑み。虚勢を張っているわけではない。ウルリカは本当にそう思っているのだ。

「ビョルンは仕事が大好きだった。新聞記者という仕事に取り憑《と》《つ》かれてた。たまにエルウィンに戻ってきても、一ヵ月と居着かなかった。またすぐに出ていって、平気で二、三年は戻らなかった」

横目でレオナルドを見て、わかるでしょ？　と問いかける。

「あの人はね、家族を持っちゃいけない男だったんだよ」

ビョルンはウル系レーエンデ人だった。なのに平気でどこへでも入っていった。誰もが彼をイジョルニ人だと信じ、身分証の提示を求めることさえしなかった。敵地に入り、情報を得る。そんな仕事をビョルンは愛し、そして楽しんでいた。

　しかし、彼の帰りを待つ家族にとって、それは地獄の日々だった。

「不安から逃れるために、母は銀夢煙草に手を出した。依存症になって中毒死した。死んだ母から私は生まれた」

　ウルリカは自分のこめかみを指で叩いた。

「そのせいか、頭の中に声が聞こえるんだ。この世のものではない者達の声がね。生前の母もそうだったみたい。銀呪病患者や銀夢煙草依存者は頭のどこかが始原の海に通じている。この仮説を証明するために、私は実験することにした」

　彼女は襟《えり》元を引っ張った。左の肩が剝き出しになる。骨張った肌に銀色の蔦の模様が浮いている。目にしたのはこれが初めてだったが、その正体はすぐにわかった。

「銀呪病か」

「獣よけに使う銀粉を吸い続けてね。五年前、ようやく発症した」

「いったい、なんでそんなことを」

「聞いてなかった？　仮説を証明するためだって言ったよね？」

　聞いていなかったわけではない。理解出来なかったのだ。銀呪病はレーエンデに古くから伝わる恐ろしい死病だ。いまだ治療法はなく、発症して十年生きた者はいない。それに自ら罹患するなんて正気の沙汰《さた》じゃない。なのにウルリカは誇らしげに胸を張る。

「銀呪病を発症してから、あきらかに感度がよくなった。ぼんやり響いていた声が、だんだんはっきり聞き取れるようになってきた。けどまだ足りない。これじゃ役に立たない。だから次の実験に取りかかった」

不意にレオナルドは思い出した。ビョルンは滅多に家族の話をしなかったけれど、一度だけ、娘について話してくれたことがある。ウルリカは痩せている。腹も凹んでいる。それらしい特徴は見られない。それでも尋ねずにはいられない。

「君は妊娠しているのか？」

「銀呪病患者の妊娠率はとっても低いんだ。けど、やっと成功した」

うっとりとした顔つきで、彼女は自分の下腹を撫でた。

「私の子は始原の海と繋がる。私よりももっと深く繋がる。この子が生まれ育ち、言葉を覚えたら、誰も知り得ない知識を私達に授けてくれる。そうなれば人から話を聞くことも、各地を回って情報を集めることも必要なくなる。ビョルンみたいな人間はいらなくなる。彼が生涯かけてやってきたことは全部、無意味なことになる」

素晴らしいでしょ？　とウルリカは笑った。

レオナルドは答えられなかった。冷たいものが背筋を這い上がってくるのを感じた。

「ウルリカ」

ゴクリと唾を飲み込んで、掠れた声で問いかけた。

「それが君の復讐《ふくしゅう》なのか？」

「なに言ってんの、あんた」

下腹部に手を当てて、ウルリカは呟いた。

「これは私の希望なんだよ」

ウルリカの部屋を出て、レオナルドは階段を上った。突き当たりの扉を抜けて、岩山の上に出た。

目の前には西の森が広がっている。悠久の時を超え、変わることのない森。滴るように濃い緑。それが今は色褪せて見えた。

コートのポケットからビョルンの遺髪を取り出し、森に向かって放り投げた。

もう涙は出なかった。ぽっかりと胸に穴が開いていた。何もする気になれなかった。

エルウィンに戻って一週間が過ぎた頃、リカルド・ベルネから手紙が来た。ウドゥにある『エンゲ商会』の地下室に輪転機を置かせて貰ったという。小規模ながら新聞の印刷も再開したという。

二週間が過ぎた頃、今度は『エンゲ商会』のリカルド親方から手紙が来た。そこには「急がなくていい。でも絶対に戻ってこい」と書かれていた。

任務に失敗した自分を、いまだ必要としてくれる人がいる。それは素直に嬉しかった。彼らの期待に応えたい。そう思う気持ちもあった。こうして逃げ回っている間にもレーエンデの現状は悪化していく。一刻も早くルクレツィアを止めなければ、また幾人もの人間が命を落とす。

それはわかっている。なのに動けない。

何が正解なのか。答えを出すことが出来ないまま、エルウィンで十月を迎えた。

いっそ遠くへ逃げてしまおうか。そんな卑怯《ひきょう》な考えが頭をかすめた。

しかし運命は、彼を逃がしはしなかった。

聖イジョルニ暦九一七年十月八日。

レオナルドはエルウィンの岩山に上り、眼下の風景を眺めていた。緑一色だった森の海に赤や黄色が混ざっている。深緑の中に弾ける赤はまるで火花のようだった。神がいたずらに織り上げた巨大なタペストリーのようだった。綿々と続く歴史において、人の人生など一瞬の火花のようなもの。『レイルの大虐殺』でさえ、いつかは歴史の海に消えていく。

俺達は神が書いた筋書き通りに生きているだけなのかもしれない。

それを天命と呼ぶのかもしれない。

狼《おおかみ》の遠吠《とおぼ》えが小アーレスにこだまする。物悲しいその響きに、階段を駆け上がってくる足音が重なった。扉を開き、階段口からジウが現れる。

「たった今、『春光亭』のリオーネから知らせが届いた」

いつものように淡々と、しかし明らかな憤りを滲ませ、ジウは言った。

「ジュード・ホーツェルがボネッティに戻った」

物言わぬ冷たい骸となって。

第八章　天命

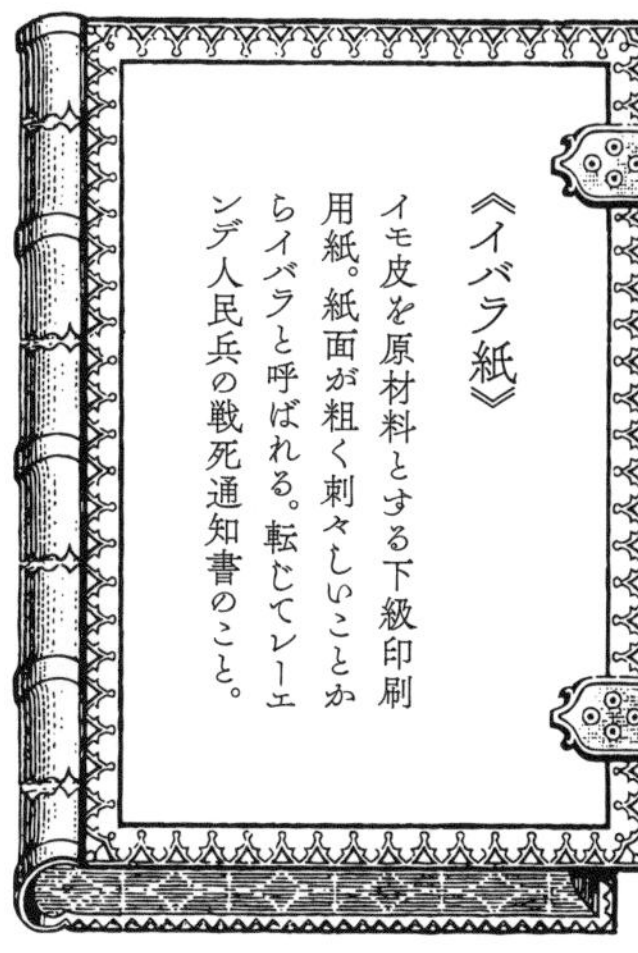
《イバラ紙》
イモ皮を原材料とする下級印刷用紙。紙面が粗く刺々しいことからイバラと呼ばれる。転じてレーエンデ人民兵の戦死通知書のこと。

朝の光が差し込む居間に、可愛らしい水槽が置かれている。

きらきらと輝く水面に、死んだ魚が浮いている。

「性懲りもない」

ルクレツィアは銀製のスープ皿をテーブルに置いた。死んだ魚をつまみ上げ、窓の外へと投げ捨てる。

「ペスカ、いる?」

「――ここに」

相変わらず姿は見えない。渋い声だけが聞こえてくる。

「誰かが朝食に毒を盛ったわ。今朝の食事係を全員洗って。容疑者が見つかったら、その人が外部の誰と接触しているかを探って」

「承知しました。その後、容疑者はどうします?」

「名前だけ教えて。始末はステファノ様に頼むわ」

「御意」

気配が遠ざかる。

ルクレツィアは呼び鈴を鳴らした。間を空けず、侍女のジェシカが現れる。

「お呼びですか、ルクレツィア様」

「朝食を下げてくれる？」

「承知しました」

テーブルに並べられた朝食の皿を見て、ジェシカは心配そうに眉根を寄せた。

「あまり召し上がっていませんね」

「ええ、食欲がなくて」

銀の皿に入っているのはドロドロした灰色のスープだ。素材はすべて潰し、時間をかけて煮込んである。味の変化に気づけるように香辛料も調味料も使っていない。小麦粉を練って平たくして焼いたパンは歯が欠けそうなほど硬い。どちらもおおよそ人の食べ物とは思えない味がする。銀呪塊が混ぜられることを警戒したメニューだ。

それでも――

「また、お魚が死んでしまったの。新しい子を連れてきてくれる？」

「承知しました」

ジェシカは応える。薄々、事情を察しているのだろう。理由は問わない。

「では、お魚と一緒に果物をご用意しますね。傷ひとつないゼレの実を、剥かずにそのままお持ちします」

それなら毒は入れられない。やはり、この子はわかっている。

「ありがとう、ジェシカ」

ルクレツィアは微笑んだ。

貴方のことが気に入っているの。殺したくないの。

だから裏切らないでね――と目顔で告げる。

「今後ともよろしくね」

侍女は慇懃に頭を下げた。毒入りの朝食を盆に載せ、静々と居間を出ていった。

聖イジョルニ暦九一五年一月、最高議会を掌握したルクレツィアは次の計画に着手した。

第二代法皇帝ルチアーノ・ダンブロシオは『犠牲法』を制定した。恐怖でレーエンデ人を煽り、奮起させようとしたのだ。しかしその目論見は外れた。レーエンデ人は奮起するどころか、自分よりも立場の弱い同胞を生贄として差し出すようになったのだ。

喰われそうになったスミネズミが決死の覚悟でオネキツネに反撃するように、レーエンデはもっと追い詰められなければならない。逃げ場や安全圏があってはいけない。レーエンデ全土に恐怖の驟雨《しゅうう》を降らせれば、もう誰も逃げられない。

ルクレツィアはヴァスコの名義でロベルノ州首長カルロ・ロベルノに書状を送った。

『北イジョルニ合州国との開戦に必要な武器弾薬を揃えろ。金はいくら使ってもいい。民兵を送る。賢く使え』

ヴァスコの僚友であるカルロ・ロベルノは、すぐに返事を送ってきた。

『待ちかねておりました。万事お任せください』

失地回復はカルロ・ロベルノの悲願だ。しかしルクレツィアの目的は大勢のレーエンデ人を戦死させることにある。ゆえに勝利する必要はない。だが簡単に敗れてもらっては困る。

ルクレツィアは開戦準備を推し進めた。税率を上げて軍用資金を稼ぎ、民兵制度を復活させて人員を確保した。戦争反対と唱える者を粛清し、不満の声を鏖殺《おうさつ》した。

計画は深く静かに進行した。社会基盤を充実させるためと称し、ノイエレニエに拠点を置く企業や会社から資金を集めた。道路を舗装し、ガス灯を設置し、下水路を完備し、それに乗じてオンブロの丘に練兵場を建設した。

合州国との開戦に備え、ロベルノ州へ帝国軍を送り込み、代わりに旧ゴーシュ州に展開していたペスタロッチ兵団を呼び戻した。彼らにはレーエンデで畏怖《いふ》と憎悪の対象になってもらう。自らの采配《さいはい》で自由に動かせる一個大隊を手元に置けば、次期法皇帝の座を狙ってくるダンブロシオやリウッツィ、コンティへの牽制にもなる。

ルクレツィアは仕事に追われた。食事をする暇もないほど忙しかった。だがヴァスコは連日連夜《フィリシア》を呼びつけ、淫らな遊びに耽溺する。まったくもって時間の無駄だ。しかし今はまだヴァスコあっての権勢だ。法皇帝の権威を利用し続けるには彼の機嫌を取り続けなければならない。

聖イジョルニ暦九一五年九月。予算会議の前に目を通そうと、ルクレツィアは書類を手に取った。長椅子に腰を下ろすと一気に眠気が押し寄せてきた。もう何日もまともに眠っていない。あと少しの辛抱だと気持ちを奮い立たせても、身体が思うように動いてくれない。

「お疲れのご様子ですね」

背後からペスカの声がした。

ルクレツィアは書類をテーブルに置き、長椅子の上に横になった。

「少し眠るわ。五分経ったら起こして」

「承知しました。他に何かお手伝い出来ることはありますか？」

「私の代わりにヴァスコの相手をしてきて」

「善処します」

「冗談よ。真に受けないで」

ルクレツィアは喉の奥でくつくつと笑った。

「貴方はいつも貴重な情報を集めてきてくれる。それだけで充分」

「法皇帝のお相手がご負担になるようでしたら、彼に眠っていていただくのはどうでしょう。主治医に頼んで、痛み止めを処方して貰うのです」

「それは名案だわ」

腹の上で手を組んで、ルクレツィアは目を閉じる。

「でもヴァスコは首から下の感覚がない。何の痛痒も感じない人間に痛み止めを要求させるのは難しい」

「人は時に、感じるはずのない痛みを感じることもあります」

「……そうね」

ルクレツィアにも覚えがある。痺れたり、激痛が走ったり、あたかもまだ右足がそこにあるかのように感じる。幻肢痛《げんしつう》――失われてもなお残る幻の痛みだ。

「『足が痛い』と私が言えばいいんだわ。それで痛み止めは手に入る」

答えはない。

ルクレツィアは目を開き、上体を起こした。

「ペスカ？」

返答の代わりにノックの音が響いた。

ルクレツィアは長椅子から足を下ろし、髪を撫でつけ、服の襟を正した。

「どうぞ」

「失礼いたします」

扉を開けて、侍女のジェシカが入ってくる。

「ルクレツィア様。あの……お客様がいらっしゃいました」

面会の予定はない。予定にない客はすべて門前払いをするよう言いつけてある。それでも知らせに来たということは、無視出来ない客が来たということだ。

「どなた？　ダンブロシオ卿？　それともリウッツィ卿？」

「いいえ」

ジェシカは少し困ったような顔をした。

「イザベル・ペスタロッチ様です」

「イザベル様が？」

彼女にとってノイエレニエは裏切りの象徴だ。地名を耳にするだけで吐き気をもよおすほど、ノイエレニエを嫌っていた。それほどの精神的苦痛を押してまで、彼女はここにやってきた。

その目的は何だ？

筋の通らないことを嫌うイザベルのこと、昨今の私の言動に対し不満を募《つの》らせたのだろうか。でなければペスタロッチの家督の件だろうか。本来ならば彼女の息子が継ぐはずだった地位と名誉を奪われて、さすがに腹に据えかねたのかもしれない。

会う必要はない。会っても話すことなどない。恨み言など聞きたくないし、なにより彼女を巻き込みたくない。イザベルは善良な人間だ。私のような立場の娘を我が子のように愛してくれた。会えば彼女を傷つける。痛みを押して会いに来た、イザベルをさらに傷つけることになる。

会ってはいけない。会わないほうがいい。

「いかがいたしましょう？」

おずおずとジェシカが尋ねる。

「お引き取り願ったほうがよろしいでしょうか？」

「――いいえ」

杖をつき、ルクレツィアは立ち上がった。

「謁見の間にお通しして。私もすぐに行くから」

イザベルは以前と変わらぬ黒いドレスを纏っていた。お供は一人、ジュードの息子ブルーノ・ホーツェルだけだった。

ルクレツィアは人払いをし、法皇帝の玉座の横に立った。

イザベルは一段低い場所、緋色《ひいろ》の絨毯の上で膝を折って挨拶した。

「事前に連絡もせず、いきなり来訪した無礼をお詫びします」

ルクレツィアはわずかに微笑んだ。やはりイザベル様は頭がいい。もし彼女が事前に連絡を寄越していたら、私は何かしらの理由をつけて断っていただろう。それがわかっているからこそ、この人はこうしていきなり押しかけてきたのだ。

「ずいぶんと痩せましたね」

淡々とした口吻でイザベルが問いかける。

「疲れているのではないですか？　食事と睡眠は取れていますか？」

「お気遣《きづか》いありがとうございます」

如才なくルクレツィアは応えた。

「でも今は有事ですので、多少の無理は致し方ないと覚悟しております」

「いいえ、それは違います」毅然としてイザベルは言い返す。「貴方はまだ十四歳です。そんなに無理をせずともよいのです。ヴァスコ様のことも、聖イジョルニ帝国の行く末も、大人達に任せてしまえばいいのです。貴方一人が苦労を背負い込むことなどないのです」

さあ——と言い、イザベルはルクレツィアに手を差し出した。

「私と一緒にボネッティに帰りましょう」

「えっ？」

虚を衝《つ》かれた。思わず声が出てしまった。

「戻ってきなさい、ルクレツィア」

曇りのない眼差しで、イザベルは繰り返す。

「たとえ血は繋がらずとも貴方は私の娘です。この先、何があろうとも、私は全力で貴方を守ります。ですから戻ってきてください。貴方がいないと屋敷の中は灯が消えたように物悲しいのです。貴方がいないと、私はとても寂しいのです」

イザベルの声に嘘はなかった。それゆえ深く胸に刺さった。

ルクレツィアは目を伏せた。

ボネッティに行こうと決めた時、どのような仕打ちにも耐えようと誓った。私はフィリシアの娘、イザベル様を辱めた女の娘だ。蛇蝎《だかつ》のごとく嫌われて、足蹴にされても仕方がない。そう思っていた。

けれどイザベル様は私を受け入れてくれた。本物の娘のように慈しみ、時に真剣に叱ってくれた。レオナルドお兄様もそうだった。突き放しても無視しても、変わらず味方でいてくれた。だからこそ混乱した。こんなにも善い人間がいるはずがない、これは罠《わな》に違いない、いつかは醜い本性を見せるはずだと疑っていた。でも彼らは本物だった。驚くほど崇高で高潔な人間だった。二人は温かな愛情で私を包み、私を家族にしてくれた。

「ルクレツィア、私と一緒に帰りましょう」

イザベルは呼びかける。

「またレオナルドと三人で暮らしましょう。毎日一緒に朝食を食べましょう。お薦めの本を交換したり、感想を述べ合ったりしましょう。貴方が好きだと言っていた薔薇の苗木を取り寄せました。花が咲いたら庭に出て、一緒にエブ茶を飲みましょう。ルクレツィア、みんなが貴方の帰りを待っています。さあ、一緒に家に帰りましょう」

やめて、もう聞きたくない。

そう言おうとして、息を吸い込んだ時、

ぱきん——

胸の奥で音がした。

封じ込めたはずの思い出が堰を切って溢れ出す。

ボネッティは土臭かった。そこでの暮らしは凡庸だった。日がな一日、本を読み、日《ひ》だまりの中でうたた寝をした。薔薇の咲く中庭を散歩して、イザベル様とお茶をして、庭師やメイド達と他愛ない会話を交わした。刺激のない生活、代わり映えのしない毎日。欠伸が出るほど退屈な日々。

あれこそが至福だった。人生最高の時だった。溢れかえる緑、噎せ返るような草いきれ、使用人達の笑い声、イザベル様とお兄様、三人で囲んだ食卓、窓辺に灯る暖かな光、部屋の窓から見下ろした中庭、西の森をお兄様と歩いた。赤や黄色の紅葉が、金色の光の中で、きらきら、きらきらと輝いていた。

帰りたい。懐かしいあの頃に、帰れるものなら帰りたい。イザベル様の手を取れば、戻れるのだろうか。あのぬるま湯のような生活に、宝石のような日々に、血や暴力とは無縁の暮らしに、戻れるのだろうか。

抗いがたい誘惑にルクレツィアは震えた。

ふらりと一歩、前に出た。

「——！」

右足に激痛が走った。

幻肢痛。失ったはずの足の痛み。切り捨てたはずの心の痛み。

ルクレツィアは杖で身体を支え、体勢を立て直した。

「ありがたいお言葉ですが、ご一緒することは出来ません」

私には天命がある。神の御子を救うため、どんなことでもすると誓った。私は心を切り落とした。もうあの頃には戻れない。

「イザベル様、本日はお会いすることが出来て、とても嬉しゅうございました」

ゆっくりと深呼吸をして、今度はブルーノに声をかける。

「もうジュードには会いましたか？」

「いいえ」

「帰る前に一度、顔を見せてあげてください」

「お心遣い痛み入ります」

ブルーノは一礼した。ざっくばらんな彼に似つかわしくない慇懃な態度。だが琥珀色の目の奥には激しい怒りの色がある。

「ですが、ご辞退申し上げます。無辜《むこ》の民を苦しめる愚かな主人に意見もせず、その横暴を諫《いさ》めもせず、唯々諾々と従っている男など、私の父ではございません」

ルクレツィアはひそかに感嘆した。なんて勇敢な男だろう。権力に媚びず、不敬罪も恐れず、言いたいことをはっきりと言う。父親とはまるで正反対だ。彼の父ジュードは主人に忠実であろうとして人の道を踏み外した。罪悪感という重荷から逃れるために、自分の心を手放した。空っぽの人形は自ら考えることをしない。だからこそ使える。しかし、自分の心に忠実な者はどう転がしても操れない。ブルーノはいつか必ず、計画の障害になる。

生きて帰すなと、頭の中から声がした。

殺さないでと、心の残り香がささやいた。

そして、ルクレツィアは決断した。

「お帰りください、イザベル様。もう二度と会いに来ないでください。これはお願いではありません。警告です。従っていただけなかった場合、私は貴方を処刑しなければなりません」

以上です——と無表情に言い放ち、杖で二回、床を打った。

扉を開けて、衛兵が二人、謁見の間に入ってくる。

「お呼びですか、ルクレツィア様」

「客人がお帰りになります。前庭までお見送りしなさい」

衛兵達に促され、イザベル達は出ていった。

謁見の間の扉が閉まった。

絆《きずな》を断ち切る音がした。


その日の午後、何事もなかったかのようにルクレツィアは予算会議に出席した。

臨席を頼んであったにもかかわらず、ジュードは姿を見せなかった。もしかしたら誰かに息子の来訪を知らされたのかもしれない。息子に会いに行ったのかもしれない。久しぶりの親子の対面は楽しいものではなかっただろう。翌日、ヴァスコの寝室で顔を合わせたが、ジュードは何も言わなかった。ルクレツィアも何も訊かなかった。

彼女は計画を進めた。「右足が痛んで眠れないのです」と言い、主治医に痛み止めを処方してもらった。それを一日二回飲ませると、ヴァスコは一日の大半を寝て過ごすようになった。誰も彼に近づけぬよう信頼のおける衛兵に主寝室を見張らせ、ルクレツィアは仕事に没頭した。

過去の政策に学ぼうと図書室に赴き、歴史書を読み漁った。レーエンデの歴史は苦難の連続だった。だというのにテッサ・ダールの叛乱以降、レーエンデ人が帝国に盾突いたという記録はない。

「まったく我慢強いこと」

読み終えた歴史書を閲覧机に積み上げる。柔らかなソファに身を沈める。

「増税と徴兵だけでは足りないということか」

レーエンデ人は未知なる世界を恐れている。不慣れな自由よりも生き馴れた不自由を選んでしまう。犠牲法のような小さな金槌《かなづち》を振り回したところで、レーエンデ人は首を縮めてやり過ごすだけだ。彼らを革命へと駆り立てるには巨大な鉄槌が必要だ。

文学や音楽や娯楽を奪う。食料を家族を住処を奪う。それでも足りなければ郷土を、思い出を、未来を奪う。無駄な戦争で大勢の命を奪う。

不自由を愛するレーエンデ。さあ、どこまで耐えられる？

「何かいいことでもありましたか？」

ルクレツィアは我に返った。本棚の陰に黒い人影が立っている。

「貴方が笑っているところを久々に見ました」

「私、笑っていた？」

「ええ、とても楽しそうに」

ルクレツィアは目を逸らした。動揺で顔が赤くなるのがわかった。

「忘れなさい」

「恥ずかしがるようなことではないと思いますが」

「いいから見なかったことにして」

「御意」

ペスカは慇懃に頭を垂れた。

「ですが、笑う余裕が出来たのは喜ばしいことです」

まだ言うか。ルクレツィアは彼を睨んだ。

「そういう貴方も暇そうね」厭《いや》みたらしく言い返す。「それならひとつ頼まれてくれる？」

「何でしょう？」

「『ライヒ・イジョルニの予言書』を探してほしいの」

「なぜですか？」

ルクレツィアは目を瞬いた。

これまでペスカは従順だった。彼女の意のままに様々なことを探り出してきてくれた。

理由を問われたのは、今回が初めてだった。

何が彼の琴線に触れたのだろう。逆に興味が湧いてきた。

「ボネッティにいた頃、図書室でアルゴ三世の祐筆が書いたという手記を目にしたの。それには『法皇は創造神の御子を手に入れるためにレーエンデに侵攻した』と記してあった。これって不思議よね。どうしてアルゴ三世は神の御子がレーエンデに生誕することを知っていたのかしら？　場所だけでなく日時までも掌握していたのかしら？」

ペスカは何も答えない。

かまわずにルクレツィアは持論を展開する。

「始祖イジョルニは未来視の力を持っていた。彼が残した『ライヒ・イジョルニの予言書』には帝国の未来が記されていて、歴代法皇にのみ、その閲覧が許されてきた。アルゴ三世が神の御子の誕生日時と場所を知っていたのは予言書を読んだから。『ライヒ・イジョルニの予言書』にそれが記されていたからだと思うの」

「なるほど」

「だとすると、ひとつ大きな疑問が生まれる」

彼女は右手の人差し指を立てた。

「イジョルニはどうして予言書を残したのか」

銀のヤバネカラスは言っていた。あの夜のうちに御子は始原の海に還るはずだったと。その未来を人間が奪った。奇跡を起こす道具として塔に押し込め、鎖に繋いだのだと。

「イジョルニの予言書がなければ、御子が捕まることはなかった。誕生した夜のうちに始原の海に還っていれば、恐怖も痛みも知らずにいられた。レーエンデが消滅の危機に晒されることもなかった。つまり、すべての元凶はイジョルニなの。私はその後始末をさせられているんだもの。彼がなぜ予言書を残したのか、真実を知る権利はあると思うわ」

ルクレツィアは黒衣の幽霊を見上げた。

「それが『ライヒ・イジョルニの予言書』を読みたいと思う理由よ。納得してもらえた？」

ペスカは首肯した。一拍分の間を置いて、続けた。

「この図書室の西の壁、奥から三番目と四番目の柱の間を調べてみてください」

予想外の答えに、ルクレツィアは目を瞠った。

「それって……まさか――」

「ルクレツィア様ならば、正しい意図を汲《く》み取ってくださると信じています」

ペスカは嘘をつかない。間違った情報をあげてきたことは一度もない。

つまり、そこに『ライヒ・イジョルニの予言書』があるのだ。

杖を手に、ルクレツィアは立ち上がった。書架の間を抜け、西の壁を目指した。進むにつれ、書架に並ぶ本は古くなっていった。何十年、おそらくは百年以上、誰の目にも触れていないのだろう。並べられた書籍はどれも埃を被っている。

西側の壁、奥から三番目と四番目の柱の間。

よく見ると床には溝が切られている。この書架は可動式なのだ。ルクレツィアは足下に杖を置いた。両手で棚板を掴み、体重を乗せて書架を右方向へと押す。

ゴロリ……

書架が動いた。ごろごろごろと横にずれていく。書架の後ろにもうひとつ、別の書架が現れた。黒塗りの書類箱や立派な装幀の書が並んでいる。『銀呪について』、『幻の海の出現傾向』、『幻魚の正体』等々。どの題名も興味を引かれるものばかりだ。

その中にひときわ古い本があった。ボロボロの背表紙には何の文字も書かれていない。ルクレツィアはそれを手に取った。表紙を開く。黄ばんだ紙に墨色のインクで文字が記されている。

そうあれかしとの祈りを込めて、未来をここに書き記す。ライヒ・イジョルニ

ドクンと心臓が高鳴った。

これだ。これが『ライヒ・イジョルニの予言書』だ。

震える指でページをめくった。

そこに記されていたのは聖イジョルニ帝国の正史そのものだった。驚くべきことに、年号や月日まで見事に言い当てられている。予知と呼ぶには正確すぎる。恐るべき未来視の力だった。

聖イジョルニ暦五四二年四月十四日
七代続けて満月夜に生まれし乙女、
月に愛されし聖女ユリアがレーニエ湖の畔《ほとり》で創造神の御子を産む。

この予言だ。これが時の法皇アルゴ三世をレーエンデ支配へと動かした。

ルクレツィアはページをめくった。

次が最後だった。稀代《きたい》の予言者が残した最後の予言。それは――


神の御子はレーエンデに光と闇を学び、始原の海へ還りて新たな世界を創造する。

ルクレツィアは愕然とした。

「これだけ？」

御子が鐘楼に繋がれることも、御子の力が濫用されることも記されていない。最後の予言は曖昧《あいまい》模糊《もこ》として年号も月日も記されていない。これではいくらでも都合よく解釈することが出来てしまう。この予言を見た歴代法皇が「御子は始原の海に還る。だがそれは今ではない」と考えたとしても不思議はない。

これほど正確な予言を残したイジョルニが、なぜ今の状況を予見することが出来なかったのか。

説明を求め、ルクレツィアはページをめくった。

しかし最後の予言の後は空白で、何も書かれていなかった。

納得がいかない。義憤を胸にルクレツィアは予言書を棚に戻した。その隣にあった『ライヒ・イジョルニ　未来視の考察』という本が目に留まる。著者名はエキュリー・サージェス。

「……サージェス？」

ヤバネカラスの銀天使が口にした名前だ。

ルクレツィアは本を開いた。その序文には、いきなりこう書いてあった。

『ライヒ・イジョルニの未来視の力とは、すなわち未来選択の力。傍流の運命を引き寄せる力である』

傍流の運命を引き寄せる。神の御子が行使する奇跡の力だ。

それと同じものを、ライヒ・イジョルニも持っていた？

「ああ……そうか」

奇跡の力は万能ではない。それと同じく未来選択の力も万能ではない。奇跡の力で死者を蘇らせることが出来ないように、可能性のない未来は選べない。可能性のない未来に到達するためには、その時に摑める未来の中から、到達したい未来に繋がるものを、ひとつひとつ選択していくしかない。

予言書の最初に記されていたではないか。

『そうあれかしとの祈りを込めて、未来をここに書き記す』と。

ライヒ・イジョルニが摑みたかった未来。『神の御子はレーエンデに光と闇を学び、始原の海へ還りて新たな世界を創造する』という未来。

それは確定していない。今も混沌《こんとん》の中にあるのだ。

「なんとなく、わかってきたわ」

すべては神のお導きだったのだ。あの日、お兄様と私が鐘楼に上ったことも、そこで神の御子に出会ったことも、すべて運命だったのだ。私達は選ばれた。イジョルニが「そうあれかし」と望んだ未来に到達するため、私達は選ばれたのだ。

ならばきっと上手くいく。私がこの道を突き進めば、お兄様は来てくれる。どんなに打ちのめされても、ボロボロに傷ついても、彼は絶対に諦めない。必ず私を止めに来てくれる。

本を閉じ、ルクレツィアは微笑んだ。

「私は間違っていなかった！」

聖イジョルニ暦九一六年一月。ついに開戦準備が整った。あとは法皇帝ヴァスコ・ペスタロッチの名の下に宣戦布告をするだけだ。開戦を待ちわびるロベルノからは毎日、催促の手紙が届く。

しかし、ここにきて大きな問題が浮上した。

ステファノが「行きたくない」と言い出したのだ。

これまでステファノは王騎隊の隊長として予想以上によく働いてくれた。最初の頃は「血が怖い」「暴力は嫌い」と言ってジュードを困らせていたけれど、経験を重ねるにつれ、少しずつ様子が変わってきた。

「帝国のために働けるって素晴らしいよね」

「僕は規律を守るのが好きかもしれない。案外、軍人に向いてるかもしれない」

「大きくて強そうな男がボコボコに叩きのめされるのを見ると、胸がスッとするんだ」

彼専用の黒い隊服を用意すると、ステファノは舞い上がって喜んだ。

「似合う？　似合うかな？」

「ええ、とてもお似合いです」

ステファノは黒い帽子を斜に被り、黒いコートをはためかせ、颯爽と現場に向かうようになった。王騎隊を指揮し、議会の決定に逆らう者達を容赦なく打ちのめすようになった。

彼は権力に酔っていた。暴力の行使を愉しんでいた。

だが「ヴァスコ様の名代として帝国軍の指揮を執ってください」と言った途端、彼は以前のステファノに戻ってしまった。

「外地になんか行きたくない。戦争なんかしたくない。今まで通りでいいじゃない。ロベルノに任せておけばいいじゃない」

ルクレツィアは毎日ステファノの部屋を訪れ、彼を説得しようと試みた。しかしステファノは頑固だった。宥《なだ》めてもおだてても「絶対に嫌だ」の一点張りだった。これ以上引き延ばせばロベルノが暴発する。宣戦布告を待たずして合州国領に突撃する。一番槍《いちばんやり》の手柄《てがら》をロベルノに渡せば、彼の発言権を強めることになる。それは後々、面倒なことになる。

これ以上は待てない。ルクレツィアは最後の手札を切ることにした。

「わかりました」

ステファノを突き放し、彼女は言った。

「では私が参ります。ヴァスコ様の名代として、私が帝国軍の指揮を執ります」

ステファノは目を丸くした。数秒間沈黙した後、弾かれたように立ち上がった。

「待って、そんなの無理だよ！　君は女の子なんだし、足だって悪いんだし、どうやって戦うつもりなの！」

「私自身が戦うわけではありません。大将の役目は兵士達を鼓舞することです。部下達に突撃を命令することです。一本足の私でも出来ない仕事ではありません」

「でも、もし攻め込まれたらどうするの？　その足じゃ逃げられないよ」

「その時は私も戦います。拳銃の扱い方ならわかっています。いよいよということになったら自分の頭を撃ち抜きます。敵国の捕虜になるぐらいなら潔く死を選びます」

「だ、駄目だよ、君が死ぬなんて！」

予想通り、ステファノは恐慌状態に陥《おちい》った。

「なんで？　なんでだよ！　どうして君がそこまでしなきゃいけないのさ！」

「私達の力を証明するためです」

ルクレツィアはひたとステファノの両眼を見据えた。

「ヴァスコ様は何よりも力を重視なさいます。もし開戦の先陣をロベルノに奪われたら、私達は臆《おく》病者《びょうもの》と誹られ、重職から外されます。ですが、合州国に奪われしゴーシュ州を見事取り戻してみせれば、ヴァスコ様は必ずや私達を認めてくださいます」

「それは……そうかもしれないけど」

「ステファノ様」

彼女は身を乗り出した。鼻の頭が触れそうなほど彼に顔を近づける。

「法皇帝になりたくはありませんか？」

「え？」

「私は貴方を第九代法皇帝にしたいのです」

ステファノは鼻白んだ。顔面蒼白になってジリジリと後じさる。

「いやだ！　なりたくない！　法皇帝になんかなりたくない！」

叫んで、彼は頭を抱えた。目に涙を浮かべ、掠れた声で訴える。

「母さまは、僕をペスタロッチ家の跡取りにしたがってた。でも僕は、本当は嫌だった。地位も名誉もいらない。僕はただ、詩を書いたり、歌を歌ったり、好きな絵を描いていられたら、それでいいんだ」

「でもステファノ様は、皆に認められたいのでしょう？」

ルクレツィアは一歩、彼に詰め寄った。

「貴方が帝国のために尽くしてきたのは、皆に貴方の功績を認めさせるためだったはず。もしステファノ様が法皇帝になれば、誰もが貴方を敬《うやま》います。皆が貴方の命令に従い、貴方のために戦うようになります。どうか自信を持ってください。貴方は法皇帝に値する人です。ステファノ様には、それだけの価値があるのです」

「価値がある？　僕に？」急き込むように彼は問う。「本当にそう思う？」

「もちろんです」

ここぞとばかりに、ルクレツィアは微笑んだ。

「アリーチェ様がご健在でしたら、今のステファノ様を見て、涙してお喜びになったでしょう。なんて立派になったのだろうと、心から誇りに思われたことでしょう」

「そうかな？」

「間違いありません」

力強く肯定し、彼女はステファノの肩を抱き寄せた。

「法皇帝になって、アリーチェ様の墓前にご報告に参りましょう」

「……うん」

「そのためには、ステファノ様に先頭に立って戦ってもらわなければなりません。帝国軍を掌握しているのはステファノ・ペスタロッチであることを、内外の者達に見せつけなければなりません」

わかりますか？　と問いかける。

おずおずとステファノは頷いた。

最後の一押し、ルクレツィアは彼の手を握った。

「ステファノ様、戦ってくださいますか？　私達の未来のために、戦ってくださいますか？」

「わかった。やるよ」

ステファノは肩の力を抜いた。目尻を下げ、へらりと笑った。

「作戦を教えてくれる？」


聖イジョルニ暦九一六年一月十日。

聖イジョルニ帝国は北イジョルニ合州国に宣戦布告した。同時にステファノ・ペスタロッチ率いる帝国軍が国境を越え、旧ゴーシュ州に侵攻した。迎え撃つ合州軍を撃破し、因縁《いんねん》のファガン平原を手中に収めた。そこに新たな基地を建設した帝国軍は、春を待ってさらに北上し、グラソン州へ進軍した。

戦場から舞い込む報告をもとに、ルクレツィアは西ディコンセ大陸地図に印を刻んだ。

これ以上、進軍を許せば合州国最大の港町グローヴァが帝国の手に落ちる。合州国もそれだけは避けたいはずだ。話し合いでの解決を望んでいた合州国議会の穏健派も、もう反対はしないだろう。合州国が本気になれば、今までのような戦い方は通用しない。これからしばらくは負け戦が続く。

そうなる前に、ルクレツィアは手を打った。

彼女はヴァスコ名義の命令書を送り、ステファノとペスタロッチ兵団をレーエンデに呼び戻した。法皇帝ヴァスコの名の下に彼らを表彰し、帝国軍第一師団第一大隊を名乗る名誉を授け、ステファノを帝国軍最高司令官に任命した。

この数ヵ月、ステファノが戦場で何を見て、どんな経験をしてきたのかはわからない。

彼は人の死を恐れなくなっていた。力を誇示することを迷わなくなっていた。自分よりも強そうな者を叩きのめすだけでなく、女性や子供に対しても暴力を行使するようになった。民兵徴集に応じない村々を強襲する時も、決定に異議を唱えるイジョルニ人を強制連行する時も、一切容赦をしなかった。逃亡を図った民兵を射殺する時も、最前線に民兵を送り込む時も、冷ややかな笑顔を見せるようになった。

開戦から七ヵ月を経て、戦況は少しずつ変わり始めた。合州軍の猛反撃に帝国軍は押し戻されつつあった。各地で激戦が繰り広げられ、大勢の兵士が死んでいった。戦火は止《とど》まるところを知らず、まるで薪をくべるかのごとく民兵達の命が費やされていった。帝国軍の総死者数は五万を超えた。そのほとんどが強制徴集されたレーエンデの民兵だった。それはまさに地獄絵図——ルクレツィアが思い描いた通りの消耗戦だった。

そろそろ限界だろう。レーエンデの各地で暴動が起きるだろう。

そう思った矢先、最初の火の手が上がった。

八月の最高議会で北教区の司祭長トニオ・リウッツィが戦争の即時停止を求めたのだ。

「人は名誉のために戦います。権利のために戦います。生きるため、愛する者を守るため、人としての尊厳を守るために戦います。そこで、改めて猊下に問います。北イジョルニ合州国との戦争は、いったい何のための戦いでありましょうか。増税のための戦争、思想統制のための戦争、言論封殺のための戦争、民兵を徴集するための戦争、どれも本末転倒です。無為な戦争で五万の命が奪われる。こんなことが許されていいはずがありません」

落ち着いた口調の中に怒りと苛立ちを滲ませて、リウッツィ卿は訴えた。

「この愚かな戦争をただちに停止しなければ、レーエンデは倒れ伏し、二度と立ち上がることがかなわなくなります。私達を足下から支えているのはレーエンデです。レーエンデが倒れれば、私達も倒れることになるのです。レーエンデに苦しみを与えれば、それは二倍三倍の災禍となって、私達の上にも降りかかるのです」

ルクレツィアは空の玉座の横に立ち、リウッツィ卿の演説を聴いていた。普段から民族格差の撤廃を掲げているだけあって、彼の言葉には説得力があった。人道的かつ論理的、理想を語る一方で現実の直視も忘れない。聴く者の心を揺さぶる名演説だった。

リウッツィ卿が法皇帝になればレーエンデは安息を得るだろう。そうなればレーエンデは満足してしまうだろう。帝国の属領としての立場を受け入れ、制限された自由に安寧を見いだしてしまうだろう。

だがリウッツィ卿の次に法皇帝となる者が、彼の政策を継続するとは限らない。ペスタロッチやダンブロシオ、コンティが政権を奪取すれば、また今のような帝国支配に逆戻りする。レーエンデにとって、かりそめの自由は毒でしかない。かりそめの自由を与える為政者は害にしかならない。レーエンデは追い詰められなければならない。もはや草も生えない焦土から、血塗れになって立ち上がらなければならない。

なおも熱く語りかけるリウッツィ卿から目を逸らし、ルクレツィアはステファノを捜した。彼は議事堂の扉の前にいた。ルクレツィアは彼を見て、小さくひとつ頷いた。ステファノは頷き返し、音もなく議事堂を出ていった。

リウッツィ卿の演説に最高議会は紛糾した。閉会の時刻を迎えても意見はまとまらなかった。この件に関しては各自がそれぞれの土地に持ち帰り、意見をまとめてくることになった。結論は来月まで先延ばしにされ、八月の最高議会は閉会した。

知り合いの司祭達と意見を交わした後、リウッツィ卿は議事堂を後にした。

それを最後にトニオ・リウッツィは姿を消した。行方は杳《よう》として知れなかった。

彼をどうやって拉致したのか、どこに監禁したのか。ルクレツィアは尋ねなかった。知らなければ嘘をつく必要もない。その代わり、ステファノにこう言った。

「リウッツィ卿は支持者も多く、市民達にも慕われています。もし彼が私達の味方になってくれたら、とても頼もしいでしょうね」

彼女の意を汲んで、ステファノはリウッツィ卿を懐柔しようと試みた。それが利かないとわかると、今度は暴力で彼を口説き落とそうとした。激しい説得は人知れずシャイア城の地下深くで行われた。

八月の最高議会から十日ほどが過ぎた夜、寝室で本を読んでいたルクレツィアに、

「ちょっとよろしいですか?」

ペスカが声をかけてきた。

彼のほうから質問とは珍しい。ルクレツィアは本を閉じ、姿のない影に尋ねた。

「何かしら?」

「ステファノ様のことです。どうやらリウッツィ卿がお気に召さないらしく、最近、かなり説得に力が入っています。卿が心変わりする前に、卿を殺してしまいそうな勢いです」

「それは困ったわね」

ルクレツィアは眉根を寄せた。

「正攻法でいくなんて、ステファノ様も気が利かないわ」

トニオ・リウッツィのように義に厚い人間には、直接的な痛みを与えるよりも、間接的な痛みのほうが有効だ。たとえば家族を人質に取るとか、彼が愛する町を焼くとか。こちらの本気を見せつければ、きっと味方になってくれる。

でもステファノにそれを望むのは酷というものだろう。四大名家の当主であり、人として正しくあろうとするリウッツィ卿は彼の劣等感を刺激してやまない。ステファノにはリウッツィ卿が、レオナルドに見えているのだ。

「トニオ・リウッツィは四大名家の長。人格者だし支持者も多いわ。それに先日の最高議会での名演説、あれが聴けなくなるのは本当に残念」

頬に手を当て、ルクレツィアは嘆息する。

「でも来月の最高議会で、またあんな名演説をされたらとても困るし、だったらいっそ、土の下で眠っていてくれたほうがいいわね」

クスッと笑う彼女の前に、音もなく、黒い影が舞い降りた。

ペスカが自分から姿を見せるのも珍しい。

何よ？　説教でもするつもり？

ルクレツィアは身がまえた。

しかし、ペスカの目は笑っている。

「貴方、なかなか悪い魔女が板についてきましたね」

「あら……ありがとう」

予想外の褒め言葉に、彼女は相好を崩した。

「ええ、そうね。私もそう思うわ」

この夜を最後に、ペスカの口からリウッツィの名が出ることはなかった。ルクレツィアも尋ねなかった。自分が介入することでステファノの機嫌を損ねたくなかったし、そこまでして救いたい命でもなかった。

その後もステファノは熱心に説得を続けた。それは翌年七月、行きすぎた拷問のあげくトニオ・リウッツィが落命するまで秘密裏に続けられた。


戦争反対を唱えたリウッツィ卿が行方不明になった。しかもシャイア城から出た痕跡がない。となれば、どんな愚か者でも王騎隊を疑うだろう。リウッツィ卿はイジョルニ人だけでなく、レーエンデ人からも敬愛されている。彼が王騎隊によって拉致監禁されたとなれば、さすがに抗議の声が上がるだろう。

そう思っていたのだが、レイルで学生達が少し騒いだだけで火は立ち消えてしまった。無意味な戦争を批判する者や、帝国軍の横暴を非難する新聞社もなくはなかったが、大半のレーエンデ人はこれまで通り、見ざる言わざる聞かざるを貫き通した。

ルクレツィアは失望した。結局、彼らは自分のことしか考えていないのだ。不幸な犠牲者が続出しても、それが自分でなければかまわない。目立ったことをすれば標的にされる。だったら動かず、貝のように殻に閉じこもっているほうが得策だと思っているのだ。

いいだろう。ならばその固い殻ごと火中に放り込んでやる。

聖イジョルニ暦九一七年四月、最高議会は『安楽死法』を可決した。翌月には『娯楽禁止法』が施行された。六月には『食物税』が課せられた。この増税はレーエンデだけでなく帝国全土に対し発令された。外地の各州から不満の声が寄せられた。アルモニア州とエリシオン州の首長は抗議文を送りつけてきた。だがその文面に法皇帝に牙を剝くほどの勢いはなかった。吠えるだけなら脅威にはならない。ルクレツィアはそれを黙殺した。

非人道的な新法と度重なる増税はレーエンデを混沌の渦に叩き落とした。仕事もなく食糧もない。多くのレーエンデ人が飢えて死んだ。日々大きくなる怨嗟の呻きと苦渋の喘ぎ。だがここまで追い詰められてもなお、レーエンデは煮え切らなかった。降ってくる災厄に憤りはしても、その根源に立ち向かおうとはしなかった。もう我慢ならないと声を上げる者はなく、自由を求めて立ち上がる者もいなかった。

ルクレツィアは焦りを感じ始めた。

来年の十三月、私は十八歳になってしまう。それまでにすべてを終わらせなければならないのに、何をしている、レーエンデ。祈っていても救いは来ない。誰もお前を助けない。死にたくなければ牙を剝け。革命の気炎を上げろ。

聖イジョルニ暦九一七年八月。

暴徒達が古都レイルを占拠した。これを排除し、レイル市民を解放するため、帝国軍第一師団第一大隊が派遣された。暴徒は町の大通りに障壁を築いて反撃を試みた。だが両者の戦力差は著《いちじる》しく、帝国軍は半日とかからず暴動を鎮圧した。レイルに潜伏し、暴徒達を指揮していたリウッツィ家当主トニオ・リウッツィは、反逆者として裁かれることを嫌い、銀呪塊を飲んで自害した。

以上が法王庁の公式発表だ。もちろん真実は別にある。多くの者が虐殺を目撃したはずだ。しかし、そのうちの何人が真実を語るだろう。命をかけても真実を伝えようという気概のある者は、この煮え切らないレーエンデに、はたして存在するのだろうか？

レイル鎮圧の五日後、シャイア城にステファノが戻ってきた。大隊を現地に残しての帰還だった。しかもお気に入りの軍馬ではなく、馬車に乗っての帰還だった。

彼はひどく憔悴《しょうすい》していた。髪は乱れ、頬は痩《こ》け、唇にも色がない。上着もなく、帽子も被っていない。身だしなみには人一倍気を使うステファノが、皺だらけのシャツ一枚で戻ってくるとは、どう考えてもただごとではない。

「どうなさいました？」

彼を見上げ、ルクレツィアは尋ねた。

「何があったのですか？」

「ねぇ、ルクレツィア！」

ステファノはいきなり彼女の両腕を摑んだ。泣き笑いの表情で縋るように問いかける。

「レオンは死んだんだよね？　城の窓から飛び降りたんだよね？　生きてるわけないよね？」

鷲摑《わしづか》みにされた腕の痛みに、ルクレツィアは顔をしかめた。

「わかりません」

「私が見たのは開けはなされていた窓だけです。湖から拾い上げられた山高帽とステッキだけです。お兄様が身投げする瞬間を目撃したわけではありません」

「なら、今も生きてるかもしれないの?」

「遺体はあがらなかったので、死んだとは言い切れませんが――」

「じゃあ、あれはやっぱりレオンだったんだ!」

ステファノはその場に座り込んだ。両手でぐしゃぐしゃと髪をかき回す。ひどく取り乱していた。今にも号泣しそうだった。ステファノにはもうしばらく、畏怖の対象でいてもらう必要がある。彼の醜態を余人に見られるわけにはいかない。

「落ち着いてください」

ルクレツィアは彼の手を取った。

「どうぞ私の部屋にいらしてください。何があったのか、お話を聞かせてください」

彼女はステファノを自室へと連れていった。彼を長椅子に座らせ、侍女にエブ茶を持ってこさせる。温かなエブ茶を飲ませ、優しく背中をさすってやる。

顔面蒼白だった彼の顔に、わずかに赤みが戻ってきた。

「話してください、ステファノ様」

彼の目を見て、優しくささやく。

「何をそんなに怯えていらっしゃるのです?」

「レイルに、レオンがいた」

カチカチカチ……と歯が鳴る音がする。

「生意気な新聞記者を助けて逃げていった。捕まえようとしたけど見失った。変な服を着て、髪も短かったけど、あれはレオンだった。絶対にレオナルド・ペスタロッチだった」

その瞬間——ルクレツィアは快哉を叫びそうになった。

お兄様がレイルにいる！

反帝国組織《レジスタンス》の一員として戦っている！

この吉報を、どんなに待ちわびていたことか！

感動で身体が震えた。歓喜の涙が込み上げてきた。

それを見て、ステファノはぐっと拳を握った。

「ごめん、ルクレツィア。僕、もう一度、レイルに行ってくるよ」

「えっ？」

「君はレオンのこと、怖がっていたもんね。死んだと聞いて安心していたのに、彼が生きているってわかって、また怖くなっちゃったんでしょ？」

ステファノは彼女の手を握った。

「でも安心して。絶対に逃がさないから。町を焼き払って、住民達を全員拷問にかけてでも、絶対に見つけ出すから。太陽の下に引きずり出して、彼の頭に銃弾を撃ち込んでくるから。ルクレツィア、怖がらないで。君には指一本、触れさせやしないよ」

待って——何を言っているの？

レオナルドは夜明けをもたらす光の嚆矢《こうし》。この計画は彼がいなければ成り立たない。もし彼が殺されてしまったらこれまでの努力が、多くの犠牲が、すべて水泡に帰してしまう。

「ステファノ様、きっと見間違いです」

彼の手を握り返し、ルクレツィアは呼びかける。

「確かに遺体はあがりませんでしたが、湖でレオナルド様の衣服が発見されています。三年前に彼は死んだのです。意気地のない彼はペスタロッチの名を継ぐことを恐れ、自らを湖に投げ捨てたのです」

「それは違うよ、ルクレツィア。レオンは意気地なしじゃない。ただ四大名家の一員としての振舞いが、家名に伴う責任ってものが、わかってなかっただけなんだ」

ステファノは微笑む。少年時代を彷彿《ほうふつ》させる天使の微笑み。

「僕はね、ずっと彼に憧れていたんだ。あの強さを羨《うらや》ましく思っていたんだ。でも、それと同じくらい、彼のことが嫌いだった。どんどん変わっていく彼を見るのが、嫌で嫌でたまらなかった！」

見て——と言って、両手を眼前に広げる。女性のように白くほっそりとした指が、小刻みに震えている。

「レイルでレオンを見て以来、彼が夢に出てくるんだ。夢の中で僕を叱るんだ。『お前のやっていることは間違っている』って、『弱い者いじめはやめろ』って、『お前は大人しく絵を描いていればいいんだ』って、馬鹿にしたように笑うんだ。それでぜんぜん眠れなくて、耐えられなくなって、ジュードに後処理を任せて戻ってきちゃったけど——」

ぐすんと洟をすする。

「もう逃げない。レオンを見つけ出して殺す。でなきゃ僕は、いつまで経っても負けたままだ。夢の中でも、泣き虫の臆病者って、ずっと馬鹿にされ続けるんだ」

「ああ、ステファノ様」ルクレツィアは彼を抱きしめた。「貴方は立派です。臆病者ではありません。そんなふうに自分を卑下なさらないでください」

彼の背中を撫でながら、必死に台詞を考える。

「いまやステファノ様は帝国軍の最高司令官です。レイルで見かけたという人物がたとえ本物のレオナルド様であったとしても、今ではステファノ様のほうがお強いのです。この世界では力こそが正義。権威も権力も持たない塵芥《ちりあくた》より、貴方こそが正義なのです」

「ルクレツィア……君だけだ。僕のことを……わかってくれるのは」

ステファノは彼女の髪に顔を埋めた。

「お願いだよ。僕を一人にしないで。絶対に一人にしないって約束して」

「ええ、もちろん、お約束いたします」

ルクレツィアは彼の柔らかな金髪をかき上げ、露わになった耳朶に唇を寄せる。

「ねぇ、ステファノ様。初めてお目にかかった日のこと、覚えていらっしゃいます？」

「うん」

「あの時におっしゃったこと、もう一度、言ってくださいませんか？」

ステファノの肩がぴくんと震えた。

ぎくしゃくと身体を離し、彼女の顔を凝視する。

「それって、君が大人になるまで待つって言った……あれのこと？」

「そうです」

ルクレツィアは恥じらうように、自分の頬に手を当てた。

「来年の十三月、私は十八歳になります」

「ああ、そうか！　そうだ、そうだよ！」

ステファノは立ち上がった。子供のように飛び跳ねた。大きく一歩退いて、ルクレツィアから距離を取る。その場に片膝をついて、真摯な瞳で彼女を見上げた。

「ルクレツィア・ペスタロッチ。どうか僕と結婚してください」

「ええ、喜んで」

「やったあ！」

ステファノはルクレツィアを抱き上げた。そのままくるりと一回転する。

「式はいつにしよう！　早いほうがいいよね！」

「私が大人になるまで待つのではなかったのですか？」

うふふ……と笑い、彼女は続ける。

「では来年の十三月十五日。私の十八歳の誕生日に、私達の結婚も一緒に祝うというのはどうでしょう？」

「最高だ！　それでいこう！」

興奮した様子でステファノは彼女を抱きしめた。

「愛してる、愛してるよ、ルクレツィア」

彼の顔が迫ってくる。唇と唇が重なる。ルクレツィアは目を閉じた。ステファノの首に両手を回し、その貪欲《どんよく》なキスに応える。

残すは一年と五ヵ月——

その間にダンブロシオ家を滅ぼす。すべての政敵を排除し、選帝権を持つ最高司祭を買収する。時期を見てヴァスコを殺し、このステファノを第九代法皇帝として戴冠させる。

私が私の正義を成せば、お兄様は戻ってくる。

今度こそ私の願いを聞き届け、大人のキスをしてくれる。

唯一無二の銃弾で、私の心臓を撃ち抜いてくれる。


ルクレツィアは、トニオ・リウッツィの後任として、コンティ家の次男を北教区司祭長に任命した。ペスタロッチでもダンブロシオでもなく、コンティから後任を選んだ理由。それはコンティ家の当主サビーノ・コンティが俗物だったからだ。権力のおこぼれを頂戴《ちょうだい》しようと、恥も外聞もなく擦り寄ってきたからだ。

帝国に堅実な為政者達はいらない。我欲の強い愚者こそが相応しい。

ルクレツィアは優秀な者を排し、市井や政治に興味も関心もない俗物を選んで重用した。その采配に文句を言う者はいなかった。法皇帝ヴァスコの威光を借りずとも、すでにルクレツィアは最強だった。最高議会は形骸化した。彼女の意向のままに法案が提出され、議論もされずに可決された。

残る懸念はただひとつ。ダンブロシオ家だ。

ダンブロシオ家は頭数が多く、結束も固い。当主の首を斬《き》っても、すぐに次の首が生えてくる。少しでも根を切り残せば、そこから新芽が生えてくる。ステファノを法皇帝にするためには、ダンブロシオ一族を根絶やしにする必要がある。

作戦を練るため、仕事の合間に図書室に通った。過去の文献を漁り、ダンブロシオ家のための罠を探した。

その日も、ルクレツィアは図書室にいた。窓辺にある肘掛《ひじか》け椅子に腰掛け、ウル族の青年が書いたという伝承集を読んでいた。

そこにウル族の古い諺を見つけた。

『第一の人生は十八歳まで、第三の人生は三十五歳から』

これは『十八歳までは子供として自由に生きていい。だが十八歳を超えたら一人前の大人として責任を果たせ。そして三十五歳まで生き延びたら、その先の人生はご褒美《ほうび》として自分のために使え』という意味だという。

当時に比べて寿命は延びたが、現在でも成人と認められるのは十八歳からだ。

「これは使えるかもしれない」

独りごちて、ページをめくった。

突然、扉が開いた。影のように音もなく、ジュード・ホーツェルが入ってくる。

ルクレツィアは眉をひそめた。彼女にとって図書室は唯一心安まる場所だった。ここにいる時だけは邪魔されたくない。誰にも入ってきてほしくない。

「なんのご用ですか?」

棘《とげ》のある声で尋ねた。

ジュードは答えなかった。迷うことなくまっすぐに、彼女の元へと歩いてくる。

ふと違和感を覚えた。最近のジュードは諦観を通り越し、生ける屍のようになっていた。どんな任務も淡々とこなすが、必要なこと以外は何ひとつ喋らなくなっていた。

だが今日の彼は様子が違った。まるで憑き物が落ちたような、清々しい顔をしていた。

嫌な予感がした。杖を手に、ルクレツィアは立ち上がった。

「動かないで」

優しげな声でジュードは言った。その右手には回転式拳銃が握られている。銃口はルクレツィアに向けられている。

「痛い思いはさせたくありません」

ルクレツィアは後じさった。

彼は操り人形だったはず。なのに、なぜ心が戻った？

「私を殺すつもり？」

「はい」

「理由を聞いてもいい？」

「先日ティム・クラムとユノ・クラムが死にました」

それは留守がちなジュードの代わりに、ブルーノを育てたホーツェル家の使用人の名だった。

「イザベル様が電報で知らせてくださいました。私は急ぎ列車に乗り、ボネッティに向かいました。しかし葬列に加わることはかないませんでした。ブルーノに『帰れ！』と、『どの面下げて来やがった！』と追い返されたのです」

悲しそうに唇を歪める。それでも銃口は揺らぐことなく、ルクレツィアを狙っている。

「先日ティムとユノの孫が戦死したそうです。死を告げる《イバラ紙》だけが送られてきたそうです。ティムもユノもひどく気落ちして、『私達は間違っていた』と漏らすようになって、一昨日《おととい》、首を吊って死んでいる二人をブルーノが見つけたそうです。『誰のせいだと思っている』と息子に問われ、ようやく気づきました。私は逃げていただけ、考えることを放棄していただけ、自分は道具にすぎないのだと言い訳をして、自分が犯した罪から目を逸らしていただけなのだと」

ルクレツィアはひそかに歯噛みした。

ブルーノ・ホーツェル。やはりあの時、殺しておくべきだった。

「いまさら気づいたところで、どうしようもありません。もはや何をしても息子の信頼を取り戻すことは出来ません。それでも、せめて最期ぐらいは正しいことがしたい。自分の意思で行動したい」

申し訳なさそうに、ジュードは眉根を寄せた。

「私も後から参ります。死んでお詫びをいたしますので、どうかお許しください」

回転式拳銃の銃口を見つめ、ルクレツィアは必死に考えた。

まだ死ねない。この人に殺されるわけにはいかない。だが相手はジュード・ホーツェルだ。撃ち損じるなどあり得ない。彼は覚悟を決めている。何を言っても耳を貸さない。

逃げ道はない。

逃げられない。

「さようなら、ルクレツィア様」

銃声が響いた。

視界が暗転した。

しかし、痛みは感じなかった。

「彼を撃ちなさい、ルクレツィア」

耳元で掠れた声がした。ペスカの声だった。

視界を遮っているのは彼の黒装束だった。ルクレツィアを抱きしめる腕は、氷のように冷たかった。頬に当たった彼の胸もまた、冷たく凍りついていた。

ルクレツィアはドレスの裾を跳ね上げた。義足の足首に装着したホルスターから護身銃を引き抜く。ペスカの肩越しに銃口をジュードに向け、引き金を引いた。突き抜ける衝撃。響き渡る銃声。ジュードの手から拳銃が落ちた。がくりと膝を突き、前のめりに倒れる。床に伏した身体の下から、ゆるゆると鮮血が広がっていく。

ルクレツィアは息を吐いた。護身銃を投げ捨て、ペスカの身体に両手を回す。

彼の背中には銃創がある。そこから銀の灰がこぼれ落ちている。

「動ける？」

ペスカは頷いた。

「では、先に部屋に戻っていて。私もすぐに行くから」

彼はもう一度、頷いた。重たげに身体を引きずって、書架の間へと消えていく。

「ご無事ですか、ルクレツィア様！」

銃声を聞きつけ、衛兵達が駆けつけてきた。

その一人が銀の杖を拾い上げ、ルクレツィアへと差し出した。

「お怪我はありませんか？」

「――ええ」

礼を言って、彼女は杖を受け取った。

「おい、これホーツェル補佐官じゃないか？」

別の衛兵が射殺された男の正体に気づいた。

「なんで補佐官が？」

「どうしてルクレツィア様を？」

動揺とざわめきが波紋のように広がっていく。

図書室にはルクレツィアとジュードしかいない。ジュードの足下には銃が落ちている。彼はうつ伏せに倒れて死んでいる。何があったのかは明白だった。それでも信じられないのだろう。杖を拾った衛兵が、ルクレツィアへと問いかける。

「ホーツェル補佐官がルクレツィア様を襲撃したのですか？」

「いいえ」

大きく息を吐き、ルクレツィアは答えた。

「曲者《くせもの》が私を射殺しようとしたのです。ジュードは私をかばって撃たれたのです」

「しかし――」

「反論は許しません」

杖の先で床を打つ。

「ジュードは私に尽くしてくれました。彼は稀に見る忠臣です。どんな理由があろうとも、裏切り者の汚名は着せたくありません」

周囲の衛兵達から、感嘆と悲嘆の声が聞こえた。

「まこと、おっしゃる通りです」

「なんという慈悲深いお言葉でしょうか」

「葬儀屋を呼んで遺体を清めさせなさい。丁重に棺《ひつぎ》に納め、礼拝堂に安置しなさい」

ルクレツィアは衛兵達を見回した。

「明日正午、弔銃を鳴らし、葬礼の代わりとします。その後、彼をボネッティに還します」

「はッ！」

衛兵達は背筋を伸ばして敬礼した。

「ただちに手配いたします！」


ルクレツィアは急いで自室に戻った。

だが居間に彼の姿はなかった。寝室にも、勉強部屋にもいなかった。

もう逝ってしまったんだろうか。そう思いかけた時、窓辺に一羽の鳥が下りてきた。それはウロフクロウの銀天使——エドアルドだった。

《庭園にいる》

陰鬱な声でウロフクロウは鳴いた。

《急げ、残り時間は少ない》

ルクレツィアは階段を上った。扉を開き、空中庭園へと飛び出した。

太陽は西に傾きかけている。柔らかな秋の日差しは、ほんのり赤みを帯びている。花壇では枯れ残った草花がさわさわと揺れている。美しい秋の夕暮れ。淡くて優しい奇跡の時間。

白い東屋の前に黒い影が立っている。彼の周囲だけがほの暗い。その姿はまさに影。晩秋のレーエンデに現れた不吉な死神のようだった。

「ペスカ」

佇む影に呼びかける。

「顔を見せてもらえない？」

断られるだろうと思っていた。しかし彼は迷うことなく黒い布を解き、彼女の前に素顔を晒した。

焦げ茶色の髪、茶褐色の瞳、目尻に刻まれた深い皺。ルクレツィアがヴァスコに投げ捨てられた夜、助けてくれた男だった。彼女をかばうようにしてレーニエ湖に落ちた、あのダンブロシオ家の影だった。顔立ちは十一年前とほとんど変わっていない。だがその首元は銀の鱗に覆われている。顎から頬へ貼りつくように銀の蔦模様が伸びている。

「驚いていないようですね」

ペスカの問いかけに、ルクレツィアは微笑んだ。

「貴方の身体――とても冷たかったから」

銀天使は体温を持たない。その身体は本物の銀のように硬い。先程、触れて確信した。彼はすでに死んでいる。ペスカは銀天使なのだと。

「昔、鳥の銀天使達が教えてくれたの。銀天使とは銀呪病に罹って死んだ生き物なのだと。そこに泡虫が入り込み、生き物のようにそれを動かすのだと」

泡虫は儚くて、すぐに弾けて消えてしまう。けれど銀天使は違う。彼らは朽ちることも老いることもない。依《よ》り代《しろ》である身体が傷つき壊れるまで、ずっと傍にいてくれる。

「でも人間は銀天使になれないはず」

ルクレツィアは問いかける。

「私を助けてくれたダンブロシオ家の影、彼はどこに行ったの？」

ペスカの口元の皺が深くなった。笑ったのだ。

「なぜ私と彼とは別人だと思うのですか？」

「フィリシアが死んだから」

ずっと疑問に思っていた。なぜフィリシアは死ぬことが出来たのか。最初は同情したのだろうと思った。でも違和感は残った。それがずっと頭の片隅に引っかかっていた。

「幽霊さんが傍にいたのなら、フィリシアが死ぬはずないもの。たとえフィリシアがそれを望んでも、神がそれを許しても、ダンブロシオ家の影は許さない。でも貴方は幽霊さんじゃなかった。姿形は同じでも中身は別人だった。だから貴方はフィリシアの自死を止めることなく看過した」

これで満足？　と問うようにルクレツィアは首を傾ける。

「さあ、今度は貴方が答える番よ。あの幽霊さんはどこに行ったの？」

「お察しの通り、もうここにはいません」

ペスカは胸に手を当てた。そこには大きな穴が開いていた。彼の身体はひび割れて、さらさらと銀の灰がこぼれ落ちている。

「人は思考する生き物です。言葉で強化された魂は頑健なので、泡虫として存在を保つことが出来ます。泡虫は銀呪に冒された虫や鳥や動物に入り込むことが出来ます。でも人の魂が宿る人の身体には、どう頑張っても入れない。銀呪病に罹って死んだ人間の身体は、魂が離れると同時に銀の灰になって消えてしまう。ゆえに人間は銀天使にはならないのです」

「でも貴方は彼の中に入った」

「この身体は真冬の湖に落ちた後、しばらく水底に沈んでいました。引き上げられ、息を吹き返したものの、すでに魂は抜けていました。しかも彼は幻の海に浸《つ》かり、依り代としての基準値を満たしていた。これぞまさに神の恩寵。奇跡というほかありません」

「それを聞いて安心したわ」

ルクレツィアはにっこりと笑った。

「貴方が奇跡の力を使わなければ、彼は沈んだままだったのね。誰にも引き上げられることなく、湖の底で朽ち果てていたのね」

もしそうなっていたらあまりに悲しかった。中身が別人でも、また会えて嬉しかった。

「お礼を言うわ。ライヒ・イジョルニ」

ペスカの眉が跳ね上がった。呆れたような、少し面白がっているような顔で、彼女のことをまじまじと見る。

「これは驚いた。なぜわかった？」

最初から気づいていたわけではない。確信があったわけでもない。もしやと思ったのは予言書が置いてある場所を教えてくれた時だ。あの時、彼は言った。『ルクレツィア様ならば、正しい意図を汲み取ってくださると信じています』と。あれは予言書を書いた本人でなければ出てこない台詞だった。でも、そんな答えはつまらない。

「貴方がペスカと名乗ったからよ」

勝ち誇るように、ルクレツィアは顎を突き出した。

「始祖ライヒ・イジョルニは未来視の力を得て蘇る前、漁師《ペスカトーレ》だった。それを知らないクラリエ教徒はいないわ。常識中の常識よ」

「お見事！」

感嘆の声を上げ、ペスカは両手を打ち合わせた。

「さすがは天命を授かりし娘、素晴らしい度胸と慧眼《けいがん》だ」

彼はまるで生きた人間のように、右手で髪をかき回す。それだけで印象が一変した。炯々《けいけい》と輝く目は寡黙な間者のそれではない。一代で聖イジョルニ帝国を興した、伝説の予言者のものだった。

「ねぇ、教えて」

ルクレツィアはペスカに――その身体に宿ったライヒ・イジョルニに問いかける。

「どうして予言書を残したの？　どうして神の御子をアルゴ三世に捕らえさせたの？」

「そうしなければ、レーエンデ人が神の御子を捕らえてしまうからだ」

彼はレーニエ湖に目を向けた。凪《な》いだ湖、鏡のような湖面、そこに秋空と紅葉の森が映り込んでいる。鮮やかな赤、華やかな黄色、美しいレーエンデの秋。

「レーエンデは揺籃《ようらん》だ。檻《おり》であってはならないのだ」

「どういう意味？」

「神の御子を受肉させることが出来るのは『適合者』だけ。適合者とは胚子《はいし》を体内に取り込んでも銀呪病に罹らない人間のことだ。私は適合者だったが、子供を宿せる性ではなかった。だから私は聖イジョルニ帝国を造った。神の御子を迎え入れるための揺籃として、このレーエンデを選んだ」

その五百年後、適合者である天満月の乙女ユリア・シュライヴァがレーエンデにやってくる。彼女は胚子を受け入れ、受胎し、神の御子を産み落とす。

「しかし、どの未来を選んでもエキュリー・サージェスという神歴史学者の出現を止めることは出来なかった。彼は研究を重ね、神の御子が持つ未来選択の力に気づいてしまう。ユリアを捕らえ、神名と神の御子を手に入れてしまう。レーエンデ人である彼が御子の力を利用したら、レーエンデと表裏一体である御子はどこにも希望を抱けなくなる。すべての選択肢は消え、滅びの未来しか残らなくなる。だがアルゴ三世は外地の人間だ。だから彼に御子を託した」

「見えない未来に希望を繋げるために？」

「いや、希望の糸は見えていた。神の御子は救い出されるはずだった。テッサがレーエンデに自由を取り戻し、ルーチェが神の御子を始原の海に還してくれるはずだった」

「でもテッサ・ダールは失敗した」

ライヒは顔をしかめた。痛いところを突かれたというように。

「未来は常に変化する。些細《ささい》なことで揺らぎ、粉々に壊れてしまう。しかも奇跡の力で摑む未来は傍流だ。本流よりも細くて脆い。わずかな変化で霧散してしまう」

その声に無念が滲む。

ルクレツィアは理解した。彼は一度、その未来を摑んだのだ。けれど何かが起こり、彼が望んだ未来は消えてしまった。

「何があったの？」

「初代法皇帝となったエドアルド・ダンブロシオ。彼は死ぬはずだった。恥辱に耐えかねて死を選ぶはずだった。だが彼は生き延びた。未来は変わり、テッサの革命は失敗した。しかもエドアルドはレーエンデを憎悪し、この地に地獄を創ることに心血を注いだ。彼はとても上手くやった。おかげで第二、第三のテッサは誕生する前に消えてしまった」

だから──と言い、予言者は酷薄な笑みを浮かべた。

「貴方が生まれるまで、待たなければならなかった」

それで得心がいった。

ようやくすべての謎が解けた。

「予言者の未来選択の力をもってしても、レーエンデに革命をもたらす英雄を誕生させることは出来なかったのね。けれどレーエンデを滅ぼそうとする悪い魔女なら、こうして誕生させることが出来た」

「その通り」

ライヒは舞台役者のように一礼した。

「私が掴んだ最後の希望。それがルクレツィア・ダンブロシオ・ペスタロッチだ。この三年間に貴方がしてきたことは、貴方でなければ出来なかった」

ルクレツィアは首肯した。

彼の言葉は正しい。こんなにも無意味で残酷なことが、いったい誰に出来るというのだ。私の他に誰がこの重罪を背負えるというのだ。神は私に闇を見た。私の中の怪物を見抜いた。それが私を選んだ理由、私に天命を与えた理由だ。

「では、もう大丈夫なのね？　私が天命を果たせば最後の予言は成就するのね？　神の御子は始原の海に還り、新たな世界を創造することが出来るのね？」

「それはわからない」

予言者はゆるゆると首を横に振る。鱗に覆われた胸元に、ぴしりと大きな亀裂《きれつ》が入る。

「私が予言書に記した最後の言葉、あれは予言ではない。私が『そうあれかし』と願った未来だ。テッサの革命が失敗して以来、世界は滅びに向かっていた。だが今は何もかもが混沌としている。傍流はもちろんのこと、本流の未来さえ視ることがかなわない」

「私が悪い魔女になったのに？」

「だからこそ今があるのだ」

「ここに地獄を造ったのに？」

「決して無駄なことではなかった」

「なのに、まだ御子が救われる未来は視えないというの？」

「未来は常に変化する」

そこでライヒ・イジョルニは、初めて申し訳なさそうな顔をした。

「私は謝罪すべきだろうか？」

その神妙な顔がおかしくて、ルクレツィアは堪えきれずに吹き出した。

「私が選んでしたことだもの。貴方が謝る必要はないわ」

最初は御子のためだった。神の御子を始原の海に還すためだった。そのためなら手段を選ばなかった。自分の身体に焼き印を入れ、ヴァスコにこの身を与えることに、葛藤がなかったと言えば嘘になる。でも、あれほど強く恐ろしかったヴァスコを支配し、思い通りに動かしているうちに、苦痛はいつしか嗜虐《しぎゃく》的な悦楽へ変わっていった。

「アリーチェ様が銀呪塊を嚙み砕いた瞬間、私は身が震えるほどの快感を覚えた。自覚したのはその時よ。私の中には怪物がいる。ヴァスコと同じ――いいえ、それ以上に恐ろしい怪物が棲《す》んでいる。それに気づいてからは楽になった。ひとつ間違えれば殺される。残酷な獣達に八つ裂きにされる。そんな命懸けの緊張も、楽しむことが出来るようになった。煮え切らないレーエンデに鉄槌を振るうことも、彼らを絶望へと追い立てることも、まったく苦にならなかった」

「怪物ならばここにもいる」

帝国の始祖は自分のこめかみを指さした。

「御子は始原の海でしか生きられない。御子を誕生させるためには、始原の海で満たされた揺《ゆ》り籠《かご》をこの世界に創る必要があった。始原の海とは幻の海。満月の夜にのみ現れる銀の霧だ。少量ならば無害だが、基準値を超えると転移が起きる。御子と身体の組成が同化する。それが銀呪病というわけだ」

彼が朗笑するたびに、その身体から銀の灰が散り落ちる。崩壊が止まらない。胸にはすでに大穴が開いている。いつ崩れても不思議はない。

「私がレーエンデを呪われた土地にした。天満月の乙女に神の御子を受胎させるために、レーエンデを生贄にしたのだ。正気の沙汰ではない。悪魔の所業と言ってもまだ足りない。それでも後悔はしていない。天命を受け入れた瞬間から、地獄に落ちる覚悟は出来ている」

「いいえ、それは違うわ」

ルクレツィアは中天を見上げた。

「私達は天命に従い、神の僕としての役割を果たした。それを罰することは誰にも出来ない。誰も私達を裁けない。たとえ神様でも、私達を地獄に落とすことは出来ない」

秋の日が暮れていく。空は血の色に染まっている。雲は真っ赤に燃えている。

業火のようなそれを見て、彼女は誇らしげに笑う。

「私達は地獄に行くんじゃない。私達が行く場所に地獄を創るのよ」

ライヒ・イジョルニは目を瞠った。ゆっくりと瞬きをした。そして——

「然《しか》り！」

一声叫んで大笑した。呵々《かか》大笑に耐えきれず、彼の身体が崩れていく。腕が落ち、膝が砕ける。それでもなお、ライヒは楽しげに笑い続ける。

「麗しのルクレツィア。私は貴方の影になろう。貴方の足下に跪き、貴方の背後に寄り添おう。貴方とともに死を降らせ、貴方とともに地獄を創ろう！」

高らかな笑い声を残し、その身体は灰になった。銀の灰から生まれた泡虫は、ルクレツィアの周囲をくるくると回り、彼女の眼前で弾けて消えた。

それを待っていたかのように、ウロフクロウの銀天使が東屋の手摺りに降りてくる。

《もっと地獄を》

神の使いは鳴く。かつて地獄の始まりを告げた時と同じ、厳かな声で。

《レーエンデに地獄を》

ルクレツィアは笑った。銀の杖を手に、銀天使に近づいた。

「ありがとう、エドアルド様」

杖を頭上に振りかぶる。

「でも、この地獄は私のものです」

杖の握りに埋め込まれた硬い宝玉を、銀のウロフクロウに叩きつける。

「貴方には譲りません。誰にも邪魔はさせません」

勢いをつけ、幾度も幾度も振り下ろす。ウロフクロウは無残に割れ、粉々に砕け、銀の灰となって秋空に消えた。

「これでよし！」

いたずらっぽく微笑んで、ルクレツィアは夕日に目を向ける。

血の色に染まった太陽を見て、うっとりと呟く。

「待っています、お兄様」

レオナルド――この世でただ一人の私の理解者。

彼は必ずやってくる。私を殺しに戻ってくる。葛藤と懊悩と煩悶の果てに、彼は私を撃ち殺す。

レーエンデを血に染めた悪い魔女は、強く正しく高潔な英雄によって倒される。

そこから先はレーエンデ次第だ。立ち上がるのか、より深く殻に閉じこもるのか、決めるのはレーエンデだ。魔女が倒された後も牙を剝くことさえ出来ないのであれば、もはや生きている価値はない。神の御子を裏切った罰として、もろともに滅びればいい。

それも、また一興だ。

私は冷血の魔女。命をもてあそび、殺戮を楽しむ。憎まれても誹られても痛痒など感じない。後悔も懺悔《ざんげ》もしない。同情も理解も必要ない。ましてや憐憫《れんびん》などしてほしくない。

私の願いはただひとつ。
強く正しい兄の心に消えない傷を刻みたい。
光り輝く魂に私の影を焼きつけたい。
お兄様——
愛しい愛しいレオナルド・ペスタロッチ。
貴方に撃ち殺される日が、待ち遠しくてたまらない。

第九章　夜明け前

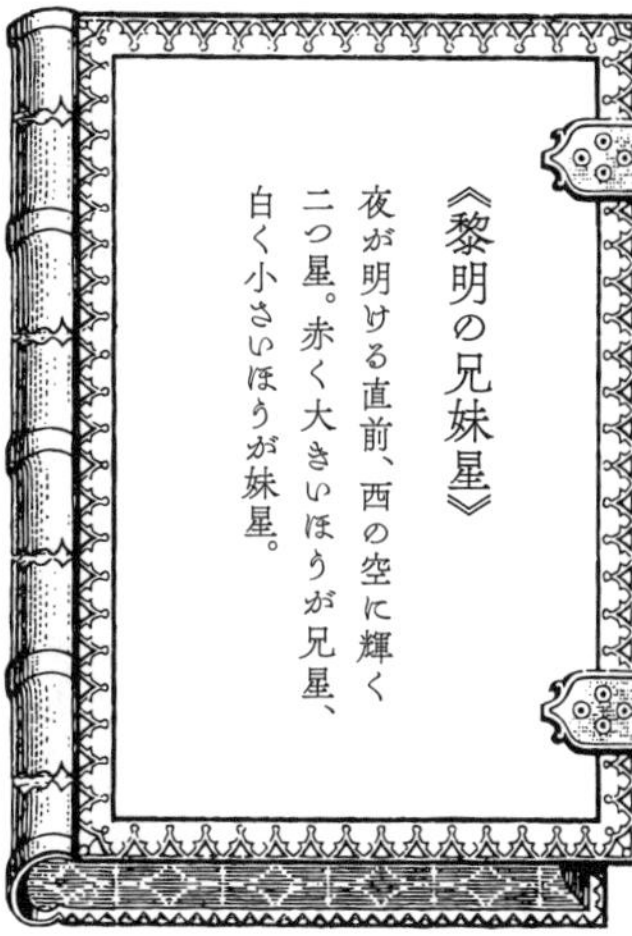
《黎明の兄妹星》
夜が明ける直前、西の空に輝く二つ星。赤く大きいほうが兄星、白く小さいほうが妹星。

聖イジョルニ暦九一七年十月八日。

レオナルドはエルウィンを飛び出し、ボネッティへと向かった。

疑問と疑惑で頭がはち切れそうだった。何があった、ルクレツィア。ジュードの死にも、お前が関わっているのか。お前がジュードを殺したのか。彼はお前の味方ではなかったのか。なぜだ、ルクレツィア、なぜなんだ。なんでこんなに、人が死ぬんだ！

真夜中過ぎ、ようやくボネッティに到着した。

ホーツェル家の窓は暗かった。家の中に人の気配はない。ペスタロッチ家の主館もひっそりと静まりかえっている。だが別館の窓には明かりがあった。レオナルドは闇に紛れて別館に近づき、重厚な木の扉をそっと開いた。

玄関ホールのテーブルに黒い棺が安置されている。幾本もの蠟燭が棺を取り囲んでいる。テーブルの横には木の椅子が並べられている。でも座っている者は一人もいない。

レオナルドはするりと中に入った。足音を忍ばせ、棺へと近づく。

「誰だ」

突然の誰何《すいか》に足を止めた。テーブルの陰、床の上にブルーノが座っている。彼はゆらりと立ち上がり、目を眇めてレオナルドを睨んだ。

「お前、レオンなのか？」

わからないのも無理はない。レオナルドの髪は伸び放題、顔の下半分は髭に覆われている。身体からは肉が落ち、一回りも二回りも縮んでしまっている。

「見てやってくれ」

テーブルの縁に腰掛けて、ブルーノは舌打ちをした。

「俺の気も知らないで、安らかな顔しやがって」

レオナルドは棺に近づいた。ジュードは花に埋もれていた。顔色は生者のものではなかったが、その表情は柔らかく、微笑んでいるようにも見えた。

「いったい何があったんだ？」

「城に忍び込んだ刺客からルクレツィアを守ろうとして撃たれた——ということになっているらしい」

含みのある言い方だった。案の定、ブルーノは冷笑して続けた。

「けど棺を運んできた王騎隊の連中が教えてくれたよ。親父はルクレツィアを殺そうとして、逆に彼女に撃ち殺されたそうだ」

右の拳でトントンと、自分の胸の中央を叩く。

「さっき確認したよ。胸に一発、近距離から小口径の銃で撃たれている。おそらく女性向けの護身銃だ」

「でも、なんでジュードがルクレツィアを？」

ジュードはペスタロッチの忠臣だ。仕えるべき対象がヴァスコからルクレツィアへと替わった後も、彼の忠誠心は変わらなかった。なのに、なぜ今になって彼はルクレツィアを弑《しい》そうとしたのだろう。

「俺のせいなんだ」

苦しそうにブルーノは呻いた。

「先日ティムとユノが死んだ」

レオナルドはおののいた。ティムもユノもかなりの高齢だった。いつ何があってもおかしくはなかった。だが二人同時に亡くなったとあれば、それは自然死ではない。

「戦争で孫を失い、失望して、階段の手摺りで首を吊ったんだ。ティムの上着のポケットには親父に宛てた遺書があった。貴方を尊敬していた。でもそれは間違いだった。孫を殺しておいて謝罪もせず、今もなお何万という若者を戦場に送り込んでいる冷血の魔女。その意のままに動く魔女の下僕に私達は仕えてきた。それを心から後悔していると書き残して、二人は死んだ」

ギリギリと奥歯を喰いしばる音が聞こえる。

「親父にはティムとユノの死を知らせなかった。あいつに二人の死を悼む資格はない。葬儀に参列などしてほしくない。そう思っていたのに、なぜか親父は葬儀の場にやってきた。腸《はらわた》が煮えくりかえったよ。『恥を知れ！』って『誰のせいで二人が死んだと思ってるんだ！』って、追い返してやったよ」

それでジュードは自責の念にかられたのだ。ルクレツィアを殺そうとして、殺しきれずに撃ち殺されたのだ。

「畜生――！」

ブルーノは立ち上がり、天井に向かって叫んだ。

「何が創造神だ！　何がクラリエ教だ！　ふざけんじゃねぇ！」

ジュードの胸の上に置かれた聖典を摑み、力任せに叩きつける。表紙が開き、ページが潰れる。チャリンという音がした。レオナルドは床から聖典を拾い上げた。ページの真ん中がくり抜かれている。そこに蔦飾りがついた鈍色の鍵が収められている。

「なんだそれ？」

うっそりとブルーノが問う。

レオナルドは眼前に、その鍵を掲げた。

「これは――」

神の御子が閉じ込められている部屋の鍵だ。

この鍵があれば神の御子に頼んで奇跡の力を行使することが可能になる。これを使ってルクレツィアは権力者達を従わせたのだ。だがそんな大切なものを、なぜ彼女は手放した？　なぜジュードの棺に入れて寄越した？

権力の座に固執する気はないと伝えるためか？

神の御子を解放するのはレーエンデの役目だと伝えるためか？

いいや、違う。

これは「待っている」というルクレツィアの意思表示だ。

神の御子と出会ったあの夜、俺達は誓った。レーエンデに自由をもたらし、神の御子を始原の海に還そうと。ルクレツィアが城に残ったのは、神の御子が絶望することのないよう、寄り添って励ますためだと思っていた。だが彼女は奇跡を用いてヴァスコを四肢麻痺にした。奇跡の力を武器にして最高議会を掌握した。圧政、重税、言論統制、無意味な死を積み上げて、レーエンデを絶望へと追い込んだ。すべては革命のため、レーエンデ人に蜂起を促すためだった。

目的のためなら手段を選ばない。どんな犠牲も厭わない。それがルクレツィアの正義だ。到底容認出来ないが、それでも理解はしているつもりだった。

しかし、わかっていなかった。

彼女の計画には、さらに続きがあったのだ。

「ルクレツィアがレーエンデを弾圧したのは、自分こそが悪の首魁であるとレーエンデ人に思わせるためだ。彼女は自分が倒されることによって、レーエンデに希望を与え、革命を加速させようとしているんだ」

「だったら今すぐ殺してやる！」

ブルーノが歯を剥いた。怒りに任せて立ち上がり、レオナルドの胸倉を摑む。

「親父の葬儀が終わったら、俺はノイエレニエに行く。シャイア城に乗り込んでルクレツィアを撃ち殺す。邪魔をするならお前も殺す」

激しい怒りを受け止めて、レオナルドは両手を上げた。

「邪魔はしない。だが、あと一年待ってほしい」

「待てねぇよ！　その一年の間にいくつの命が奪われると思ってんだ！」

「現在のシャイア城は王騎隊によって守られている。警備は万全で、侵入するどころか近づくことさえ難しい。だが来年の十三月、ルクレツィアは十八歳になる。成人を機に彼女は名実ともに帝国の頂点に立とうとする。その時、必ず機会が訪れる」

「それがお前の妄想でないという保証はあるのか？　お前もあの魔女に騙されてるんじゃないのか？」

「ああ、そうかもしれない」

レオナルドは目を閉じた。

先日のレイルの事件を思い出す。戦う術を持たない市民達への無差別な発砲。罪のない学生達が次々に撃たれた。嘘みたいにあっけなく、多くの命が失われていった。血の臭い。硝煙の臭い。激しい銃撃の音と人々の悲鳴が耳の奥に蘇る。

「ルクレツィアのやることは、俺の理解の範疇《はんちゅう》を超えていた。彼女が何を考えているのか、わからなかった。もしかしたら、すでに正気を失っているのではないかとさえ思った」

でも——と言い、鈍色の鍵を握りしめる。

「ジュードが亡くなったと聞けば、俺は必ず駆けつける。彼女はそれを見越してこの鍵をジュードの棺に入れたんだ。これは俺への伝言だ。誓いを守れ。神の御子を助けに来い。帝国を倒し、神の御子を救えという、ルクレツィアからの伝言なんだよ」

レーエンデに自由をもたらし、必ず戻ると約束した。

呑気な俺は気づかなかった。

あの時、彼女はすでに覚悟を決めていたのだ。

「ルクレツィアは俺に殺されたがっている。俺に覚悟を求めている。もし躊躇《ちゅうちょ》すれば彼女の計画は水泡に帰す。彼女が犯した大罪も、それによって失われた命も、何もかもが無駄になる。彼女にはわかってるんだよ。彼女の意図を俺が理解することも、だからこそ看過出来なくなることも、ルクレツィアにはわかってるんだ」

「くそッ！」

悪態を吐いて、ブルーノは手を離した。右の拳でレオナルドの胸を叩く。

「わかったよ。信じるよ。お前は嘘は言わねぇからな」

「ブルーノ……」

「ルクレツィアがしてきたことは許されるもんじゃねぇ。けど、あの子が馬鹿じゃねぇってことは俺もよく知ってる。お前の言う通り、すべて考えあってのことなんだろう」

ブルーノは椅子に腰掛けた。物言わぬ父親を見て、口元にかすかな笑みを浮かべる。

「親父はきっと後悔してたんだと思う。ヴァスコの非道な行いを止められなかったこと、彼の命令に従ってしまったことを、ずっと悔やんでたんだと思う。悔やんでいたからこそ、ヴァスコに殺されかけたルクレツィアを助けた。ルクレツィアのやっていることは間違いだと気づいて、命懸けで彼女を止めようとした」

「俺もそう思う」

ジュードはペスタロッチ家に忠実であろうとした。でも最後には正しい道を選んだ。自分の人生を全否定してでも、自分の良心に従う道を選んだ。

「俺の隣にいたのが、お前でよかった」

ブルーノはレオナルドを見上げた。その顔が不意に歪んだ。

「お前は馬鹿なことばっかりするけれど、間違ったことは絶対にしない。たとえ痛い目を見ることになっても、損をすることになっても、人として正しいほうを選択する」

「俺は正しくなんかない」

不意に泣きそうになって、レオナルドは目頭を押さえた。

「正しい人間は妹を殺そうなんて思わない」

正義とは欲望を粉飾するための方便だ。十人いれば十通りの正義がある。誰かにとっての正しさは、誰かにとっての悪になる。絶対悪である人殺しですら、場合によっては正義になる。

ルクレツィアの正義は神の御子を救うこと。そのために彼女は何万という人間の命を奪った。レオナルドの正義は人として正しくあること。やむなく暴力に訴えることはあっても、誰も殺さないことを信念としてきた。

でもビョルンは言った。

普遍的な正しさは、僕ら人間には荷が重すぎるね、と。

「俺は信じていた。争わず、血も流さず、ルクレツィアを止める方法があるはずだと。だからずっと、彼女を殺さずにすむ方法を探し続けていた。けど、本当はわかっていたんだ。そんな都合のいい話、あるはずがないって」

「出来るのか、お前に？」

探るようにブルーノが問う。

「誓ったんだろう？　生涯ルクレツィアの味方であり続けるって」

「そうだ。だからこそ、彼女の期待を裏切れない」

「ほんと――馬鹿な男だよ、お前は」

肩をすくめ、ブルーノは立ち上がった。

「お前一人では行かせねぇ。その時が来たら俺も一緒に行く」

「生きて戻ってこられないぞ？」

「覚悟の上だ」

ブルーノはニヤリと笑った。

「お前は俺の朋友《ほうゆう》で、唯一認めた俺の主人だ。お前が心置きなく妹と向き合えるように、俺がお前の背中を守る。言っとくが、ついてくるなと命じても無駄だぞ。主人として認めるってのと、なんでも言うこと聞くってのは別モンだからな」

「ついてくるな――なんて言わないよ」

レオナルドは右手を差し出した。

「頼りにしてるぞ、ブルーノ。お前がいてくれたら怖いものなしだ」


ブルーノから最新式の長銃を一挺、譲って貰い、時が来たらエルウィンで落ち合うことを約束して、レオナルドはボネッティを後にした。

エルウィンに戻ってきた彼を見て、ジウは驚いたような顔をした。

「戻ってくるとは思わなかった」

「どうして？」

「新聞社に行くのだろうと思っていた」

レーエンディア新聞社の社屋は帝国軍に接収されてしまった。社内にあった資料もすべて燃やされてしまった。だが社長はひそかに人員を集め、今も新聞を刷り続けている。出来ることなら、彼らとともに闘いたかった。ビョルンの遺志を継ぎたいという思いもあった。けれど――

「新聞の役目は真実を報道することだ。真実を知らしめることでレーエンデに蜂起を促すことだ。でも俺はペンよりも銃を選ぶ。目指す場所は同じでも、彼らとはもう相容《あいい》れない」

ジウは厳めしい顔をさらに険しくした。

「銃を選ぶ――とは？」

レオナルドはルクレツィアが送ってきた鍵の話をした。そして自分の覚悟を話した。その上で「このあたりに遠距離射撃の訓練が出来る場所はないか？」と尋ねた。

ジウは物言いたげな顔で腕を組んだ。黙っていればレオナルドが意見を変えるのではないかと、期待しているようだった。しかしレオナルドが何も言わないのを見て、諦めたように息を吐いた。

「ここより東へ半日ほど行ったところにヌースという岩窟住居がある。今は使われていないが、燃料と食糧があれば一人で冬を越すことも可能だ」

「完璧だ」レオナルドは膝を打った。「正確な場所を教えてくれ」

次の日、彼は必要最低限のものだけを持ってエルウィンを出た。

丸一日かけてたどり着いたヌースは、まるでエルウィンの縮小版だった。部屋数は少ないが一人で暮らすには充分すぎる広さだった。レオナルドは出入り口付近に石を積み上げて竈《かまど》を作り、廃材で寝床を作った。取水口を掃除して飲料水を確保し、西の森で薪や木の実を集めた。長銃を持って森に入り、トチウサギやシジマシカを仕留めた。戻ってきて獲物を捌き、保存用の干し肉を作った。

冬ごもりの支度を調えるのに二ヵ月近くかかった。

十二月に入り、森は雪に埋もれた。

レオナルドは遠距離射撃の訓練を始めた。森の木に結びつけた標的をヌースの窓から狙うのだ。風雨の影響、気温の影響、それに銃の癖もある。すべてを考慮しなければ当たらない。レオナルドは黙々と弾を込め、引き金を引いた。一日の成果をノートに書き記し、改良点や反省点を踏まえ、翌日また的に向かった。

持ってきた弾薬は冬の間にほぼ撃ち尽くしてしまった。仕入れに行こうとした矢先、エルウィンの青年がヌースにやってきた。

「ジウがこれを持っていけって」

彼が差し出したのは追加の弾薬とレーエンディア新聞の束だった。

「ありがたい」

礼を言ってそれらを受け取り、レオナルドは新聞に目を通した。

聖イジョルニ暦九一七年十一月、最高議会で『愛国者法』が承認された。それは十六歳になったレーエンデ人を男女の区別なく強制徴集し、兵士訓練施設で育成。二年間の軍事訓練を受けさせた後、戦場へ送り出すというものだった。

最高議会はすでにルクレツィアの言いなりだった。彼女が提出する法案がどのようなものであっても満場一致で可決された。しかし『愛国者法』に関しては様子が違った。いまだ強い勢力を有するダンブロシオ家が「レーエンデ人を集め、武器の扱い方を教えるなど、レーエンデ人の軍隊を育てることにほかならない！」と猛反対したのだ。

　これまでの法案にダンブロシオが賛成を示してきたのは、それがダンブロシオ家にとって旨《うま》みのあるものだったからだ。ルクレツィアを悪人にすれば自分達が矢面《やおもて》に立つことなく、民から税を巻き上げられたからだ。ダンブロシオは冷酷で姑息《こそく》だが愚かではない。レーエンデ人の団結を促しかねない『愛国者法』が容認出来ないのは当然だった。

　それでも賛成多数により『愛国者法』は成立した。

　これがひとつ目の布石だった。

　翌月、十二月の最高議会に『軍備協力法』が提出された。これは軍隊の維持に必要不可欠な石炭と鉄鉱石を、求めに応じて無償提供するよう定めたものだった。レーエンデで採れる石炭と鉄鉱石は東側に集中している。その産地のほとんどがダンブロシオが統治する東教区内にある。この法案を通してはダンブロシオ家の収入は激減する。怒り心頭に発し、ダンブロシオは猛然と抗議した。

「これはダンブロシオ家に対する制裁決議だ！　我らダンブロシオ家の勢力を削ぐための奸計《かんけい》だ！」

　それに対し、ルクレツィアは言い返した。

「法皇帝はダンブロシオ家に名誉回復の機会を与えようとしているのです。かつては帝国の支配下にあった北方七州の独立を許し、さらにはファガン平原を含むゴーシュ州を譲渡した初代法皇帝エドアルド・ダンブロシオ。彼は反対意見を鏖殺し、独断で帝国領土を分割しました。ダンブロシオの一存によって失われた領地を回復するための戦争に、ダンブロシオ家が身を切ってみせるのは当然のことではありませんか？」

法案を受け入れればダンブロシオ家の財力は著しく削がれる。受け入れなければ責任逃れの姑息な一門としての誹りを受ける。どちらを選んでもダンブロシオ家は痛手を被る。

結局、この『軍備協力法』も賛成多数で成立した。

これがふたつ目の布石だった。

聖イジョルニ暦九一八年一月十日。ダンブロシオ一族は打倒ペスタロッチを掲げ、フローディアで挙兵した。ただちに帝国軍第一師団第一大隊が派遣され、フローディアを包囲した。警告もなく砲撃が始まり、街には火が放たれた。ステファノ・ペスタロッチ率いる第一大隊は逃げ惑う住人達に容赦なく銃弾を浴びせ、反撃を試みる私兵を蹴散らし、数時間とかからずダンブロシオ家の館へと突入した。謀反の首謀者であるロターリオ・ダンブロシオは捕らえられ、シャイア城へと連行された。ダンブロシオ家に連なる者達は全員、フローディアの屋敷に集められた。

形ばかりの裁判が行われ、当主のロターリオは反逆罪で有罪判決を受けた。彼は犠牲法の生贄にされ、ダンブロシオ一族には銀呪塊での安楽死が認められた。死罪となったダンブロシオは総計三十二名。その中には女性や、まだ幼い子供も含まれていた。


新聞を読み終え、レオナルドは思った。ルクレツィアはレーエンデを追い詰めると同時に、レーエンデの脅威となる帝国側の有力者も潰している。リウッツィ家の権威は削がれ、コンティ家は権力に取り入ることしか考えていない。最後の砦だったダンブロシオ家が消えて、もはや法皇庁は骨抜き状態だ。はたしてどのくらいの人間が気づいているだろうか。ルクレツィアが死んだら、帝国にはもう後がないということに。

「あ、そうだ」

立ち去り際、エルウィンの青年は振り返った。

「あんたは興味ないかもしれんが、ウルリカに伝言を頼まれた」

ウルリカ――？

一瞬、誰のことだかわからなかった。しばらく考えて思い出した。ウルリカはビョルンの娘だ。始原の海に繋がる子供を産もうとしていた銀呪病の娘だ。そういえば春には出産予定だと言っていた。

「無事に生まれたか？」

「ああ、元気な女の子だった」

そこでエルウィンの青年は不思議そうに眉根を寄せた。

「ウルリカのやつ、なぜか俺がヌースに行くことを知っててさ。仮説は正しかったって、レオンに伝えてくれって言うんだよ。何のこっちゃって訊き返しても、言えばわかるの一点張りでさ」

仮説が正しかったということは、彼女の子供は始原の海から情報を得ることが出来たということだ。だからこの男がヌースに行くことがわかったのだろうか。いや、さすがにそれは考えすぎだ。生まれたての赤ん坊が言葉を発し、母親に情報を伝えるなんてあり得ない。

「ウルリカに伝えてくれ」

レオナルドは薄く笑った。

「君の子が大人になる前に、レーエンデは自由を取り戻すよ」

連絡係の青年は、その後も銃弾が尽きかける頃にやってきて、追加の弾と新聞を置いていった。

七月には『鉄道路法』が改正され、レーエンデと外地との行き来が制限されることになった。レーエンデ人の列車への乗車は全面的に禁じられ、イジョルニ人であっても乗車券の購入には身分証の提示が必要になった。

ヌースに籠もって十ヵ月。レオナルドは長銃の癖を理解した。風向きや天候にかかわらず、二百ロコス先にある直径二十ベイルの標的を正確に撃ち抜けるようになった。そこで彼はヌースを出て、西の森へと分け入った。水辺から二百ロコスほど離れた岩山に身を隠し、水を飲みにやってくるトチウサギを狙った。

ブルーノが譲ってくれたジョルダン社製の長銃はボルト・アクション式の最新銃だった。ボルトハンドルを立てて後ろに引き、弾薬をセットし、ボルトを元に戻して固定する。一弾ずつしか装塡出来ないため連射には向かないが、初速が速くて精度が高い。

岩に座って長銃をかまえる。望遠照準器を覗くと、水辺の様子が間近に見えた。頃合いよく、焦げ茶色の夏毛を纏ったトチウサギが水を飲んでいる。

その頭を狙って、引き金を引いた。

ター――ン……

滴るような木々の葉に、乾いた銃声が響く。バサバサバサと羽音を立てて、小鳥の群れが逃げていく。右目で覗いた照準器の中、慌てた様子でトチウサギが逃げていく。

レオナルドは長銃を下ろした。ボルトハンドルを引いて排莢《はいきょう》する。

これほどの距離を置いて、狩りをしたことはない。今まではどんなに遠くても五十ロコス程度だった。近距離の獲物を撃つ場合、感覚的には殴るに近い。引き金を引くと同時に着弾する。だがここまで離れると着弾までに時間がかかる。動かない的を狙っている時にはさほど気にならなかったが、生きている標的は常に動き続けている。瞬きほどのわずかな時間でも照準から外れてしまう。発砲と同時に逃げられる。引き金を引いた瞬間、回避される。

これは難しい。

いつもの癖で毛皮を傷つけないよう頭を狙っていたが、頭は特に動きやすい。狙うなら回避しにくい胴体だ。人間でいうなら鳩尾《みぞおち》――心臓を狙うのが得策だ。ジョルダン社製の長銃は連射が出来ない。打ち損じれば逃げられてしまう。テッサ・ダールのアルトベリ城攻略と同じだ。チャンスは一度きり。やり直しはきかない。

動物相手の射撃訓練を繰り返すうち、望遠照準器が自分の目のように思えてきた。銃身は腕の延長のように感じる。着弾の瞬間、至近距離ではブン殴る感覚だったが、遠距離射撃はもっと優しい。そっとキスをするような感覚だ。

照準器で狙いをつけ、引き金を引き絞る。

「お願いです……キスしてください」

不意にルクレツィアの声が蘇った。目を潤ませ、頰を染め、キスをねだった花の顔《かんばせ》――

狙いは大きくはずれ、トチウサギは逃げていった。

「思い出すな」

レオナルドは長銃を下ろした。両手でゴシゴシと顔をこする。頭を振ってルクレツィアの面影を振り落とす。

「集中しろ……集中しろ」

ルクレツィアの誕生日は十三月十五日。その時、必ず何かが動く。

残り時間は多くはない。


レオナルドがヌースに籠もって一年が過ぎた。髪が伸び、顎は髭で覆われ、服は薄汚れて擦り切れていた。肉が削げ落ち、頬は痩け、眼光ばかりが鋭くなった。彼が生来、持ち合わせていた努力を苦労と思わない精神構造と人並み外れた集中力、それに反復練習の成果が加わり、レオナルドの狙撃手《そげきしゅ》としての才能は開花した。彼は二百ロコス先のトチウサギを狩れるようになった。トチウサギよりもさらに小さく動きも速い、スミネズミさえも仕留められるようになった。

西の森に初雪が降った十一月末、連絡係の青年がやってきた。

「話があるからエルウィンに来いって、ジウがあんたを呼んでる」

ジウが呼び出すとはただごとではない。レオナルドはエルウィンに戻った。

レオナルドが彼の元を訪ねると、ジウは挨拶もそこそこに話し始めた。

「ヴァスコ・ペスタロッチが死んだ。五日前、十一月二十日のことだ。死因は衰弱による多臓器不全と発表されている」

「ルクレツィアが毒を盛ったな」

「そう思うか？」

「このタイミングでヴァスコが死ぬのは出来すぎている」

うむ――とジウは頷いた。

「ダンブロシオ家なき今、選帝権を持つ最高司祭はすべてルクレツィアの影響下にある。よって次の法皇帝となるのはルクレツィア・ペスタロッチとみて間違いない」

女性の法皇帝は前例がない。だが今さらそんなこと、誰も気にしないだろう。

「来月一日には選帝会議が開かれる。戴冠は十三月中旬になるだろう。新たな法皇帝は戴冠式の後、ノイエレニエ市内をパレードするのが習わしだ」

探るような目で彼を見て、ジウは真顔で問いかける。

「やれそうか？」

「ああ」

「では来月の満月夜までにノイエレニエに行け。ルミニエル座のレーエンデ義勇軍と合流しろ。繋ぎは俺がつけておく」

「よろしく頼む」


その十日後──十二月五日。エルウィンに選帝会議の第一報が届いた。

「第九代法皇帝はステファノ・ペスタロッチに決定した。十三月十五日、ステファノの戴冠式が行われる。同日ステファノとルクレツィアの結婚式も執り行われる。パレードには新法皇帝だけでなく、新皇后ルクレツィアも参加するそうだ」

情報を運んできたブルーノは、レオナルドに向かって問いかける。

「俺からは以上だ。何か質問はあるか？」

「もちろんある」

憮然としてレオナルドは窓辺を指さした。

彼が使用するエルウィンの一室、壁には三角形の窓がある。窓の前にはカーテンが引かれ、その下には木製の寝台が置かれている。寝台にはリオーネが腰掛けている。リオーネの腕の中にはすやすやと眠る小さな赤ん坊がいる。

朋友の顔をはたと見つめ、レオナルドは問いかけた。

「お前の子か？」

「そうだ」

「聞いてないぞ」

「言うつもりはなかった」

でも――と言い、ブルーノは耳の先まで真っ赤になった。

「リオーネが、どうしてもお前に見せたいって言うから」

「てか言えよ！　なんで隠したりするんだよ！」

レオナルドはブルーノの肩を手荒くどやしつけた。

「おめでとう、ブルーノ！　頑張ったな、リオーネ！」

「ありがと」照れくさそうにリオーネは笑った。「でも、もうちょっと声を落として。この子が目を覚ますと、やかましくて話すどころじゃなくなっちゃうから」

レオナルドは両手で口を押さえた。リオーネの傍に立ち、赤子の顔を覗き込む。丸い頬、丸い頭、髪はまだ生えていない。目を閉じているので瞳の色もわからない。それでも目元はブルーノに似ている。口元はリオーネに似ている。

「いつ生まれたんだ？」声を潜めて問いかける。「女の子？　男の子？」

「生まれたのは先月の三日。男の子だよ」

「名前は？」

「ジュード」リオーネはいたずらっぽく片目を瞑った。「ブルーノは嫌がったんだけどね。あたしが『絶対にジュードにする』って言い張ったんだ」

「いい名前だ。きっと真面目で堅実で、正義感の強い子になる」

「当然でしょ。『レーエンデに自由を』が子守歌だもん」

「さすがリオーネ、抜かりがない」

彼女の腕の中で嬰児《みどりご》が身じろぎをした。もぞもぞと手を動かし、小さな口で欠伸をする。起きてしまうのではないかとレオナルドはハラハラしたが、幼子は母の胸に頭を押しつけ、眠りの国へと戻っていった。

「ふわ、危ない」

リオーネは安堵の息を吐く。

「一度起きちゃうと大泣きして、なかなか寝てくれないんだよね」

まだ一ヵ月ほどしか経っていないのに、もうすっかり母親の顔だ。座長のミラは健在だし、ボネッティ座の連中が赤ん坊を邪険にするとは思えない。それでも男親が不在では何かと心細いだろう。

レオナルドはブルーノを振り返った。

「やっぱりお前は残れ」

「言うと思った」

ブルーノはこれ見よがしに顔をしかめた。

「だから言いたくなかったんだ」

「あたしからもお願い」リオーネが言った。「あんたに置いていかれたらブルーノは拗ねるよ。連れてってあげてよ」

「しかし――」

レオナルドはブルーノを見て、腕の中の赤ん坊を見て、リオーネに目を戻した。

「危険なんだ。もう戻ってこられないかもしれないんだ」

「わかってる。覚悟は出来てる」

リオーネは愛おしそうに赤ん坊を見つめた。

「あたしはレーエンデ人。自由を愛し、自由を尊ぶ。ブルーノを縛るつもりはないよ。元から一人で育てるつもりだったよ」

「それに――」とブルーノが続ける。「今のままじゃ、この子は十六歳で徴兵される。戦争の道具として駆り出され、外地の戦場に送られる」

今年の四月、悪名高き『愛国者法』が施行された。

十六歳を迎えるレーエンデ人の子供達は徴集され、訓練施設に連行された。過酷な訓練と非人道的な仕打ちに逃走を図る者は後を絶たず、しかし逃げ切ることはかなわず、連日多くの少年少女が命を落としていた。

「ジュードは俺の息子だ。馬鹿げた戦争になんか行かせねぇ」

ブルーノはまっすぐにレオナルドを見つめた。

「親父の仇を取るためじゃねぇ。お前の背中を守るためだけでもねぇ。俺は息子の未来を創りに行くんだ」

誇らしげに宣言するブルーノが眩しかった。レオナルドは何も言えなくなった。

次の世代に、俺は何を残せるだろう。

「――そうだ」

レオナルドは首から提げていた鈍色の鍵を取り出した。

「これ、リオーネに預けておく」

「ええ、やだよ」リオーネは渋面を作った。「それって鐘楼の鍵でしょ？　そんな大切なもの、預かれないよ。ルクレツィアがあんたに託したものなんだから、あんたが持ってるべきだよ」

「そうしたいのは山々だが、ルクレツィアは帝国の要石《かなめいし》だ。警備は厳重を極める。首尾よく暗殺に成功したとして――もちろん失敗してもだが、現場からの逃亡は困難だろう。もし俺が捕まれば鍵は敵の手に渡る。この鍵は持つ者に権力を与える。帝国側の人間に奪われたくない」

レオナルドは鍵を差し出した。

「だから『知られざる者』が預かっていてくれ。もし生き延びることが出来たなら、必ず取りに戻ってくる。だがもし俺が戻らなかったら、これはレーエンデの英雄に渡してくれ。そう遠くない未来、必ず現れるであろう英雄に、この鍵を渡してくれ」

「わかった」

神妙な顔でリオーネは鍵を受け取った。

「鍵は預かる。あんたの意思は尊重する。だけど、どんな手段を使ってもいいから生きて帰ってきてよね。レーエンデの若者達を教え導くには、あんた達みたいな変態イジョルニ人が必要だよ」

「努力する」

レオナルドは笑った。これで心残りはなくなった。あとは自分の使命を果たすだけだ。

レーエンデは今、絶望の中にある。辛く厳しい闇夜の中にある。だが明けない夜はない。長い長い冬が終わって、暖かな春が来るように、テッドやビョルン、俺とブルーノが蒔いた希望の種は、この絶望の大地にこそ芽吹くのだ。


聖イジョルニ暦九一八年十二月八日。

ジウとリオーネと小さなジュードに見送られ、レオナルドとブルーノはエルウィンを後にした。ジュードが乳離れするまでリオーネはエルウィンに留まるという。エルウィンには皆で子供を育てる風習がある。一人親でも負担は少ない。とはいえ小さなジュードから父親を奪うわけにはいかない。ブルーノだけは絶対に生還させなければならない。

決意を胸にレオナルドはボネッティを目指した。

ボネッティからノイエレニエまで、汽車なら半日しかかからない。だが鉄道は使えなかった。新しい鉄道路法により、列車に乗るには身分証の提示が必要になったからだ。

馬を使うという手もあったが、イジョルニ人の旅は人目を引く。悪目立ちすれば強盗に襲われかねない。だからといってレーエンデ人の格好をして馬に乗れば、今度は帝国兵に尋問される。

結局、行商人の格好をして歩いていくのが一番安全だろうということになった。大荷物を担いでいても商人なら疑われることはない。荷物の中に長銃も隠せる。

この時季は強い風が吹く。凍《い》てつくような北風が骨身を凍らせる。不幸中の幸いか、雨にも雪にも降られなかった。日がな一日歩き続け、夜は安宿で雑魚寝《ざこね》をする。楽な旅ではなかったが、昔に戻ったようで存外に楽しかった。子供の頃のように多くを語り合うことはなかったが、沈黙の中にも温かな交歓があった。

十二月十五日、二人はノイエレニエに到着した。練兵場を迂回して丘を下り、下町に入った。戴冠式までまだ一ヵ月もあるというのに、広場には人が溢れていた。新法皇帝と新皇后の姿を見逃すまいと、外地からやってきた見物客達だった。

目立たないように裏道を通り、二人は『月光亭』にたどり着いた。裏口から入って『月光亭』に部屋を取る。

その夜、幾百という鐘の音と幻魚の啼き声が入り乱れる深更、二人は劇場の地下へと向かった。

「喪が明ければステファノが法皇帝になる」

地下室の奥から聞き覚えのある男の声が聞こえてきた。

「彼はルクレツィアの傀儡《かいらい》だ。彼が法皇帝になれば冷血の魔女が実権を握る。そうなればレーエンデは終わりだ」

レオナルドは大道具の合間をすり抜けた。小さなランプを数人の男女が囲んでいる。その中の一人、白金髪の優男が振り返った。レーエンデ義勇軍のリーダー、エリックはレオナルドを見て、意味ありげに微笑んだ。

「久しぶりだね、レ、オ、ナ、ル、ド」

レオナルドはわずかに目を眇めた。前回の自己紹介ではレオン・ペレッティと名乗った。なのにエリックは『レオナルド』と呼びかけてきた。これは『お前の正体を知っているぞ』という警告だ。

「ビョルンのことは残念だった」とエリックは続けた。

レオナルドは応えなかった。

彼の死についてはまだ話したくなかった。あの瞬間のことを思い出すと、今でも喪失感と自責の念に襲われる。怒りと悲しみがない交ぜになり、感情を律することが難しくなる。

「それで――」エリックはレオナルドの後方へと目を向けた。「そちらはどなたかな?」

「彼は、俺の朋友ブルーノだ」

「ブルーノ?」優男の目がすうっと細くなった。「ジュード・ホーツェルの息子の?」

彼の言葉にレーエンデ義勇軍は色めき立った。その中で一人、まだ若い男が憎々しげに吐き捨てる。

「こいつも冷血の魔女の下僕なんじゃないのか?」

「違う!」とレオナルドが言い返す。「ブルーノの妻はレーエンデ人なんだ」

息を吞む音が聞こえた。誰もが目を剝いてブルーノを凝視した。確固とした階級社会が存在するこのレーエンデにおいて、レーエンデ人を手込めにするイジョルニ人はいても、レーエンデ人を妻にするイジョルニ人は少ない。

「俺には、生まれて間もない、息子がいる」

緊張しているのだろう。つっかえつっかえブルーノが言う。

「息子の未来を守りたい。『兵士工場』には行かせたくない。俺にも協力させてくれ」

「信じられるか！」先程の青年が叫んだ。「どうせ裏切るに決まってる！」

「静かに、ダニー」

冷ややかな声でエリックが窘める。

「ここでのルールを忘れたのかい？」

ダニーと呼ばれた青年は顔を真っ赤にして引き下がった。

さて——と言い、エリックはレオナルドに目を戻した。

「エルウィンの長《おさ》から聞いたよ。君は二百ロコスの距離を隔てて、銀貨一枚を撃ち抜けるそうだね」

「ああ」

「それが本当かどうか、確かめさせてもらいたい」

口調は穏やかだったが彼の目は笑っていなかった。選択の余地はないと言外に語りかけてくる。

「何をすればいい？」

レオナルドが問うと、エリックはニヤリと笑った。

「幸い今夜は満月だ。少しぐらい騒いだところで人目を引くことはない。実際にやってみせてくれ」

レオナルドは一度部屋に戻り、愛用の長銃を持って外に出た。


ボヲオオオオン……

カァアアアアン……

恨めしそうな幻魚の声に、高く響く鐘の音が応える。

湿った風が吹きつけてくる。草いきれのような臭いがする。レーニエ湖の上空に銀色の巨大な渦が見えた。そのまわりを泳ぎ回る、刺々しい魚影が見えた。

幸い満月のおかげで周囲は明るかった。裏路地にはレーエンデ義勇軍がたむろしている。ノイエレニエの住人でも幻の海は怖いらしく、不安そうに銀の嵐を見上げている。

「的は？」レオナルドは尋ねた。

「これを」とエリックが山高帽を投げてくる。

受け止めた瞬間、ブルーノが横からそれを奪い取った。

「二百ロコスってのはどのあたりだ？　二ブロック先の角ぐらいか？」

「そうだな。そのくらいだ」

よし——と言って、ブルーノは山高帽を指さした。

「おいレオン、しっかり狙えよ。俺の顔に傷でもつけてみろ。リオーネが後で怖いぞ」

「大丈夫だ」

レオナルドは長銃のボルトハンドルを操作し、弾薬を薬室へと送り込んだ。

「俺は外さない」

強風の中、ブルーノが離れていく。

二ブロック先の角に立った。そこから左手を振って合図する。

レオナルドは腹ばいになって長銃をかまえた。右目で望遠照準器を覗く。吹きすさぶ風の中、ブルーノの姿を捉える。帽子を持った右手を水平に突き出している。風、湿度、呼吸のタイミングも考慮して狙いを定める。何千回、何万回と繰り返してきた動作だ。絶対に外さない。それは自信ではなく確信だった。

一瞬、風が弱まった。

レオナルドは引き金を引いた。

銃声は幻魚の啼き声にかき消された。

「当たったのか？」エリックが呟く。

「当たった」レオナルドはボルトを引いて排莢した。空の薬莢《やっきょう》を拾ってポケットに収めた。

ブルーノが戻ってくる。勝ち誇ったように笑い、「お返ししますよ」とエリックに帽子を差し出す。エリックは帽子を受け取り、その内側に右手を入れて――

「ははっ、これはすごい！」

帽子の正面、中央に開いた穴から人差し指を覗かせる。

「本当にど真ん中だ」

エリックは穴の開いた帽子を被った。

一同はぞろぞろと地下室へと戻った。ランプを囲み、思い思いの場所に腰掛ける。まだ輪の中には入れずに、レオナルドとブルーノは海を描いた書き割りの前に立った。

エリックはぐるりと周囲を見回した。

「今回の作戦にはレオンとブルーノにも参加して貰うことにする」

皆は顔を見合わせた。どの顔も納得はしていないようだったが、反論する者はいなかった。

「では作戦を説明する」

彼は樽の上にノイエレニエの市街地図を広げた。

「この×印がパレードのために通行止めになる箇所だ。こいつを繫ぎ合わせれば、パレードの進路が見えてくる」

赤いグリースペンシルで地図上に線を引いていく。

「これがルートだ。幅の広い道ばかりを選んでいる。沿道と走路をロープで仕切って馬車に近づけなくするためだろう。パレードに使われる馬車に屋根はないが、側壁が邪魔で真横や後ろからは狙えない。正面に回り込むのは、まぁ論外だな。ロープを越えた時点で警備兵に阻止される。となれば、あとは近づいてくるところを狙《ねら》い撃《う》つしかないんだが、沿道から目標までの距離は二十ロコス以上ある。拳銃で狙うにはやや遠い。しかも沿道には見物客が詰めかける。囲まれたら身動きが取れなくなる」

「もうひとつ留意すべき点がある」

レオナルドが発言した。人々の視線が彼に集中する。

「見物客のほとんどは外地四州から来たイジョルニ人だ。彼らが巻き添えになるような方法は、避けたほうがいい」

「うるせぇ！」ダニーが吠えた。「イジョルニ人が何人死のうが知ったこっちゃねぇ！」

「ダニー」と呼んで、エリックは自分の唇に人差し指を押し当てる。

レオナルドは地図の中央に空薬莢を置いた。

「レーエンデは大小アーレス山脈に囲まれている。北には合州国があり、南には法皇庁領と外地四州がある。レーエンデが法皇帝を相手に戦争を始めたら、保守派のロベルノ州とナダ州は法皇帝側につくだろう。上手くすれば改革派のエリシオン州とアルモニア州は参戦せず、静観してくれるかもしれない。だが自州の民がレーエンデ人に殺されたとなれば、レーエンデの心証は悪くなる。そうなれば、彼らもまた敵に回る。法皇帝だけでなく外地四州がすべて敵に回ったら――」

ピン！　と空薬莢を弾いて倒す。

「レーエンデに勝ち目はない」

「なるほど」

くすくすと楽しそうにエリックは笑った。

「ビョルンが君を気に入っていた理由がわかる気がするよ」

「俺もビョルンが大好きだった」

考えるよりも先に言葉が口から滑り出ていた。

おしゃべり好きなビョルン。楽天家のくせに辛辣《しんらつ》なビョルン。本当は羨ましかった。彼の才能が妬《ねた》ましかった。心の底から尊敬していた。

「あんなところで死んじゃいけない人だった」

「ああ、その通りだ」

エリックは立ち上がった。改めて一同に向き直る。

「ターゲットはただ一人、ルクレツィア・ペスタロッチだ。十三月十五日、私達は全力を尽くして彼女を暗殺する。決行まであと一ヵ月。その間に準備を進める。あらゆる手段を検討する。けれどこれだけは言っておく。私達が持っているもっとも強い手札は長銃による遠距離射撃だ」

それからレオナルドに目を向けて、期待を込めて宣言した。

「レオン、君が私達の切り札だ」


翌日からレオナルドは現地の下見を始めた。

「土地勘のある者がいたほうが何かと便利だろう」とエリックが同行を申し出てくれた。

レオナルドは戴冠式を見物しにやってきた外地の客、エリックは彼を案内するノイエレニエ在住のイジョルニ人を装い、パレードの進路を見て回った。

「すまないな、連日つき合わせて」

「かまわないさ。どうせ暇だしね」

エリックは舞台役者だという。だが『娯楽禁止令』が出てからは、ルミニエル座も例に漏れず、興行中止を余儀なくされていた。

「生まれてこの方、ずっと舞台に立ってきた。それが当たり前だったんだ。だから禁止されて初めて気づいたよ。私は演劇が好きだと、舞台で役を演じるのが大好きなんだとね」

二人は下見を重ね、検討を重ねた。風向きや建物の角度、太陽の位置などを考慮し、狙撃に最適な場所を絞り込んでいった。

「やはり馬車の速度が一番落ちる城壁門付近が狙い目だな」

「城壁門か――」

レオナルドの言葉にエリックは逡巡した。

ややあってから顔を上げ、続けた。

「君に見てほしい場所がある」

エリックが案内したのは中央広場の北側、城壁に隣接した古い建物だった。年季の入った階段を上り、最上階である四階へとたどり着く。

「ここだ」と言って、エリックは扉を開いた。

ひどく古びた部屋だった。長い間、人は住んでいないのだろう。床には分厚く埃が積もり、天井からは破れた蜘蛛の巣がぶら下がっている。中央にはテーブル、壁際には家具らしきものが並んでいるが、白い布に覆われていて、それが何かはわからない。正面には大きな窓、城壁の向こう側には青きレーニエ湖が広がっている。

レオナルドは窓に近づいた。埃だらけの出窓には古びたオイルランプが置かれている。それを横にどけて窓を開こうとした。が、ギーギーと軋むばかりで持ち上がらない。

「なんならガラスを割ってしまってもいいよ」

エリックが乱暴なことを言う。彼を振り返り、レオナルドは尋ねた。

「ここは貴方の家なのか？」

「違うけれど——もう住む人もいないしね」

そう言うわりには愛着がありそうだ。レオナルドはもう一度、窓枠を摑んだ。力を入れて引き上げる。ギギィと大きな音がして、二十ペイルほどの隙間が出来た。

レオナルドは床に膝をつき、そこから外を見下ろした。

眼下に中央広場がある。左手には城壁門、その先には煉瓦道が続いている。婚礼の馬車は広場の中央を抜けて、城壁門をくぐり、シャイア城へと戻っていく予定だ。城壁門は古くて狭い。それをくぐる直前、馬車は一番減速する。

建物が北風を遮ってくれるので風の影響は受けにくい。太陽光も気にならない。城壁門まではおよそ二百ロコス。雨さえ降らなければ狙える距離だ。

「狙えそうか?」

背後からエリックが尋ねた。

「ああ」

応えて、レオナルドは立ち上がった。

「ここを使わせて貰うよ」

「だが、ひとつ問題がある」

古いテーブルに腰掛けて、エリックは腕を組む。

「ここは私達の活動範囲外でね。地下に逃走経路がないんだ」

確かにここは見晴らしがよすぎる。この窓から狙撃すれば、すぐに気づかれるだろう。混乱に乗じて逃げられるかどうか。そのあたりは運次第だ。

「なんとかなるさ」

レオナルドはひっそりと笑った。

「それに逃げ道よりも、狙撃を成功させるほうが重要だ」

「なら——これを君に渡しておこう」

エリックは上着のポケットから指輪を取り出した。肉厚で重厚な男物の指輪だった。刻まれているのは立派な角を持つアレスヤギの頭。それはリウッツィ家の紋章だった。

「これは私の祖父が当時のリウッツィ卿から貰ったものだ。『ルミニエル座の舞台に感動した、困った時はいつでも私を頼れ』と言われたそうだよ」

嬉しそうに語るエリックを見て、レオナルドは首を傾げた。

「そんな貴重なものを、なんで俺に？」

「ルクレツィアは帝国の最重要人物だ。彼女が暗殺されたら帝国軍は死に物狂いで犯人を捜す。レーエンデのどこに行っても、どこに隠れても必ず捕まる。だから……君は外地に逃げろ」

エリックはレオナルドの手を取って、彼の掌に指輪を置いた。

「これを見せれば身分証がなくても列車の切符が買える」

「ありがたいが、受け取れない」

レオナルドは指輪を彼に突っ返した。

「ルクレツィアがいなくなったらレーエンデは秩序を失う。身勝手な為政者どもが身勝手な統治を開始する。レーエンデが自由を取り戻すためには戦い続ける必要がある。俺だけが外地に逃げるわけにはいかない」

「それは私達が何とかする」

エリックはレオナルドの手に自分の手を重ねた。

「君は善き人だ。だから君に頼みたい。レーエンデの外に味方を見つけてくれ。エリシオンやアルモニア、合州国でもいい。協力者を見つけてきてくれ」

レオナルドは眉根を寄せた。なんだか途方もない話になってきた。

「州や国ってのは個人の力で動かせるものじゃないぞ？」

「わかっている。でも君なら出来そうな気がするんだ」

レオナルドに指輪を握らせて、エリックは微笑んだ。

「君はビョルンのことを、『あんなところで死んじゃいけない人だった』と言った。それと同じことを私も思ったんだ。レオン、君はこんなところで死んじゃいけない人だ」


聖イジョルニ暦九一八年十三月十五日。第九代法皇帝ステファノ・ペスタロッチの戴冠式が行われた。同日、成人を迎えたルクレツィアはステファノと結婚。シャイア城の礼拝堂で二人の結婚式が執り行われた。

正午の鐘が鳴る。ステファノとルクレツィアを乗せた馬車がシャイア城を出発する。同時にレーエンデ義勇軍も行動を開始した。コートの下に得物を隠し、男達が散っていく。

「いよいよだな」

ブルーノが呟いた。横に立つレオナルドに気楽な口調で問いかける。

「どうだよ、調子は？」

「悪くない」

嘘だった。本当はガチガチに緊張していた。昨夜はほとんど眠れなかった。

「天気もいい。風もない。気象条件は上々だ」

「無理すんなって」ブルーノは小声でささやいた。「お前の他にも手札はある。たとえお前が失敗しても、次には俺が控えてる」

彼の役目は「二番手」だ。広場の群衆に紛れて待機し、レオナルドが失敗した場合には馬車に駆け寄って近距離から銃弾を浴びせる。実行すれば万にひとつも命はない。まさに自殺行為だ。

なのにブルーノはニヤニヤ笑い、肘でレオナルドの脇腹をつつく。

「いっそ外してくれよ。俺に敵を討たせてくれよ」

「誰が譲るか」

レオナルドは鼻を鳴らした。

「言っただろう。俺は外さない」

ちっ……とブルーノは舌打ちをした。

「お前が失敗するほうにエスト酒を一杯」

「じゃあ俺は俺が成功するほうに一杯」

「その言葉、忘れるなよ」

拳と拳を突き合わせ、二人は別々の方向へと歩き出した。

この賭けは成立しない。もう二度と会うことはない。

それはブルーノにもレオナルドにもわかっていた。


沿道には溢れんばかりの人だかりが出来ていた。歩道と車道は白いロープで区切られ、数ロコスおきに帝国軍兵士が配置されている。白い軍帽、白い軍服、肩に掛けた小銃まで白い。白い馬に引かれた馬車は煉瓦橋を渡り、城壁門をくぐって下町に出た。このまま新市街まで行き、駅前通りを一周して戻ってくる。

レオナルドは広場の北側にある四階建ての建物に入った。かつては栄華を誇った貴族の館だったらしいが、今は住む者もなく、見る影もなく寂れている。柱は煤け、装飾は欠け、壁紙もボロボロだ。

確かに住みたい場所じゃないな。

埃が堆積した階段を上りながら、レオナルドはぼんやりと考える。

都会は建物が多くて空が狭い。緑が少なくて落ち着かない。やっぱり俺はボネッティがいい。のんびりとした田舎暮らしが性に合ってる。

ああ、懐かしのボネッティ。麗しの我が家。もう何年も帰っていない気がする。

どんなに忙しくても一緒に朝食を食べようと言い出したのは俺だったか、それとも母上だったか。一階の食堂は窓が広くて明るかった。部屋いっぱいに朝日が差し込んでいた。溶かしバターと焼きたてのパンの匂いがいつも漂っていた。ルクレツィアはスグリのパイが好きで、食卓にそれが並んでいるのを見ると、嬉しそうに笑っていたっけ。

母上とルクレツィアは仲がよくて、でもあまりおしゃべりはしなくて、いつも一緒に本を読んでいた。仲間に入りたくて、お薦めの本を貸して貰ったけれど、俺には良さがよくわからなかった。素直にそう言うと、母上は冷ややかな声で「貴方には難しすぎましたね」と言った。それを聞いて、ルクレツィアは必死に笑いを堪えていた。

穏やかな春の日には中庭でエブ茶を愉しんだ。東屋の周りには煉瓦色の薔薇が咲いていた。あれはいい香りがした。名前を聞いたはずなのに思い出せない。ルクレツィアは白い薔薇が好きだった。確か『孤月』という名のエスト産の薔薇だった。

来年の春も薔薇は咲くだろう。煉瓦色の薔薇、ルクレツィアが愛した白い薔薇。それを母上は一人で眺めることになる。

母上……親不孝をお許しください。

軋む階段を上り、四階に到着した。半開きになっている扉から室内に入った。

部屋の中央には大きなテーブルがある。出窓の前には執筆机と古いオルガンがある。埃よけの白い布が折りたたまれてオルガンの上に置かれている。

レオナルドはコートを脱いだ。ストラップを外し、背中に隠していた長銃を手に取る。窓辺の机に尻を乗せ、出窓から外を眺めた。

いい天気だった。十三月にしては珍しい、奇跡のような晴天だった。窓は東向きなので太陽光は問題ない。風は強いが気になるほどではない。幸いなことに湿気《しっけ》も少ない。

ボルトハンドルを引いて、弾を装塡した。

窓の外には紫紺の湖が広がっている。その先には斑雪に覆われた森、小アーレス山脈の銀嶺が連なっている。

あれは五年前、ルクレツィア十三歳の誕生日。ほしいものを尋ねたら、彼女は「一緒に遠乗りに行きたい」と答えた。「寒いぞ?」と言っても聞かなかった。ルクレツィアを馬に乗せ、真冬の高原を走った。雪に埋もれた丘、銀色に凍った森、真っ白に凍りついたコモット湖。初めて見る光景に、彼女は目を輝かせていた。青白くそびえ立つエンゲ山を見て、少し涙ぐんでいた。寒さで真っ赤になった頰が愛おしかった。ルクレツィアの吐く息が、青く澄んだ空に溶けていくのを見て思った。

ああ、なんて幸せなのだろう——と。

ジャーンという楽器の音。

待機していた楽隊が勇壮な音楽を奏で始める。

馬車が戻ってきたのだ。

レオナルドは机にうつ伏せた。肘をついて長銃をかまえた。

眼下の広場には見物客が押し寄せている。今か今かと馬車の通過を待っている。

いっそう歓声が大きくなった。広場中央の通路に白い馬車が現れる。

「戴冠おめでとうございます！」

「ご成婚おめでとうございます！」

沿道から祝福の声が飛ぶ。

屋根のない白い馬車、その後部座席に見目麗しい新郎新婦が座っている。見物客の歓声に二人は手を振り返している。

レオナルドは長銃の先を馬車に向けた。右目で覗いた望遠照準器の中で、ステファノは恥ずかしそうに笑っていた。そこにかつての面影《おもかげ》を見て、胸の奥がちくりと痛んだ。泣き虫だったステファノ、銃や剣よりも詩や歌を愛したステファノ。まさか彼が法皇帝になるとは思わなかった。本当にルクレツィアと結婚するとは思わなかった。

淡い金髪に法皇帝の冠を戴いたステファノの隣。

そこにはルクレツィアがいた。

白いシオン絹をふんだんに使った花嫁衣装。襟元にはレースと銀糸の刺繍が施され、ふわりと広がったドレスの裾には満月色の真珠がちりばめられている。結い上げられた銀の髪、白銀に輝くティアラ。白いヴェールで顔を隠してもなお、匂い立つほど美しい。

大きくなった。綺麗になった。ますます美しくなった。

愛しさが胸に溢れる。封じ込めていた感情が、意を裏切って迸《ほとばし》る。

ルクレツィア、お前は悪いことをした。たとえ神の御子を救うためであっても、決して許されないことをした。だが、それこそがお前の正義だった。お前は全身全霊で見事に悪役を演じきった。持てるものをすべて使い、利用出来るものを利用しつくし、忖度せず、情けもかけず、ただひたすら目的に向かって邁進《まいしん》した。お前は最期まで自分の信念を貫いた。賛同は出来ないけれど、お前はすごいよ、ルクレツィア。

でも、俺はお前の兄だから、どうしても思ってしまうんだ。

なぜお前が、こんなことをしなければならなかったんだろう――と。

お前には幸せになってほしかった。大好きなスグリのパイをふたつ食べた後、みっつめに手を出そうかどうか悩んだり、寒さで頬を真っ赤にしながら飽きることなく雪山を眺めたり、収穫祭でくるくると踊って涙が出るほど笑ったりしてほしかった。

ずっと笑っていてほしかった。幸せになってほしかった。

なんでお前が、こんなことをしなければならなかったんだろう。

なんでお前を、殺さなければならないんだろう。

涙で視界が曇る。

馬車が広場を横切っていく。城壁門へと近づいていく。

服の袖で涙を拭い、もう一度、長銃をかまえ直す。

ルクレツィアを照準器の中央に収め、引き金に指を置いた。

だが動かない。指がどうしても動いてくれない。

早くしなければ機を逸《いっ》する。

わかっているのに引き金が引けない。

その時、急に馬車の速度が落ちた。城壁門の手前で急停止した。

ルクレツィアが立ち上がった。馬車の座席から広場の石畳へと飛び降りる。呆気にとられている王騎隊の間をすり抜け、城壁の石階段を上っていく。

群衆がざわめいた。困惑と動揺。ステファノが彼女の名前を呼んでいる。「戻ってきて」と金切り声で叫んでいる。しかし、ルクレツィアは足を止めない。

ついに城壁門の上に出た。胸壁によじのぼり、広場に向かってすっくと立った。

澄み渡った青空、降りそそぐ冬の光、北からの風に純白のドレスがはためく。

ルクレツィアはティアラを摑んだ。それを毟り取り、ヴェールもろとも投げ捨てた。結い上げた髪がほどけ、肩や背中へと流れ落ちる。燦然と輝く銀の髪、大理石のように滑らかな肌、慈愛を湛えた青き双眸、淡く色づいた花の唇。神々しい美貌にため息が漏れた。広場のあちこちからすすり泣きが聞こえた。畏敬の念に打たれ、見物客が一人、また一人と膝を折る。跪いてクラリエ教の印を切り、平伏して祈りを捧げる。

「愛しい愛しいレーエンデ」

玲瓏な声が響いた。

彼女は空を見上げ、胸に手を当てた。

頬を薔薇色に染め、祈るように目を閉じた。

抱擁を求めるように、両手を前に差し出した。

「私にキスをしなさい」

強烈な既視感に襲われた。

まるで雷に打たれたかのように、レオナルドは硬直した。


「大好きです」とルクレツィアは言った。

「お願いです、キスしてください」と言って、真っ赤になって俯いた。

彼女はほしがっていた。

特別なものを。自分だけの唯一無二のものを。

ルクレツィア——強くて潔い、俺の妹。
それがお前の願いなら、俺はそれをかなえよう。
それがお前の幸福なら、俺がそれを与えよう。
お前の命懸けの信頼に応えるために、
その名誉を誰にも譲らないために、
俺はお前を殺そう。
俺がお前を殺そう。

愛しているよ、ルクレツィア。
レオナルドは狙いを定めた。
息を止め——
そして、引き金を引いた。

終章

聖イジョルニ暦九一八年十三月十五日。最高議会を支配し、恐怖政治を断行したルクレツィア・ペスタロッチは凶弾に倒れた。享年十八歳。彼女の死に聖イジョルニ帝国は震撼《しんかん》した。その死を悼む声もなくはなかったが、冷血の魔女を撃ち倒した狙撃手を讃える声のほうがはるかに大きかった。

冷酷非道な独裁者として、今もなお多くの人々に忌《い》み嫌われているルクレツィア。歴史家の間でも彼女の評価は分かれている。

「ルクレツィアはレーエンデを目覚めさせるための必要悪だったのだ」

「必要悪と呼ぶにはあまりに犠牲者が多すぎる」

「ルクレツィアはレーエンデに災禍をもたらした極悪人だ」

「だが多くの犠牲があればこそ、レーエンデ人は団結することが出来たのだ」

今でも様々な意見がある。正義はひとつではない。人間が唱える正義は立場によって異なる。数多の正義が潰し合うことなく同時に存在すること。それこそが平和の証明なのかもしれない。

ルクレツィアの死後、多くの芸術家が彼女を題材にした。レーエンデに暗黒時代をもたらした残酷な支配者。血も涙もない冷血の魔女。唾棄すべき悪の象徴でありながら、誰もが彼女を月の女神のごとく表現した。どの時代の画家が描いても、どの時代の彫刻家が鑿《のみ》を振るっても、まるでそれだけが真実だとでもいうように、ルクレツィア・ペスタロッチは美しかった。

血と暴力を愛し、戦争を愉しんだルクレツィア・ペスタロッチ。

彼女は正気ではなかった――という説がある。誰もいない空間に話しかけるルクレツィアを多数の人間が目撃している。彼女が「ペスカ」と呼んで親しんだ幽霊。その姿を目撃した者はいない。ダンブロシオ家の影がルクレツィアのために働いたという記録もない。

はたしてペスカは実在していたのか。いったい何者であったのか。

その存在はいまだ謎に包まれている。

第九代法皇帝として戴冠したステファノ・ペスタロッチ。ルクレツィアの意向により、法皇帝へと押し上げられた彼に、聖イジョルニ帝国を統率するだけの力はなかった。合州国との戦争は混乱を極め、レーエンデの治安も乱れた。四大名家の弱体化は地方司祭達の台頭を許した。我が物顔に振る舞う司祭もいれば、避難所《シェルター》を造ってレーエンデ人を匿う者も現れた。

もっとも愚鈍な法皇帝と揶揄されるステファノ・ペスタロッチだが、彼を擁護《ようご》する歴史家は少なくない。彼らはこう口を揃える。ステファノが帝国を立て直せなかったのは、ルクレツィアのせいだ。彼女は有能な者を排斥し、無能者を重用した。法皇庁を完膚《かんぷ》なきまでに骨抜きにした。ステファノが法皇帝になった時にはもう聖イジョルニ帝国の崩壊は始まっていたのだ。

北教区を治めていたリウッツィ家は司祭長の役目をコンティ家に奪われた。多くの犠牲者を出した『レイル大虐殺』の後、リウッツィ家の類縁は雌伏して我慢の時を過ごした。

そしてルクレッツィアの死後、彼らはひそかに反帝国組織《レジスタンス》の支援を開始する。獄死したトニオ・リウッツィの息子ソリス・リウッツィは領内に避難所を造り、愛国者法から逃れてきたレーエンデ人を保護した。レーエンディア新聞社社長リカルド・ベルネは地下室で輪転機を回し、新聞を発行。数多のレーエンデ人に真実を伝え続けた。

『エンゲ商会』の会長リカルド・リウッツィは黒麦畑をさらに拡張し、多くのレーエンデ人を雇用した。収穫高が上がれば上がるほど高くなる税金を、身銭を切って払い続けた。「そんなことをしても帝国を太らせるだけだ」と仲間内から非難されても、毎年大量の黒麦を作り続けた。聖イジョルニ暦九二三年に亡くなるまで「俺達が麦を作らずして誰がレーエンデの腹を満たすんだ！」と社員達に発破をかけ、多くのレーエンデ人を飢餓から救った。

現在『エンゲ商会』の本社があるウドゥには彼の銅像が建っている。その碑文には『リカルド・リウッツィ　レーエンデの腹を満たした男』と刻まれている。いち早く民族格差の撤廃を唱え、レオナルド・ペスタロッチが師と仰いだ傑物。その銅像は今もなお、実り豊かな黒麦畑を見つめている。


生前ルクレッツィアは遺書を書いていた。そこには『ペスタロッチ家の家督をイザベル・ペスタロッチに譲る』と記してあった。

レオナルド・ペスタロッチの生母イザベルは、ルクレッツィアから譲られたペスタロッチ家の財産を売り払い、西教区の各地に避難所を造った。レーエンデに粛清の嵐が吹き荒れる中、多くのレーエンデ人の命を救った。

それと並行して彼女は数多くの手記を残した。冷静な目で世界を俯瞰したイザベルの手記は、記録の破棄、悪事の隠蔽、歴史の改竄を繰り返した最高議会の議事録よりも、はるかに信用性が高く、レーエンデの真実を伝える貴重な資料となっている。

テスタロッサ商会の初代会長でもあったイザベルは、後に会計士ノルン・アルヌーを養子とし、テスタロッサ商会だけでなくペスタロッチ家の私財をも彼に委ねた。その二年後、聖イジョルニ暦九三〇年の冬、自室で眠るように亡くなった。波瀾万丈《はらんばんじょう》な人生を、誰よりも正しく生きたイザベル・ペスタロッチ。享年六十歳。彼女は『真実の母』と呼ばれ、今もなお多くの市民に親しまれている。


テスタロッサ商会の会計士ノルン・アルヌー。彼はレオナルドが去った後、テスタロッサ商会の主幹として働き、会長のイザベルを助け続けた。聖イジョルニ暦九二八年、ペスタロッチ家の養子となり、その家督を受け継いだ。イザベル亡き後も彼女の遺志に従い、レーエンデ人のために奔走した。法皇庁からの圧力にも負けずレーエンデ人を擁護し、テスタロッサ商会の基礎理念を守り通した。結婚することなく、子も持たず、その生涯をテスタロッサ商会の維持と発展に費やした。

晩年になって、ノルンは自分がウル系レーエンデ人であることを告白した。ボネッティにある彼の墓碑にはノルン・アルヌーの名前とともに、オルト・ドゥ・マルティンという彼の本名が刻まれている。

ルクレツィアの暗殺直後、ブルーノ・ホーツェルはレーエンデ義勇軍に身を寄せた。彼らとともに地下に潜み、帝国軍の執拗な追跡を逃れた。半年後、彼はエルウィンに戻り、リオーネ・ハロンと再会。彼女とともに反帝国組織《レジスタンス》としての活動を始める。

二人は西教区の村々を巡り、レーエンデ人に文字を教えた。貧困に苦しむ者達に仕事を斡旋《あっせん》し、徴兵から逃れようとする子供達を保護した。聖イジョルニ暦九二五年、西教区にある避難所が帝国軍に襲われた際、子供達を逃がすために戦い、夫婦揃って命を落とした。ブルーノ・ホーツェル、享年三十八歳。リオーネ・ハロン、享年三十八歳。

なおこの時、二人の息子ジュード・ハロン・ホーツェルはエルウィンに預けられていたため、難を逃れている。

ノイエレニエでレーエンデ義勇軍を指揮していたエリック・ランベールは、ルクレツィアの死後、名門劇団ルミニエル座を連れて聖都を離れた。地方各地を巡業し、秘密裏に『月と太陽』を上演し続けた。その甲斐あって劇中に登場する歌曲は、演劇とは無縁であった貧しいレーエンデ人の間にも深く広く浸透していった。

聖イジョルニ暦九三二年、ルミニエル座は興行を密告され、責任者であるエリックは帝国軍に捕らえられた。形ばかりの裁判の後、彼は犠牲法の生贄となった。享年四十九歳。

小舟に乗せられ、銀の霧へと消えていったエリックは、最期の瞬間まで稀代の名曲『レーエンデに自由を』を声高らかに歌い続けていたという。

レオナルドが放った銃弾がルクレツィアの心臓を撃ち抜いた後、ノイエレニエの各地で複数の銃声が響いた。後にそれらは空砲であったことが判明している。だが当時の人々がそれを知る由《よし》もなく、ノイエレニエは大混乱に陥った。

帝国兵は目の色を変えて狙撃手を捜した。帝国に盾突く反逆者達を捕らえようと奔走した。しかし捕縛されたのは一人だけ。混乱の中、馬車に近づき、法皇帝ステファノ・ペスタロッチを爆殺しようとしたダニエル・ポートという青年だけだった。

二十人以上はいたはずの反帝国組織《レジスタンス》は忽然《こつぜん》と姿を消した。下町の家屋や建物が隅々まで調査されたが、人も武器も発見されることはなかった。結果として、ルクレツィア暗殺に関わったとして犠牲法が適用されたのはダニエル・ポートただ一人だった。

反帝国組織《レジスタンス》の命を救ったのは、百年近い年月をかけてレーエンデ義勇軍が掘り進めてきた地下通路だった。かつて天才戯曲家に「自己満足の内輪ウケ」と揶揄されたレーエンデ義勇軍が、ノイエレニエの下町に張り巡らせた地下通路。それは『レーエンデ革命』において、重要な役割を果たすことになる。

ルクレツィア暗殺を目の当たりにし、見物客は大いに慌てた。難を逃れようとして大勢がノイエレニエ駅に殺到した。大多数は外地の人間で、しかも身分の高い者ばかりだった。粗相をすれば首が飛ぶ。駅員達は不眠不休で働いた。運行予定を組み直し、特別列車を増発し、詰めかける人々を振り分けた。誰もが混乱していた。まともに身分の確認などしている暇はなかった。もしそこにリウッツィ家の紋章付き指輪を持つ者が現れたら、身分証の提示を求めることなく即時切符を発券しただろう。

レオナルド・ペスタロッチ、またの名をレオン・ペレッティ。

彼は外地への脱出を果たした。ナダ州から新大陸へと渡り、そこで合州国人と知り合い、彼らの船で北イジョルニ合州国に渡った。そこからさらに紆余曲折《うよきょくせつ》を経て、ついには北イジョルニ合州国評議会で演説をすることになるのだが——その詳細は次の物語に譲ろう。


レオナルドとルクレツィア。それぞれの正義を信じ、それぞれの道を歩み、やがては敵対するに至ったペスタロッチ家の異母兄妹《きょうだい》。ルクレツィアは闇だった。レーエンデに恐怖と絶望をもたらす暗夜だった。レオナルドは光だった。革命前夜、もっとも暗い時代の終焉《しゅうえん》を告げる希望の曙光《しょこう》だった。

二人がいなければ革命は始まらなかった。

二人がいなければレーエンデの独立はなかった。

しかしながら、レーエンデが真の夜明けを迎えるまでには、ここからさらに十七年の歳月を要するのである。

本書は書き下ろしです。

多崎 礼
（たさき・れい）

2006年、『煌夜祭』で第2回C★NOVELS大賞を受賞しデビュー。
2023年『レーエンデ国物語』を刊行し、話題を集める。
他の著書に「〈本の姫〉は謳う」、「血と霧」シリーズなど。

レーエンデ国《こく》物《もの》語《がたり》

夜《よ》明《あ》け前《まえ》

2024年4月15日　第1刷発行
2024年5月28日　第2刷発行

著者　多崎《たさき》礼《れい》
発行者　森田浩章
発行所　株式会社講談社
〒112-8001
東京都文京区音羽2丁目12-21
電話　編集　03-5395-3506
販売　03-5395-5817
業務　03-5395-3615
本文データ制作　講談社デジタル製作
印刷所　株式会社KPSプロダクツ
製本所　株式会社国宝社

定価はカバーに表示してあります。
落丁本・乱丁本は購入書店名を明記のうえ、小社業務宛にお送りください。送料小社負担にてお取り替えいたします。なお、この本についてのお問い合わせは、文芸第三出版部宛にお願いいたします。本書のコピー、スキャン、デジタル化等の無断複製は著作権法上での例外を除き禁じられています。本書を代行業者等の第三者に依頼してスキャンやデジタル化することは、たとえ個人や家庭内の利用でも著作権法違反です。

©Ray Tasaki 2024, Printed in Japan ISBN 978-4-06-535198-7
N.D.C.913 574p 19cm

KODANSHA

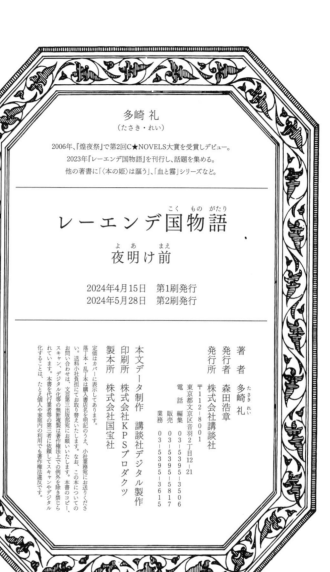

次巻予告

受け継がれた思いは
400年の時を越える。

第五部 レーエンデ国物語 海へ

次巻、完結。
レーエンデに自由を。

それぞれの冒険に、
それぞれの愛がある。

レーエンデ国物語

レーエンデ国物語
月と太陽

レーエンデ国物語
喝采か沈黙か

多崎礼